《孫可之文集》校注

The Collation and Annotation of *Sun Qiao's Colletion*

丁恩全　著

中国社会科学出版社

圖書在版編目(CIP)數據

《孫可之文集》校注 / 丁恩全著 . —北京：中國社會科學出版社，2017.10

ISBN 978-7-5203-1367-4

Ⅰ.①孫⋯ Ⅱ.①丁⋯ Ⅲ.①孫樵—文集 Ⅳ.①I214.202

中國版本圖書館 CIP 數據核字 (2017) 第 270250 號

出 版 人	趙劍英
責任編輯	宮京蕾
責任校對	李　莉
責任印製	李寡寡

出　　版	中國社會科學出版社
社　　址	北京鼓樓西大街甲 158 號
郵　　編	100720
網　　址	http：//www.csspw.cn
發 行 部	010-84083685
門 市 部	010-84029450
經　　銷	新華書店及其他書店

印刷裝訂	北京君昇印刷有限公司
版　　次	2017 年 10 月第 1 版
印　　次	2017 年 10 月第 1 次印刷

開　　本	710×1000　1/16
印　　張	19
插　　頁	2
字　　數	332 千字
定　　價	80.00 元

凡購買中國社會科學出版社圖書，如有質量問題請與本社營銷中心聯繫調換
電話：010-84083683
版權所有　侵權必究

國家社科基金後期資助項目

出版說明

　　後期資助項目是國家社科基金設立的一類重要項目，旨在鼓勵廣大社科研究者潛心治學，支持基礎研究多出優秀成果。它是經過嚴格評審，從接近完成的科研成果中遴選立項的。爲擴大後期資助項目的影響，更好地推動學術發展，促進成果轉化，全國哲學社會科學規劃辦公室按照"統一設計、統一標識、統一版式、形成系列"的總體要求，組織出版國家社科基金後期資助項目成果。

全國哲學社會科學規劃辦公室

孫可之文集序

朝散大夫尚書職方郎中上柱國賜緋魚袋孫樵撰①(1)

樵家本關東，(2)代襲簪纓，(3)藏書五千卷，常自探討。②幼而工文，得之真訣，提筆入貢士列，於時以文學見稱。(4)大中九年，叨登上第，③(5)從軍邠國，(6)忝歷華資，久居蘭省。(7)廣明元年，狂寇犯闕，(8)駕避岐、隴，詔赴行在，(9)遷職方郎中。朝廷以省方蜀國，文物攸興，品藻朝倫，旌其才行，詔曰："行在三絶：右散騎常侍李瀆有曾、閔之行(10)，職方郎中孫樵有楊、馬之文，④(11)前進士司空圖有巢、由之風，(12)列在青史，以彰有唐中興之德。"⑤樵遂閱所著文及碑、碣、書、檄、傳、記、銘、志，⑥得二百餘篇，蒐其可觀者三十五篇，⑦編成十卷，藏諸篋笥，以貽子孫，是歲中和四年也。(13)

編年：

傅璇琮等著《唐五代文學編年史》、陳文新《中國文學編年史》都係此文於中和四年。《自序》言："樵遂閱所著文及碑、碣、書、檄、傳、記、銘、志，得二百餘篇，蒐其可觀者三十五篇，編成十卷，藏諸篋笥，以貽子孫，是歲中和四年也。"

校勘：

①"朝散大夫尚書職方郎中上柱國賜緋魚袋孫樵撰"，宋本、正德本在序文前，汲古閣本、朝鮮抄本、十大家本、《全唐文》本、吳馡本、黃燁然刻本都在序文後。

②自，《全唐文》作"以"。

③大中，汲古閣本、十大家本、朝鮮抄本作"大元中"。

④楊，十大家本、《全唐文》、吳馡天啓刻本、正德本、閔齊伋本、讀有用書齋本作"揚"。

⑤由，黃燁然刻本作"繇"。列在，閔齊伋本、《全唐文》作"可載"。德，閔齊伋本、《全唐文》作"盛"。

⑥ "閱"，閔齊伋本作"撿"；《全唐文》作"檢"。

⑦ 藂，閔齊伋本、全唐文作"叢"。

注釋：

（1）"朝散大夫尚書職方郎中上柱國賜緋魚袋孫樵撰"，《四庫全書總目提要·孫可之文集》說孫樵"大中九年進士，授中書舍人。僖宗幸岐隴時，詔赴行在，遷職方郎中上柱國，賜紫金魚袋"。中書舍人，《舊唐書》卷四三："中書舍人六員，正五品上。"王志昆《孫樵未任中書舍人》一文認爲孫樵從未任職中書舍人，《四庫全書總目提要·孫可之文集》的說法是錯誤的。朝散大夫，《唐六典》卷二："從五品下，……隋文帝置朝散大夫，爲正四品散官，帝改爲從五品下。"職方郎中，《舊唐書》卷四三："職方郎中一員，從五品上，龍朔爲司域大夫也。"上柱國，《舊唐書》卷四二："正第二品……上柱國，勳官。"緋魚袋，《文獻通考》卷一百十三："魚袋，唐制，散官二品京官、文武職事五品以上及都督刺史，皆帶魚袋。……雍熙元年，南郊畢，內出魚袋以賜近臣，由是內外昇朝文官皆帶，凡服紫者飾以金，服緋者飾以銀。"

（2）關，指函谷關或潼關。

（3）簪纓，指官宦。

（4）貢士，指鄉貢。

（5）大中，唐宣宗年號（847—859），大中九年是公元 855 年。叨，謙辭，表示承受。叨第，及第的謙辭。

（6）邠國，唐邠州，治所在新平，今陝西省彬縣。

（7）蘭省，指秘書省。

（8）廣明，唐僖宗年號，只有公元 880 年一年。狂寇，指黃巢、王仙芝。

（9）行在，都城之外的皇帝居止處。

（10）曾、閔，曾參與閔損（閔子騫）的並稱。皆孔子弟子，以有孝行著稱。

（11）楊，揚雄，漢代文學家。馬，司馬相如，漢代文學家。

（12）前進士，已經考中進士的士子。

（13）中和，唐僖宗年號（881—884）。中和四年，公元 884 年。

前言　孫樵研究述評

孫樵，字可之，晚唐著名散文家，有《孫可之文集》十卷。有關孫樵的研究可以分爲兩個階段：近代以前和新時期以來，因爲種種原因，中間出現了一段研究真空。

一　近代之前的孫樵研究

近代以前的孫樵研究基本上集中在孫樵與皇甫湜、劉蛻等的比較上，但又可分爲宋元和明清近代兩個階段。

宋元時期有兩種觀念：一是以蘇軾爲代表的孫樵不如皇甫湜的看法。蘇軾《謝歐陽内翰書》説："蓋唐之古文，自韓愈始，其後學韓而不至者爲皇甫湜，學皇甫湜而不至者爲孫樵，自樵以降無足觀矣。"[1] 陳振孫《直齋書録解題》引用了蘇軾的這段話，洪邁沿襲了這一看法。洪邁《黄御史集原序》："文盛於韓、柳、皇甫，而其衰也，爲孫樵，爲劉蛻。"[2] 蘇軾的這種説法因爲《四庫全書提要》的引用而影響甚大。二是以朱新仲爲代表的皇甫湜不如孫樵的看法。宋王應麟《困學紀聞》："朱新仲曰：樵乃過湜。如《書何易於》、《褒城驛壁》、《田將軍邊事》、《復佛寺奏》，皆謹嚴得史法，有補治道。"[3] 另外，王正德認爲："唐興，三光五嶽之氣不分，文風復起，韓愈得其温淳深潤，以爲貫道之器；柳子厚得其豪健雄肆飄逸果決者，僅足窺馬遷之藩鍵，而類發於躁誕。下至孫樵、杜牧，峻峰激流，景出象外，而裂窘邊幅；李翱、劉禹錫刮垢見奇，清勁可愛，而體乏雄渾；皇甫湜、白居易閒淡簡質，斫去雕篆，而拙跡每見，回宫轉角之音，隨時間作，類乏韶夏，皆淫哇而不可聽。"[4] 他没有

---

[1] 蘇軾著，孔凡禮點校：《蘇軾文集》，中華書局1986年版，第1423—1424頁。
[2] 黄溪：《黄御史集》，《四部叢刊》景涵芬樓明萬曆刻本。
[3] 何義門、閻潛丘、全謝山箋：《困學紀聞三箋》，嘉慶九年三月開雕，卷十四。
[4] 王正德：《餘師録》，《墨海金壺》集部。

明確説明孫樵和皇甫湜成就的高下。然而，把孫樵和杜牧並列。可見，他認爲孫樵的成就應該和杜牧是一樣的。

由於《孫可之文集》的發現，從明代正德以來，孫樵研究趨於繁榮。繁榮的標志有二：一是孫樵的評價在提高，雖然延續了宋人的討論，但改變了宋元人大多以爲孫樵不如皇甫湜的看法。王士禎多次表達了對孫樵散文的喜愛，《古夫於亭雜錄》："唐末之文，吾喜杜牧、孫樵。"① 尤其是《居易錄》明確提出："予於唐文，最喜杜牧牧之、孫樵可之，以爲在翱、湜之右。"② 清李光地《榕村語錄》："劉蜕、孫樵數家，雖皆小品，不無可觀，就中孫樵又爲差勝。"③ 至儲欣就列李翱、孫樵爲十大家之二。明代毛晉説："蘇子瞻謂其不逮持正，豈定評耶？"④ 近代張炯跋孫馮翼問經草堂刻《可之先生全集》："東坡云學湜不至者爲孫樵，而朱新仲則謂樵乃過湜，如《書何易於》、《褒城驛壁》、《田將軍邊事》、《復佛寺奏》，皆謹嚴得史法，有裨治道，其論與東坡異。今試取兩家集觀之。湜《東都修福先寺碑》三千字，一字索三縑，亦輕傲者流，不苟作者。今持正集中……類皆有意求奇之作。公之文，其源亦出昌黎，《與王秀才書》述其得爲文真訣之由，本原具見，……而其文又能合乎道，新仲之言，豈阿好乎？"充分肯定了朱新仲的看法。到了1935年錢基博先生《韓愈志》出版，詳論皇甫湜、孫樵之學韓愈："（孫樵）清言奧旨，出以熔鑄，筆峭而韻流，不以削薄爲嫌。……皇甫以文句澀艱爲奇，孫氏以氣勢緊健爲奇；皇甫之學韓，不能古健而爲艱澀，孫氏之學韓，不能雄肆而爲峻峭；皇甫不免滯累，孫氏往往通變。"⑤ 在整個古文運動的廣闊視野下，評點了皇甫湜、孫樵的散文創作，得出了堅實的結論。

繁榮的第二個標志是孫集刻印的頻繁，校勘、評點的出現。明代首先出現了王鏊、王諤正德刻本，接着是毛晉汲古閣刻本、閔齊伋崇禎刻本、黃燁然刻本、吴鼒石香館刻本，這些刻本已經注意到了校勘，如吴鼒石香館刻本就參校了《唐文粹》《文苑英華》、正德本、閔齊伋崇禎刻本等。明代還出現了一個箋評本，就是孫耀祖、孫猷箋評《經緯集》。清代，最突出的現象是宋本出現，引來了校勘的繁榮，顧廣圻和黃丕烈校宋本、顧

---

① 王士禎：《古夫於亭雜錄》，《嘯園叢書》本，卷四。
② 紀昀：《四庫全書》，上海古籍出版社1987年版，第869冊第542頁。
③ 李光地：《榕村語錄》，《榕村全書》本，卷二十九。
④ 毛晉汲古閣刻：《孫可之文集跋》。
⑤ 錢基博：《韓愈志》，商務印書館1958年版，第133頁。

廣圻校正德本、王韜校汲古閣本、傅增湘校讀有用書齋本等紛紛出現，取得了豐厚的成果。清代還有一個評點本：儲欣《可之先生全集》。另外，汪師韓的《孫文志疑》雖然遭到了《四庫全書提要》的批評，也標志了孫樵研究的深入。

二 新時期孫樵研究

新時期以來公開發表的孫樵研究論文近30篇，再加上一些專著中涉及孫樵的內容，涵蓋了孫樵研究的內容有以下幾個方面。

1. 版本文獻

版本文獻考述方面有萬曼《唐集敘錄》中《孫樵集》、王志崑《孫樵集版本源流考》、楊波《〈孫可之文集〉版本小考》三篇文章。萬文主要談了明代刊本情況以及宋刊本發現過程，三卷的《經緯集》未見傳本，所傳皆十卷本，"宋元舊刻，明人未見。明代所傳各本，大抵全是以正德丁丑震澤王鏊刊本爲祖本"，宋本是清代嘉慶間黃蕘圃發現的，是"顧抱冲小讀書堆藏書，原藏錫山華氏真賞齋"，"後歸藝芸書舍汪士鍾"，"後歸聊城海源閣，海源書散出，傅增湘在天津見到過，……乃歸東莞莫伯驥五十萬卷樓"。[1] 王志崑《孫樵集版本源流考》說："宋以後未見三卷本傳世。目前所見最早的本子爲南宋蜀刻本十卷。"但"宋蜀本也非孫樵集最早的十卷本，……亦由另一十卷宋本翻刻"，"《天祿琳琅》尚著錄另一宋本《孫可之文集》一函兩冊"。"宋蜀本外，以明代正德丁丑王鏊、王諤刻本爲最早，其後有明天啓吳䎲石香館刻本、明崇禎烏程閔齊伋刻本、明末毛氏汲古閣刻三唐人集、明末李賓八代文鈔本、清康熙儲欣刻唐宋十大家全集錄十種本、清嘉慶三年孫馮翼問經草堂刻本、全唐文本、清光緒二年馮焌光讀有用書齋刻三唐人集本等及一些遞修本、鈔本"，"明崇禎時還有一個孫耀祖、孫猷箋評的十卷本《經緯集》"，而"明末毛氏汲古閣刻三唐人集，乃清及近代流傳最廣的刻本"，"有清一代刻鈔多沿正德本"，"均校勘不清，訛謬甚多。其中突出者唯馮焌光光緒二年三唐人集刻本，……遠較明清諸刻爲優。"[2] 楊文把《孫樵集》分成了三個系統：三卷本系統、十卷本系統、二卷本系統。二卷本系統又本於十卷本系統。[3] 雖然仍有疏漏之處，但經三人論述，基本上厘清了孫樵集版本流傳

---

[1] 萬曼：《唐集叙錄》，中華書局1980年版，第301—304頁。
[2] 王志崑：《孫樵集版本源流考》，《重慶師範學院學報》1988年第1期。
[3] 楊波：《〈孫可之文集〉版本小考》，《河南教育學院學報》2003年第4期。

情況。

2. 家世生平

後人所言孫樵家世生平，僅據孫樵《自序》所述："樵家本關東，代襲簪纓，……大中九年，叨登上第，從軍邠國，悉歷華資，久居蘭省。廣明元年，狂寇犯闕，駕避岐隴，詔赴行在，遷職方郎中。"十分簡略，所以《四庫全書提要》說："樵字可之，又字隱之，自稱關東人，函谷以外，幅員遼闊，不知其籍何郡縣也，大中九年進士，授中書舍人。僖宗幸岐隴時，詔赴行在，遷職方郎中上柱國賜紫金魚袋。"① 但《四庫全書》又增入"授中書舍人"一語，王志昆《孫樵未任中書舍人》一文詳加辨正："《新唐書·藝文志》'孫樵《經緯集》三卷'下注云：'字可之，大中進士第。'爲《宋史·藝文志》、《全唐文》所本。晁公武《郡齋讀書志》……（《通志》、《文獻通考》）並不曾言及授中書舍人一事。"孫樵《自序》也沒有談到此事。"從《自序》可以看到，大中九年至廣明元年，孫樵一在邠寧，一居蘭省。孫樵及第從軍，邠寧節度使自不能授中央政府才有的中書舍人。……蘭省即秘書省，掌文藝圖籍，隸屬中書，下設秘書丞、郎，校書郎、正字，著作郎，太史令丞諸職。……不詳孫樵所居者何，然非中書省之中書舍人甚明。"孫樵"從軍邠國後，不詳回京年代"，《祭高諫議文》云："君牧滁畋，我從邠軍"，"君殯喬谷，我歸咸秦"，《祭高諫議文》作於咸通十一年，則"咸通十一年孫樵已回京城，且可能正在秘書省任職。""中書舍人在唐爲極清貴之官。……按唐人循資遞升之慣例，咸通十一年前後孫樵不可能遷至正五品上階之中書舍人。""以官品而論，職方郎中爲兵部轄屬之'掌天下地圖及城隍、鎮戍、烽堠'之職事官，爲從五品上階。孫樵到廣明元年才遷職方郎中，在蘭省時未任過中書舍人一職定然無疑。……孫樵直至中和四年才用'朝散大夫'之稱，以散官而論，也僅爲從五品下階。至於勛爲正二品之上柱國，唐末勛爵之濫，前人多所論及，更不足爲據。不然，孫樵其時亦不應賜緋，而應衣紫了。"② 王志昆先生的說法大致是可信的。《四庫全書提要》說孫樵"遷職方郎中、上柱國、賜紫金魚袋"，也相應改變了孫樵《自序》"朝散大夫、尚書職方郎中、上柱國、賜緋魚袋"的說法。

另，陶喻之《唐孫樵履棧考》考證了孫樵數次出入蜀的時間。"可之首次入蜀當在唐文宗開成五年（840）或之前。此行走長安、散關、褒

---

① 紀昀：《孫可之文集》提要，《四庫全書》，上海古籍出版社1987年版，第1083冊，第63頁。
② 王志昆：《孫樵未任中書舍人》，《重慶師範學院學報》1991年第1期。

城、益昌、梓潼一綫。……循原道還秦在唐武宗會昌元年（841）隆冬。""可之第二次出入蜀中似在唐武宗會昌五年（845）。《祭梓潼神君文》云：'會昌五年，夜躋此山。'……《書何易於》云：'會昌五年，道出益昌'。""可之第三次出入蜀迥異於此前後幾次走向，即自扶風而南走新修築的文川道，《興元新路記》詳述其驛程行旅情況，……文川道於唐宣宗大中三年十一月始築，不足一年即'爲雨所壞'，故可之經文川道入蜀當在大中三年末或大中四年初新路不久；《祭梓潼神君文》云：'大中四年冒暑還秦'，可見出蜀還秦在大中四年夏季。""見諸記載的可之第四次入蜀時間約在咸通五年（864），《祭梓潼神君文》云：'大中十八年七月九日，鄉貢進士孫樵再拜獻辭張君靈座前。''大中'係唐宣宗年號，僅一年（847）到十三年（859），無十八年。860年懿宗登基改爲咸通元年。可之所指未知何年？若以咸通元年計入前大中十三年後年份，則大中十八年當爲864年，即咸通五年。"①孫樵《自序》明確說明自己"大中九年，叨登上第"，如果是咸通五年，孫樵還會稱自己爲"鄉貢進士"嗎？陶喻之沒有看到清人徐松、今人岑仲勉的說法，他們早就考定"大中十八年"中的"十"是衍文。

3. 孫樵散文係年

現存孫樵散文35篇，另有《自序》一篇。李光富《孫樵生平及孫文係年》(7)考證了孫樵26篇散文的創作時間（見下表）②。這是迄今爲止考訂孫樵散文創作時間篇目最多的一篇文章，其意義不言自明，只是時有推測性語言，其中還有一些值得商榷的東西。傅璇琮先生主編《唐五代文學編年史》（晚唐卷）考訂了孫樵19篇散文的創作時間（見下表），③陳文新主編《中國文學編年史》之《隋唐五代卷》考訂編年孫樵散文16篇（見下表）。④ 其異同可一目了然。

編年	李光富編	傅璇琮編	陳文新編
唐文宗開成三年（838）	《書田將軍邊事》《序西南夷》		
開成五年（840）	《梓潼移江記》《書褒城驛壁》	《梓潼移江記》《書褒城驛壁》	《梓潼移江記》《書褒城驛壁》

---

① 陶喻之：《唐孫樵履棧考》，《文博》1994年第2期。
② 李光富：《孫樵生平及孫文係年》，《四川大學學報》1997年第2期。
③ 傅璇琮：《唐五代文學編年史》，遼海出版社1998年版。
④ 陳文新：《中國文學編年史·隋唐五代文學編年史》，湖南人民出版社2006年版。

續表

編年	李光富編	傅璇琮編	陳文新編
唐武宗會昌元年（841）	《出蜀賦》	《出蜀賦》	《出蜀賦》
會昌五年（845）	《大明宫賦》《露臺遺基賦》《書何易於》《與高錫望書》	《露臺遺基賦》	《露臺遺基賦》
會昌六年（846）	《武皇遺劍錄》		《武皇遺劍錄》
唐宣宗大中元年（847）	《寓汴觀察判官書》	《寓汴觀察判官書》《武皇遺劍錄》	《寓汴觀察判官書》
大中三年（849）	《復召堰籍》《興元新路記》	《復召堰籍》《興元新路記》《與李諫議行方書》	《與李諫議行方書》《興元新路記》
大中五年（851）	《讀開元雜報》《復佛寺奏》《與李諫議行方書》	《復佛寺奏》《讀開元雜報》	《復佛寺奏》《讀開元雜報》
大中六年（852）	《文貞公笏銘》	《文貞公笏銘》	《文貞公笏銘》
大中七年（853）	《罵僮志》	《罵僮志》	
大中八年（854）	《寓居對》《祭梓潼神君文》《龍多山錄》《迎春奏》	《祭梓潼神君文》《寓居對》《乞巧對》	《祭梓潼神君文》
唐懿宗咸通十一年（870）	《祭高諫議文》	《祭高諫議文》	《祭高諫議文》
咸通十三年（872）	《唐故倉部郎中康公墓志銘》	《唐故倉部郎中康公墓志銘》	《唐故倉部郎中康公墓志銘》
唐僖宗中和四年（884）	《蕭相國寫真贊》《自序》	《自序》	《自序》

4. 散文理論、散文内容和藝術特色

王志昆《孫樵作品的思想内容和藝術特色初探》、劉芳瓊《評晚唐孫樵的散文》、劉國盈《孫樵和古文運動》和戴從喜《孫樵古文理論概述》、華東師範大學黄潔潔碩士學位論文《韓門弟子研究·異軍突起的怪才——孫樵》談到了孫樵散文理論、散文内容和藝術特色。劉國盈《唐代古文運動論稿》、錢冬父《唐宋古文運動》、孫昌武《唐代古文運動通論》、郭預衡《中國散文史》（中）、吕武志《唐末五代散文研究》都辟專節談論了孫樵。

關於孫樵的散文理論，錢冬父説孫樵進一步發展了皇甫湜的尚奇理論。劉國盈着重論述了孫樵古文理論中"奇"的規定性，認爲孫樵反對

"摘俚語以爲奇",反對以"巧"爲奇,更反對失真。孫樵的所謂"奇",也就是意新和辭富。"奇"也必須有一定的限度。所謂"貴文則喪質,近質則太禿",辭富不能過"當";"趨怪走奇,中病歸正",意新也不能離"正"。恰如其分,無過無不及,這才是真正的"奇"。"奇"的真正目的,就是爲了更好地"明道"和"揚名"。① 孫昌武肯定了孫樵理論對古文運動的意義,也説明其缺陷:一是把奇當成唯一的藝術風格;二是由於求奇而影響了通俗暢達;三是由於求奇而尚簡是不符合藝術規律的。② 劉芳瓊的論述綜合了劉國盈先生和孫昌武先生的看法,強調孫樵的創作實踐也充分體現了這種理論追求,主要表現在:"寫作題材之奇""構思立意之奇""文體創新之奇""狀景寫物、語言文字之奇","盡管有一些'趨怪走奇'的傾向,但還能奇而不失其正,絶不似古文家樊宗師那樣一味求奇,刻意走極端,基本上達到了'奇'的表現形式和不平則鳴的現實内容比較完美的結合。"③ 戴從喜没有單純從"奇"的角度論述,而是從四個方面全面論述了孫樵的散文理論:"緣實求善的明道觀";"取者深,其身必窮";"辭高,意深,尚奇";"'立實録'、'存警訓'的史學主張"。認爲"緣實求善的明道觀"直接繼承了韓愈文以載道的文章道統;"取者深,其身必窮"繼承了司馬遷的發憤著書説,又對歐陽修的"窮而後工"説産生了影響;"辭高,意深,尚奇"繼承了韓愈的尚奇論,又有一定發展;"'立實録'、'存警訓'的史學主張"則直承"秉筆直書"的史學傳統,重視史官,精簡求神。④ 值得注意的是郭預衡先生,他認爲孫樵特别強調"史法",認爲這是孫樵散文追求的最高境界,⑤ 這已經觸及了孫樵散文的核心精神。

孫樵的文章内容,研究者有較爲一致的看法。如劉國盈認爲,孫樵不像韓愈那樣宣揚聖道,而是揭露不符合聖道的種種弊端,主要是反佛和吏治,雖然宦官專權、朋黨之爭、藩鎮割據、民族糾紛、農民起義等是比吏治更嚴重的問題,但孫樵基本上没有觸及。但是,無論如何,孫樵還是注意反映現實生活中的重大問題的,這正是古文運動優良傳統的繼續。劉芳瓊也認爲其文章基本内容是,"揭露吏治腐敗""諷刺社會弊俗""抨擊佞

---

① 劉國盈:《孫樵和古文運動》,《北京師範學院學報》1983年第3期。
② 孫昌武:《唐代古文運動通論》,百花文藝出版社1984年版,第321頁。
③ 劉芳瓊:《評晚唐孫樵的散文》,《南京大學學報》1991年第1期。
④ 戴從喜:《孫樵古文理論概述》,《淮陰師範學院學報》2000年第4期。
⑤ 郭預衡:《中國散文史》,上海古籍出版社1993年版,第315頁。

佛狂潮"，"頗富現實內容，特別是那種強烈的批判現實精神，尤其寶貴。"但孫樵並沒有把一個行將崩潰的朝代的重大政治事件和社會生活，如宦官專權、藩鎮割據、民族糾紛、農民起義等反映出來，限制了孫樵的古文創作成就。① 王志昆的《孫樵作品的思想內容和藝術特色初探》把孫樵散文的內容概括爲"繼承韓門傳統，積極維護儒學正統"、"不平則鳴"、"借他人之酒，澆胸中塊壘"三個方面，認爲"盡管孫樵的作品對晚唐社會的反映尚不充分，其對社會病因的探索尚不深入，但仍然不失爲我們觀照那個垂死的王朝和其面臨着的大動亂、大崩潰的社會的一面鏡子，這是其作品思想內容的價值所在。"②

對於孫樵散文的藝術成就，不少學者都注意到了孫樵是模仿韓愈、柳宗元的。劉國盈説，"從文風看，孫樵則更有意地向韓愈學習……孫樵的《寓居對》、《乞巧對》就有明顯的模仿《進學解》的痕跡……《序陳生舉進士》則和《送孟東野序》極相近……至於《逐痁鬼文》是受《送窮文》的啓迪，那是從題目的字面上都可以看出來的。除了韓愈，孫樵也注意向柳宗元學習。最明顯的例子，莫過於《興元新路記》了。"③ 劉芳瓊也認爲《逐痁鬼文》模仿韓愈《送窮文》，《復佛寺奏》模仿韓愈《論佛骨表》，《乞巧對》模仿柳宗元《乞巧文》，《書褒城驛壁》模仿柳宗元《永州鐵爐步志》，所以二人認爲孫樵散文既沒有韓愈的汪洋恣肆，也沒有柳宗元的深厚幽廣，在散文的成就上，是不足和韓、柳相提並論的，甚至認爲孫樵散文的作用僅僅體現在堅持古文的優良傳統。孫昌武先生肯定了孫樵在發揚古文運動優秀傳統方面的成績，同時也指出孫樵散文的缺點：一是爲了求新求奇而流於艱澀；二是多有模擬痕跡。但又認爲這是時代造成的。④ 王志昆、吕武志則充分肯定了孫樵散文的藝術成就。王文把孫樵散文的藝術特色概括爲"緣實求善"，"立意獨特，'辭高'、'意深'"，"富於變化的表現手法和技巧"，"用語的'典要'、'奇健'"，"明決、峻峭的風格"五個方面，認爲"孫樵的作品存在着一些明顯的不足，……實在難與韓愈比肩。但總的説來，孫樵'法度之正，聲氣之雅'，在晚唐却是卓然獨立的，不失爲晚唐傑出的古文家。指責孫樵只能'刻字琢句'、'專務奇削'，是缺乏根據的。'在大中時，惟杜牧之可稱勁

---

① 劉芳瓊：《評晚唐孫樵的散文》，《南京大學學報》1991年第1期。
② 王志昆：《孫樵作品的思想內容和藝術特色初探》，《廣西大學學報》1988年第1期。
③ 劉國盈：《孫樵和古文運動》，《北京師範學院學報》1983年第3期。
④ 孫昌武：《唐代古文運動通論》，百花文藝出版社1984年版，第325—326頁。

敵'的評價，應該是比較公允的。"① 呂文也認爲皇甫湜散文"無論寓意、文思與反映社會之遼闊"，都遠遜於孫樵。② 郭預衡先生則認爲《書何易於》《書褒城驛壁》並無刻意求奇之處，應屬於思深詞高一類。立意更新的是《讀開元雜報》。即使是《寓居對》《乞巧對》《罵僮志》，在當時的歷史條件下，實有新的現實感受，具有新的時代特點。《逐痁鬼文》也具有更强烈的刺時嫉邪的特點。

　　總之，孫樵研究的問題還有不少需要進一步闡述，如藝術成就的闡述不深入，個人生平、思想、性格的研究尚未展開，孫樵的獨特性更是没有揭示出來。造成這種局面的最根本原因就是基本文獻的整理尚未進行。所以，孫樵研究首先要校訂整理出一個盡量完善的文本，在更合理理解文本的基礎上，全面深入研究孫樵。

---

① 王志昆：《孫樵作品的思想内容和藝術特色初探》，《廣西大學學報》1988 年第 1 期。
② 呂武志：《唐末五代散文研究》，臺北學生書局，1989 年，第 98 頁。

凡　　例

一　以國家圖書館藏顧廣圻、黃丕烈校宋本《孫可之文集》为底本，參校《續古逸叢書》收錄宋本《孫可之文集》，以及正德本、吴馡刻本、汲古閣刻本、黃燁然刻本、閔齊伋刻本、《全唐文》十大家本等，并與《文苑英華》《唐文粹》收錄篇目，還有刻石一起進行校勘。

二　每篇文章，進行編年、校勘、注釋、搜集前人評論，無編年依據的不編年。

三　注释首先采用简注；有前人注释成果的，能够直接采纳的直接采纳；较为繁难的，详细注释。

四　每篇文章后，列出前人主要的评论。

目　　錄

卷　一 …………………………………………………………（1）
　大明宮賦 ……………………………………………………（1）
　露臺遺基賦　並序 …………………………………………（11）
　出蜀賦 ………………………………………………………（16）

卷　二 …………………………………………………………（26）
　書何易於 ……………………………………………………（26）
　書田將軍邊事 ………………………………………………（33）
　書褒城驛屋壁 ………………………………………………（40）

卷　三 …………………………………………………………（45）
　與李諫議行方書 ……………………………………………（45）
　與高錫望書 …………………………………………………（49）
　寓汴觀察判官書 ……………………………………………（53）
　與賈希逸書 …………………………………………………（59）
　與王霖秀才書 ………………………………………………（61）
　與友人論文書 ………………………………………………（65）

卷　四 …………………………………………………………（67）
　梓潼移江記 …………………………………………………（67）
　興元新路記 …………………………………………………（70）
　蕭相國真贊 …………………………………………………（82）

卷　五 …………………………………………………………（86）
　孫氏西齋錄 …………………………………………………（86）
　武皇遺劍錄 …………………………………………………（92）
　龍多山錄 ……………………………………………………（97）

卷　六 …………………………………………………………（103）

迎春奏 …………………………………………………（103）
　　復佛寺奏 ………………………………………………（106）

卷　七 ………………………………………………………（112）
　　序西南夷 ………………………………………………（112）
　　序陳生舉進士 …………………………………………（113）
　　寓居對 …………………………………………………（115）
　　乞巧對 …………………………………………………（117）

卷　八 ………………………………………………………（121）
　　文貞公笏銘 ……………………………………………（121）
　　潼關甲銘　並序 ………………………………………（123）
　　唐故倉部郎中康公墓志銘　並序 ……………………（125）
　　刻武侯碑陰 ……………………………………………（130）
　　舜城碑 …………………………………………………（134）

卷　九 ………………………………………………………（136）
　　逐痁鬼文 ………………………………………………（136）
　　祭高諫議文 ……………………………………………（139）
　　祭梓潼神君文 …………………………………………（142）

卷　十 ………………………………………………………（144）
　　讀開元雜報 ……………………………………………（144）
　　罵僮志 …………………………………………………（148）
　　復召堰籍 ………………………………………………（152）

附錄一　孫樵年譜 …………………………………………（156）

附錄二　《孫可之文集》版本考 …………………………（199）

附錄三　孫樵古文創作研究 ………………………………（215）

附錄四　可之巨筏論 ………………………………………（259）

附錄五　孫樵偽作說駁正——兼及《孫文志疑》的成績 …（266）

參考文獻 ……………………………………………………（280）

卷　　一

大明宫赋[1]

注釋：
(1) 大明宫，汪師韓《孫文志疑》："大明宫：唐書大明宫之制，長千四百四十步，廣九百步，周四千八百六十步，其高十一丈有半。龍朔后皇帝常居大明宫，乃謂之西内。神龍元年曰太極殿，大明宫在禁苑東南西接宫城之東北隅，長千八百步，廣千八十步，曰東内，本永安宫。貞觀八年置，九年曰大明宫，以備太上皇清暑，百官獻貲以助役。高宗患風痺，厭西内湫濕，龍朔三年始大興葺，曰蓬萊宫。咸亨元年曰興元宫。長安元年復改大明宫。舊書東内曰大明宫，在西内之東北，高宗以後，天子常居東内，別殿亭觀三十餘所。"

孫樵齒貢士名[1]，旅見大明宫前庭，[2] 仰眙俛駭，①[3] 陰意靈恠，[4] 暮歸魄動，②中宵而夢，夢彼大明宫神，前有云。

校勘：
①眙，《續古逸叢書》刊宋本作"眙"；顧廣圻校宋本作"貽"，改爲"眙"；黃燁然本、閔齊伋本、《全唐文》、十大家本作"貽"。
②暮，汲古閣本作"莫"。魄，《全唐文》作"魂"。徐復《後讀書雜志》："《全唐文》魄動作魂動，是也。江淹《別賦》：'左右兮魂動，親賓兮泪滋。'亦作魂動。"

注釋：
(1) 貢士，地方向朝廷薦舉參加科舉考試的人才。
(2) 旅，路上，途中。

2 《孫可之文集》校注

（3）仰，抬頭，臉向上。眙，直視，注視。俛，通"俯"。
（4）恠，"怪"的異體字。

且曰：太宗皇帝繚瀛啓居，①廓穹起廬，⁽¹⁾圜然而劃，隆然而赫，孰窬孰隒，永求帝宅，帝詔吾司其宮，⁽²⁾太宗剏立大明宮，後高宗增修，遂移仗焉，下帝謂上帝。②⁽³⁾與日月終。翼聖護艱，十有六君，蕩妖斬氛，孰知吾勤。⁽⁴⁾

校勘：
①瀛，汲古閣本、吳棆本、黃燁然本、閔齊伋本、《全唐文》、十大家本、正德本、朝鮮抄本、讀有用書齋本作"瀛"。
②剏，汲古閣本、吳棆本、閔齊伋本、朝鮮抄本、正德本、黃燁然本、讀有用書齋本作"剏"；十大家本作"刱"。

注釋：
（1）廬，指大明宮。
（2）窬，門旁圭形小洞。隒，通道。窬、隒都作動詞，有把守、看管之意。
（3）本條是注文，《全唐文》無。下文所有注文，《全唐文》都沒有。
（4）十有六君，從太宗、高宗、中宗、睿宗、武則天、少帝、玄宗、肅宗、代宗、德宗、順宗、憲宗、穆宗、敬宗、文宗、武宗、宣宗共十七位皇帝，但孫樵在《孫氏西齋錄》中説"起王后已廢之魂上配天皇"，"絛天後擅政之年下係中宗"，則孫樵並未承認武則天君主之位置。翼，輔助。護，救護。艱，災難。氛，預示吉凶的雲氣，多指兇象之氣。氛妖，喻指灾禍或叛賊。

吾當廬陵錫武，⁽¹⁾天後即真，天下號周，廢中宗爲廬陵王，賜姓武氏。⁽²⁾廟祐徹主，①⁽³⁾司禮博士周宗奏增武廟爲七，削唐廟爲五。⁽⁴⁾吾則恊二毗輔，②⁽⁵⁾謂梁仁傑、魏公元忠也。③⁽⁶⁾左右提護，義甲憤徒，起帝僕周。⁽⁷⁾五王興，輦帝出東宮，斬賊迎仙殿，迫後歸政，天後驚黙還卧，明日，革周復唐。⁽⁸⁾吾則械二黠雛，謂昌宗易之也。俾即其誅。

校勘：
①祐，正德本、吳棆本、汲古閣本、黃燁然本、閔齊伋本、《全唐文》、十大家本、朝鮮抄本、讀有用書齋本作"祐"。

②恊，吴棫本、汲古閣本、正德本、黄燁然本、閔齊伋本、《全唐文》、十大家本、朝鮮抄本、讀有用書齋本作"協"。恊，同心之和。協，衆之和。應作"恊"。

③傑，《續古逸叢書》刊宋本作"保"；顧廣圻校宋本作"保"，改爲"傑"。

注釋：

（1）**廬陵錫武**，汪師韓："中宗嗣聖元年二月，廢帝爲廬陵王，幽於別所，改賜名爲哲。永昌二年九月，改國號爲周，改元曰天授，加尊號曰聖神皇帝，降皇帝爲皇嗣。"

（2）**中宗**，名李顯（656—710），謚號大和大聖大昭孝皇帝，原名李哲，唐高宗李治第七子，武則天第三子。《舊唐書·則天本紀》永昌元年春正月改元載初，載初元年"九月九日壬午，革唐命，改國號爲周，改元爲天授，大赦天下，賜酺七日，乙酉，加尊號曰聖神皇帝，降皇帝爲皇嗣"。

（3）**祐**，祐饗，享受祭獻，佑助降福。祏，宗廟裏藏木主的石函。

（4）**周宗**，當爲周悰。《舊唐書·禮儀志五》："文明元年八月，奉高宗神主祔於太廟中，始遷宣皇帝神主於夾室。垂拱四年正月，又於東都立高祖、太宗、高宗三廟，四時享祀，如京廟之儀。別立崇先廟以享武氏祖考。則天尋又令所司議立崇先廟室數，司禮博士、崇文館學士周悰希旨，請立崇先廟爲七室，其皇室太廟，減爲五室。以春官侍郎賈大隱之奏而罷。"《舊唐書·賈大隱傳》《新唐書·儒學傳》《資治通鑒·則天順聖皇后上之下》亦載此事。"天授二年，則天既革命稱帝，於東都改制太廟爲七廟室，奉武氏七代神主，祔於太廟。改西京太廟爲享德廟，四時唯享高祖已下三室，餘四室令所司閉其門，廢其享祀之禮。"

（5）**毗**，輔助。

（6）**狄仁傑**，中宗追贈司空，睿宗追封梁國公。《舊唐書·狄仁傑傳》："初，中宗在房陵，而吉頊、李昭德皆有匡復讜言，則天無復辟意。唯仁傑每從容奏對，無不以子母恩情爲言，則天亦漸省悟，竟召還中宗，復爲儲貳。初，中宗自房陵還宮，則天匿之帳中，召仁傑以廬陵爲言。仁杰慷慨敷奏，言發涕流，遽出中宗謂仁傑曰：'還卿儲君。'仁傑階泣賀，既已，奏曰：'太子還宮，人無知者，物議安審是非？'則天以爲然，乃復置中宗於龍門，具禮迎歸，人情感悦。"《新唐書·狄仁傑傳》亦有相同記載。《新唐書·魏元忠傳》，"以三思專權，思有以誅之。會節愍太子起兵，與聞其謀"。

4　《孫可之文集》校注

(7)《舊唐書·中宗紀》："神龍元年正月，鳳閣侍郎張柬之、鸞臺侍郎崔玄暐、左羽林將軍敬暉、右羽林將軍桓彥範、司武少卿袁恕己等定策率羽林兵誅易之、昌宗，迎皇太子監國，總司庶政。""乙巳，則天傳位於皇太子。丙午，即皇帝位於通天宮。""二月甲寅，復國號，依舊爲唐。"

(8)五王，指鳳閣侍郎張柬之、鸞臺侍郎崔玄暐、左羽林將軍敬暉、右羽林將軍桓彥範、司武少卿袁恕己。

胡猘飽脰，謂祿山也。　踣肌齭骨，驚血濺闕，仰吠白日，(1)二聖各轍，大麓北挈(2)。肅宗遂即位於靈武。(3)　吾則激髯孼悖節，謂慶緒也。俾濟逆殺翼，(4)兩傑憤烈，　謂汾陽王及臨淮王。①俾克斮滅。(5)

校勘：
①淮，朝鮮抄本作"準"。
注釋：
(1)猘，狗瘋狂，引申爲瘋狗，喻指叛逆。脰，肥，指動物。踣，倒斃。齭，嚙。
(2)麓，通"錄"，領錄。《書·舜典》："納於大麓，烈風雷雨弗迷。"孔傳："納舜使大錄萬幾之政。"《漢書·王莽傳中》："予前在大麓，至於攝假。"這裏指肅宗領錄天子事務。挈，率領。轍，本指車迹，各轍，喻走不同的道路。汪師韓："二聖各轍，元宗自東都而西，肅宗自奉天而北。"
(3)《舊唐書·肅宗紀》：天寶十五載七月"甲子，上即皇帝位於靈武"。
(4)孼，庶子。悖，違背。逆，叛亂者。翼，輔佐者。汪師韓："髯孼悖節：安慶緒，祿山第二子也，至德二年，嚴莊被捶撻，乃日夜謀之。立慶緒於戶外，莊領竪李豬兒同人祿山帳內，豬兒以大刀斫其腹。祿山眼無所見，但撼幄帳大呼曰'是我家賊'，腹腸已數斗流在床上。言迄氣絶。"
(5)斮，斬。汾陽王，指郭子儀。《舊唐書·郭子儀傳》：上元三年二月，"遂用子儀爲朔方、河中、北庭、潞、儀、澤、沁等州節度行營兼興平、定國副元帥，充本管觀察處置使，進封汾陽郡王，出鎮絳州。"臨淮王，指李光弼。《舊唐書·李光弼傳》："寶應元年，進封臨淮王，賜鐵券，圖形凌煙閣。"

卷 一   5

薊梟妖狂,⁽¹⁾　謂朱泚也。　突集五堂,⁽²⁾縱啄怒吞,大駕警奔,①⁽³⁾吾則勵陰刀翦其翼,俾不得逃明殛。⁽⁴⁾

校勘:
①警,吳朏本、正德本、汲古閣本、黃燁然本、閔齊伋本、《全唐文》、十大家本、朝鮮抄本、讀有用書齋本作"驚"。
②翦,吳朏本、十大家本、讀有用書齋本作"剪",應作"翦"。翦,消滅,削弱。

注釋:
(1) 薊梟,指朱泚。汪師韓:"薊梟妖狂:史懷珪,寶曆中爲薊州刺史。建中四年,涇原兵叛,鑾駕幸奉天,叛卒等謀迎泚於晉昌裏第,泚移居含元殿,明日,移處白華殿,但稱太尉。八日,源休等八人道泚自白華殿入宣政殿,僭即僞位,自稱大秦皇帝。明年正月改僞國號曰漢。五月,泚左右……共斬泚,使朱膚傳首以獻。"
(2) 五堂,元黃鎮成《尚書通考》卷十:"蔡邕《明堂章句》曰,明堂者,天子太廟,所以宗祀。周謂明堂東曰青陽,南曰明堂,西曰總章,北曰玄堂,中曰太室,人君南面,故主以明堂爲名,在其五堂之中央,皆曰太廟。饗射養老教學選士皆於其中,故取其宗祀之清靜則曰清廟,言其正室之貌則曰太廟,取其尊崇則曰太室,取其堂則曰明堂,取其四門之學則曰太學,取其四面周水圜如璧則曰辟雍,雖各異名而事實一也。"
(3) 縱,隨意的,任意的。啄,殘殺。警,緊急的情況,作狀語。怒,奮發。吞,消滅。
(4) 勵,振奮。殛,誅殺。

三革蝕黑,孰匪吾力。①⁽¹⁾吾見若正聲在懸,諍舌在軒,⁽²⁾輟黜延諫,⁽³⁾剞襟沃善,⁽⁴⁾賞必正名,怒必正刑,當獄撤腥,　太宗每遇行刑謂之御諫。　當稼吞螟,⁽⁵⁾吾則入濆革濁,　貞觀中河屢清。⁽⁶⁾入囿肉角,　貞觀中麟見。⁽⁷⁾旬澤莫溥,②　太平十日一雨,雨必以夜。⁽⁸⁾　卧穀視土。③　開元中租米五文錢④⁽⁹⁾。

校勘:
①孰,吳朏本、正德本、汲古閣本、黃燁然本、閔齊伋本、《全唐文》、朝鮮抄本、讀有用書齋本作"孰"。

②莫，吳棫本、閔齊伋本作"暮"。

③穀，《全唐文》、十大家本、讀有用書齋本作"谷"；吳棫本作"穀"。

④租，吳棫本、十大家本、讀有用書齋本作"鬥"。

注釋：

（1）"三革蝕黑"句，《評注孫可之文集》："總上。"

（2）懸，懸掛，吊掛。軒，上舉，揚起。

（3）輟，廢止。甡，塞。延，聘請，邀請。甡、諫，動詞作名詞，甡指閉塞聰明之人，諫指能直言之人。

（4）刳，剖。襟，衣襟，這裏指胸膛。沃，灌溉。

（5）當獄撤腥，汪師韓注："新書貞觀五年十二月詔，決死刑，京師五覆奏，諸州三覆奏，其日尚食，勿進酒肉。"當稼吞螟，汪師韓注："舊五行志貞觀中，京師饑告蝗害稼，太宗在苑中，掇蝗咒之曰，人以穀爲命而汝害之，是害吾民也。百姓有過，在予一人，汝若通靈，便當食我，無害吾民，將吞之。侍臣恐上致疾，遽救止之。上曰，所冀移災朕躬，何疾之避。遂吞之。是歲蝗不爲患。"

（6）汪師韓注："貞觀河清，貞觀十四年二月，陝州秦州河清。十六年正月，懷州河清。十七年十二月，鄭州滑州河清。二十三年四月，靈州河清。"

（7）汪師韓注："按高宗本紀稱龍朔三年十月丙申，絳州麟見於介山。丙午，含元殿前麟趾見，乃改來年正月一日爲麟德元年。又五行志載元和七年十一月，龍州武安川會田中嘉禾生，有麟食之，復生。麟之來，一鹿引之，群鹿隨之，光華不可正視，使畫工圖麟及嘉禾來獻。則是麟見乃高宗憲宗時，非貞觀中。"

（8）澤，雨，作動詞。溥，廣大。《詩・大雅・公劉》："逝彼百泉，瞻彼溥原。"鄭玄箋："溥，廣也。"

（9）斜穀視土：汪師韓注："舊書開元十三年，時累歲豐稔，東都米斜十錢，青淮米斜五錢。"

吾見若奸聲在堂，諛舌在旁，窒聰怫諷，⁽¹⁾ 正斥邪寵，嘉賞失莭，怒罰失殺，奪農而猺，厚征而雕，①吾則反耀而彗，⁽²⁾ 永崇、總章中，彗屢見也。②反澤而渗，⁽³⁾ 蕩坤而坼，地有坼而復舍，終日不止。③⁽⁴⁾ 裂乾而石。天有裂而隕石。

校勘：

①征，吴棫本作"天"。雕，吴棫本、十大家本、正德本、黄煟然本、朝鲜抄本作"凋"；闵齐伋本、《全唐文》作"雕"。

②永崇，闵齐伋本作"永徽"。汪师韩《孙文志疑》："按吴本作崇，谬。"高宗、武后时期没有永崇这个年号。彗，汲古阁本、黄煟然本、冯焌光读有用书斋本作"彗星"。

③坼，闵齐伋本、《全唐文》作"拆"。舍，汲古阁本、吴棫本、黄煟然本、十大家本、朝鲜抄本作"合"。

注释：

（1）窒，堵塞。怫，悖逆。

（2）汪师韩："反耀而彗，高宗龙朔三年八月，彗星入左摄提。又总章元年有彗星见于毕昴之间。上元二年十月，星孛于角亢之南，长五尺。仪凤元年七月，彗起东井宿北河渐东北，长三丈，指文昌室。永淳二年三月，彗见五车北，二十五日而灭。高宗永徽四年八月二十日，陨石。十八日，同州冯翊县光耀，有声如雷。"

（3）《孙文志疑》："反泽而沴：高宗永徽元年，齐定十六州水。闰五月丁丑夜，大雨水涨，漂溺居人，浸坏庐舍。丙寅，河北诸州大水。六年九月，洛州大水，毁天津桥。七年九月，括州海水泛溢，坏固安、永嘉二县，损四千余家。麟德二年六月，鄜州大水，坏城邑。总章二年八月，括州大风雨，海水泛溢，固安、永嘉二县城郭，漂百姓宅六千八百四十三区，溺杀人九千七十。冀州大水，漂坏居人庐舍数千家，坏屋一万四千三百九十区，害田四千九十六顷。咸亨四年，婺州暴雨，水泛溢，漂溺居民六百家。永隆元年十月，河北诸州大水。永淳元年五月，洛州水溢，坏天津及中桥立德宏教景行诸坊，溺居民千余家。是秋山东大水。"

（4）《孙文志疑》："地坼：旧书五行志开元二十八年二月十八日，秦州地震。先是秦州百姓闻州西北地下殷殷有声，俄而地震坏廨宇及居人庐舍数千间，地坼而复合，震经时不定，压死百余人。至德元载十一月，河西地震有声，地裂陷，坏庐舍，张掖、酒泉尤甚，至二年六月始止。大历十二年东宁晋地裂数丈，沙石随水流出平地，坏庐舍。贞元九年，河中地裂水涌。咸通六年，晋绛二州地震，地裂泉涌泥出青色。"

然吾留帝宫中二百年，①昔亦日月，今亦日月，往孰为设，今孰为缺。(1)籍民其雕，有野而蒿，②(2) 　开元中籍户九百万，今二百万。　籍甲其虚，有墨而墟，(3) 　开元中借府兵，三时务农，一时讲武，实甲捴六十万。今天下兵仰给疲农，而幕府多虛者也。③(4)　西垣何縮，疋馬不牧，④　開元中，北庭拒鄰門萬三千，隴西、平涼、天水、金城四郡，息馬疋至七十萬，穀四十八監，以使董之。⑤(5)是時帛疋易馬壹。⑥　北垣何戚，孤壘不粒。⑦(6)

校勘：

①帝，吳顋本"帝"字下注"一作意"。

②雕，吳顋本、十大家本、正德本、黃燁然本、朝鮮抄本作"凋"，閔齊伋本、《全唐文》作"雕"。雕，治玉，引申爲雕刻，又引申爲花紋。凋，植物枯敗脫落，引申爲人或事物衰敗困窮。雕，此處意同"凋"，如《論語》："歲寒，然後知松柏之後雕也。"所以，此處"雕""凋"俱可。

③借，吳顋本、十大家本、正德本、黃燁然本、閔齊伋本、朝鮮抄本、讀有用書齋本作"籍"。摠，吳顋本、閔齊伋本、十大家本、讀有用書齋本作"總"；正德本作"緫"；朝鮮抄本作"総"。寶甲，閔齊伋本作"實甲"。

④疋，馮煥光讀有用書齋本作"匹"。

⑤門，朝鮮抄本作"都"。疋，十大家本、朝鮮抄本作"匹"。穀，馮煥光讀有用書齋本作"穀"，閔齊伋本作"設"。

⑥疋，馮煥光讀有用書齋本作"匹"。

⑦戚，《續古逸叢書》刊宋本作"感"；顧廣圻校宋本作"感"，改爲"戚"。不，吳顋本、正德本、汲古閣本、黃燁然本、閔齊伋本、十大家本、《全唐文》、朝鮮抄本"城"，是因爲都把"孤"理解成了"孤立"，其實，"孤"有"遠"的意思，《漢書·終軍傳》："臣年少才下，孤於外官。"顏師古注："孤，遠也。"《文選·沈約詠湖中雁》："群浮動輕浪，單汎逐孤光。"張銑注："孤，猶遠也。"《禮·曲禮》："四郊多壘，卿大夫之辱也。"。

注釋：

（1）設，創立。缺，衰落。

（2）汪師韓："籍民其凋，唐書地理志開元十八年戶部計戶八百四十一萬二千八百七十一。新書同。"

（3）墟，成爲廢墟。

（4）《孫文志疑》："新書兵志：唐府兵之法，一寓之於農，其居處教養蓄材待事動作休息皆有節目。自高祖武後時，天下久不用兵，府兵之法寖壞，番役更代多不以時，衛士稍稍亡匿，至開元乃益耗散，十二年遂變爲獷騎。天寶以後獷騎之法又稍變廢。安祿山反，兵不能抗，遂陷兩京。

是府兵法壞於開元,此篇自注云……蓋猶指唐興始置軍府時而言,不當云開元中。"

(5)《孫文志疑》:"又按兵志,唐初用太僕少卿張萬歲領群牧,自貞觀至麟德,四十年間,馬七十萬六千,置八坊,八坊之馬爲四十八監,地據隴西、金城、平涼、天水,員廣千里。其時天下以一縑易一馬,監牧有使。自萬歲失職,馬政頗廢。永隆中,夏州牧馬之死失者十八萬四千九百九十。開元初,國馬益耗。自王毛仲領閑廄,馬稍稍復,始二十四萬,至十三年,乃四十三萬。天寶後,隴右群牧都使奏三十二萬五千七百。安禄山以内外閑廄都使兼知婁煩監,陰選勝甲馬歸範陽,故其兵力傾天下,而卒反。此注開元中云云,亦非也。"

(6)汪師韓:"北垣何蹙:唐書北狄列傳贊天寶之後,區夏痍疲,王官之威,北不踰河,西止秦邠,凌夷百年逮於亡,顧不痛哉!"

言未及闋,樵迎斬其舌,⁽¹⁾ 且曰:"餘聞宰獲其哲, 房杜姚宋。⁽²⁾ 得赫日午烈,①⁽³⁾ 老魅跡結,爾曾何伐;⁽⁴⁾ 宰獲其憝,林甫正宗。②⁽⁵⁾ 得是昏蝕,魅恠橫惑,爾曾何力。"

校勘:

①"得赫日午烈",吳騑本、正德本、汲古閣本、黄燁然本、十大家本、朝鮮抄本作"得是赫日烈",閔齊伋本、《全唐文》作"得是赫烈",《全唐文》本是。鄒韜奮:"與下句相對,日字當爲衍文。"

②正,吳騑本、汲古閣本、黄燁然本、閔齊伋本、十大家本、讀有用書齋本作"敬"。

注釋:

(1)闋,止,終。迎,迎擊。斬,砍斷。舌,言語。

(2)房指房玄齡,杜指杜如晦,是唐太宗時期的宰相,在貞觀之治中起過重要作用。姚指姚崇,宋指宋璟,是唐玄宗時期的宰相,在開元盛世中起過重要作用。

(3)赫烈:唐人常用,如儲光羲《效古詩》:"晨登涼風臺,暮走邯鄲道。曜靈何赫烈,四野無青草。"吳筠《覽古》:"楚穆肆巨逆,福柄奚赫烈。"柳宗元《賀進士王參元失火書》:"足下勤奉養寧朝夕唯恬安無事是望也,今乃有焚煬赫烈之虞。"

(4)結,結束。

(5)李林甫,玄宗時著名姦相。許敬宗,高宗時宰相,也被認爲是姦相。

今者日白風清，忠簡盈庭，①(1)闆南俟霈，闆北俟霽，(2)矧帝城闐闐，何賴窮邊，(3)帑廩如封，何賴疲農，(4)禁甲飽獰，尚何用天下兵！②(5)神曾何知，孰愧往時。(6)

校勘：
①忠，《續古逸叢書》刊宋本作"中"；顧廣圻校宋本作"中"，改爲"忠"。
②獰，吳棫本作寧。

注釋：
（1）忠，忠誠無私，盡心竭力。簡，通"諫"。《左傳·成公八年》："《詩》曰：'猶之未遠，是用大簡。'"杜預注："簡，諫也。《詩·大雅》言王者圖事不遠，故用大道諫之。"今本《詩·大雅·板》"簡"作"諫"。
（2）霈，大雨。霽，雨止天晴。
（3）闐闐，眾多、旺盛的樣子。《詩·小雅·採芑》："伐鼓淵淵，振旅闐闐。"高亨注："闐闐，兵勢衆盛貌。"唐歐陽詹《福州南澗寺上方石像記》："萬物闐闐，各由襲沿。"
（4）帑，藏金帛的府庫。廩，糧倉。封，墳狀的堆積土。《列子·楊朱》："聚酒千鐘，積麴成封。"
（5）獰，兇猛。

神不能對，退而笑(1)曰："孫樵，誰欺乎？欺古乎？欺今乎？吁！"

注釋：
（1）《評注孫可之集》：奇趣。

評論：
《評注孫可之集》評："楊昇庵曰：王文恪得可之集讀之，歎曰：'此宇宙真文章！'欲學之，惜乎晚矣！""譎諫：《經緯集》一部，其間憤時傷俗之語，不托之神，即寓之虺，反從旁開釋之，所以言雖好盡，無傷國武子之禍，而聞者足戒，此從真訣得來。"
《孫文志疑》："賦三篇，亦皆僞撰，而賦較可觀者，知僞撰之人乃一詞賦手也。"

王葆心《古文辭通義》："世稱《史記·項羽本紀》，其全書文法悉匯於此，後世之文規遷書者，往往不能不依此篇之風範。儲中子遂有以諸家名篇納入此篇讀之之法。其門徑云：'陸士衡《五等諸侯論》、蘇廷碩《東封朝覲壇頌》、獨孤至之《夢遠游賦》、韓退之《進學解》《毛穎傳》、孫可之《大明宮紀夢》、歐陽永叔《王鎔傳》《王淑妃傳》《伶官傳》、蘇子瞻《十八羅漢贊》《戰國養士論》、陳同甫《上孝宗書》，皆得太史公之神，當與《項羽本紀》同讀。初學必須解得此意，方可作文字。'"（阮葵生《茶餘客話》，亦見梁紹壬《兩般秋雨庵隨筆》）

錢基博《韓愈文讀·附錄下》："《大明宮賦》不用奇字，而句法特獎峭。"

露臺遺基賦 並序[1]

編年：

此文李光富、傅璇琮、陳文新均係於會昌五年（845）。傅璇琮《唐五代文學編年史·晚唐卷》根據"武皇郊天，明年，作望仙臺於城之南"係此文於唐武宗會昌五年。"據《舊唐書·武宗紀》，武宗敕作望仙臺在本年正月，而六月'神策奏修望仙樓及廊舍五百三十九間功畢'。"1987年，李光富發表《孫樵生平及孫文係年》一文，也係此文於唐武宗會昌五年，所據也是本文第一句話。另據《資治通鑑·唐武宗會昌元年》"春，正月，辛巳，上祀圜丘，赦天下，改元"的記載，以及汪師韓"《新唐書》會昌元年有事於南郊，五年作望仙臺於南郊。此云郊天，明年作望仙臺與史未合"的判斷。陳文新："孫樵本年作《露臺遺基賦並序》，諷唐武宗之迷信神仙之說。……按，《舊唐書·武宗本紀》，武宗敕作望仙臺在本年正月，而六月'神策奏修望仙樓及廊舍五百三十九間功畢'。"《舊唐書·武宗紀》："五年春正月己酉朔，敕造望仙臺於南郊。"《柳仲郢傳》載會昌五年，"武宗築望仙臺，仲郢累疏切諫"。《新唐書·柳仲郢傳》亦載此事，但云"會昌初"。《孫文志疑》："按《新唐書》會昌元年有事於南郊，五年，作望仙臺於南郊。此云郊天，明年作望仙臺。與史未合。"《舊唐書·禮儀志》載："武德初，定令：……孟春辛日，祈谷，祀感帝於南郊，元帝配，牲用蒼犢二。"所以，每年都要郊天。汪師韓所言矛盾並不存在。

注釋：

（1）黃燁然本無"並序"二字。《舊唐書·武宗紀》："五年春正月己酉朔，敕造望仙臺於南郊。"《柳仲郢傳》載會昌五年，"武宗築望仙臺，仲郢累疏切諫"。《新唐書·柳仲郢傳》亦載此事，但云"會昌初"。《舊唐書·禮儀志》載："武德初，定令：……孟春辛日，祈穀，祀感帝於南郊，元帝配，牲用蒼犢二。"

《孫文志疑》："露臺遺基：《漢書·文帝本紀》贊云：嘗欲作露臺，召匠計之，直百金。上曰：'百金，中人十家之産也。吾奉先帝宮室，常恐羞之，何以臺爲？'顏師古注曰：'今新豐城南驪山之頂有露臺鄉，極爲高屹，猶有文帝所欲築臺之處。'""望仙臺：宋裴庭裕《東觀奏記》：武宗好長生久視之術，大中築望仙臺，勢侵天漢。上始即位，道士趙歸眞杖殺之，罷望仙臺。大中八年，復命葺之。右補闕陳凝已下抗疏論其事，立罷修造，以其院爲文思院。""按《新唐書》會昌元年有事於南郊，五年，作望仙臺於南郊。此云郊天，明年作望仙臺。與史未合。"

露臺，《史記·孝文本紀》："孝文帝從代來，即位二十三年，宮室、苑囿、狗馬、服御無所增益，有不便輒弛以利民。嘗欲作露臺，召匠計之，直百金。上曰：'百金，中民十家之産。吾奉先帝宮室，常恐羞之，何以臺爲！'"《漢書·孝文本紀》贊："孝文皇帝即位二十三年，宮室苑囿車騎服御無所增益。有不便，輒弛以利民。嘗欲作露臺，召匠計之，直百金。上曰：'百金，中人十家之産也。吾奉先帝宮室，常恐羞之，何以臺爲！'"

武皇郊天，明年，作望仙臺於城之南。⁽¹⁾農事方殷，而興土功，且有縻於縣官也。①樵東過驪山，得露臺遺基，遂作賦以諷之。⁽²⁾

校勘：
①縻，《全唐文》作"糜"；吳鼒本作"靡"。

注釋：
（1）郊，古帝王祭祀天地。冬至祭天於南郊，夏至瘞地於北郊。
（2）驪山，在陝西省臨潼縣東南，因古驪戎居此得名，是著名的遊覽、休養勝地，又名酈山。

驪橫奏原，東走盤連，①⁽¹⁾有土如積，其高逾尺，②隱於修崗③⁽²⁾，屹若環堂，徘徊山下，問於牧者。⁽³⁾

校勘：
①奏，正德本、吳棐本、汲古閣本、黃燁然本、閔齊伋本、《全唐文》、十大家本、朝鮮抄本、讀有用書齋本作"秦"，應作"秦"。
②有，《全唐文》作"其"。
③崗，正德本、閔齊伋本、十大家本、《全唐文》作"岡"。

注釋：
（1）原，寬廣平坦之地。《詩·大雅·綿》："周原膴膴，菫荼如飴。"鄭玄箋："廣平曰原。"盤，廣大。《文選·枚乘〈七發〉》："軋盤湧裔原不可當。"李善注："軋，塊無垠貌也。盤，謂盤礴，廣大貌。湧裔，行貌也。"連，連綿不絕。
（2）修，長。
（3）堂，《說文》："堂，殿也。"段注："堂之所以偁殿者，正謂前有陛四緣皆高起。……古曰堂，漢以後曰殿。古上下皆稱堂，漢上下皆稱殿。至唐以後，人臣無有稱殿者矣。"環，圓形。

對曰："惟昔漢文，①爲天下君，守以恭默，民無怨懟，⁽¹⁾天下大同，帝駕而東，經營相視，茲山之址，乃因其崇以興土功。"⁽²⁾茲臺始基，軫於帝思，既命其吏，枚之經費，②⁽³⁾乃下詔曰：

校勘：
①惟，汲古閣本、黃燁然本、十大家本、吳棐本、讀有用書齋本作"唯"。惟，《說文》："凡思也。"段注："凡思，謂浮泛之思。《生民》：'載謀載惟'。箋云：'諏謀其日，思念其禮。'按經傳多用爲發語之詞，毛詩皆作維，論語皆作唯，古文尚書皆作惟，今文尚書皆作維。古文尚書作惟者，唐石經之類可証也。今文尚書作維者，漢石經殘字可証也。俗本匡謬正俗乃互易之，大誤。又魯詩作惟，與毛詩作維不同，亦見漢石經殘字。"
②始，《全唐文》作"之"。枚，《全唐文》、吳棐本、正德本、讀有用書齋本作"校"；汲古閣本、黃燁然本、閔齊伋本、朝鮮抄本、十大家本作"挍"。"枚"字誤，"校"與"挍"通。

注釋：

（1）恭，肅。默，默的異體字，静穆。怨，怨恨。懟，作惡。怨懟，因怨恨而作惡。

（2）大同，儒家的理想社會。《禮記·禮運》："大道之行也，天下爲公。選賢與能，講信脩睦，故人不獨親其親，不獨子其子，使老有所終，壯有所用，幼有所長，矜寡孤獨廢疾者，皆有所養。男有分，女有歸，貨惡其棄於地也，不必藏於己；力惡其不出於身也，不必爲己。是故謀閉而不興，盜竊亂賊而不作，故外户而不閉，是謂大同。"經，籌劃。營，丈量。

（3）軫，顧念。經費，舊指國家經常費用。《史記·平準書》："自天子以至於封君湯沐邑，皆各爲私奉養焉，不領於天下之經費。"司馬貞索隱："不領入天子之常税，爲一年之費也。"唐韓愈《順宗實録二》："乙丑，停鹽鐵使進獻，舊鹽鐵錢物，悉入正庫，一助經費。"

朕以涼德，君子萬國，①(1)唯日兢兢，如蹈春冰，高祖惠宗，肇啓我邦②(2)，作此宫室，庶幾無逸。(3)

校勘：

①子，吴翿本、正德本、汲古閣本、黄燁然本、十大家本、讀有用書齋本、朝鮮抄本作"于"；閔齊伋本、《全唐文》作"於"，當作"于"。子，可以子萬民，不能子萬國。

②肇啓我邦，朝鮮抄本作"肇啓我邦圪"；閔齊伋本、《全唐文》作"肇啓我邦墉"；正德本作"肇我邦"；吴翿本作"肇造我邦"，下注"一作肇我邦圪"；汲古閣本、黄燁然本、十大家本作"肇我邦圪"。本賦基本上每句四字，句句用韵，每兩句或四句一換韵，"唯日兢兢，如蹈春冰，高祖惠宗，肇啓我邦"四句一韵，"邦"是韵脚，所以作"肇我邦圪""肇啓我邦墉""肇啓我邦圪"與句式、押韵有不合處。

注釋：

（1）涼，薄。段玉裁注："《廣韵》、《玉篇》皆云，凉，俗涼字，至《集韵》乃特出凉字。"

（2）啓，開拓，開創。《詩·魯頌·閟宫》："大啓爾宇，爲周室輔。"《韓非子·有度》："齊桓公並國三十，啓地三千里。"高祖，開國之君的廟號，此指漢高祖劉邦。惠宗，漢惠帝劉盈。肇，開始。

（3）作，興建，建造。逸，"逸"的異體字，放縱，荒淫。

逮夫朕躬,①孰敢加隆？矧糜府財以經此臺。②(1)周爲靈台，成乎子來，文王以昇，以考休征，茲臺以平，周德惟馨。③(2)章華雖高，楚民亦勞，靈王宣驕，諸侯不朝，民既攜二,④王遂以死(3)。豈朕不懲，斯役實興，鳩材嘯工，以害三農，斯豈文王靈台之旨哉?⑤宜詔有司，亟令罷之。此基基者乎?⑥

校勘：
①夫，吳酺本作"天"，誤。
②糜，黃燁然本、《全唐文》作"糜"；吳酺本作"靡"。
③茲，《全唐文》作"此"。惟，汲古閣本、十大家本、吳酺本、讀有用書齋本作"唯"。
④二，吳酺本、黃燁然本、閔齊伋本、十大家本、《全唐文》、讀有用書齋本作"貳"。
⑤嘯，《全唐文》作"集"。旨作"旨"，為"旨"的異體字；吳酺本、正德本、汲古閣本、黃燁然本、閔齊伋本、十大家本、《全唐文》、朝鮮抄本作"不日"。
⑥宜，《全唐文》作"宣"。第一個"基"，吳酺本、正德本、汲古閣本、黃燁然本、閔齊伋本、十大家本、朝鮮抄本、讀有用書齋本作"其"，是。此句《全唐文》作"此遺基之所以存者乎"。

注釋：
(1) 隆，盛大。矧，況且。
(2) 周文王營造靈臺事，見《詩經·大雅·靈臺》。其詩曰："經始靈臺，經之營之，庶民攻之，不日成之，經始勿亟，庶民子來。"朱熹《詩集傳》："文王之臺，方其經度營表之際，而庶民已來作之，所以不終日而成也。雖文王心恐煩民，戒令勿亟，而民心樂之，如子趣父事，不召自來也。"
(3) 周靈王建章華臺在公元前535年，漢代邊讓曾有《章華臺賦》諷刺楚靈王。

卒歌而去之，且曰："彼通天兮，鞅埃塲之巍巍，此靈臺兮，蔽秋草之離離。已而已而，世無比兮，吾孰知其是非。"(1)

注釋：
(1)《孫文志疑》：此調後屢屢用之。

評論：

林紓《歐孫合集》："露臺之基，何爲賦之？賦之有所諷也。韻詞音節甚激亢。"

出蜀賦

編年：

孫樵《出蜀賦》云："辛酉之直年兮，引敗車而還養。"辛酉即唐武宗會昌元年，則孫樵回蜀在會昌元年年底。李光富、傅璇琮、陳文新也據此語系本文於會昌元年。

辛酉之直年兮，引敗車而還養。①(1) 濟潼梓之重江，出大劍之復關，②(2) 駭天險之重阻兮，峙連崗而外坤，③(3) 譎石詭崖汨其城屬兮，屹紆鬱於雲昏，④(4) 嵌峕峕而查牙兮，上攢羅而憂天，⑤(5) 中呀坼以隙斜兮，⑥ 途詰屈而隘穿，以去以來奔蹄疾足兮，鼠出入乎穴間。(6)

校勘：

①養，吳酺本、正德本、汲古閣本、黃燁然本、閔齊伋本、十大家本、朝鮮抄本、讀有用書齋本作"秦"。此句《全唐文》作"引敗軍而言旋"。從文中所言行程，則非"還秦"。所以，《全唐文》作"言旋"。

②重江，吳酺本"重江"下有"兮"字。關，吳酺本作"門"。

③崗，閔齊伋本、《全唐文》、十大家本、朝鮮抄本"岡"。

④汨，閔齊伋本作"泊"，《全唐文》作"汨汨"。

⑤羅，《全唐文》"羅"字下有"布"字。

⑥坼，閔齊伋本、《全唐文》作"拆"。拆，同"坼"，裂開。"坼"下"以"，朝鮮抄本作"而"。

注釋：

(1) 辛酉，《孫文志疑》："即武宗會昌元年。"直，通"值"，當。《康熙字典》："《史記·項羽紀》：'直夜潰圍。'注：'直，讀曰值，當也。'《索隱》曰：'古字例以直爲值。'《前漢·酷吏傳》：'無直甯成之怒。'《史記》作值。"年，年節。養，奉養，侍奉。

(2) 重江，《元和郡縣圖志》載劍南道梓州"因梓潼水爲名"，州城"左帶涪水，右挾中江"。潼，水名，在今四川梓潼縣。梓，地名，在今四川三臺縣。大劍，指大劍山，今四川劍山。復，重叠。這是寫孫樵從梓潼縣到劍門縣。

（3）峙，聳立。外，超越。坤，大地。

（4）譎，奇異。詭，奇異。汩，亂。紆鬱，曲深貌。漢王延壽《魯靈光殿賦》："屹山峙以紆鬱，隆崛岉乎青雲。"

（5）嵌，險峻。查牙，錯出不齊。攢，聚集。羅，分佈。戞，觸及。

（6）呀，空曠，敞開。坼，裂開。詰屈，曲折。隘，阻止。穿，通過。

塞余馬之不息，屆峽山之偪側，[①](1) 劃崇巒而急來，[②] 水洭空而混碧，[③](2) 途迫高而緣深，不尺直而又曲，跬危步之促促，栗若跣而蹈棘。(3)

校勘：

① 屆，全唐文、讀有用書齋本作"屆"；吳棐本作"屆"。《玉篇》："屆，居薤切，至也，極也。""届，徒連切。届，穴也。"《說文》："届，行不便也，一曰極也。"

② "而"，正德本、吳棐本、汲古閣本、黃燁然本、閔齊伋本、十大家本、朝鮮抄本作"之"。急，正德本、汲古閣本、黃燁然本、閔齊伋本、十大家本、朝鮮抄本作"怒"。

③ 洭，吳棐本、汲古閣本、閔齊伋本、十大家本、《全唐文》、朝鮮抄本、讀有用書齋本作"涵"。

注釋：

（1）屆，至，到。偪，狹窄。側，通"仄"，狹窄。

（2）劃，開。洭，包含，包容。

（3）棘，《康熙字典》："棘，《說文》小棗叢生者。《詩詁》棘如棗而多刺，木堅，色赤，叢生，人多以為藩。歲久無刺，亦能高大如棗。木色白者為白棘，實酸者為樲棘，亦名酸棗。"

朝天雙峙以虧蔽，中慘栗而陰翳，(1) 倏下馳而上回，若出地而天開，龍堂呀呀而上啓，怳若虎而欲噬，[①](2) 泉膡沸而中洌，靈窀窀乎像設。(3)

校勘：

① 虎，黃燁然本、閔齊伋本、《全唐文》作"虎踞"，本文兩句一單元，每單元的第二句都是六字句。所以，應作"虎"。

注釋：

（1）朝天，指朝天嶺。《輿地紀勝》："朝天嶺在州（利州）北五十里，路徑絕險。"虧，《説文》："氣損也。"此處意義不通。蔽，遮擋。慘栗，非常寒冷。《素問·至真要大論》："歲太陽在泉，寒淫所勝，則凝肅慘栗。"王冰注："慘栗，寒甚也。"《古詩十九首·孟冬寒氣至》："孟冬寒氣至，北風何慘栗。"晉葛洪《抱樸子·廣譬》："凝冰慘栗，而不能凋歟冬之華。"陰翳，陰霾。

（2）龍堂，畫有蛟龍之堂。《楚辭·九歌·河伯》："魚鱗屋兮龍堂，紫貝闕兮朱宫。"王逸注："言河伯所居，以魚鱗蓋屋，堂畫蛟龍之文……形容異制，甚鮮好也。"後用指龍宫。唐李商隱《海上謠》："借得龍堂寬，曉出揲雲發。"呀呀，高聳貌；陡峭貌。唐韓愈《月蝕詩效玉川子作》："東方青色龍，牙角何呀呀。"

（3）觱沸，泉水涌出貌。觱，通"滭"。《詩·小雅·采菽》："觱沸檻泉，言採其芹。"毛傳："觱沸，泉出貌。"唐劉禹錫《復荆門縣記》："昔飲於洿，夏涸冬枯，自公感通，觱沸生兮。"《類篇》："窣，息七切，從穴出也。"《類篇·穴部》："窣，蘇骨切。《説文》：'穴中卒也。'又蒼没切，忽自穴出也。"

眄山川以懷古，^① 得籌筆於途説，⁽¹⁾ 指前峯之孤秀，傳卧龍之餘烈，⁽²⁾ 嘗杖師而北去，^② 抗霸圖而此決，^③ 曾尺疆之不辟，徒賁志而灰滅。^{④(3)}

校勘：

①眄，汲古閣本、十大家本作"眅"。以，《全唐文》作"而"。
②杖，吴駪本、正德本、汲古閣本、黄燁然本、閔齊伋本、十大家本、朝鮮抄本作"枚"。
③圖，《全唐文》作"國"。
④賁，《全唐文》、十大家本、吴駪本、朝鮮抄本、正德本、讀有用書齋本作"齋"。

注釋：

（1）《明一統志》卷六八："籌筆驛，在廣元縣北八十里，蜀漢諸葛亮出師，嘗駐於此。唐李義山詩'魚鳥猶疑畏簡書，風雲長爲護儲胥。徒令上將揮神筆，終見降王走傳車。管樂有才終不忝，關張無命欲何如。他年錦裏經祠廟，梁甫吟成恨有餘。'"嚴耕望《唐代交通圖攷》引《輿地紀勝》："籌筆驛，在綿谷縣，去州（利州）北九十九里。"

（2）臥龍，指諸葛亮。

（3）賫，懷著。江淹《恨賦》："賫志沒地。"齎，懷著，抱著。

越百牢而南指，憩石門之委邃，⁽¹⁾六陰崖而戶開，屹巍巍以皚皚，⁽²⁾外攢怪石之參差兮，勢業峨而上排，^{①(3)}狀若欝雲之始騰，又似乎潮波之却頹。^②中窅窱以寧豁，^③敞曠朗而洞達，⁽⁴⁾灌嵓泉之瀯瀯，^④鏘環佩於閨闥。⁽⁵⁾躡危石而後通，忽泱漭而無窮。⁽⁶⁾

校勘：

①峩，黃燁然本、閔齊伋本、《全唐文》作"巖"。上，《全唐文》作"山"。

②似，十大家本、朝鮮抄本、正德本、讀有用書齋本、吳鼎本、《唐宋十大家》本作"侣"。

③窅，《全唐文》、十大家本、讀有用書齋本、吳鼎本、《全唐文》作"窈"。

④灌，吳鼎本、正德本、汲古閣本、黃燁然本、閔齊伋本、《全唐文》、十大家本、朝鮮抄本作"攉"；《續古逸叢書》刊宋本作"催"。

注釋：

（1）百牢，古關名。隋置，原名白馬關，後改。在今陝西省勉縣西南。清顧祖禹《讀史方輿紀要·陝西五·漢中府》："百牢關在州西南，隋開皇中置，以蜀路險，號曰百牢也。或曰，其地有百牢谷，因名。"嚴耕望《唐代交通圖攷》："亦省作'百牢'。"石門，指古褒斜谷通道。在今陝西西南，道旁多摩崖刻石，以東漢的《石門頌》、北魏的《石門銘》最為著名。

（2）巍巍，高大。皚皚，雪白的樣子。

（3）攢，"攅"的異體字，聚集。業峨，亦作"嶪峨"，高大巍峨。唐韓愈《元和聖德詩》："瀆鬼蒙鴻，岳只業峨。"

（4）窅，《類篇》："窅，吉吊切，窅窱，深遠也。"寧豁，開闊。寧，《類篇》："寧，虛交切，氣上蒸。"曠朗，朦朧不明。洞達，暢通無阻。

（5）灌，深。《類篇》："灌，徂回切，灌澄，雪霜集聚兒。又取猥切。《說文》：'深也。'引《詩》'有灌者淵'。"段玉裁："《小雅》：'有灌者淵。'毛傳曰：'灌，深兒'。"瀯瀯，水流迴旋。

（6）泱漭，廣大。

包溪懷壑而爲深兮，繚巒崗而四崇，[①(1)]蘿薜冪歷於嵓穴兮，雲木森其青苍，[②(2)]鬱桂椒與木蘭兮，芬淑鬱而駭風。[(3)]

校勘：

①崗，吳栻本作"岡"；《全唐文》、十大家本作"岡"。

②苍，十大家本、朝鮮抄本、讀有用書齋本作"蒼"；吳栻本、《全唐文》作"蔥"。

注釋：

（1）包，包容，包涵。懷，包容，包圍。壑，《莊子·天地篇》："大壑之爲物也，注焉而不滿，酌焉而不竭。"繚，圍遶。

（2）蘿，松蘿，或云女蘿，蔓生植物，色青灰，緣松柏或其他喬木而生，亦間有寄生石上者，枝體下垂如絲狀。薜，女蘿。冪，覆蓋。《宋本玉篇》："冪，莫歷切，蓋食巾。"《龍龕手鏡》："冪，音覓。覆食巾。又冪羅，婦人所戴，羅音離。"歷，盡；遍。《書·盤庚下》："今予其敷心腹腎腸，歷告爾百姓於朕志。"漢王褒《四子講德論》："於是相與結侶，攜手俱游，求賢索友，歷於西州。"森，樹木高聳繁密。

（3）鬱，叢集茂密。《詩·秦風·晨風》："鴥彼晨風，鬱彼北林。"毛傳："鬱，積也。"孔穎達疏："鬱積而茂盛者，彼北林之木也。"《文選·揚雄〈甘泉賦〉》："回猋肆其砀駭兮，翍桂椒而鬱栘楊。"李善注引《說文》："鬱，木聚生也。"桂，木名。椒，木名，即花椒，落葉灌木或小喬木，有香氣。果實可做調味的香料，也可供藥用，種子亦用以和泥涂壁。《詩·唐風·椒聊》："椒聊之實，蕃衍盈昇。"陸璣疏："椒樹似茱萸，有鍼刺，莖葉堅而滑澤。"木蘭，香木名，又名杜蘭、林蘭，皮似桂而香，狀如楠樹。司馬相如《子虛賦》："其北則有陰林巨樹，楩柟豫章，桂椒木蘭，檗離朱楊。"芬，香氣。淑，美好。鬱，香氣濃郁。《文選·司馬相如〈上林賦〉》："芬芳漚鬱，酷烈淑鬱。"郭璞注："香氣盛也。"《文選·劉孝標〈廣絕交論〉》："且心同琴瑟，言鬱鬱於蘭茝。"李善注："鬱鬱，香也。"

曾不可以久留兮，[①]車軋軋而又東。[(1)]陟雞幘之蹇嶇，下七折之峻坂。[②(2)]褒斜吁其陡束兮，左窮溪兮右重巘，[③(3)]綿飛棧而屬危梁兮，續畏途而呀斷，[(4)]下臨千仞之驚流兮，波湔洞而雷抃。[(5)]

校勘：

①曾，《全唐文》無"曾"字。

②蹇，《全唐文》作"險"。坂，《全唐文》、讀有用書齋本作"阪"。
③吁，黃燁然本、讀有用書齋本作"紆"。

注釋：

（1）軋軋，象聲詞。唐許渾《旅懷》詩："征車何軋軋，南北極天涯。"宋柳永《采蓮令》詞："翠娥執手送臨歧，軋軋開朱戶。"東，向東。

（2）雞幘，儲欣曰："嶺名。"墟，山丘。蹇，不順利。坂，山坡。

（3）褒斜，古谷名。《後漢書·順帝紀》："通褒斜路。"李賢注引《三秦記》："褒斜，漢中谷名。南谷名褒，北谷名斜，首尾七百里。"褒斜道，古道路名，因取道褒水、斜水二河谷得名。二水同出秦嶺太白山，褒水南注漢水，谷口在今陝西省勉縣褒城鎮北，斜水北注渭水，谷口在今陝西省眉縣西南。通道山勢險峻，歷代鑿山架木，於絕壁修成棧道，舊時為川陝交通要道。宋王應麟《困學紀聞·考史六》："褒斜道、故道：褒水通沔，在興元府褒城縣；斜水通渭，在京兆府武功縣。故道今鳳州梁泉縣。"亦省作"褒斜"。吁，驚嘆。隘束，狹窄險隘。唐劉禹錫《山南西道新修驛路記》："駔邃之途，敲危隘束。"巘，山峰。

（4）綿，延續；連續。《穀梁傳·成公十四年》："長轂五百乘，綿地千里。"範寧注："綿猶彌漫。"《文選·張衡〈思玄賦〉》："潛服膺以永靖兮，綿日月而不衰。"舊注："綿，連也。"屬，繼續，連接。呀，張口，引申為吃驚的樣子。斷，斷開。

（5）潝洞，水勢汹涌。抃，搏擊。《文選·左思〈吳都賦〉》："翹關扛鼎，抃射壺博。"李善注引孟康曰："手搏為'抃'。"

　　當玄冬之隆烈，觸密雪之飛噴，①舞廻飇而颺九垠，②天地紛其漫漫，路縈積以迷沒，(1)馬蕭蕭而不進，心悸悸而程不敢逸兮，徒懍栗而興嘆。③(2)

校勘：

①玄，吳棐本、正德本、汲古閣本、黃燁然本、十大家本作"玄"；《全唐文》作"元"。雪，《全唐文》作"雲"。

②飇，讀有用書齋本、《全唐文》作"飈"；吳棐本作"飆"。颺，《全唐文》作"揚"。垠，續古逸叢書刊宋本作"垠"；顧廣圻校宋本作"垠"，改為"垠"。

③程，黃燁然本無此字。逸，讀有用書齋本作"逸"。嘆，《全唐

文》、十大家本、讀有用書齋本作"歎"。

注釋：

（1）颷，旋風。積，集聚。颺，飛揚，飄揚。

（2）憭栗，淒涼的樣子。

出大散之奧區，若脫足於囚拘，⁽¹⁾涉汧渭之沄沄，歷岐雍之通途，⁽²⁾田原欝以澶漫兮，彌千里而爲都。⁽³⁾背槐里而趍咸陽兮，①索嬴劉之舊墟，⁽⁴⁾承明冀辟緬以夷漫兮，②得隱嶙之頮隅，③⁽⁵⁾獨五陵之尚完，兀高平而草蕪。⁽⁶⁾

校勘：

①背，黃燁然本作"皆"。咸，《續古逸叢書》刊宋本作"感"。

②辟，吳棐本、正德本、汲古閣本作"關"；黃燁然本、閔齊伋本、讀有用書齋本、十大家本、《全唐文》作"闕"，應作"闢"。

③頮，吳棐本、正德本、汲古閣本、黃燁然本、十大家本、朝鮮抄本作"顏"，閔齊伋本作"離顏"。

注釋：

（1）大散，關名，在陝西寶雞西南的大散嶺上，也稱散關。奧：《國語·周語中·定與使單襄與聘於宋》"野無奧草"注："奧，深也。"《康熙字典》"奧"字條注："積聚。"指草深且多，這裡指山深且多。

（2）汧，水名，渭水支流，今名千河，源出甘肅省六盤山南麓，上遊東南流經陝西省隴縣千陽注入渭河。古以河中出五色魚，因又稱爲龍魚川。渭，水名，黃河最大支流，源出甘肅省鳥鼠山，橫貫陝西省中部，至潼關入黃河。沄沄，水流汹涌的樣子。岐，山名，在今陝西省岐山縣境，上古稱"岐"。《書·禹貢》："道岍及岐，至於荆山。"孔傳："三山皆在雍州。"《詩·大雅·綿》："率西水滸，至於岐下。"《文選·張衡〈西京賦〉》："岐、梁、汧、雍。"薛綜注引《說文》："岐山在長安西美陽縣界，山有兩岐，因以名焉。"雍，古九州之一。《書·禹貢》："黑水西河惟雍州。"孔穎達疏："計雍州之境，被荒服之外，東不越河，而西踰黑水。王肅云'西據黑水、東距西河'，所言得其實也。"

（3）澶漫，寬長貌；廣遠貌。《文選·張衡〈西京賦〉》："澶漫靡迤，作鎮於近。"劉良注："澶漫靡迤，寬長貌。"

（4）槐里，古代長安里巷名。唐宋之問《魯忠王挽詞》詩之二："人悲槐里月，馬踏槿原霜。"唐錢起《送馬員外拜官觀省》："歸覲屢經槐里月，出師常笑棘門軍。"

（5）承明，即承明廬，漢承明殿旁屋，侍臣值宿所居，稱承明廬。又三國魏文帝以建始殿朝群臣，門曰承明，其朝臣止息之所亦稱承明廬。《漢書·嚴助傳》："君厭承明之廬，勞侍從之事，懷故土，出爲郡吏。"顏師古注引張晏曰："承明廬在石梁閣外，直宿所止曰廬。"《文選·應璩〈百一詩〉》："問我何功德？三人承明廬。"張銑注："承明，謁天子待制處也。"後以入承明廬爲入朝或在朝爲官的典故。冀辟，應爲冀闕，古時宮庭外的門闕。《史記·商君列傳》："居三年，作爲築冀闕宮庭於咸陽。"司馬貞索隱："冀闕，即魏闕也。冀，記也。出列教令，當記於此門闕。"緬，遙遠。夷漫，漫滅；磨平。《文選·潘岳〈西征賦〉》："所謂尚冠、脩成……皆夷漫滌盪，亡其處而有其名。"呂向注："夷漫滌盪，平滅貌。"隱嶙，拔地而起，突兀貌。《文選·潘岳〈西征賦〉》："覓陛殿之餘基，裁岥岮以隱嶙。"李善注："隱嶙，絕起貌。"隅，角落。

（6）五陵，長陵、安陵、陽陵、茂陵、平陵的合稱。五陵均在渭水北岸，今陝西咸陽市附近，爲西漢五個皇帝高祖、惠帝、景帝、武帝、昭帝陵墓所在地。

抵長都之岌岌，排閶闔而西入，(1) 荷天衢之廣辟，① 仰白日之赫赫，(2) 彀弱弓而滿鈆鏃兮，② 即澤宮而睨的。(3)

校勘：
①辟，十大家本、吳棫本、正德本、汲古閣本作"關"。
②鈆，閔齊伋本、讀有用書齋本、《全唐文》作"鉛"，黃燁然本作"訟"。鏃，十大家本、正德本、汲古閣本、黃燁然本、朝鮮抄本作"族"。

注釋：
（1）排，推開；推擠。《楚辭·遠遊》："命天閽其開關兮，排閶闔而望予。"洪興祖補注："排，推也。"閶闔，傳說中的天門。王逸注："閶闔，天門也。"

（2）荷，承受。辟，開闊。

（3）彀，張滿弓弩。滿，射箭時，彎弓引弦至箭頭剛露出弓把的位置。澤宮，宮名。周代習射選士之處。《禮記·射義》："天子將祭，必先習射於澤。澤者，所以擇士也。"鄭玄注："澤，宮名也。"睨，視。

夫何疏貢之缺條兮,^①忽有司之吾斥。曾不得而上通兮,^②居悒悒而不適。闕庭藹其多士兮,⁽¹⁾皆云夫賢索。^③不自分其能否兮,瞰朱門之投跡。⁽²⁾蔑一人之我先,若捧水而投石。⁽³⁾

校勘:
①疏,吳棻本、汲古閣本、黃燁然本、閔齊伋本、十大家本、朝鮮抄本作"號"。宋本"而滿鉎鏇兮即澤宮而睨的夫何疏貢之"作小字。
②通,《全唐文》作"達"。
③云,閔齊伋本、《全唐文》"云"下有"巫"字。

注釋:
(1)藹,賢士眾多的樣子。《爾雅·釋訓》"藹藹"注:"賢士盛多之容止。"《詩·大雅》"藹藹王多吉士"毛傳:"藹藹,濟濟也。"
(2)瞰,視,看。
(3)蔑,無。"若捧水而投石",《經緯集箋注》注:"魏李康,字蕭遠,《運命論》:'張良受黃石之符,誦三略之説以游於群雄,其言也如以水投石,莫之受也。及其遭漢祖,其言也如以石投水,莫之逆也。'"

念初心之來斯,豈窮愁而徒疑,忽徊徊以惶惶,塞東西而獨悲。⁽¹⁾因默默以心計兮,私展轉而自非。^{①(2)}胡不知進之與道謀兮,徒盛氣而憤時,不知求己以為慮兮,而患人之不知。九衢廣其茫茫兮,混埃壒而紅飛,⁽³⁾漂世波而上下兮,旁窮走而相追,不亦勞乎?⁽⁴⁾於是謝唯唯之面朋,而焚逐逐之燥機,^{②(5)}餒不飽謀,凍不燠謀兮,環畝墻而闔扉,^{③(6)}邀仁義與之為友兮,追五經而為師。倘徉文章之林圃兮,與百氏而驅馳,⁽⁷⁾不穀吾不恥,穀亦吾不辭,^④彼主張為公者,豈終吾遺哉?^{⑤(8)}

校勘:
①私,《全唐文》作"思"。自非,黃燁然本作"自悲"。
②燥,黃燁然本、閔齊伋本、讀有用書齋本、《全唐文》作"躁"。
③燠,正德本、吳棻本、閔齊伋本、十大家本、朝鮮抄本、讀有用書齋本作"煖"。畝,正德本、汲古閣本、吳棻本、黃燁然本、閔齊伋本、《全唐文》、十大家本、朝鮮抄本、讀有用書齋本作"畮"。
④倘,汲古閣本作"倜"。穀,朝鮮抄本、正德本、《全唐文》作"不穀";《續古逸叢書》刊宋本"恥穀"作"穀恥"。
⑤主,正德本、吳棻本、黃燁然本、閔齊伋本、十大家本、朝鮮抄本

作"上"。

注釋：

（1）徊徊，徘徊彷徨，心神不定的樣子。

（2）展轉，憂思不寐的樣子。《楚辭·劉向〈九嘆·惜賢〉》："憂心展轉，愁怫鬱兮。"王逸注："展轉，不寐貌。"

（3）"紅飛"，説明孫樵春天到京師。塪，同"壏"，班固《西都賦》。

（4）漂，奔波。

（5）逐逐，奔忙、匆忙的樣子。機，心意。

（6）燠，暖，熱。《書·洪範》："八，庶征：曰雨，曰暘，曰燠，曰寒，曰風，曰時。"孔穎達疏："《釋言》云：'燠，煖也。'"

（7）徜徉，安閑自得的樣子。

（8）主張是當時人常用的詞語。韓愈《送窮文》："主人應之曰：'子以吾爲真不知也邪？子之朋儔，非六非四，在十去五，滿七除二，各有主張。'"皇甫湜《悲汝南子桑》："何閭閻之死，金玉其墓？何黔婁之死，手足不覆？孰主張其事而顛倒其數？"

評語：

《孫文志疑》：鋪敍而寄興者淺。

《評注孫可之集》評：於亂見志，有味乎其言之！

卷　　二

書何易於

編年：
此文作於會昌五年或之後。李光富係此文於會昌五年，根據是文中"會昌五年，樵過出益昌"一語，此語只能說明孫樵在會昌五年了解到了何易於益昌治跡，並不能說明此文寫作於會昌五年。

何易於嘗爲益昌令，(1)縣距刺史治所四十里，城嘉陵河南。①(2)

校勘：
①河，《唐文粹》《文苑英華》、黃燁然本、閔齊伋本作"江"。

注釋：
（1）益昌屬山南西道興元府利州。
（2）益昌，楊守敬《日本訪書志》："按唐益昌縣，今四川保寧府昭化縣，縣城適在嘉陵江南，唐屬利州刺史。利州今廣元縣，在昭化縣北。下云刺史崔樸自上遊，泛江東下，即謂利州刺史也。故易於自云爲屬令。若非本州刺史，安得稱屬令乎？"

刺史崔樸嘗乘春自上遊，(1)多從賓客，歌酒泛舟東下，直出益昌旁。至則索民挽舟，易於即腰笏引舟上下。①(2)刺史驚問狀。②易於曰："方春，百姓不耕即蠶，(3)隙不可奪，易於爲屬令，當其無事，可以充役。"刺史與賓客跳出舟，(4)偕騎還而去。③

校勘：

①即，十大家本、《全唐文》、讀有用書齋本作"即"；《續古逸叢書》刊宋本作"郎"，下有"自"字。黃征《敦煌俗字典》：即，Φ096《雙恩記》："要飯即雨飯，要衣即雨衣。"按："即"字多出一"點"，頗與"郎"字相似。S.2144《韓擒虎話本》："陳王聞語，念見名將即大功訓，處分左右，放起頭稍。""即"字《敦煌變文集》錄作"郎"，或校作"偌"，或謂"郎大"就是"偌大"之意，同篇下文"即大名將"之"即"反爲"郎"之誤，皆未確。此句同音替代較多，正確讀法是："陳王聞語，念見名將即大（積代）功訓（勳），處分左右，放起頭稍（梢）。""即"乃"積"之借音字。又 S.4654《舜子變》："舜子即忙出門：'老人【萬】福尊體！老人從何方而來？'""即"字原卷亦作"郎"形。

②驚，十大家本、吳棻本、汲古閣本、朝鮮抄本注："一有呌字"；《文苑英華》注："文粹有呌字"；《唐文粹》作"驚呌"。呌，"叫"的异體字。

③而，正德本、汲古閣本、黃燁然本、吳棻本、閔齊伋本、十大家本、《全唐文》無"而"字。

注釋：

（1）崔樸，《唐刺史攷全編》考崔樸約會昌初任利州刺史。《唐代墓志彙編》載盧雄元和丁酉（817）撰《唐鄉貢進士盧君夫人博陵崔氏墓志》："夫人諱熅，姓崔氏，博陵安平人。曾父巘，皇秘書少監，贈左散騎常侍；大父清，皇晉州刺史；父樸，前左監門衛兵曹參軍。"

（2）笏，古代臣朝見君時所執的狹長板子，用玉、象牙、竹木制成。也叫手板。後世惟品官執之。《孫文志疑》："宛然史記。"

（3）《孫文志疑》："敘語老潔。"

（4）《孫文志疑》："跳"字情景俱見。

益昌民多即山樹茶，利私自入，會鹽鐵官奏重榷筦，①(1)詔下所在不得爲百姓匿。易於視詔曰："益昌不征茶，百姓尚不可活，矧厚其賦以毒民乎？"命吏剗去。(2)吏争曰："天子詔所在不得爲百姓匿，今剗去，罪愈重，吏止死，明府公免竄海耶？"②(3)易於曰："吾寧愛一身以毒一邑民乎？③亦不使罪蔓爾曹。"(4)即自縱火焚之。觀察使聞其狀，④以易於挺身爲民，卒不加劾。

28　《孫可之文集》校注

校勘：

①官，《唐文粹》無"官"字。攉，《文苑英華》、汲古閣本、黃燁然本、閔齊伋本、十大家本、《全唐文》、朝鮮抄本、讀有用書齋本作"榷"；正德本、《唐文粹》、吴辥本作"攉"。

②公，朝鮮抄本"公"字下注"一有寧字"；十大家本、吴辥本、汲古閣本注"一下有寧字"；《文苑英華》"公"下有"寧"字，注"集無寧字"。《唐文粹》"公"下有"寧"字。海，汲古閣本、十大家本、朝鮮抄本"海"字下有"裔"字，注"一無裔字"；《唐文粹》、吴辥本、正德本、黃燁然本、閔齊伋本、《全唐文》"海"字下有"裔"字；《文苑英華》注"集無裔字"。

③愛，吴辥本注"一作顧"。

④察，汲古閣本、十大家本、朝鮮抄本"察"字下注"一作風"；《文苑英華》、吴辥本注"文粹作風"；《唐文粹》作"風"。

注釋：

（1）攉，通"榷"，專賣，專利，征收，征税。韓愈《論變鹽法事宜狀》："國家榷鹽，糶與商人。"筦，通"斡"，運轉。

（2）毒，傷害，危害。剗，同"鏟"，削除。

（3）明府，漢亦有以"明府"稱縣令，唐以後多用以專稱縣令。《孫文志疑》："口吻肖。"

（4）蔓，牽連。

邑民死喪，子弱業破，不能具葬者，易於輒出俸錢，使吏爲辦。百姓入常賦，有垂白僂杖者，易於必召坐食，①問政得失。庭有競民，易於皆親自與語，②爲指白枉直，罪小者勸，大者杖，悉立遣之，不以付吏。治益昌三年，獄無係民，民不知役。(1)

校勘：

①坐，吴辥本注"一本下有與字"；《唐文粹》《文苑英華》"坐"下有"與"字。

②皆，吴辥本注"文粹作輒"；汲古閣本、十大家本注"一作輒"；《文苑英華》注"文粹作輒"；《唐文粹》作"輒"。

注釋：

（1）《孫文志疑》："三句收束。"

改綿州羅江令，故治視益昌。①(1)是時故相國裴公刺史綿州，②獨能嘉易於治，(2)嘗從觀其政，道從不過三人，③其全易於廉如是。④(3)

校勘：

①故，吳駜本作"其"，注"一作故"；《唐文粹》、汲古閣本、黃燁然本、閔齊伋本、十大家本、《全唐文》作"其"；《文苑英華》注"文粹作其"。

②故，汲古閣本、十大家本、吳駜本、朝鮮抄本"故"字下注"一無故字"；《文苑英華》注"文粹無故字"；《唐文粹》無"故"字。刺史，汲古閣本、十大家本、朝鮮抄本"刺史"下注"一作出鎮"；《文苑英華》、吳駜本注"文粹作出鎮二字"；《唐文粹》作"出鎮"。

③道，《全唐文》、吳駜本注"一作導"；《唐文粹》《文苑英華》作"導"。

④全，汲古閣本、朝鮮抄本作"合"，下注"一作察"；吳駜本注"一作察"；十大家本作"合"；《文苑英華》作"察"，注"集作全"；《唐文粹》無"全"字；閔齊伋本作"察"。廉，《唐文粹》《全唐文》作"廉約"；汲古閣本、十大家本、朝鮮抄本"廉"字下注"一有約字"。如是，吳駜本注"一本作易於廉約如此"；《唐文粹》《文苑英華》作"易於廉約如此"。

注釋：

（1）羅江，屬劍南道綿州。

（2）裴公，《新唐書》作裴休。汪師韓："按裴休會昌中自尚書郎歷典數郡，其刺史綿州未詳。"《唐刺史攷全編》認爲裴休會昌三年任綿州刺史，根據即此文，"《四川通志》亦謂裴休，疑休由洪州貶綿州，又遷潭州。"《唐刺史攷全編》載，休會昌元年到三年（841—843）任洪州刺史，會昌三年到大中元年（843—847）任潭州刺史，大中元年到二年（847—848）任歙州刺史，大中二年到三年（848—849）任宣州刺史，大中十年（856）任汴州刺史，大中十一年到十三年（857—859）任潞州大都督府長史、昭義軍節度副大使知節度事，大中十三年到咸通元年（859—860）任河東節度使，咸通元年到咸通二年（860—861）任鳳翔隴右節度使，咸通三年到五年（862—864）任荆南節度使。

（3）《孫文志疑》："但引裴公事，而羅江之治自見，不必更縷述也。文章詳略有體，自應爾。且可之得之於益昌民，故宜言益昌獨詳，紀其實乃史體也。"

会昌五年，樵過出益昌，①民有能言何易於治狀者，②(1)且曰："天子設上下考以勉吏，而易於考止中上，何哉？"(2)樵曰："易於督賦如何？"③(3)曰："止請常期，不欲緊繩百姓，使賤出粟帛。"④ "督役如何？"⑤曰："度支費不足，遂出俸錢，冀優貧民。"(4) "饋給徃來權勢如何？"⑥曰："傳符外一無所與。"(5) "擒盜如何？"⑦曰："無盜。"樵曰："予居長安，歲聞給事中校考，⑧(6)則曰某人爲某縣得上下考，由考得某官，⑨問其政，則曰，某人能督賦，先期而畢；某人能督役，省度支費；某人當道，能得徃來達官爲好言；某人能擒若干盜，反若干盜。⑩縣令得上下考者如此。"邑民不對，笑去。(7)

校勘：
①過，吳翩本注"一作道"；《唐文粹》《文苑英華》《續古逸叢書》刊宋本、正德本、汲古閣本、黃燁然本、閔齊伋本、十大家本、《全唐文》、讀有用書齋本作"道"。

②言，吳翩本"言"字下有"而"字。

③如何，《唐文粹》作"何如"。

④止，《唐文粹》、朝鮮抄本、《續古逸叢書》刊宋本作"上"；顧廣圻校宋本作"上"，改爲"止"；吳翩本作"上"，注"一作止"。常，《全唐文》注"一作貸"；吳翩本注"一作貸亦作緊"；《文苑英華》作"貸"，注"集作緊"；《唐文粹》作"貸"。緊，汲古閣本、十大家本、吳翩本、朝鮮抄本"緊"字下注"一作堅"；《文苑英華》作"堅"，注"集作緊"。繩，十大家本、全唐文、吳翩本、《文苑英華》、讀有用書齋本作"繩"；《唐文粹》作"絕"。賤，吳翩本注"一作賦"；《文苑英華》作"賦"。

⑤如何，《唐文粹》作"何如"。

⑥如何，《唐文粹》作"何如"。

⑦如何，《唐文粹》作"何如"。

⑧予，《唐文粹》《全唐文》作"余"。長安，汲古閣本、十大家本、朝鮮抄本"長安"下注"一有'中十二'字"；《文苑英華》有"中"字，注"文粹有十年字"；《唐文粹》作"長安中十年"。歲，汲古閣本、十大家本、吳翩本、朝鮮抄本作"歲"，下注"一作年"。

⑨由考，汲古閣本、十大家本、吳翩本、朝鮮抄本"考"字下注"一作某人由上下考"；《唐文粹》《文苑英華》《全唐文》作"某人由上下考"；黃燁然本作"縣上下考"。

⑩能得徃來達官爲好言，黃燁然本無"能"字。反若干盜，《續古逸

叢書》刊宋本無"反若干盜"字；汲古閣本、十大家本、吳棫本注"一無反若干盜四字"；《唐文粹》《文苑英華》無"反若干盜"。

注釋：

（1）《孫文志疑》："作問答以補前段敘述之所未盡，若俱見於前半篇，則雜遝無法，若起即益昌民説入，則意境平矣，此處又不可以重復也，此等處，俱有史法。"

（2）舊時考核官吏的成績曰"考"；其考語亦曰"考"。《書·舜典》："三載考績，三考，黜陟幽明，庶績咸熙。"唐韓愈《論變鹽法事宜狀》："又宰相者，所以臨察百司，考其殿最。"宋王讜《唐語林·雅量》："盧尚書承慶，總章初，考内外官。有督運遭風失米，盧考之曰：監運損糧，考中下。"宋朱翌《猗覺寮雜記》卷下："唐考功法，雖執政大臣，皆有考詞，亦有賜考者，亦有自書其考者。"古代考績決定黜陟，以任滿一年者爲一考。《宋史·職官志三》："凡内外官，計在官之日，滿一歲爲一考，三考爲一任。"

（3）督，督促。

（4）度支，規劃計算，經費開支。

（5）傳符，通行的符信。《舊唐書·職官志二》："二曰傳符，所以給郵驛，通制令。"

（6）給事中，官名。秦漢爲列侯、將軍、謁者等的加官，侍從皇帝左右，備顧問應對，參議政事，因執事於殿中，故名。魏或爲加官，或爲正官。晋代始爲正官。隋唐以後爲門下省之要職，掌駁正政令之違失。

（7）《唐文粹》至此全文結束。《孫文志疑》："竟收妙。"

樵以爲當世上位者皆知求財爲切，①⁽¹⁾至如緩急補吏，則曰吾患無以共治，⁽²⁾膺命舉賢，則曰吾患無以塞詔。及其有之，知者何人哉！②⁽³⁾継而言之，使何易于不有得於生，必有得於死者，有史官在。⁽⁴⁾

校勘：

①世，汲古閣本、十大家本、吳棫本作"世"，注"一下有在字"；《文苑英華》作"世在"。財，正德本、黃燁然本、閔齊伋本、《全唐文》、朝鮮抄本、讀有用書齋本作"才"；汲古閣本、十大家本、吳棫本作"才"，注"一作財字"，應作"才"。切，《文苑英華》作"功"。

②及其有之，知者何人哉，《文苑英華》作"及其有知之者何人哉"。

注釋：

（1）切，急迫。

（2）緩急，偏意詞，重在"急"，指危急之事或發生變故之時。

（3）膺，承當，擔當。

（4）史官，主管文書、典籍，並負責修撰前代史書和搜集記錄當代史料的官員。

評語：

《居易錄》卷二五：何易於，《唐書》在《循吏傳》。孫樵嘗書其事，文極工。按《檀弓》曰："易則易，於則於，易於雜者，未之有也？"易於之名，義蓋取此，然取名於喪禮，何耶？

汪師韓："何易於，新書載在循吏傳，新書實本此文也。然文經刪節，神色頓減。將史傳並讀，文章繁簡工拙之故，可以了然矣。""按文內稱裴公嘗從觀其政，道從不過三人，其合易於廉如是。導從者，裴公之導從也，故曰其合易於廉如是。此正其叙事妙處。唐書改曰廉約蓋資性云，似指爲易於之導侍矣，不已謬乎？前書征茶事，文曰觀察使聞其狀，以易於挺身爲民，卒不加劾，立言最爲得體。唐書改曰素賢之，不劾也，素字既屬臆度之詞，而觀察之意亦不見矣。治益昌三年，獄無係民，蓋治至三年而後臻此也。今改云獄三年無囚，則是易於始至，已囹圄空虛矣，不幾所遇者化耶？"

《評注孫可之集》評："史才史才！文字按其首可測其尾者，如走黄埃，千里一目，及游名山大川，高廣邃深，既探其奇，既挹其秀矣，前途若窮，忽又無際，斯爲鉅觀。此篇書何易於治益昌，美哉觀止矣！豈知復有考績一條，大發胸中塊壘不平之氣，可測耶？亦惟儲思必深，所以不可測邪！"

劉咸炘《推十書·文式》："記一事者多矣，猶傳之別傳也。文人單篇所謂書某事者，皆此類也。蓋始於唐人，唐以前傳記成家無此作也。今可考者，孫樵、羅隱之作最古。"

錢基博《韓愈文讀》："張惠言《書左仲甫事》，即由之脫胎。而張氏從容游衍，此特瘦削峭刻。"

林紓《歐孫合集》："寫何易於栩栩如生，至末段，故設不解事之言，用邑民一笑爲迴光返照，妙不可言，斷語尤冷雋含蓄不盡。"

書田將軍邊事[1]

編年：

此文作於大中十三年（859）。

李光富係此文於唐文宗開成三年（838）："文中云：'田在賓將軍刺嚴道三年，能條悉南蠻事。'又云：'自南康公鑿青溪道以和群蠻，俾由蜀而貢，又擇群蠻子弟聚於錦城，使習書算，業就輒去，復以他繼，如此垂五十年。'南康公即韋皋，韋皋曾被封爲南康郡王，故云。《舊唐書·韋皋傳》：'貞元元年，拜檢校戶部尚書，兼成都尹、御史大夫、劍南西川節度使，代張延賞……四年，皋遣判官崔佐時入南詔蠻，説令嚮化……南蠻……自是而通。'《新唐書·南蠻傳》：貞元十五年，異牟尋'請以大臣子弟質於皋，皋辭，固請，乃盡舍成都，咸遣就學。'由韋皋貞元四年遣使通南詔，至開成三年爲五十年，故知此文作於開成三年。此與一九二八年刊《雅安縣志》所載亦相符合。《雅安縣志》卷三《官師志》云：'田在賓：開成中以將軍刺嚴道。'"李光富的論述存在一個致命缺陷，就是沒有考慮田在賓刺嚴道的時間。孫樵文曰："自南康公鑿……"這是孫樵轉述田在賓語，而田在賓是在講述歷史教訓。《舊唐書·宣宗紀》載：大中十一年二月，"以右金吾衛將軍田在賓檢校右散騎常侍，兼夏州刺史，代鄭助爲夏綏銀宥節度等使。"《唐刺史攷全編》據本文定田在賓於大中十一年到十三年（857—859）刺嚴道，並言吳廷燮《方鎮年表考證》引作"雅州刺史"，蓋誤記。吳廷燮《唐方鎮年表》引《舊唐書》和孫樵此文證明大中十一年到十三年任夏州節度使，並引《新唐書·宰相世系表》："在賓，弘正孫。"《唐方鎮年表考證》卷上："田在賓，新表，弘正孫，爲雅州刺史，見孫樵文。""刺嚴道三年"，即大中十三年。

注釋：

（1）孫樵此論被《新唐書·突厥列傳》引用："廣德、建中間，吐蕃再飲馬岷江，常以南詔爲前鋒，操倍尋之戟，且戰且進，蜀兵折刃吞鏃，不能斃一戎，戎兵日深，疫死日衆，自度不能留，輒引去。蜀人語曰：'西戎尚可，南蠻殘我。'至韋皋鑿青谿道以和群蠻，使道蜀入貢，擇子弟習書算於成都，業成而去，習知山川要害。文宗時，大入成都，自越巂以北八百里，民畜爲空。又敗卒貧民，因緣掠殺，官不能禁，自是群蠻，嘗有屠蜀之心，蜀民苦於重征者亦欲啓之以幸非常。歲發戍卒，不習山川之險，緩步一舍，已呵然流汗，爲將者刻薄自入，給帛則以疏易良，賦粟以沙參粒，故邊卒怨望而巴蜀危憂。孫樵謂宜詔嚴道沈黎越嶲三州，度要害，募卒以守。且兵籍於州則易役，卒出於邊則習險，相地分屯，春耕夏蘯，以資衣食，秋冬嚴壁以俟寇。歲遣廉吏視卒之有無，則官無餽運，吏無牟盜。此其備御之策，可施行者，著之於篇。凡突厥、吐蕃、回鶻以盛衰先後爲次，東夷、西域又次之，迹用兵之輕重也，終之以南蠻，記唐所繇亡云"。

背臨邛，南馳越二百里，(1)得嚴道，郡實與沉黎、越嶲俱爲邊城，①(2)迫於群蠻。②

校勘：
①邛，黃燁然本作"功"。沉，黃燁然本、讀有用書齋本作"沈"。嶲，汲古閣本、《唐文粹》《文苑英華》、正德本作"雋"；吳靸本作"雟"。
②迫，朝鮮抄本、吳靸本注"一作逼"；汲古閣本注"一作逼，下同"；《文苑英華》、閔齊伋本作"逼"。

注釋：
（1）臨邛，古地名，漢置臨邛縣，唐初治所在今邛崍的依政，顯慶移治臨邛（今邛崍），轄境相當於今四川省邛崍、大邑、蒲江等縣地。
（2）嶲，通"雟"，古地名。漢有越雟郡，在今四川省西昌地區，見《漢書·西南夷傳》。《史記·西南夷傳》作"嶲"。沉黎，《舊唐書》卷四十一黎州："雅州之漢源縣。大足元年，割漢源、飛越二縣及嶲州之陽山置黎州。天寶元年，改爲洪源郡。乾元元年，復爲黎州，領羈縻五十四州也。領縣三，戶一千七百三十一，口七千六百七十八。至京師二千九百五十里，至東都三千七百里。漢源，越嶲郡之地。隋漢源縣。長安四年，巡察使奏置黎州，後使宋乾徽奏廢入雅州。大足元年，又置黎州。神龍三年廢。開元三年，又置黎州，取蜀南沉黎地爲名。"汪師韓："越嶲：黎州洪源郡，取蜀南沈黎地爲名。雟州，隋越雟郡，仍分邛都置越雟縣，有越水、雟水，屬劍南道（太和五年爲蠻寇所破）。邛州臨邛縣邛水出嚴道邛崍山，入青衣江，故云臨邛。雅州廬山郡嚴道漢縣屬蜀郡，晉末大亂，夷獠據之。後魏開生獠如此，置蒙山郡，領始陽、蒙山二縣。隋改始陽爲嚴道，蒙山爲名山。仁壽四年置雅州，煬帝改爲嚴道。按雅州所領廬山、名山、（百）丈、榮經，俱漢嚴道地。"閔齊伋本注："雟，音髓。"

田在賓將軍刺嚴道三年，能條悉南蠻事，爲樵言曰：①(1)"巴蜀西迫於戎，南迫於蠻，宜有以制者。②(2)當廣德、建中之間，③西戎兩飲馬於岷江，(3)其衆如蟻，前鋒魁健，④皆擐五屬之甲，④持倍尋之戟，(5)徐呼按步，⑤且戰且進。蜀兵遇鬭，⑥如值橫堵，羅戈如林，發矢如蝱，皆折刃吞鏃，⑦不能斃一戎，而況陷其陣乎？然其戎兵踐吾地日深，而疫死日衆，⑧即自度不能留，亦輒引去。(6)故蜀人爲之語曰，西戎尚可，南蠻殘我。"(7)

校勘：
①爲，《唐文粹》作"謂"。
②二"迫"字，吳翮本注"一作逼"；《文苑英華》作"逼"。宜，《唐文粹》《文苑英華》作"宜其"。制，《唐文粹》《文苑英華》、吳翮本、朝鮮抄本、正德本、讀有用書齋本"制"下有"之"。
③之，吳翮本注"一本無之字"；《文苑英華》、閔齊伋本無"之"字。
④屬，《文苑英華》作"蜀"。
⑤按，汲古閣本、朝鮮抄本注"一作接"；《文苑英華》、吳翮本注"文粹作接"；《唐文粹》、閔齊伋本作"接"。
⑥兵，吳翮本注"一無兵字"；《文苑英華》無"兵"字。
⑦吞，吳翮本注"一作失"；《文苑英華》作"失"，注"集作吞"。
⑧死，汲古閣本作"死者"；《唐文粹》作"者"。

注釋：
（1）田在賓，《舊唐書·宣宗紀》：大中十一年二月，"以右勁舞衛將軍田在賓檢校右散騎常侍，兼夏州刺史，代鄭助爲夏綏銀宥節度使。"《唐刺史攷全編》據本文定田在賓於大中十一年到十三年（857—859）刺嚴道。《唐方鎮年表考證》卷上："田在賓，新表，弘正孫，爲雅州刺史，見孫樵文。"

（2）西戎，指土蕃。南蠻，指南詔。汪師韓《孫文志疑》："西戎：代宗廣德元年，吐蕃陷松州、維州、雲山、城籠。二年，劍南節度嚴武攻拔吐蕃當狗城，破蕃軍七萬。""南蠻：大曆十四年，德宗即位。十月，吐蕃合南蠻之衆號二十萬，三道，寇茂州扶文黎雅等州，連陷郡邑，發兵四千助蜀大破之。明年，改元建中。"

（3）廣德，唐代宗年號，公元763—764年。建中，唐德宗年號，公元780—783年。《蜀鑒》："代宗廣德元年，吐蕃陷松維保三州。"

(4) 魁健，魁偉健壯。

(5) 擐，穿。尋，古代長度單位，一般爲八尺。

(6)《孫文志疑》："戎之患猶輕數語已見，卻用諺語點出，恰好作收筆。"

(7)《孫文志疑》："諺語古質，上敘戎，下敘蠻，中間即以諺語作關鍵。"

　　自南康公鑿青谿道以和群蠻，俾由蜀而貢，⁽¹⁾又擇群蠻子弟叢於錦城，^①使習書算，⁽²⁾業就輒去，復以他継，如此垂五十年不絶其來，則其學於蜀者不啻千百，故其國人皆能習知巴蜀土風、山川、要害。文皇帝三年，南蠻果大入成都門，^{②(3)}其所剽掠，⁽⁴⁾自成都以南，越巂以北，八百里之間，^③民畜爲空，加以敗卒、貧民，持兵群聚，因緣劫殺，官不能禁，由是西蜀十六州至今爲病。自是以來，群蠻常有屠蜀之心，^{④(5)}居則息畜聚粟，動則練兵講戰，^⑤而又俾其習於蜀者，伺連帥之間隙，^⑥察兵賦之虛實。或聞蜀之細民，苦於重征，且將啓之以幸非常。李丞相固言鎮西蜀時，有編民李推者，遣子賷書通蠻，言蜀無恃可取狀，邊城搜獲之，按問得實，遂棄市，至今或有蹤其所爲者。^{⑦(6)}吾不知群蠻此舉，大劍以南爲國家所有乎？

校勘：
①叢，汲古閣本、吳棻本、朝鮮抄本注"一作聚"；《唐文粹》《文苑英華》作"聚"。

②蠻，吳棻本作"巢"。果，《文苑英華》作"果能"。大入成都門，汲古閣本、朝鮮抄本下有"其三門四日而旋"數字，注"一無'其三門四日而旋'七字，非"；吳棻本作"大入成都門其三門四日而旋"，注"大入成都是一句門其三門是一句文粹削其三門三字不成語文苑可証"；《文苑英華》作"大入成都門其三門四日而旋"，注"'大入成都'是一句，'門其三門'是一句，今《文粹》、集本盡削'其三門'三字而云'大入成都門'，乃不成語，賴《英華》可証其非"；《唐文粹》作"大入成都門四日而旋"；黃燁然本、閔齊伋本作"大入成都門其三門四日而旋"。

③巂，讀有用書齋本作"巂"；《唐文粹》《文苑英華》作"雟"。間，《唐文粹》作"閒"。

④常，《唐文粹》作"嘗"。屠，黃燁然本注"一作圖"；閔齊伋本作"圖"。

⑤戰，朝鮮抄本作"武"，下注"一作'戰'"；汲古閣本、吳郋本注"一作武"；《文苑英華》作"武"，注"集作戰，非"；閔齊伋本作"武"，注"一作戰"。

⑥伺，黃燁然本作"何"。帥，朝鮮抄本、正德本、《續古逸叢書》刊宋本作"師"；顧廣圻校宋本作"師"，改爲"帥"。

⑦蜀，吳郋本、汲古閣本、正德本、黃燁然本、閔齊伋本、朝鮮抄本無"蜀"字。第一個"有"字，《唐文粹》作"其有"。推，《唐文粹》、汲古閣本、吳郋本、黃燁然本、閔齊伋本作"權"。賫，《文苑英華》、吳郋本、朝鮮抄本、正德本作"齎"；《唐文粹》無"子賫"字。恃，汲古閣本作"偫"；《唐文粹》《文苑英華》、吳郋本、正德本、黃燁然本、讀有用書齋本作"備"；朝鮮抄本、《續古逸叢書》刊宋本作"時"；顧廣圻校宋本作"時"，改爲"恃"。城，《文苑英華》作"戍"。搜獲之，《唐文粹》、汲古閣本、黃燁然本無"搜"字；朝鮮抄本、讀有用書齋本、《續古逸叢書》刊宋本作"捷獲之"；正德本、吳郋本、閔齊伋本作"獲之"。遂，《文苑英華》無"遂"字。

注釋：

（1）南康公，指韋皋，《唐刺史攷全編》考韋皋於貞元元年到永貞元年（785—805）任劍南西川節度使。汪師韓："南康公：貞元元年，韋皋爲西川節度使，以雲南蠻衆數十萬，與吐蕃和好，蕃人入寇，必以蠻爲前鋒，四年，皋遣判官崔佐時入南詔蠻，説令嚮化，以離吐蕃之助。南蠻自臣屬吐蕃，絶朝貢者二十餘年，至是復通。十七年，皋封南康郡王。新書十五年，異牟尋請以大臣子弟質於皋，皋辭，固請，乃盡舍成都，咸遣就學。""清谿：關名，在巂州越巂郡大渡河州封，皋鑿。大和中，節度使李德裕徙於中城西南。"

（2）錦城，即錦官城，在今成都南，代指蜀都。

（3）《舊唐書·文宗紀》："（大和三年）十二月丁未朔，南蠻逼戎州，遣使起荆南、鄂岳、襄鄧、陳許等道兵赴援蜀川，以劍南東川節度使郭釗爲西川節度使，仍權東川事。壬子，貶劍南西川節度使杜元穎爲韶州刺史，遣中使楊文端齎詔賜南蠻王蒙豐佑，蠻軍陷邛、雅等州。戊午，以右領軍衛大將軍董重質充神策西川行營都知兵馬使。西川奏蠻軍陷成都府，東川奏蠻軍入梓州西郭門下營。又詔促諸鎮兵救援西川。己丑，以東都留守令狐楚檢校右僕射、天平軍節度使，代崔弘禮爲東都留守。丁卯，貶杜元穎循州司馬。乙巳，郭釗奏蠻軍抽退，遣使賜蠻帥蒙篸巔國信。"《新唐書·文宗紀》："（大和三年十一月）雲南蠻陷巂邛二州。十二月丁未、鄂岳、襄鄧、忠武軍伐雲南蠻。庚戌，雲南蠻寇成都，右領軍衛大將軍董重質爲左右神策及諸道行營西川都知兵馬使以伐之。己未，雲南蠻寇梓州。壬戌，寇蜀州。"汪師韓："南蠻入成都：南蠻傳太和三年，杜元穎鎮西川，以文儒自高，不鍊戎事，南蠻乘我無備，大舉諸部入寇，牧守屢陳，亦不之信。十一月，蜀川出軍與戰，不利。陷我邛州，逼成都府，入梓州西郭，驅劫玉帛子女而去。"

（4）《孫文志疑》："自此以下，許多情事，敘得簡而明，約而到。"

（5）《孫文志疑》："三四層一直敘去，只數筆已盡，又淡宕有神韻。"

（6）李固言，《唐刺史攷全編》：李固言開成二年到會昌元年（837—841）任劍南西川節度使，見《舊唐書·文宗紀下》《新唐書·宰相表下》《舊唐書·李固言傳》："開成二年十月，以門下侍郎平章事出爲成都尹、劍南西川節度使。"

且每歲發卒以戍南者，皆成都頑民，⁽¹⁾飽稻飫豕，十九如瓠，⁽²⁾雖知鉦鼓之數，不習山川之險。①⁽³⁾吾嘗伺其來，朔風正嚴，緩步坦途，日次一舍，固已呀然汗矣。②⁽⁴⁾而況歷重阻，即嚴程，束甲而趁，扶戟而闘耶！加以爲將者刻薄以自入，餽運者縱吏而鼠竊，③縣官當給帛則以苦而易良，當賑粟則以砂而糅粒，④⁽⁵⁾每歲當給帛主將先市輕帛以易其重帛然後散諸邊卒當給糧丁吏必先盜其米然後以砂補其數以給邊卒常以爲怨⑤　如此則邊卒將怨望之不暇，又安能殊死而力戰乎？⑥此巴蜀所以爲憂也。⑦

校勘：

①知，朝鮮抄本、正德本、《續古逸叢書》刊宋本作"如"；顧廣圻校宋本作"如"，改爲"知"。鉦，《唐文粹》《續古逸叢書》刊宋本作"征"；顧廣圻校宋本作"征"，改爲"鉦"。

②嘗，《唐文粹》作"常"。已，《唐文粹》作"以"。呀，《唐文粹》作"呵"。

③扶戟，黃燁然本作"挾戟"。運，吳馡本注"一作餫"；《文苑英華》作"餫"。而，吳馡本注"一作以"；《文苑英華》注"一非以"。

④苦，《文苑英華》、吳馡本注"文粹作疎"；《唐文粹》作"疎"，汲古閣本注"一作疎"；黃燁然本、閔齊伋本作"楛"。糅，《文苑英華》、吳馡本、讀有用書齋本作"叄"；朝鮮抄本、正德本作"叁"。

⑤先，汲古閣本前有"輒"字。第一個"其"字，《文苑英華》無"其"字。"當給糧"，黃燁然本作"給糧"。丁，《唐文粹》《文苑英華》作"下"。第三個"其"字，《唐文粹》作"足"。常以爲怨，《文苑英華》"常以爲怨"作"以此爲恨"，注"四字集作'常以口怨之也'"。

⑥安，《唐文粹》作"惡"。能，《文苑英華》作"得"，注"集作骹"。

⑦也，《唐文粹》無"也"字。

注釋：

（1）頑民，愚妄不化的人。

（2）飫，飽，足。如瓠，白胖。《史記·張丞相列傳》："身長大，肥白如瓠。"蘇軾《後杞菊賦》："或糠核而瓠肥，或粱肉而墨瘦。"

（3）鉦鼓，古代行軍時用以指揮進退的兩種樂器。

（4）呀，讀 xiā，張口。呀然，形容氣喘吁吁的樣子。

（5）苦，讀 gǔ，粗劣。《禮記·天官·典婦功》："凡授嬪婦功，及秋獻功，辨其苦良，比其小大而賈之。"鄭玄注："苦讀爲盬，謂分別其縑帛與布紵之粗細，皆比方其大小書其賈數而著其物。"

樵曰："誠如將軍言，苟爲國家計者，孰若詔嚴道、沈黎、越嶲三城太守，①俾度其要害，桉其壁壘，得自募卒以守之。②且兵籍於郡則易爲役，卒出於邊則習其險，而又各於其部，繕相美地，③分卒爲屯，春夏則耕桑蠶以資其衣食，秋冬則嚴壁以俟寇虜。④連帥即能督之，歲遣廉白吏，視其卒之有無，劾其守之不法者以聞。如此則縣官無餽運之費，⑤奸吏無因緣之盜，兵足食給，卒無胥怨，⑥於將軍何如？"⑦田將軍曰："如此何患。"言卒遂書。

校勘：

①沈，《唐文粹》《文苑英華》作"沉"。嶲，汲古閣本、《唐文粹》、正德本作"雟"。

②桉，《唐文粹》《文苑英華》、吳骽本、正德本、汲古閣本、黃燁然本、閔齊伋本、朝鮮抄本、讀有用書齋本作"按"。

③繕，《唐文粹》作"善"。

④桑，《唐文粹》《文苑英華》、吳骽本、汲古閣本、黃燁然本、閔齊伋本、讀有用書齋本無"桑"字。俟，《唐文粹》《文苑英華》作"俟其"。

⑤運，《文苑英華》作"餫"。

⑥卒無胥怨，吳骽本注"一無胥字"；吳骽本、正德本作"卒無

胥怨";《文苑英華》作"卒無怨",注"集有胥字";《唐文粹》作"卒無胥怨"。

⑦何如,吳棫本注"一作則如之何";《文苑英華》"何如"作"則如之何",注"四字集作何如"。

評論:

汪師韓《孫文志疑》:"《新書》曰:'唐亡於黃巢而禍基於桂林。'"

錢基博《韓愈文讀·附錄下》:"《書田將軍邊事》鮮明緊健。"

林紓《歐孫合集》:"是篇似主客圖。由將軍口中言,則南蠻直一不可遏制之勁敵。近又知書,明兵法決無能當之者。就勢觀之,似客重於主,乃不知作者欲抒其胸中之所見,則故張大其詞。詞畢後,始加以制斷之語,則主勝於客矣。造句甚奇創方重,宋人不及也。"

書褒城驛屋壁①

編年:

本文作於開成五年。陳文新《中國文學編年史》:"孫樵本年在蜀,作有《梓潼移江記》,之前又有《書褒城驛壁》。"會昌元年,孫樵在京師。《出蜀賦》描寫自己到京師的過程,是經過褒城的,而此行去京師的時間是在冬季。李光富說《出蜀賦》作於會昌元年深冬,引用文中"當玄冬之隆烈,觸密雪之飛噴"的話來證明寫作時間,是不錯的。但是他把此文所寫的赴京行程理解成了反蜀行程。所以孫樵在開成五年冬天到達京師,第二年冬天返回。赴京途中經過褒城,寫下了《書褒城驛壁》。既然《梓潼移江記》寫於《書褒城驛壁》後,我們可以認爲孫樵在蜀時瞭解了鄭復開新江的經過,冬天到達京師時又瞭解了中央政府對此事的處理,感到很不理解,寫下了《梓潼移江記》。

校勘:

①《唐文粹》作"書褒城驛",正德本作"書褒城驛壁"。

褒城驛號天下第一,(1)及得寓目,視其沼則淺混而汙,①(2)視其舟則離敗而膠,(3)庭除甚蕪,堂廡甚殘,②烏覩其所謂宏麗者?(4)

校勘:

①汙,汲古閣本、朝鮮抄本作"茅",注"一作汙";吳棫本注"一

作芧";《唐文粹》、正德本、黃燁然本、閔齊伋本作"茅";《文苑英華》作"芧",注"集作汙"。

②殘,吳棫本、汲古閣本注"一作淺";《文苑英華》作"淺",注"集作殘"。

注釋:

(1)《御選古文淵鑒》卷四十:"襃城,今屬漢中府漢中,唐爲梁州,因德宗南幸升興元府。"《唐宋文舉要》:"唐山南道興元府襃城縣,在今陝西襃城縣西南。"

(2)沼,水池。混,濁。汙,小水坑,作動詞。

(3)離,離散。敗,破舊。膠,船擱淺。《唐宋文舉要》:"莊子逍遙游釋文引崔譔曰:膠,著地也。"

(4)庭,院子。除,臺階。堂,房屋的正廳。廡,堂下周圍的走廊、廊屋。

訊於驛吏,則曰:"忠穆公嘗牧梁州,(1)以襃城控三節度治所,①(2)龍節虎旗,馳馹奔軺,②(3)以去以來,轂交蹄劘,由是崇侈其驛,以示雄大,(4)蓋當時視他驛爲壯。且一歲賓至者不下數百輩,苟夕得其庇,③饑得其飽,皆暮至朝去,寧有顧惜心耶?④至如棹舟則必折篙破舷碎鷁而後止,(5)漁釣則必枯泉汩泥盡魚而後止,⑤至有飼馬於軒,宿隼於堂,凡所以汙敗室廬麋毀器用。⑥官小者其下雖氣猛可制,官大者其下益暴橫難禁,(6)由是日益破碎,不與曩類,其曹八九輩,雖以供饋之陳萬治之,⑦其能補數十百人殘暴乎?"

校勘:

①三,《文苑英華》、吳棫本注"文粹作二";《唐文粹》作"二"。

②馹,《唐文粹》《文苑英華》、正德本、汲古閣本、黃燁然本、閔齊伋本、朝鮮抄本作"驛"。

③庇,《文苑英華》作"疕"。《康熙字典》:"疕,腳冷濕病。又與庇同。《後漢·清河王傳》:魂靈有所依疕。"

④暮,汲古閣本、朝鮮抄本作"莫"。去,吳棫本注"文苑下有者字"。《唐宋文舉要》:"集朝去下有者字,文粹同。"耶,《唐文粹》作"邪"。

⑤漁,《續古逸叢書》刊宋本、吳棫本、黃燁然本、閔齊伋本作"魚"。汩,閔齊伋本作"相"。

⑥縻，《續古逸叢書》刊宋本、《唐文粹》《文苑英華》、吳䎱本、汲古閣本、讀有用書齋本作"縻"。

⑦其，《唐文粹》、朝鮮抄本作"某"；《文苑英華》、吳䎱本注"集作某"。萬，朝鮮抄本、正德本、《續古逸叢書》刊宋本作"茸"；吳䎱本無"萬"字，注"文苑作茸"；《文苑英華》"萬"作"茸"，注"茸，文粹作一二力"；《唐文粹》、黃燁然本、閔齊伋本作"一二力"。治，朝鮮抄本作"一二力治"；正德本、汲古閣本作"一一力治"；吳䎱本作"一二力治"，注"無一二力三字"。

注釋：

（1）《孫文志疑》：說驛只說驛吏語。忠穆公，閔齊伋本注："嚴震。"《御選古文淵鑒》卷四十："嚴震，字遐聞，鹽亭人，建中爲山南西道節度使。朱泚反，德宗幸奉天，李懷光與賊連和，奉天危蹙，震奉迎至梁州，帝改梁州爲興元府，即用震爲尹，進同中書門下平章事。卒諡忠穆。"《唐刺史攷全編》定嚴震上元二年（761）爲梁州刺史。《唐宋文舉要》："震字遐聞，梓州鹽亭人。遷山南西道節度使，天子至梁州，詔改梁州爲興元府，即用震爲尹。貞元十五年卒，贈太保，諡曰忠穆。"

（2）三節度治所指東川節度使治所梓州、西川節度使治所成都、山南西道節度使治所褒城。《唐宋文舉要》："控二節度治所，《元和郡縣志》：'山南道興元府，爲山南道節度理所。（興元府治南鄭縣，今陝西南鄭縣東。）褒城縣東至府三十三里，褒谷山在縣北五里，南口爲褒，北口爲斜，長四百七十里。關內道鳳翔府，爲鳳翔節度使理所（鳳翔府治天興縣，今陝西鳳翔縣治），郿縣西北至府一百里，縣理城亦曰褒谷城，城南斜谷以爲名，斜谷南口曰褒，北口曰斜。'（郿縣今陝西郿縣治）《文粹》作二節度治所，正合，集及《文苑》'二'作'三'，豈兼涇原節度使治所言之也？然當以'二'字爲確。"所言不確。

（3）龍節，龍形符節。《唐宋文舉要》："《周禮·地官·掌節》：'澤國用龍節。'《春官·司常》曰：'熊虎爲旗。'"駰，古代驛站專用的車。《左傳·文公十六年》："楚子乘駰，會師於臨品。"杜預注："駰，傳車也。"

（4）轂，車輪的中心部位，周圍與車輻相接，中有圓孔，用以插軸。代指車。《唐宋文舉要》："《漢書·賈鄒枚路列傳贊》注引孟康曰：'靡謂礲切之也。'蘇林曰：'劘音摩，厲也。'案劘與摩同，《說文》曰：'摩，研也。'"

（5）舷，船的邊沿。鷁，古代在船首以彩色畫鷁鳥之形。後借指船。

《漢書·司馬相如傳上》："西馳宣曲，濯鷁牛首。"顏師古注："濯者，所以刺船也。鷁即鷁首之舟也。"

（6）暴，兇惡。橫，放縱。

語未既，有老甿笑於旁，(1)且曰："舉今州縣皆驛也。①(2)吾聞開元中，天下富蕃，號爲理平，②(3)踵千里者不裹糧，長子孫者不知兵。(4)今者天下無金革之聲而戶口日益破，③(5)壃埸無侵削之虞而墾田日益寡，生民日益困，財力日益竭，其故何哉?(6)凡與天子共治天下者，刺史、縣令而已，以其耳目接於民，而政令速於行也。④今朝廷命官，既已輕任刺史、縣令，而又促數於更易，且刺史、縣令，遠者三歲一更，近者一二歲再更，⑤故州縣之政，苟有不利於民可以出意革去其甚者，在刺史曰⑥：'明日我即去，何用如此！'在縣令亦曰：'明日我即去，何用如此！'⑦當愁醉醺，當饑飽鮮，⑧囊帛櫝金，⑨笑與秩終。嗚呼，州縣真驛耶！⑩矧更代之隙，黠吏因緣，恣爲奸欺以賣州縣者乎？如此而欲望生民不困，財力不竭，戶口不破，墾田不寡，難哉！"予既揖退老甿，條其言書於褒城驛屋壁。(7)

校勘：

①旁，《唐文粹》作"傍"。驛，《文苑英華》、吳袨本注"文粹作役"；《唐文粹》作"役"。

②理，《唐文粹》作"治"。

③戶口，汲古閣本、朝鮮抄本注"一作編氓"；吳袨本注"文苑作編戶"；《文苑英華》作"編戶"，注"集作戶口"。

④治，吳袨本注"文苑作理"；《文苑英華》作"理"。其，《唐文粹》無"其"字。

⑤"既已輕任刺史、縣令"，黃燁然本無"已"字。"且"，黃燁然本無此字。《唐文粹》"遠者三歲一更近者一二歲再更"作"遠者三歲再更"。

⑥革去其甚者，吳袨本注"文苑無甚者二字"；《唐文粹》《文苑英華》作"革去者其"；《文苑英華》"者其"注"二字集作其甚者"。曰，《唐文粹》作"則曰"。

⑦第一個"明日"，《唐文粹》無"明日"字。兩句"明日我即去"，吳袨本都作"我明日即去"。《唐文粹》無"在縣令亦曰明日我即去何用如此"字。

⑧此句汲古閣本、朝鮮抄本注"一作愁當醉饑當飽"；吳袨本注"文苑作愁當醉饑當飽"；《文苑英華》作"愁當醉饑當飽"，注"字文集作

愁當醉釀饑當飽鮮"。

⑨櫝，《唐文粹》《文苑英華》作"匱"。

⑩州縣，《唐文粹》作"州縣者"。真，吳棐本注"文苑作其"。《文苑英華》作"州縣者其驛耶"。耶，《唐文粹》作"邪"。

注釋：

（1）《孫文志疑》：說州縣只說老甿語。

（2）舉，總括，總計。

（3）富蕃，富足繁盛。

（4）踵，至。

（5）金革，軍械和軍裝，借指戰爭。

（6）侵削，侵奪，削奪。

（7）《孫文志疑》：不更益一語是書事體。

評語：

高步瀛《唐宋文舉要》："以上借老甿之言，以明州縣同於驛。淵鑒評曰：'前幅似主而實賓，後幅似賓而實主，此文家變化錯綜之法。'"

汪師韓《孫文志疑》："或謂此文學昌黎，余按，此乃近柳柳州，然中多排語，琢字造句不免六朝餘習，此後來諸贗作所以得傚顰也。"

錢基博《韓愈文讀》："通體峭練，而間軼宕，故氣不足而機不滯。"

劉咸炘《推十書·文式》："旅行題壁，唐人多有之。韓愈記宜城驛、題李生壁，岳武穆之作，發揮志意，慷慨明豁，非題石比也。孫樵《書褒城驛壁》，則發論也。歐陽詹《博士講禮記記》、崔裕甫《穆氏四子講藝記》，皆刻石。"

林紓《歐孫合集》："驛極傳舍，人孰視傳舍？貴者寫往來大車蹂踐傳舍之暴，窮形盡相中間，忽攙入一筆，曰'舉今州縣皆驛也'，語從天外飛來。其下寫州縣之同五日京兆，尤易著筆。"

卷 三

與李諫議行方書⁽¹⁾

編年：

此文作於大中三年。李光富係此文於大中五年："文中內容爲請李代上《復佛寺奏》，故當與《復佛寺奏》同時作。"判斷頗爲武斷。傅璇琮係此文於大中三年："文中云：'今年三月，上嘗欲營治國門，執事尚諫罷之。今詔營廢寺以復群髠，三年之間，斤斧之聲不絶，度其經費，豈特國門之廣乎？'按宣宗大中元年閏三月下詔修復所廢寺廟，此文當作於此後三年。"陳文新亦係此文於大中三年，理由與傅同。傅璇琮與陳文新的理由是非常充分的。

注釋：

(1) 李行方，生平不詳。《新唐書》卷一百六十四："王質，字華卿，……徙宣歙觀察使，卒，年六十八，贈左散騎常侍，謚曰定。質清白畏慎，爲政必先究風俗，所至有惠愛，雖與德裕厚善而中立，自將不爲黨，奏署幕府者，若河東裴夷直、天水趙晳、隴西李行方、梁國劉賁皆一時選云。"

樵嘗爲日蝕書，⁽¹⁾以爲國家設諫官，期換君心之非，⁽²⁾不以一咈其言而怠於諫，⁽³⁾即繼以死，非其職耶？①⁽⁴⁾執事居其官，亦嘗有意於此乎？⁽⁵⁾

校勘：

①怠，黃燁然本作"息"。耶，唐文粹、閔齊伋本作"邪"。

注釋：

(1) 日蝕書，今已佚。

（2）《孟子注疏》卷七下《離婁章句上》："孟子曰：人不足與適也，政不足間也。惟大人爲能格君心之非。君仁莫不仁，君義莫不義，君正莫不正，一正君而國定矣。"注："間，非。格，正也。時皆小人，居位不足過責也，政教不足復非説，獨得大人爲輔臣，乃能正君之非法度也。"《孫文志疑》："伏復字。"

（3）咈，違背。

（4）職，職責。

（5）《孫文志疑》："爲勇其細而怯其大故云。"

開元之間，豈特諫官而後言耶？①(1)苟立天子廷者，皆開口奮舌争於上前，②(2)故自貞觀以還，③開元之政最爲脩明。(3)及林甫舞智以固權，張詐以聾上，④(4)於是膠群僚之口，縛諫官之舌，⑤(5)且以法中敢言者，由是林甫之惡熾而勿復聞，禄山之逆秘而勿復知，天寶之政由此而荒矣。(6)

校勘：
①開元之間，閔齊伋本作"開元間"。特，正德本、汲古閣本、吳斐本、黃燁然本、閔齊伋本、朝鮮抄本作"待"。耶，《唐文粹》作"邪"。
②皆，《唐文粹》《全唐文》"皆"下有"得"。
③以，《唐文粹》作"已"。
④聾，《續古逸叢書》刊宋本作"襲"。
⑤膠，《唐文粹》作"漆"；《全唐文》作"束"。

注釋：
（1）諫官，作動詞。
（2）奮，震動。
（3）脩明，整飭昭明。《孫文志疑》："開元之政：《舊唐書·元宗本紀》史臣曰：廟堂之上無非經濟之才，表著之中皆得論思之士，而又旁求宏碩講道藝文昌言嘉謨日聞於獻納，長轡遠馭志在於昇平。貞觀之風一朝復振。自天寶以還，小人道長，獻可替否靡聞姚宋之言，妒賢害功但有甫忠之奏，豪猾因茲而睥睨，明哲於是乎卷懷，故禄山之徒得行其僞，厲階之作匪降自天，謀之不臧，前功並棄。"
（4）聾，作動詞用。《孫文志疑》："李林甫：舊李林甫傳：林甫面柔而有狡計，能伺候人主意，故輒歷清列，爲時委任。而中官妃家，皆厚結托，伺上動靜，皆預知之。故出言進奏，動必稱旨。而猜忌陰中人，不見於詞色，朝廷受主恩顧，不由其門，則構成其罪，與之善者，雖廊養下士，盡至榮寵。上在位多載，倦於萬機，恒以大臣接對拘檢難狥私慾，自得林甫，一以委成。故杜絕逆耳之言，恣行宴樂，衽席無別，不以爲非，由林甫之贊成也。""八載，咸寧太府趙奉章告林甫罪狀二十多條。告未上，林甫知之，諷御史臺逮捕，以爲妖言重狀決死。《顏真卿傳》：上代宗疏有云，天寶之後，李林甫威權日盛，群臣不先諮宰相輒奏事者，仍托以他故中傷。"

（5）膠，黏住。徐復："《唐文粹》'膠'作'漆'，《全唐文》作'束'，皆以意近之字代之，而'膠口'爲唐人習用語，韓愈《答竇秀才書》有'膠其口而不傳'，當爲作者所本。又本書《逐痁鬼文》：'則有若縛予舌而膠予口者。'亦以'縛舌''膠口'並言。"《孫文志疑》："自此文有'膠口縛舌'字，後來僞作遂屢屢用之。"

（6）禄山，安禄山。《孫文志疑》："禄山之逆：舊安禄山傳：三載，代裴寬爲範陽節度，河北采訪平盧軍等使如故。采訪使張利貞常受其賂。數載之後，黜陟使覥建侯又言其公直無私。裴寬受代及李林甫順旨，並言其美。數公皆信臣，元宗意益堅不搖矣。"荒，荒蕪，由田地荒蕪引申爲政治混亂。

今者下無林甫遏諫之權，上有開元虛巳之勞，[1]如此則叙立朝廷者皆得道上是非，①不顧時忌。[2]矧執事官曰："諫哉！"[2][3]執事則不能言，③避其官而逃其禄可也，他官秩優而位崇者少耶？④[4]

校勘：
①朝，《唐文粹》作"明"。
②諫，《唐文粹》、吳鼒本、汲古閣本、黃燁然本、閔齊伋本、讀有用書齋本作"諫議"。
③則，汲古閣本、黃燁然本、閔齊伋本、讀有用書齋本作"卒"；吳鼒本作"則"，下注"一作卒"。
④少，吳鼒本、汲古閣本、黃燁然本、讀有用書齋本作"豈少"。耶，《唐文粹》作"邪"。

注釋：
（1）勞，憂慮。《禮記·孔子閒居》："微諫不倦，勞而不怨。"《評注孫可之集》："雙鉤。"
（2）叙，次第。
（3）矧，況且。執事，主管官員。

(4)《孫文志疑》:"數句正與前即繼以死相對,乃深一層説,與奏書同一用筆。"

今年三月,上嘗欲營治國門,執事尚諫罷之。⁽¹⁾今詔營廢寺以復群髡,①三年之間,斤斧之聲不絕,⁽²⁾度其經費,豈特國門之廣乎?⁽³⁾稽其所務,豈特國門之急乎?②⁽⁴⁾何執事在國門則知諫,在復寺則緘默,②⁽⁵⁾勇其細而怯其大,豈諫議大夫職耶?③⁽⁶⁾

校勘:
①今,《唐文粹》作"今者"。
②急,汲古閣本作"廣"。復,《唐文粹》作"佛";《全唐文》"復"下有"廢"字。緘,《續古逸叢書》刊宋本作"緊";顧廣圻校宋本作"緊",改爲"緘"。
③議,《唐文粹》無"議"字。耶,《唐文粹》作"邪"。

注釋:
(1)"營治國門",無考。
(2)宣宗大中元年閏三月,下詔修復所廢寺廟,"今年"指大中三年。
(3)特,只。經,籌劃營造。
(4)稽,考核,考查。務,從事。
(5)緘默,閉口不言。
(6)怯,害怕,畏懼。

樵以爲大蠹生民者不過群髡,⁽¹⁾武皇帝發憤除之,冀活疲甿。⁽²⁾今天下之民喘未及息,國家復欲興既除之髡以重困之,將何致民之蕃富乎?①樵不知時態,竊所憤勇,⁽³⁾故作奏書一通,以明群髡大蠹之由,生民重困之源,②無路上聞,輒以寓獻執事,③⁽⁴⁾儻以樵書不爲狂,④試入爲上言其畧。⁽⁵⁾

校勘:
①何,《唐文粹》作"何以"。之,《唐文粹》作"於"。
②源,《唐文粹》作"原"。
③寓,吴縣本下注"一作愚";汲古閣本作"愚"。
④儻,閔齊伋本作"倘"。不爲狂,《唐文粹》作"爲不狂"。

注釋：

（1）蠹，損壞，敗壞。《戰國策·秦策一》："韓亡則荆魏不能獨立，則是一舉而壞韓蠹魏。"高誘注："蠹，害也。"《孫文志疑》："一句爲通篇綱領，如山之有峰。"

（2）發憤，決心努力。髡，"髡"的異體字，剃除毛髮，指僧尼。

（3）時態，世情，世俗。唐杜荀鶴《晚春寄同年張曙先輩》："莫將時態破天真，只合高歌醉過春。"

（4）寓，寄託。

（5）狂，愚頑。

評論：

《評注孫可之集》："《復佛寺奏》最快，所獻於李者此也。考之史，李無諫章，想已覆甕已，望人以觸天子，大是難事。"

林紓《歐孫合集》："可之文言約而旨遠，述開寶之興衰由於臺諫之言與不言，妙在開元時人人咸有言責，今非其時，故必資諫官之代奏，漸轉入行方身上，責其必行。且引國門事，以大小相形，勢在不得不言，語極簡肅，是可之長處。"

與高錫望書

文章如面，史才最難，到司馬子長入地，千載獨聞得揚子雲。①(1) 唐朝以文索士，二百年間，作者數十輩，獨高韓吏部。吏部修《順宗實錄》，尚不能當班堅，其能與子長、子雲相上下乎？②(2) 足下乃小史，尚宜世嗣史法。③(3) 矧足下才力雄獨，意語橫閥，(4) 嘗序義復崗及樂武事，④(5) 其說要害在樵宜一二百言者，足下能數十字輒盡情狀，及意窮事際，反若有千百言在筆下。足下齒髡未及壯，⑤其所得如此，則不知子長、子雲當足下年齒時，文章果何如也？

校勘：

①入，正德本、吳酓本、汲古閣本、黃燁然本、閔齊伋本、《全唐文》、讀有用書齋本作"之"。楊，正德本、吳酓本、《全唐文》、讀有用書齋本作"揚"。

②班，閔齊伋本、《全唐文》作"孟"。

③尚，《續古逸叢書》刊宋本作"高"；顧廣圻校宋本作"高"，改

爲"尚"；黄燁然本作"當"。

④崗，黄燁然本、閔齊伋本、《全唐文》作"岡"；正德本、吳栻本作"囦"。

⑤髡，《全唐文》、吳栻本、黄燁然本、讀有用書齋本作"發"。

注釋：

（1）楊子雲，即揚雄，漢代文學家。《評注孫可之集》："難字著讀，至地字讀句者非。"

（2）韓吏部，即韓愈。班堅，班孟堅，即班固。子長，即司馬遷。《孫文志疑》："韓吏部《順宗實錄》：晁氏曰，韓愈撰，起貞元二十一年乙酉正月，止永貞元年丙戌八月。初愈撰錄禁中事爲切直，閹宦不喜，訾其非實。文宗詔路隋刊正，隋建言衆以刊修非是。李宗閔、牛僧孺謂史官李漢、蔣係皆愈之壻，不可參撰。俾臣下筆臣謂不然，且愈之所書，非己自出，元和以來相循逮今，漢等以嫌，無害公誼，請條其甚謬者，付史官刊定，詔摘去元和永貞間數事爲失，實錄不復改。"

（3）小史，官府中供奔走的差役。

（4）橫，勇敢。闊，闊大。《孫文志疑》："無謂。"

（5）序義復崗及樂武事，無考。

然足下所傳史法與樵所聞者異耶？古史有直事俚言者，有文飾者，乃特紀前人一時語以立實錄，①非爲俚言奇健，能爲史筆精魄，②(1)故其立言序事及出没得失，皆字字典要，何嘗以俚言汨其間哉？(2)今世俚言文章，謂得史法，因牽韓吏部曰如此如此。樵不知韓吏部以此欺後學耶？韓吏部亦未知史法邪？(3)又史家紀職官、山川、地理、禮樂、衣服，亦宜直書一時制度，使後人知某時如此，某時如彼，不當以禿屑淺俗，則取前代名品以就簡絶。③(4)又史家條序人物，宜存警訓，不當徒以官大寵濃溝文張字，④(5)故大惡大善，雖賤必紀，屍生浪職，雖貴得黜。⑤至如司馬遷序周繆、班孟堅傳蔡義，尚可用耶？(6)爲史官者明不顧刑辟，幽不愧鬼神，⑥(7)若梗避於其間，其書可燒也。

校勘：

①飾，汲古閣本、吳栻本作"餙"。立，《全唐文》作"爲"。

②爲，《全唐文》作"謂"。

③絶，吳栻本作"編"，下注云"一作絶，非"；黄燁然本作"編"。則取，閔齊伋本作"别取"。

④又，吴棫本、汲古閣本作"夫"。溝，《全唐文》、吴棫本、汲古閣本、黄燁然本、閔齊伋本、讀有用書齋本作"講"。

⑤生，黄燁然本、閔齊伋本、《全唐文》作"位"。得，《全唐文》作"必"。

⑥蔡義，黄燁然本、閔齊伋本作"蔡議"。愧，正德本、吴棫本、汲古閣本、黄燁然本、閔齊伋本作"見"。鬼神，正德本、汲古閣本、《全唐文》、吴棫本、黄燁然本、閔齊伋本作"神怪"。

注釋：

（1）精魄，精神氣魄。

（2）汩，擾亂。

（3）韓吏部，指韓愈。

（4）禿，不鋭利。屑，瑣碎。淺俗，粗淺，粗俗。簡，寫字用的竹片。

（5）《孫文志疑》："俗。"

（6）周繆，汪師韓《孫文志疑》："周謬當作周仁。"《史記》卷一百三《周文傳》："郎中令周文者，名仁，其先故任城人也，以醫見。景帝爲太子時，拜爲舍人，積功稍遷。孝文帝時，至大中大夫。景帝初即位，拜仁爲郎中令。仁爲人陰重不泄，常衣敝補衣溺袴，期爲不絜清。以是得幸，景帝入卧内，於後宫秘戲，仁常在旁。至景帝崩，仁尚爲郎中令，終無所言。上時問人，仁曰：'上自察之。'然亦無所毁。以此景帝再自幸其家，家徙陽陵。上所賜甚多，然常讓，不敢受也。諸侯群臣賂遺，終無所受。武帝立，以爲先帝臣，重之。仁乃病免，以二千石禄歸老，子孫咸至大官矣。"蔡義《漢書》卷六十六《蔡義傳》："蔡義，河内温人也，以明經給事大將軍莫府。家貧，常步行，資禮不逮衆門下，好事者相合爲義買犢車，令乘之。……久之，詔求能爲《韓詩》者，征義待詔，久不進見。義上疏曰：'臣山東草萊之人，行能亡所比，容貌不及衆，然而不棄人倫者，竊以聞道於先師，自托於經術也。願賜清閒之燕，得盡精思於前。'上召見義説《詩》，甚説之，擢爲光禄大夫、給事中，進授昭帝。數歲，拜爲少府，遷御史大夫，代楊敞爲丞相，封陽平侯。又以定策安宗廟益封，加賜黄金二百斤。義爲丞相時年八十餘，短小無須眉，貌似老嫗，行步俛僂，常兩吏扶夾乃能行。時大將軍光秉政，議者或言光置宰相不選賢，苟用可顓制者。光聞之，謂侍中左右及官屬曰：'以爲人主師，當爲宰相，何謂云云，此語不可使天下聞也。'義爲相四歲，薨，諡曰節侯，無子，國除。"

古者國君不得視史,今朝廷以宰相監撰,①⁽¹⁾大丈夫當一時寵遇,皆欲齊政房杜,躋俗太平,孰能受惡於不隱乎?⁽²⁾古者七十子不與筆削,今朝廷以史館叢文士,⁽³⁾儒家擅一時胸臆,皆欲各任憎愛,手出白黑,②孰能專門立言乎?⁽⁴⁾樵未知唐史誠何如也。樵雖承史法於師,又嘗熟司馬遷、楊子雲書,③⁽⁵⁾然才韻枯梗,文過乎質,嘗序廬江何易於,首末千言,⁽⁶⁾責文則喪質,近質則太秃,刮垢磨痕,卒不到史。④獨謂足下才力天出,最與史近,故以樵所授於師者致足下。⑤

校勘:
①撰,《全唐文》作"修"。
②白黑,吳棫本作"黑白"。
③楊,正德本、《全唐文》、吳棫本作"揚"。
④責,正德本、吳棫本、閔齊伋本、《全唐文》作"貴"。不,《全唐文》"不"字下有"能"字。
⑤授,《全唐文》作"受"。

注釋:
(1)《史通·辨職》:"凡居斯職者,必恩幸貴臣,凡庸賤品,飽食安步,坐嘯話諾,若斯而已矣。夫人既不知善之爲善,則亦不知惡之爲惡。故凡所引進,皆非其才,或以勢利見昇,或以干祈取擢,遂使當官效用,江左不以樂爲謠;拜職辨名,洛中不以閑爲說,言之可爲大噱,可爲可嘆也。"
(2)躋,昇。
(3)史館,官修史書的官署名。北齊時設立,唐太宗時始由宰相兼領,以後沿爲定制。
(4)擅,獨特出群。
(5)師,指來無擇。
(6)枯,無趣。梗,阻塞。

評論:
《評注孫可之集》評:史法略具於此,當與劉子玄《史通》諸議論參看。
《孫文志疑》:此文蓋因《西齋錄》有付其友高錫望語,遂爲此書。嘗見得義門先生評《文心雕龍·體性篇》內異如面一語,云孫可之文章如面本此。義門博極群書,精於鑒別,乃於可之集亦不復疑其僞撰,何也？

　　錢基博《韓愈文讀》：〝此書及《與王霖秀才書》，震盪錯綜，逸氣貫注。而此書洞明史法，抉發利鈍，辭尚體要，有纖有筆，尤不僅跌宕照彰之爲貴也。〞

　　錢基博《韓愈文讀·附錄下》：〝《與高錫望書》、《與王霖秀才書》，跌宕昭彰，逸氣貫注。其稱高云：'意語橫闊，……反若有千百言在筆下。'此論文之辭簡而韻流也。又與王云：'玉川子……'此言文之筆快而勢遠也。可謂善道得文章能事盡，至與高書，自云：'才韻枯梗……'亦頗自知其短，不如皇甫之沾沾自矜喜，大抵樵之文，有餘於峻峭，不足於闊遠。章實齋論《文史通義》，每謂：'文人記敘，往往比志傳修飾簡淨，蓋有意於爲文也。志傳不盡出於有意，故文不甚修飾，然大體終比記事之文遠勝。蓋記事之文，如盆池拳石，自成結構；而志傳之文，如高山大川，神氣包舉，雖咫尺而皆具無窮之勢；即偶有文理乖剌，字句疵病，皆不足以爲累。'此孫氏'刮垢磨痕'之所以'卒不到史'也。〞

　　林紓《歐孫合集》：〝所謂俚語者，如《史記》漢高稱乃公類是也。至《漢書》之《趙皇后傳》敘合德行妒，與上齟齬，句句皆俚，而孟堅竟能以質言出之，無傷典雅。後來史家如隋之《獨孤皇后傳》累稱苦桃姑，則俗不可耐矣。可之言'古史有直事俚言者，有文飾者'，此二語，深得史之體裁，其下言'因時著筆'，尤爲解事。但以官事論譬，如清史無丞相一稱，丞相便不合制矣，論極中肯，無一語泛設。〞

　　徐昂《益修文談》：〝持正再傳弟子孫可之《與高錫望書》深論史法，詆當世史之不善，爲昌黎辯護。且自言承史法於師，其有得於師可見。惜亦無其位，而又未有私家記錄。〞〝孫可之《與高錫望書》謂爲史者明不顧刑辟，幽不見鬼神，與退之之說相左，識見高於所祖矣。〞〝孫可之雖不舉班，而《與高錫望書》謂韓吏部修《順宗實錄》，尚不能當班堅，其能與子長子雲相上下乎？品評雖未賅韓文之全而言，要足以見其不阿附師門，別有見地也。〞

寓汴觀察判官書[1]

編年：

　　此文作於大中三年。

　　《唐刺史攷全編》：盧鈞於開成元年到五年任廣州刺史，會昌元年到四年任襄州刺史，會昌四年到五年任潞州刺史，大中元年到四年任汴州刺史，"盧鈞在宣宗即位後，先爲吏部尚書，至大中元年，始爲汴州刺史、宣武節度使。"李光富、傅璇琮、陳文新都根據盧鈞任汴州刺史的時間定此文寫作時間爲大中元年。李光富說："盧鈞於大中元年至四年在汴州刺史任上，此文當作於此期間。姑係於此。"傅璇琮說："盧公乃盧鈞。《舊唐書·盧鈞傳》：'會昌初，遷襄州刺史，山南東道節度使。''大中初，檢校尚書右僕射、汴州刺史、宣武節度使'，'四年，入爲太子少師'。《新唐書·盧鈞傳》記其在襄陽'築堤六千步，以障漢暴'。此即孫樵文所謂'襄陽南渡之民皆能道之'者。本文似作於盧鈞鎮汴州不久，約本年（大中元年）或明年。"陳文新："孫樵約本年（847）或稍後作《寓汴州觀察判官書》。"其共同失誤是沒有從汴州觀察判官判定寫作時間，而是間接地從盧鈞任職時間判定寫作時間。

　　李光富認爲李從事是李胤，是從汪師韓繼承來的。李胤，汪師韓《孫文志疑》作"李允"。《孫文志疑》："按新書鈞傳稱鈞鎮太原，表盧簡方爲節度府判官。鈞遷檢授司空節度河東，在爲宣武節度之後，則此書所稱判官，非簡方，乃李允也，其稱三從事者，廣州、襄州、汴州也。"《東觀奏記原序》和《唐會要》載有一李胤。《東觀奏記原序》載："聖文睿德光武弘孝皇帝自壽邸即位，二年，監修國史、丞相、晉國公杜讓能以宣宗、懿宗、僖宗三朝實錄未修，歲月漸遠，慮聖績湮墜，乃奏上，選中朝鴻儒碩學之士十五人，分修三聖實錄。以吏部侍郎柳玭、右補闕裴庭裕、左拾遺孫泰、駕部員外郎李胤、太常博士鄭光庭專修宣宗實錄。"《唐會要》所載大致相同："大順二年二月，勅吏部侍郎柳玭等修宣宗、懿宗、僖宗實錄。始丞相監修國史，杜讓能三朝實錄未修，乃奏吏部侍郎柳玭、右補闕裴庭裕、左拾遺孫泰、駕部員外郎李允、太常博士鄭光庭等五人修之，踰年竟不能編録一字。惟庭裕採宣宗朝耳目聞覩，撰成三卷，目曰《東觀奏記》，納於史館。"岑仲勉《補唐代翰林兩記》卷上《補補僖昭哀三朝翰林學士記·二·昭宗朝》"裴庭裕"條載：李胤，《冊府元龜》卷五五四作"李商"，卷五五六作"李裔"，《東觀奏記》及《唐會要》作"李允"，"按商乃裔之訛，裔、允又皆胤之諱避，《元龜》五六二正作胤。"則汪師韓因避諱而改"李胤"爲"李允"。但《東觀奏記原序》和《唐會要》所載李胤事迹太過簡略，我們無法判斷這個李胤是不是孫樵文中所指李從事。

　　但我們可以肯定《唐代墓誌彙編續集》所載"李胤之"爲孫樵文所指之人。《唐姑臧李氏故第二女墓誌銘并序》題作"父汴宋亳等州觀察判官監察御史裏行胤之撰"："余次女十八娘，字國娘，大中三年正月七日，没於東京彰善坊，年十四。其月廿四日，殯於河南縣龍門鄉孫村，從權也。曾祖惇，皇太原士曹；妣河南源氏，繼範陽盧氏；祖玕，皇懷州司馬；妣滎陽鄭氏。親清河崔氏，所親邢氏。開成元年，因余從事。七月廿二日生於華州官舍。後余佐廣、職戶部、佐襄、貶分司衛佐、尉萬年，迨今迴環數萬里，綿歷百餘州，與汝憂歡未嘗暫間。去春京師遘疾，泊夏旋復瘳損。歲杪，余從汴，……廿四日，次稠桑。腹疾發，……俄訣古今。"《唐隴西李氏女十七娘墓志銘並序》題作"父守河南府陸渾縣令胤之撰"："隴西李氏十七娘，曾祖惇，皇太原府士曹；祖玕，皇懷州司馬；祖妣滎陽鄭氏。父胤之，陸渾縣令，親清河崔氏。家承軒冕，世爲甲族，備載圖諜，可得而詳。汝名第娘，即余之元女。所生邢氏，入吾家卅年，恭盡勤敬，終始如一。享年廿四，大中十一年十一月十一日終於東都政平坊路家宅中院。其年十二月廿七日，祔葬於河南龍門鄉孫村親妹之塋，從權也。余大和八年登春官第，其冬生汝。故以第字之。生未數月，余入京從職，俄佐華州，未幾復佐廣州。四年還京，又徙襄陽，住四年。左官衛佐分司，後授萬年尉，復參宣武軍。二年府罷，歸洛陽。自汝襁褓，迨至成長，廿年間，吾南北宦遊，綿歷萬里，辛勤道路，羇苦兩京，必自携持，未嘗一日離間。汝往廣州，即三四歲，南中山水萬狀，菓藥千品，奇禽異獸，怪草名花，已能遍識，歷歷在口。又能洞察是非，盡知情僞，周深敏晤，無與比倫。尤好文籍，善筆札。……近歲屬吾窮廢，衣食多闕，日期祿秩，共爾歡娛，不幸中疾，方冀痊和，神理不明，忽至大病，當吾窮空，萬不如意，終身痛恨，倍切肺肝。是後十日，吾除官，便有祿食，獨爾不及……"

上述兩篇文章中，李胤之自叙自己的經歷：大和八年進士及第，大和八年冬，女第娘生。大和九年，入京從職。開成元年佐華州時，女十八娘生。"余佐廣、職戶部、佐襄、貶分司衛佐、尉萬年"，"俄佐華州，未幾復佐廣州。四年還京，又徙襄陽。住四年，左官衛佐分司，後授萬年尉，復參宣武軍。二年府罷，歸洛陽。"其佐州郡之仕歷基本上和盧鈞經歷相合。據《唐刺史攷全編》：盧鈞於開成元年五月"代（承）瑕守華州"，其年冬（《資治通鑑》作十二月）代李從易爲廣州刺史，開成元年到五年任廣州刺史，會昌元年到四年任襄州刺史，會昌四年到五年任潞州刺史，大中元年到四年任汴州刺史。所以李胤之七月廿二日在華州，輔佐的是盧鈞。"未幾復佐廣州"，也是因爲盧鈞本年冬調任廣州刺史。盧鈞到達廣州，應在第二年，所以盧鈞任廣州刺史實際上是四年，所以李胤之也是

"四年還京"。李胤之自言在襄陽待了四年,而盧鈞任襄州刺史也是四年。"左官衛佐分司",也與《復召堰籍》中李胤之"陷於讒言","自盧公黜"一致。所以李從事當指李胤之,而孫樵所言"三從事盧公",也應該是已經"三從事"了,現在是"四從事"。李光富爲什麼説是李胤呢?一是因爲早在清代,汪師韓就把李從事當成了李胤;二是對《復召堰籍》中"盧公既來襄陽始用李從事胤之蓋能成新堤"的誤讀。

李胤之自言"去春京師邁疾,洎夏旋復瘳損。歲杪,餘從汴"。"去春"指大中二年春,"歲杪",也指大中二年"歲杪"。所以李胤之大中二年歲末,才出發去汴州。大中三年正月七日,趕到洛陽,女國娘死於洛陽。所以,李胤之到達汴州,應在大中三年,李胤之自稱"復參宣武軍,二年府罷",則李胤之大中三年到大中四年佐汴州。孫樵言"佐汴有日",則此文應作於大中三年。

注釋:

(1) 汪師韓《孫文志疑》:"判官:《舊書·職官志》節度使判官二人。《新書》節度使判官一人,兼觀察使。又有判官一人。觀察使判官一人。"

大梁居東,諸侯兵最爲雄,[1]軍侯乘權肆豪,奴視州縣官。[2]州縣官即栗縮自下,①美言立聞觀察使,往往得上下考。[3]即欲認官爲治,必爲軍侯所傾折,大者至奪觀察使,小者至爲軍人所係辱,州縣官格手失職,②不敢與抗。[4]由是軍侯得侵繩平民,鞫決授辭,③徃徃獄至數百,不以時省。[5]以故平民益畏軍候,至不知有觀察使,矧州縣官耶?

校勘:

①栗,正德本、吳棻本、黃燁然本、閔齊伋本作"慓";《續古逸叢書》刊宋本作"慓";顧廣圻校宋本作"慓",改爲"栗"。

②手,吳棻本作"守"。

③鞫,《全唐文》《續古逸叢書》刊宋本、汲古閣本、黃燁然本、閔齊伋本作"鞠";顧廣圻校宋本作"鞠",改爲"鞫"。決,《全唐文》、吳棻本、汲古閣本、黃燁然本、閔齊伋本作"訊"。授,吳棻本注"一作受";閔齊伋本、《全唐文》作"受"。

注釋:

(1) 汪師韓《孫文志疑》:"兵最爲雄:《新書》貞元三年詔,射生神策六軍將士,府縣以事辦治,先奏,乃移軍,勿輒逮通。京兆尹鄭叔則建言，京劇，輕滑所聚，慝作不常，俟奏報，將失罪人，請非昏田，皆以時捕。乃可之。""自肅宗以後，北軍增置威武長興等軍，名類頗多，而廢置不一，惟羽林龍武神策神威最盛，總曰左右十軍矣。其後，京畿之西，多以神策軍鎮之，皆有屯營軍司之人，散居甸內，皆恃勢凌暴，民間苦之。""自德宗幸梁還，以神策兵有勞，皆號興元，元從奉天定功臣，恕死罪。中書御史府兵部乃不能歲比其籍，京兆又不敢總舉名實，三輔人假比於軍，一牒至十數，長安姦人，多寓占兩軍，身不宿衛，以餞代行，謂之納課戶，益肆爲暴。吏稍禁之，輒先得罪，故當時京兆縣令，皆爲之顏屈。十年，京兆尹楊於陵請置挾名，敕五丁許二丁居軍，餘差以條限，由是豪強少畏。"

（2）軍侯，古代軍官名。

（3）觀察使，官名。唐於諸道置觀察使，位次於節度使。中葉以後，多以節度使兼領其職。無節度使之州，亦特設觀察使，管轄一道或數州，并兼領刺史之職。凡兵甲財賦民俗之事無所不領，謂之都府，權任甚重。

（4）格，拘執。

（5）鞫，審訊。

國家設州縣官以治平民，豈以屬之軍乎？今京兆二十四縣半爲東西軍所奪，(1)然亦不過籍占編民，①翼蔽懇田，其辭獄曲直，尚歸京兆。(2)

校勘：
①民，《全唐文》作"氓"。
注釋：
（1）京兆二十四縣，《新唐書・地理志一》："京兆府京兆郡，領縣二十。"《舊唐書・地理志一》："京兆府，……天寶領縣二十三。"
（2）汪師韓《孫文志疑》："籍占編民：大中五年十月，京兆尹韋博奏，京畿富戶爲諸軍影占，苟免府縣色役，或有追訴，軍府紛然，請準會昌三年十二月敕，諸軍使不得強奪百姓入軍。從之。"

今汴軍所侵州縣者，反愈東西軍。士大夫叢居，未嘗不病東西軍侵府縣事，①(1)及自提兵符，則不知有以規畫之，②矧天子之貴耶？(2)

校勘：
①府，《全唐文》、吳颎本、黃燁然本、讀有用書齋本作"州"。

②畫，《全唐文》、吳鼏本、黃燁然本、閔齊伋本、讀有用書齋本作"畫"。

注釋：
（1）叢居，聚居。
（2）兵符，古代調兵遣將的憑證，借指兵權。

執事三從事盧公，⁽¹⁾其所以佐盧公使炳炳不磨於世者，襄陽南渡之民皆能道之。①今居汴有日，而曾無所聞，豈屑屑未暇耶？⁽²⁾

校勘：
①渡，讀有用書齋本作"海"。

注釋：
（1）盧公，盧鈞。《唐刺史攷全編》："盧鈞於開成元年到五年任廣州刺史，會昌元年到四年任襄州刺史，會昌四年到五年任潞州刺史，大中元年到四年任汴州刺史。"李從事，李胤之。事跡見《唐代墓志彙編續集·唐姑臧李氏故第二女墓志銘並序》和《唐代墓志彙編續集·唐隴西李氏女十七娘墓志銘並序》。
（2）屑屑，勞瘁匆迫的樣子。《左傳·昭公五年》："禮之本末將於此乎在，而屑屑焉習儀以亟。"《漢書·王莽傳上》："晨夜屑屑，寒暑勤勤，無時休息，孳孳不已者，凡以為天下，厚劉氏也。"

執事宜亟以前之所陳，辨之盧公，稍稍奪左右軍侯權，且使繫獄者不得治於軍門，凡當隸州縣者悉索歸之，使軍自軍，州縣自州縣，無相奪也。今執事官曰判官察州縣事，正執事職，幸無忽。

評論：
《孫文志疑》："此等文皆從書褒城驛化出。"
《評注孫可之集》："軍侯鞫獄，州縣官失職，不滋甚邪！直責判官，詞嚴義正。"
林紓《歐孫合集》："唐之藩鎮縱兵侵奪有司之權，正與今日同，此書恨不令督軍秘書之有權者見之，然督軍多不識字，與唐時藩鎮正同，深可慨也。"

與賈希逸書[1]

注釋:
（1）賈希逸，無考。

主藪足下，曩者樵耳足下聲，①憤足下售於時何晚，及目足下《五通》五十篇，則足下困十上亦宜矣！②(1)物之精華，天地所秘惜。(2)故蒙金以砂，錮玉以璞，③(3)珊瑚之叢必茂重溟，夜光之珠必含驪龍，④(4)抉而不已，⑤櫝而不知止，⑥不窮則禍，天地讎也！(5)

校勘:
①藪，吳酺本、正德本、汲古閣本、黃燁然本、閔齊伋本、《全唐文》作"數"。足，《續古逸叢書》刊宋本作"主"；顧廣圻校宋本作"主"，改爲"足"。
②困十上，吳酺本作"困於上"，並注"一作十"；《唐文粹》作"困於上"；《全唐文》作"困於上"；黃燁然本作"困於上"。
③砂，《全唐文》作"沙"。璞，吳酺本作"璞"。
④茂，黃燁然本、閔齊伋本、《全唐文》作"藏"。珠，《唐文粹》作"珍"。含，《全唐文》《唐文粹》《全唐文》作"領"。
⑤不已，《全唐文》作"不知已"。
⑥櫝，《唐文粹》、閔齊伋本、《全唐文》作"積"。

注釋:
（1）耳，作動詞，聽聞。《五通》，已佚。
（2）精華，事物最精粹、最優秀的部分。漢劉向《九嘆·惜賢》："揚精華以炫燿兮，芳鬱渥而純美。"
（3）錮，封閉。
（4）茂，作動詞。
（5）櫝，用櫝收藏。

文章亦然。所取者廉，其得必多；取者深，①其身必窮。(1)六經作，孔子削跡不粒矣；(2)孟子述於居，②坎軻齊魯矣；馬遷以史記禍；班固以西漢禍；楊雄以《法言》《太玄》窮；元結以《梧溪碣》窮；③(3)陳拾遺以

《感遇》窮；④王勃以《宣尼廟碑》窮；玉川子以《月蝕詩》窮；杜甫、李白、王江寧、皆相望於窮者也。(4)天地其無意乎？

校勘：
①取者深，《全唐文》《唐文粹》作"所取者深"。
②於居，讀有用書齋本作"子居"；吳翕本、汲古閣本、黃燁然本、閔齊伋本作"子車"，《唐文粹》《全唐文》作"子思"。
③楊，《全唐文》、吳翕本作"揚"。玄，《全唐文》作"元"。梧，《全唐文》《唐文粹》、吳翕本、汲古閣本、閔齊伋本、讀有用書齋本作"浯"。
④遇，《唐文粹》作"遇詩"。

注釋：
（1）廉，少。漢荀悦《漢紀·武帝紀五》："〔李陵〕臨財廉，取與義。"唐韓愈《原毀》："其責人也詳，其待己也廉。"
（2）粒，以穀米爲食。《書·益稷》："烝民乃粒。"孔傳："米食曰粒。"北齊顏之推《顏氏家訓·涉務》："夫食爲民天，民非食不生矣。三日不粒，父子不能相存。"
（3）元結，唐代文學家。汪師韓："雄之自序以爲經莫大於易，故作太元，傳莫大於論語，故作法言。""結撰大唐中興頌摩崖浯溪頌，有云湘江東西中直浯磎石崖天齊。"
（4）陳拾遺，陳子昂。玉川子，盧仝。汪師韓："陳拾遺：舊書本傳，初爲感遇詩三十首，京兆司功王適見而驚曰：'此子必爲天下文宗矣由是知名。'高宗崩，靈駕將還長安，子昂詣闕上書，盛陳東都形勝，可以安置山陵，關中旱儉，靈駕西行不便。則天召見，奇其對，拜麟臺正字。則天將事雅州，討生羌，子昂上書，再轉右拾遺。""王勃宣尼廟碑：載《文苑英華》。""玉川子：新列傳盧仝自號玉川子，嘗爲月蝕詩，以譏切元和逆黨，愈稱其工。""王江寧：王昌齡，江寧人，舊書作京兆。"

今足下立言必奇，撼意必深，抉精剔華，期到聖人，以此賈於時，釣榮邀富，猶欲疾其驅而方而輪。①(1)若曰爵祿不動於心，窮達與時上下，成一家書，自期不朽，則非樵之所敢知也。②嗚乎，③孤進患心不苦，及其苦，知者何人！古人抱玉而泣，樵捧足下文，能不濡睫，④懼足下自持也淺，⑤且疑其道不在故，因歸五通，⑥不得無言。(2)

校勘：

①方而輪，正德本、《全唐文》《唐文粹》、吳鼒本、汲古閣本、黃燁然本、閔齊伋本、讀有用書齋本作"方其輪"。

②非，《唐文粹》無"非"字。

③乎，《全唐文》《唐文粹》、吳鼒本、讀有用書齋本、《四部叢刊》作"呼"。

④樵，《唐文粹》無"樵"字。

⑤持，讀有用書齋本、《續古逸叢書》刊宋本作"待"；顧廣圻校宋本作"待"，改爲"持"；《全唐文》作"得"。

⑥在，《唐文粹》、閔齊伋本、吳鼒本、《全唐文》作"固"。故，正德本、吳鼒本、閔齊伋本、《全唐文》無"故"字。

注釋：

（1）摭，搜集。

（2）汪師韓："抱玉而泣：《琴操》下和得玉以獻，懷王以爲欺謾，斬其一足。平王立，復獻之，又以爲欺謾，斬其一足。荆王立，欲獻之，恐復見害，乃抱玉而哭，淚盡，繼之以血。"

評論：

《評注孫可之集》評："有激云爾，'進患心不苦，及其苦，知者何人？'每讀未嘗不流涕。"

《孫文志疑》："今按此文本小小結構，非可之先生傑作，自僞造者衍作數篇，並此亦爲削色矣。然僞自僞，真自真，究之不可並論者，其辨乃在雅俗之間。"

林紓《歐孫合集》："此篇實憤激之談，度賈氏所作，亦所謂學爲堯舜文者，可之欲砭其非應試之器，故謬爲高言以張之。天下無璧，反其人之文而痛指其謬者，亦推爲過高之言，使之知反而已。然入手甚奇恣。"

與王霖秀才書①

校勘：

①題目，黃燁然本目錄、正德本作"與王霖書"。

注釋：

《唐宋文舉要》："《唐六典》卷四曰：'凡舉試之制，其科有六，一曰秀才，試方略策五條，此科取人稍峻，貞觀以後遂絕。'《通典·選舉三》曰：'秀才，貞觀中有舉而不第者，坐其州長，由是遂絕。（《新唐書·選舉志》曰：高宗永徽二年，始停秀才。）開元二十四年以後，復有此舉，其時進士漸難，而秀才本科無帖經及雜文之限，反易於進士，主司以其科廢，不欲收獎，應者多落之。三十年無及第者。至天寶初，侍郎韋陟始奏有堪此舉者，令長官特薦，其常年舉送者並停。'《國史補》卷下曰：'進士通稱，謂之秀才。'案此題秀才，蓋通稱耳。"

太原君足下，《雷賦》踰千六言，推之大易，糸之玄象①，其旨甚微，其辭甚奇，(1)如觀駭濤於重溟，徒知褫魄眙目，②莫得畔岸。(2)誠謂足下恈於文，方舉降旗，將大誇朋從間，且疑子雲復生。無何，足下繼以《翼旨》及《雜題》十七篇，則與《雷賦》相闊數百里。(3)足下到其壺，則非樵所敢與知，③既入其城，④設不如意，亦宜上下銖兩，不當如此懸隔。(4)不知足下以此見嘗耶，⑤抑以背時戾衆，且欲哺粕啜醨，⑥以其苟合耶？⑦何自待則淺而徇人反深？⑧(5)

校勘：
①千六，《全唐文》作"六千"。玄，《全唐文》作"元"。
②眙，《續古逸叢書》刊宋本作"貽"；顧廣圻校宋本作"貽"，改爲"眙"。
③到，《全唐文》、正德本、吳酺本、汲古閣本、黃燁然本、閔齊伋本作"未到"。則非，《續古逸叢書》刊宋本作"非則"。
④城，閔齊伋本、讀有用書齋本、《全唐文》作"域"。
⑤嘗，《續古逸叢書》刊宋本作"賞"；顧廣圻校宋本作"賞"，改爲"嘗"。
⑥哺，《全唐文》作"餔"。
⑦以其苟合，讀有用書齋本作"以期苟合"；黃燁然本、閔齊伋本、《全唐文》作"以苟其合耶"。
⑧徇，吳酺本、黃燁然本作"狥"。

注釋：
（1）太原，《唐宋文舉要》："太原疑王霖字，或別號。"雷，《唐宋文舉要》："《易·説卦傳》曰：震爲雷。""《太玄釋》次三曰：風動雷興。"《雷賦》，已佚。
（2）《唐宋文舉要》："魏文帝《滄海賦》：驚濤暴駭。""《文選·吳都賦》曰：魂褫氣攝。李善注：褫奪也。""《詩·氓》曰：淇則有岸，隰則有泮。鄭箋曰：泮讀爲畔，畔，涯也。"

（3）《翼旨》及《雜題》，已佚。

（4）壺，《唐宋文舉要》："《爾雅·釋宮》曰：宮中謂之壺。此文當爲梱之借字。《詩·既醉》曰：室家之壺。鄭箋曰：壺之言梱也。《説文》：梱，門橜也。"

（5）《唐宋文舉要》："《小爾雅·釋言》：嘗，試也。""哺，《全唐文》作餔。《楚辭·漁父》曰：衆人皆醉，何不餔其糟而歠其醨？《文選》醨作釃，五臣注呂向：餔，食也；歠，飲也。糟醨皆酒滓。案《説文》曰：哺，哺咀也。歠，飲也。餔、啜皆借字。"

鸞鳳之音必傾聽，雷霆之聲必駭心，龍章虎皮是何等物，日月五星是何等象，(1)儲思必深，摘辭必高，道人之所不道，到人之所不到，趍恠走奇，中病歸正，以之明道則顯而微，以之楊名則久而傳，①前輩作者正如是。(2)譬玉川子《月蝕詩》、楊司城《華山賦》②、韓吏部《進學解》、馮常侍《清河壁記》，莫不拔地倚天，句句欲活，(3)讀之如赤手捕長虵，不施鞚騎生馬，③急不得暇，莫不捉搦。(4)又似遠人入太興城，④茫然自失，詎比十家縣，足未及東郭，目以極西郭耶？⑤(5)

校勘：
①楊，《全唐文》、吳鼒本、汲古閣本、讀有用書齋本作"揚"。
②城，吳鼒本、讀有用書齋本作"成"。
③鞚，正德本、《全唐文》、吳鼒本、汲古閣本、黃燁然本、閔齊伋本作"控"。莫不，黃燁然本、閔齊伋本、《全唐文》作"莫可"。
④似，正德本、吳鼒本、十大家本作"侣"。
⑤以，汲古閣本、黃燁然本、《全唐文》作"已"。

注釋：
（1）《孫文志疑》：此從前書珊瑚夜光等句來。
（2）《唐宋文舉要》："《文選·答賓戲》：'摘藻如春華。'注引韋昭曰：'摘，布也。'"
（3）《唐宋文舉要》："《新唐書·盧仝傳》曰：'仝居東都，韓愈爲河南令，愛其詩，厚禮之。仝自號玉川子，嘗爲月蝕詩，以譏切元和逆黨，愈稱其工。'《新唐書·楊敬之傳》曰：'敬之字茂孝，元和初，擢進士第，檢校工部尚書兼祭酒，卒。敬之嘗爲《華山賦》示韓愈，愈稱之，士林一時傳佈。'案《華山賦》見《文苑》卷二十八、《文粹》卷六。《唐六典》卷二十一曰：'國子祭酒，龍朔二年改爲大司成。咸亨中復舊。'各本作城，誤。《新唐書·馮宿傳》曰：'宿字拱之，婺州東陽人，貞元中擢進士第進中書舍人，徙左散騎常侍。'案《清河壁記》今佚。"《孫文志疑》："前半許多比喻，不以爲比喻也。"

（4）《唐宋文舉要》："控字亦作鞚，同。《初學記·武部》引《通俗文》曰：'所以制馬曰鞚。'《御覽·兵部八十九》引《埤蒼》曰：'鞚，馬勒也。'《樂府詩集》卷二十五引《古今樂錄》曰：'梁樂府，胡吹舊曲有捉搦，而不言其義。'《舊唐書·代宗紀》曰：'廣德二年二月，禁鈿作珠翠等，委所司切加捉搦。'《李德裕傳》：'寶曆二年，亳州言出聖水。德裕奏曰：兩浙、福建百姓渡江者，日三五十人，臣於蒜山已加捉搦。'《新唐書·韓琬傳》琬上言曰：'不務省事而務捉搦。'蓋即後人所謂捉挐之義也。"《評注孫可之集》注："捉搦，恐懼。"《孫文志疑》："僞作之文，規模《進學解》者，不一而足。故此處特稱頌以飾之，夫可之即心愛《進學解》，何至效之，不一而足。"

（5）《隋書·文帝紀》開皇二年十二月景子，"名新都曰大興城。"宋王應麟撰《通鑑地理通釋》卷四《隋都》："隋文帝都長安，開皇二年，營建新都，在漢故城之東南十三里，南直終南山子午谷，北據渭水，東臨灞滻，西枕龍首原。三年，遷新都，名其城曰大興城。"《唐宋文舉要》："以上論作文之旨趣。"

樵嘗得爲文真訣於來無擇，來無擇得之於皇甫持正，皇甫持正得之於韓吏部退之。⁽¹⁾然樵未始與人言及文章，且懼得罪於時。①今足下有意於此，而自疑尚多，其可無言乎？樵再拜。⁽²⁾

校勘：
①且，《續古逸叢書》刊宋本無"且"字。
注釋：
（1）皇甫湜，字持正，韓愈弟子。來無擇，無考。
（2）《唐宋文舉要》："可之之文，得韓之奇崛，讀此可知其平生用力之所在。"

評論：
《評注孫可之集》："天之生才恒多而人之有立者至少，皆自疑狗物，有以累之矣。韓吏部真訣相傳，只是眾人譽之不加勸，眾人毀之不加阻。"

《孫文志疑》："一篇之中連作數十譬喻，又俱俗而淺，殊無意義。"

錢基博《韓愈文讀》："論文以奇爲主，可與皇甫湜《答李生書》參觀，惟湜止於造辭，而樵兼及運筆。止於造辭，則字字硬砌；兼及運筆，則句句欲活。此所以同而不同也。又樵屢稱揚子雲，亦可征功力所在。"

錢基博《韓愈文讀·附錄下》："《與高錫望書》、《與王霖秀才書》，跌宕昭彰，逸氣貫注。其稱高云：'意語橫闊，……反若有千百言在筆下。'此論文之辭簡而韻流也。又與王云：'玉川子……'此言文之筆快而勢遠也。可謂善道得文章能事盡，至與高書，自云：'才韻枯梗……'亦頗自知其短，不如皇甫之沾沾自矜喜，大抵樵之文，有餘於峻峭，不足於闊遠。章實齋論《文史通義》，每謂：'文人記敘，往往比志傳修飾簡淨，蓋有意於爲文也。志傳不盡出於有意，故文不甚修飾，然大體終比記事之文遠勝。蓋記事之文，如盆池拳石，自成結構；而志傳之文，如高山大川，神氣包舉，雖咫尺而皆具無窮之勢；即偶有文理乖剌，字句疵病，皆不足以爲累。'此孫氏'刮垢磨痕'之所以'卒不到史'也。"

林紓《歐孫合集》："可之文尚瑰詭，王秀才文前後異轍，殆欲求合時眼，可之疑其輕己，故有是言。然正宗之文，不必如玉川諸人，方爲極軌。"

與友人論文書

嘗與足下評古今文章，似好惡不相關者，①然不有所竟，顧樵何所得哉？古今所謂文者，辭必高然後爲奇，意必深然後爲工，煥然如日月之經天也，炳然如虎豹之異犬羊也，(1)是故以之明道則顯而微，以之揚名則久而傳。②(2)今天下以文進取者，歲叢試於有司不下八百輩，人人矜執，自大所得。故其習於易者則斥澀艱辭，攻於難者則鄙平淡之言，至有破句讀以爲工，摘俚語以爲奇。③秦漢已降，古文所稱工而奇者，④莫若楊、馬，⑤然吾觀其書，乃與今之作者異耳。豈二子所工不及今之人乎？此樵所以惑也。當元和、長慶之間，達官以文馳名者接武於朝，皆開設戶牖，主張後進，以磨定文章，故天下之文薰然歸正。(3)洎李御史甘以樂進後士飄然南遷，由是達官皆闔關齚舌，不敢上下後進，冝其爲文者得以盛任其意，無所取質，此誠可悲也。(4)足下才力雄健，⑥意語鏗耀，至於發論，尚往往爲時俗所拘，豈所謂以黃金注者昏耶？⁽⁵⁾顧頑樸無所知曉，然嘗得爲文之道於來公無擇，來公無擇得之皇甫公持正，⑦皇甫持正得之韓先生退之，其所聞者如前所述，⑧豈樵所能臆說乎？⁽⁶⁾

校勘：
①似，正德本、吳赦本、黃煒然本作"侶"。
②楊，《全唐文》、吳赦本、黃煒然本、讀有用書齋本作"揚"。
③澁艱辭，《全唐文》作"艱澀之辭"；讀有用書齋本作"澀艱辭"；吳赦本、汲古閣本、黃煒然本、閔齊伋本作"澁艱之辭"。俚語，《全唐文》作"俚句"。
④古文，《全唐文》作"古人"。
⑤楊，《全唐文》、吳赦本作"揚"。
⑥健，《全唐文》、讀有用書齋本作"健"。
⑦皇甫公持正，吳赦本作"皇甫持正"。
⑧"其所聞者"中的"所"，《全唐文》作"於"。

注釋：
（1）《評注孫可之集》：讀可之文當以此求之。
（2）《孫文志疑》：語皆雷同。
（3）元和，唐憲宗年號。長慶，唐穆宗年號。
（4）李甘，字和鼎。新、舊《唐書》有傳。
（5）《莊子·達生》："以瓦注者巧，以鉤注者憚，以黃金注者殙。其巧一也，而有所矜則重外也，凡外重者内拙。"郭象注："所要愈重則其心愈矜也。"方勇《莊子纂要》注："注，賭注，此處作動詞，謂作為賭注。""殙與惛同，謂用怕輸掉黃金而使心志昏亂。"方叔岷《莊子校注》："殙、惛、昏，義並通。"《孫文志疑》："佻。"
（6）《孫文志疑》："語皆雷同。"

評論：
《孫文志疑》："此與《王霖書》俱從《賈希逸》一書脫化而出，此篇較順而措語雷同，不知何所取而存之也，其俱爲偽選無疑，與《王霖書》大同小異。"

《評注孫可之集》："世無韓吏部相與奔走招邀，不若裹足杜門，猶愈乎爾。"

林紓《歐孫合集》："此文未甚著意。"

卷　　四

梓潼移江記

編年：

文中云："是歲開成五年也。"則此文作於唐文宗開成五年。李光富、傅璇琮、陳文新都據此係此文於開成五年。

　　涪潦於郪，迫城如蟠，(1)淫潦漲秋，狂瀾陸高，(2)突堤齧涯，包城蕩盧，①(3)歲殺州民以爲官憂。滎陽公始至，則思所以洗民患，頗聞前觀察使欲鑿江東壖地，別爲新江，使東北注，流五里，(4)復匯而東，即堤墟舊江，使水道與城相遠，②以薄江怒，遂命武吏發卒三千，跡其前謀，役興三月，功不可就。

校勘：

①盧，吴馡本、黄燁然本、閔齊伋本作"壚"；《全唐文》、讀有用書齋本作"墟"。

②城，《全唐文》作"地"。

注釋：

（1）涪，水名，在四川省中部，源出松潘縣，東南流經平武、綿陽、三臺、遂寧、潼南至合川縣入嘉陵江。郪，古縣名，在今四川省三臺縣南。唐爲梓州治所。《孫文志疑》："梓郪，劍南道梓州，領郪、射洪、鹽亭、飛烏四縣。天寶改爲梓潼郡，干元復爲梓。後分蜀爲東西川，梓州恒爲東川節度使治所，郪左帶潼水，右挾中江，郪居水陸之要，梓州所治，以梓潼水爲名也。"潦，圍遶。蟠，盤曲。

（2）淫，久雨。潦，雨後的大水。陸，高平之地。

（3）突，衝撞。嚙，侵蝕。包，包圍。蕩，毀壞。

（4）滎陽公，《孫文志疑》："按文宗開成四年七月，西蜀水害稼。開成元年十二月，以兵部侍郎楊汝士充劍南東川節度使。四年九月，以京兆尹鄭復代楊汝士爲東川節度。按滎陽公者，鄭涯也。涯爲東川節度，在大中時，豈涯此時爲梓州郪縣官耶？"《唐方鎮年表》：開成元年，馮宿任劍南東川節度使，開成元年十二月到開成四年九月楊汝士任劍南東川節度使，鄭復從開成四年九月到會昌元年六月任劍南東川節度使。《唐刺史攷全編》認爲滎陽公是鄭復。

有謁於滎陽公曰[(1)]："公開新江，將抉民憂，[①(2)]然江勢不可決，訛言不可絶，公將何以終之？"[(3)]

校勘：
①開，顧廣圻校宋本作"聞"，改爲"開"。抉，《全唐文》作"扶"。
注釋：
（1）謁，陳説。
（2）抉，解除。
（3）決，疏通。

滎陽公曰："吾欲厚其直以勸其卒，可乎？"[(1)]對曰："饑卒賴厚直，民惜其田以顗得，不可。"[(2)]滎陽公曰："吾欲戮其將以動其卒，可乎？"對曰："代之將者必苦吾卒，卒若叛，[①]不可。"滎陽公曰："奈何？"對曰："夫民可與樂終，難與圖始，故自役興已來，[②]彼其民曰，夏王鞭促萬靈以道百川，今果能改夏王跡耶？非徒無功，抑有後災，群疑牽綿，民心蕩摇。前時觀察使欲鑿新江，中輒議而罷，[③]豈病此耶？公即能先堤民言，新江可度日而決也。"[(3)]滎陽公諾。[④]

校勘：
①若，汲古閣本、《全唐文》作"苦"。《孫文志疑》："當是苦字。"
②故，黃燁然本作"固"。役興，《全唐文》作"興役"。
③輒，正德本、《全唐文》、吳棻本、汲古閣本、黃燁然本、閔齊伋本作"輟"。
④滎陽公，《全唐文》作"滎陽公曰"。

注釋：

（1）直，工錢，報酬。《後漢書·班超傳》："爲官寫書，受直以養老母。"

（2）顗，不可解。《經緯集箋注》："當是冀，飲幸也。"

（3）堤，原指防水建築物，喻指杜絶。《評注孫可之集》："字法新。"

明日，滎陽公視政加猛，決獄加斷。(1)又明日，杖殺左右有所貳事，鞭官吏有所阻政者。遂下令曰："開新江，非我家事，將脫鄭民於魚禍耳，①(2)民敢橫議者死。"(3)鄭民以滎陽公嘗爲京兆，②既憚其猛，及是民心大栗，群舌如斬，未幾而新江告成。

校勘：
①禍，《全唐文》作"腹"。
②鄭民，《全唐文》作"民"。

注釋：
（1）猛，嚴厲。斷，果斷。
（2）《孫文志疑》：此句（非我家事）贅。
（3）橫議，批評。

滎陽公歡出臨視，班賞罷卒，已而歎曰："民言不堤，新江其不決耶？"新江長步一千五百，闊十分其長之二，深七分其闊之一，盤堤既隆，舊江遂墟，凡得田五百畝。

其年七月，水果大至，雖踰防稽陸，不能病民，其績宜何如哉！滎陽公既以上聞，有司劾其不先白，①(1)詔奪俸錢一月之半。(2)樵嘗爲褒城驛記，限所在長吏不肯出毫力以利民，②及覩滎陽公以開新江受譴，③豈立事者亦未易耶？是歲開成五年也。(3)

校勘：
①劾，《續古逸叢書》刊宋本作"初"。
②限，《全唐文》、吳帒本、汲古閣本、黃燁然本、閔齊伋本作"恨"，應作"恨"。
③覩，《全唐文》作"觀"。

注釋：

（1）白，稟報。《史記·淮南衡山列傳》："厲王母弟趙兼因辟陽侯言呂后，呂后妒，弗肯白，辟陽侯不彊爭。"

（2）奪，剝奪，削奪。

（3）開成，唐文宗年號。

評論：

汪師韓《孫文志疑》："此作古質。"

錢基博《韓愈文讀》："句鑄字練，氣疏達不如前篇，而警道特過之。入後回顧前篇作收。特以跌宕抒憤慨，如神龍掉尾，骨節震動，而結構在篇章之外。"

錢基博《韓愈文讀·附錄下》："《梓潼移江記》通體峭練，收特軼宕。"

林紓《歐孫合集》："入手頗吃力，然每字每句不輕易放過，雖有好奇之心，然神奇靜定，故能一勁到底。"

興元新路記(1)

編年：

此文作於大中四年。李光富、傅璇琮、陳文新係此文於大中三年。李光富《孫樵生平及孫文係年》説"文中云：'滎陽公爲漢中，以褒斜舊路修阻，上疏開文川道以易之。'《舊唐書·宣宗紀》：'（大中三年）十一月，東川節度使鄭涯、鳳翔節度使李玭奏修文川谷路，自靈泉至白雲置十一驛，下詔褒美。'鄭涯封滎陽縣開國男，故稱。"傅璇琮《隋唐五代文學編年史》："《全唐文》卷七九四孫樵《興元新路記》：'滎陽公爲漢中，以褒斜舊路修阻，上疏開文川道以易之。'按此滎陽公爲鄭涯。據《唐方鎮年表》卷四，鄭涯爲山南西道節度使在大中元年至三年（847—849），而涯奏開文川谷路乃在本年十一月，則此文當此時或稍後所撰。"陳文新："山南西道節度使鄭涯，上報朝廷奏開文川道。稍後，孫樵撰《興元新路記》。"其中錯誤在只考慮興元新路的開闢時間，沒有考慮興元新路的損毁時間。文川道於大中三年十一月修成，第二年六月廢棄。而文章末尾談到"朝廷有竊竊之議，道路有唧唧之嘆"，可以幫助我們判斷此文寫作時間。大中四年，孫樵應在京師，了解朝廷的"竊竊之議"。這"竊竊之議"激發了孫樵的義憤，決心實地考察文川道的情況。孫樵途經此路後，了解到"道路"的"唧唧之嘆"。而"唧唧之嘆"更堅定了孫樵寫作此文的決心。所以，這篇文章應該寫於大中四年二月之後。而大中四年六月之後，朝廷關於文川道的爭論已經以文川道的廢棄結束，"竊竊之議"和"唧唧之嘆"也就毫無意義了。所以，這篇文章最後完成的時間，應該是文川道"爲雨所壞"後，唐王朝正在討論此事時，即大中四年六月之前。陶喻之認爲，"《興元新路記》具體撰寫時間，似在大中四年春夏之交返秦前夕或稍後次褒城驛時。""最終完成約在大中四年春夏之交可之在蜀獲悉文川道被廢時，或稍後（夏秋之間）冒暑還秦抵褒城驛時有感於不得蹈捷徑而發。也就是說，《興元新路記》可能分兩個階段完稿，前一階段係可之入蜀時逐日記程計述的文字，亦即《興元新路記》的前半部分；而後一階段係其出蜀期間聞知文川道被廢棄後寫的隨感，即由前一段文字引發的感懷。"這個寫作時間的論斷不準確。如果是新路"被廢時"完稿，孫樵不可能不提及文川道的廢棄。《興元新路記》記潥潥嶺支路"秋夏此路當絕"，顯示出孫樵的推測，但也可以看出孫樵是春天經過這條路。文章寫到平川驛前經過的山谷"水淺草細"，寫芝田至仙岑閣道旁的山谷"氣候甚和"，都可以說明孫樵經過這條路的時間是在春季。孫樵文中叙述："樵嘗淑中褒斜，一經文川，至於山川險易道途邐（一作'迹'），悉得條記，嘗用披校。"則孫樵在寫作此文之前，確實作過扎實的準備工作。可以想見孫樵在"竊竊之議"和"唧唧之嘆"的激發下精心組織材料，寫成這篇文章。他針對興元新路事件，及時評論此事，是希望借此影響朝政的。

注釋：

（1）汪師韓《孫文志疑》："興元府，建中三年詔改梁州爲興元府。河池屬鳳州。斜谷《郡國志》右扶風武功縣有斜谷，注褒斜谷在長安西南，南口褒，北口斜，長一百七十里，其水南流。《困學紀聞》曰武功今鳳翔府郡縣。《困學紀聞·漕運考》漢褒斜道故道褒水通沔在興元府褒城縣，出衙嶺山，至南鄭入沔，斜水通渭，在京兆府武功縣，出衙嶺山，北至郿，入渭，故道今鳳州梁泉縣。"

《舊唐書·宣宗紀》：大中三年"十一月，東川節度使鄭涯、鳳翔節度使李玭奏修文川谷路，自靈泉至白雲置十一驛，下詔褒美。"

北宋王溥《唐會要》卷八六《道路》："大中三年十一月，山南西道節度使鄭涯、鳳翔節度使李玭等奏：當道先準敕所開文川谷路，從靈泉驛至白雲驛共一十所。每驛側近置私館一所。其應緣什物、糧料、遞程，並作大專知官及橋道等，開修制置畢。其斜谷路創置驛五所：平川驛一所，連雲驛一所，松嶺驛一所，靈溪驛一所，鳳泉驛一所，並已畢功訖。敕旨：蜀漢道古今敻危。自羊腸九屈之盤，入鳥道三巴之外。雖限隔戎夷，誠爲要害，而勞人御馬，常困險難。鄭涯首創厥功，李玭繼成巨績。校兩路之遠近，減十驛之途程。人不告勞，功已大就。偃師開路，只爲通津；桂陽列亭，止於添驛。此則通千里之險峻，便三川之往來。實爲良能，克當寄任。宜依所奏，仍付史館。"

"四年六月，中書門下奏：山南西道新開路，訪聞頗不便人。近有山水摧損橋閣，使命停擁，館驛蕭條。縱遣重修，必倍費力。臣等今日延英面奏，宣旨却令修斜谷舊路及館驛者。臣等商量，望詔封敖及鳳翔節度使觀察使，令速點檢，計料修置，或緣館驛未畢，使命未可經通，其商旅及私行者，任取穩便往來，不得更有約勒。敕旨，依奏。"

"其年八月，山南節度使封敖奏，當道先準詔令臣檢討，却修置斜谷路者，臣當時差軍將所由領官健人夫，并力修置，道路橋閣等。去七月二十日畢功，通過商旅騾馬擔馱往來。七月二十日，已具聞奏訖。其館驛先多摧毀破壞，並功修樹，今並已畢，臣已散牒緣路管界州縣，及牒鳳翔劍南東西南川觀察使，並令取八月十五日以後，於斜谷路過使命。"

入扶風東皋門，十舉步，折而南，⁽¹⁾平行二十里，下念濟坂，下折而西，行十里渡渭，①又十里至鄠，⁽²⁾鄠多美田，不爲中貴人所並，則借東西軍，②居民百一係縣。⁽³⁾自鄠南平行二十五里，至臨溪驛，驛扼谷口，③夾道居民，皆籍東西軍。⁽⁴⁾

校勘：
①行十里，黃燁然本、《全唐文》無"行"字。
②借，天啓吳馡本、黃燁然本、《全唐文》作"籍"。
③扼，《全唐文》作"抱"。

注釋：
（1）扶風，郡名，屬鳳翔府。
（2）鄠，扶風郡屬縣。
（3）百一，百分之一。
（4）臨溪驛，郭榮章："臨溪驛在今斜谷口，即眉縣南十六公里的斜峪關所在地。"

卷　四　73

出臨溪驛有步，①南登黄蜂嶺，平行不能百步，(1)又步登潩潩嶺，②盤折而上，甚峻。(2)　潩嶺北並間可爲閣道，平出潩潩嶺南，可罷潩潩路。③　下潩潩嶺，嶺稍平，二嶺之間，凡行十里。自臨溪有支路，直絶澗並滿浪反他放此山，④復絶澗虵行磧上十里，合於大路。(3)　秋夏此路當絶。　下黄蜂嶺，復有支路，並間出潩潩嶺下，⑤行亂石中五六里，與澗西支路合。　秋夏此路亦絶。　由大路十里，橋無定河，(4)河東南來，觸西山不隳，⑥(5)號怒北去，河中多白石，磊磊如斛。又十里，至松嶺驛，(6)逆旅三戶，馬始食茅。

校勘：
①有，《全唐文》、吴棐本、黄燁然本、閔齊伋本、讀有用書齋本、十大家本作"百"。
②步，閔齊伋本、《全唐文》無"步"字。
③間，天啓吴棐本、汲古閣本、閔齊伋本、十大家本作"磵"。黄燁然本、《全唐文》無注文，下同。
④並，正德本、吴棐本、讀有用書齋本作"並"；《全唐文》作"並"。"滿浪反他放此"，十大家本無此注。
⑤並，正德本、吴棐本、讀有用書齋本作"並"；《全唐文》作"並"。間，《全唐文》、天啓吴棐本、黄燁然本、讀有用書齋本、十大家本作"澗"。
⑥不，正德本、《全唐文》、吴棐本、汲古閣本、黄燁然本、閔齊伋本、十大家本作"下"。隳，汲古閣本、讀有用書齋本、十大家本作"墮"。

注釋：
（1）南，向南。
（2）盤折，迴環曲折。
（3）絶澗，沿着絶澗行走。
（4）無定河，黄河支流。郭榮章認爲"大路"之後脱一"至"字（《唐孫樵〈興元新路記〉識評》，《成都大學學報》1997年第2期）。
（5）西山，西側的山。
（6）松嶺驛，郭榮章認爲松嶺驛在今太白縣鸚哥咀鄉境内。

自松嶺平行三里，逾二橋，登八里坂，甚峻。①(1)下坂，行十里，平如九衢，又高低行五里，行連雲驛。②(2)

校勘：

①三里，《全唐文》作"又三里"。甚，《續古逸叢書》作"其"；顧廣圻校宋本作"其"，改爲"甚"。

②行，黃燁然本、閔齊伋本作"至"。連，《續古逸叢書》作"運"；顧廣圻校宋本作"運"，改爲"連"。

注釋：

（1）八里坂，地名。李之勤的考察結果是：從"自松嶺驛平行三里，踰二橋，登八里坂"，可知松嶺驛的位置，當在今太白縣鸚哥咀鄉或其以南的上寺院附近。所過二橋，當爲斜峪河及其東側支流三才峽上的橋樑。八里坂現名老爺嶺，因爲嶺上有老爺廟，即關羽廟而得名。但清代記載中還稱之爲八里漫灘，而且在嶺西側，至今還有個居民點叫八里灣，可能就是由八里坂轉來的。在這附近，從西面來的斜峪水因老爺嶺之阻，突折東南，又轉東、轉北、再轉西北，形成一個U字形的急灣。灣中兩山壁立，形成峽谷，急水冲崖，古人無法通過，所以道路不得不離開河谷，越山而行。

（2）連雲驛，郭榮章認爲在今太白縣桃川鄉。李之勤的考察結果是，文川驛道越過老爺嶺，上下十里，就進入東西長三四十里，南北寬二三里的一塊山間平地。斜峪河穿流平地中而稍偏北，所以水南的平地要寬一些，農田和村落也相應多一些。處於盆地中央的靈丹廟，現爲太白縣桃川鄉所在地。唐代的連雲驛可能就在此。此距太白縣城約27公里，東距鸚哥咀鄉18公里。

自連雲西平行二十里，①上五里嶺，路極盤折，凡行六七里，及嶺上，泥深滅踝。(1) 行者多苦於此，可爲棧路以易之。路旁樹往往如桂塵纓，②纚纚而長，從風紛然，訊於薪者，曰："此泥榆也。"豈此嶺常泥而樹有此名乎？凡泥行十里，稍稍下去，又平行十里，則山谷四拓，原隰平曠，水淺草細，可耕稼，有居民，似樊川間景氣。(2)又五里，至平川驛。(3)

校勘：

①雲，《全唐文》"雲"字下有"驛"字。

②桂，正德本、吳棐本、汲古閣本、黃燁然本、閔齊伋本、《全唐文》、讀有用書齋本、十大家本作"挂"。

注釋:

（1）五里嶺，地名。滅，淹沒。《易·大過》："澤滅木，大過。"《莊子·秋水》："赴水則接腋持頤，蹶泥則沒足滅跗。"

（2）樊川，水名。"豈此嶺常泥而樹有此名乎"句，汪師韓《孫文志疑》評爲"稚而纖，且前言泥深，下言泥行，此句無謂"。

（3）平川驛，郭榮章認爲在今太白縣咀頭鎮附近。李之勤的考察結果是："五里嶺"這個地名，直到現在仍被當地人民沿用着。上嶺要爬五六里的陡坡，而不見關於下坡的記載，等到嶺頂又是泥深滅踝，一派沼澤沮洳地帶的景象。這種情況，沒有親歷其境的人是很難理解的。一般來說，作爲兩條河流的分水嶺，哪能只有上坡而沒有下坡，分水嶺上竟出現一片沼澤地呢？但在這裏，一千多年以前孫樵所描繪的，却是千真萬確的實際情況。據說直到解放以後修築公路時，爲了保持路基穩固，路面堅實，以免積水浸塌，曾把幾尺深的淤泥挖出，填以大石，然後再修路面。因爲這裏並不存在一個中間特高，兩側低平的分水嶺，而主要是一個五六里長的一面坡。坡的東面也就是下面，是斜水中游的河谷平地（也被稱爲桃川），坡的西面也就是上面，是褒水支流紅岩河上游的河谷盆地，也被稱爲虢川。這後一盆地東西最長三四十里，南北最寬處五六里，比桃川要寬廣平曠些。孫樵《興元新路記》中所作的描繪。"山谷四拓，原疇平曠，水淺草細，可耕稼，有居民，似樊川景象"，確爲實錄。太白縣的治所咀頭鎮，就坐落在這個平地的中間稍偏西北處。唐代的平川驛，可能就在咀頭鎮附近，并且因爲處於這塊山間平地中而得名。桃川和虢川這兩塊高低懸殊的山間河谷平地，很可能遠古時代本來是一個，後來因斷層作用而被分開的。所以在這裏，由東而西，由桃川而虢川，由斜水河谷而褒水河谷，必須上五六里的陡坡，而不下坡。但如由西而東，由虢川而桃川，由褒水河谷而斜水河谷，情況完全相反，幾乎沒有上坡，只有五六里的下坡了。

自平川西並澗高下行十里，復度嶺。嶺東度澗，可謂爲閣路，平行五十里，①出嶺西，亦古道。上下嶺，凡五里，復平。不能一里，復高低，有閣路。⁽¹⁾行七八里，扼路爲關，閣北爲臨洮，關南爲河池。②⁽²⁾自黃蜂嶺泊河池關，中間百餘里，皆故汾陽王私田，嘗用息馬，⁽³⁾多至萬蹄，今爲飛龍租入地耳。入關行十里，皆閣路並澗，閣絕，有大橋，③蜿蜒如虹，絕澗西南去，橋盡，路如九衢，夾道植樹，步步一株。凡行六七里，至白雲驛。⁽⁴⁾

校勘：

①謂，《續古逸叢書》、吳翰本、汲古閣本、讀有用書齋本、十大家本作"詣"。十，《續古逸叢書》作"人"字；顧廣圻校宋本作"人"，改爲"十"。

②閣北，正德本、吳翰本、汲古閣本、黃燁然本、閔齊伋本、十大家本作"關北"；《全唐文》無"閣"字。南，汲古閣本、黃燁然本、閔齊伋本、《全唐文》、十大家本無"南"字。

③大，吳翰本、汲古閣本、十大家本作"人"。

注釋：

（1）郭榮章認爲"能"字或係衍文或係"足"字之誤，如果"一里"用作動詞，則不誤。

（2）李之勤：從平川驛也就是太白縣治所咀頭鎮附近往西，平原呈銳角三角形，逐漸變窄。紅崖河和簡易公路皆逼近北側陡坡，有時鑿崖開路。據云修公路前，有一段是越山而行，與孫樵所記相符。五六公里，至紅崖河及其支流七里川的交會處，地名兩河口。由兩河口折南經關山、馬鞍橋、上白雲，至下白雲，即太白縣白雲鄉所在地。上下白雲之間，河谷稍爲開闊。而上白雲與兩河口間，谷狹路險。距兩河口二公里的關山街，可能就是唐代"河池關"的所在地，古代的褒斜大道從南來，在這附近分路。或東沿紅崖河谷去斜峪關，或沿七里川東北過秦嶺去鳳翔。七里川爲比較平坦的高山河谷，明清時代仍爲商賈駄運要道。而自關山往西，又有路經進口關、平木、順安河而達鳳縣。所以，這裏的地理位置和形勢都是很重要的。唐代的河池關，可能就設在這裏。現在的關山一名，很可能是由唐代的河池關沿襲而來。關名河池，則與現在的鳳縣在唐代被稱爲鳳州河池郡有關。唐代的鳳州河池郡屬山南西道，而不屬於關內道的鳳翔府。"關南爲河池，關北爲臨洮"。說明河池關處於關內道與山南西道的分界處。過此關後，就入河池郡境了。至於臨洮何所指，尚不清楚。因爲唐代雖有一個洮州臨洮郡，却遠在現今的甘肅省境，又不屬於關內道而屬於隴右道了。

（3）汾陽王，指郭子儀。

（4）白雲驛，郭榮章認爲白雲驛在今太白縣白雲鄉（下白雲），李之勤同。

自白雲驛西並澗皆閣道，行十里，巖上有石刻，橫爲一行，曰鄭淮造，凡三字，不知何等人也。 人多以淮爲準字，蓋視之誤。① 又一十三里至芝田驛,⁽¹⁾皆閣道,卒高下,多碎石。

校勘:
①多,天啓吴馡本無"多"字。準,《續古逸叢書》刊宋本作"淮"。

注釋:
(1)芝田驛郭榮章説:李之勤《唐代的文川道》稱"估計在古跡街西南一帶"。這個方位是對的,但里程似有不足。古跡街距白雲驛僅十餘里,其近處並無人口聚集點。古道自古跡街沿紅巖河西折,至高橋溝南折,再由高橋溝盤旋而下,經修石崖,鐵爐溝口到今太白縣王家楞鄉,皆係險峻的下坡路,尤以高橋溝到修石崖這一段更爲險峻。疑芝田驛在修石崖到王家楞之間的某一地方,或就在王家楞附近。王家楞鄉距白雲鄉的公路里程爲三十公里,公路多彎折,古道當少於這一里程,大體合於兩驛之間的距離。

自芝田至仙岑,⁽¹⁾雖閣路,皆平行,往往澗旁谷中有桑柘,民多藂居,①雞犬相聞,水益清,山益奇,氣候甚和。自仙岑南行十三里,路左有崖,壁然而高,出其下,殷其有聲,如風怒薄水,②里人謂之鳴崖,豈石常鳴耶?抑俟人而鳴耶?又行十五里至二十四孔閣,⁽²⁾ 古閣名也。 閣上巖甚奇,有石刻。其刻云:

校勘:
①藂,閔齊伋本、《全唐文》作"叢"。
②水,《全唐文》作"冰"。

注釋:
(1)郭榮章認爲仙岑就是仙嶺驛:芝田驛南即仙嶺驛,孫樵原文稱:"自芝田至仙嶺,雖閣路,皆平行,往往澗谷中有桑柘。民多聚居,雞犬相聞。水益清,山益奇,氣候甚和。"今太白縣王家楞鄉到留壩縣柘梨園鄉的自然風光正與此相合,則仙嶺必在柘梨園無疑。

(2)李之勤:二十四孔閣及磨崖石刻所在的確切地點,則在留壩縣北15里,鍋廠與方家灣之間的柏樹溝口,紅巖河向西轉彎的石崖上。這裏石壁矗立,下臨深潭,崖壁上有一條曲折石紋,形如龍蛇。對岸高山,遠望似虎,當地有石龍對石虎之諺。在接近常水位的地方,整齊排列着許多古代爲修建棧道而用的石洞,當地群眾稱之爲四十八窟窿,這就是孫樵所說的二十四孔閣了。既然唐代文川道上的青松驛距二十四孔閣，也就是四十八窟窿15里，而且附近"路旁人烟相望，澗旁地益平曠"，"桑柘愈多"，有"平田五六百畝，谷中號爲夷地（即平地）"的青松驛，與作爲褒水上游三大支流會合處的留垻縣江口鎮附近的地形、位置又完全符合。所以，唐代的青松驛就設在江口，是毫無疑義的。而距二十四孔閣十五里的鳴崖，當在距青松驛，也就是現在的江口三十里的留垻縣拓栗園鄉。但在拓粟園鄉並沒有訪問到有關鳴崖的傳說。

褒中典閣主簿王顯①漢中郡道閣縣掾馬甫漢中郡北部督郵逈通②都匠中郎將王胡典知二縣匠衛績教蒲池石佐張梓等百二十人匠張羌③教褒中石佐泉疆等百四十人③閣道教習常民學川石等三人[1]　一本作川五人

校勘：
①典，吳棐本、汲古閣本、十大家本作"與"；《全唐文》作"興"。顯，《全唐文》作"禺"。
②逈，《全唐文》作"廻"。
③羌，《全唐文》、讀有用書齋本、十大家本作"羗"。佐，正德本、吳棐本作"優"；《全唐文》、讀有用書齋本、十大家本作"佐"。

注釋：
（1）《文博》1999年第2期第48—49頁載《匡正唐代文學家孫樵記》云得到摩崖之民國年間拓片照片，其文爲："征西府遣匠（下缺）／等三人詣漢中郡受節／治斜谷閣道教習常民學川（下缺）／匠張羌教褒中石佐泉疆等百四十人／匠衛績教蒲池石佐張梓等百二十人／都匠中郎將王胡字仲良典知二縣／漢中郡北部督郵回通字叔達／漢中郡道閣府掾馬甫字叔郡／褒中典閣主簿周都字令業／　中典閣主簿王顯字休諧。"《文物》1964年第11期《褒斜道連雲棧南段調查簡報》亦載此刻石，文字略有不同，順序則顛倒。汪師韓："此只需附注耳。不然。題刻多字處。將書不勝書矣。"

凡七十字，其側則曰："太康元年正月二十九日。"[1]案其刻，①乃晉武平吳時，蓋晉由此路耳。又行十五里至青松驛。[2]

校勘：
①案，《全唐文》作"按"。

卷 四　79

注釋：
（1）太康，晉武帝年號，公元 280—289 年。
（2）郭榮章：柘梨園之南，即青松驛，在今留垻縣江口鎮。孫樵所記與現今景色完全相合……江口所在地，紅巖河自北而南與東來的太白河於此交匯，這兩條河合流後向西流去，形成一個東西向的開闊之地，孫樵原文說，有"平田五六百畝，谷中號爲夷地"，即此。

驛自仙岑而南，①路旁人烟相望，澗旁地益平曠，往往墾田至一二百畝，桑柘愈多，至青松即平田五六百畝，谷中號爲夷地，居民尤多。
自青松西行一二里，夾路多松竹，稍稍深入，不復有平田。行五六里，上小雪嶺，(1)極峻折。嶺東多泥土，踈而黑。②嶺西尤峻，十里百折。上下嶺凡十八里，四望多叢竹。③又高低行十里至山輝驛，(2)居民甚少，行旅無庇。(3)

校勘：
①驛，《全唐文》無此"驛"字。岑，讀有用書齋本作"芩"。
②踈，《全唐文》、吳郋本、汲古閣本、讀有用書齋本、十大家本作"疎"。
③四，天啓吳郋本作"西"。

注釋：
（1）小雪嶺，山名。
（2）郭榮章：自江口鎮西行一二里入山，取道鐵礦泉溝、漆樹溝南行係古至捷徑。鐵礦溝泥土碎石多呈黑色，如孫樵即述："土疏而黑"。自此前行二三十里，至上南河始見村落，……所稱山輝驛必在上南河附近。
（3）李之勤：北端青松驛、山輝驛、回雪驛之間約一百里地段，一連越過小雪嶺、長松嶺兩座高山，孫樵都說是向西、"西行"、"西望"、"嶺西"等一連用了四個西字。說明這段驛道大致當沿今江口鎮向西南的褒河干流方向行進。

自山輝西高低行二十里，上長松嶺，極峻，羊腸而上，十里及嶺上，復羊腸而下，十五里及嶺下，又高下行十里，至回雪驛。(1)

80 《孫可之文集》校注

注釋：
（1）郭榮章：孫樵原文稱，"自山輝西高低行二十里"，又"羊腸而上，十里及嶺上，復羊腸而下，十五里及嶺下"，南折越嶺至城固之道，此嶺即桅杆石。回雪驛的位置，估計在桅杆石主峰的西南隅，屬渭水西側約在城固縣桃園鄉地段的一條溪流的源發之處。

自回雪驛南行三里，上平樂坂，極盤折，^①上下凡十五里至福溪。 自福溪有路並自山下，由大雪嶺平行五里，上長松嶺，北與山輝大路合，蓋古所通，乃坦途也。神將將開此路，都將賈昭爭切，且欲抑之，遂開古松嶺路。^② 又高下行十里至黃崖，崖南極峻折。上下黃崖，六七里至盤雲驛。⁽¹⁾西行，復並澗行二十里，即背絕小嶺。上下凡五六里，稍平，又行十里至雙溪驛。⁽²⁾ 自盤雲驛西有路並澗出白城西，又平行三十里，至城，又行六十里至興元，亦古所通，尤坦途也。城固之要道出其縣。遂略開路。長開天嶺路也。^③ 自雙溪南平行四里，至天苞嶺。羊腸而上，凡十五里，極峻折，往往閣路，至嶺上，南望興元，煙靄中也。下嶺尤峻折，凡三十里至文川驛。⁽³⁾

校勘：
①平，汲古閣本、十大家本作"下"。極盤折，黃燁然本、閔齊伋本作"極峻，盤折"。
②切，汲古閣本、吳馡本、閔齊伋本、讀有用書齋本作"功"。抑，正德本、吳馡本、閔齊伋本、十大家本作"折"。
③西，《續古逸叢書》作"自"，顧廣圻校宋本作"自"，改爲"西"。途，天啓吳馡本作"塗"。

注釋：
（1）盤雲驛，郭榮章認爲即今之桃園鄉。黃崖，郭榮章認爲可能即黃安垻。高溪，郭榮章認爲可能即桃園河源發之處的高溪。
（2）郭榮章：即今之雙溪驛。
（3）郭榮章：即今之文川驛。

自文川南行三十五里，至靈泉驛。⁽¹⁾
自靈泉平行十五里，至長柳店，夾道居民。又行十五里，至興元，西平行三十里，至褒城縣，與斜谷舊路合矣。 議者多以謂此路不及褒斜，此言不公耳。樵嘗淑中褒斜，一經文川，至於山川險易道途邇，悉得條記，嘗用披校，蓋亦折衷耳。苟使賈昭盡心於滎陽公，如樵所條注，誠愈於褒斜路矣。^①

校勘：

①邇，汲古閣本、吳馡本、讀有用書齋本、十大家本作"迹"。校，汲古閣本、讀有用書齋本、十大家本作"挍"。愈，十大家本作"逾"。矣，十大家本無"矣"字。此注閔齊伋本作"議者多以此路不及褒斜，此言不公耳。樵嘗熟由褒斜，一經文川，於山川險易道途遠近，嘗用披挍，蓋亦折衷耳。苟使賈昭盡心於滎陽公，如樵所條注，誠愈於褒斜路矣。"

注釋：

（1）郭榮章：由文川至漢中，取近直之道，必經漢中市白廟鄉牛尾村，村中有牛尾泉，因以得名。……素有"神泉"之稱。所稱靈泉驛者，必在此處莫屬。

孫樵曰，古人尚謀新，仍曰，何必改作，利不十，世不變，①豈謀新亦未易耶？滎陽公爲漢中，以褒斜舊路脩阻，上請開文川古道以易之。②觀其上勞及將，下勞及卒，其勤至矣。其始立心，誠無異於古人將濟民於艱難也。③然朝廷有竊竊之議，道路有唧唧之歎，豈滎陽公始望耶？洗謀肇乎賈昭，事倡乎李俅，④役卒督王者，⑤不增品秩於天子，則加班列於滎陽公。滎陽公無毫利以自與，而怨咎獨歸。滎陽公豈古所謂爲民上者難耶？

校勘：

①世，《全唐文》、汲古閣本、吳馡本、黃燁然本、閔齊伋本、十大家本作"法"。

②請，《全唐文》、天啓吳馡本、黃燁然本、閔齊伋本、讀有用書齋本、十大家本作"疏"；《續古逸叢書》選宋本作"謂"；顧廣圻校宋本作"謂"，改爲"請"。川，《續古逸叢書》選宋本無"川"字；顧廣圻校宋本無"川"字，加。古，《全唐文》無"古"字。

③異，汲古閣本、十大家本作"意"。

④洗，黃燁然本、閔齊伋本、《全唐文》作"況"；汲古閣本、吳馡本、讀有用書齋本、十大家本作"況"。倡，《續古逸叢書》選宋本作"昌"；顧廣圻校宋本作"昌"，改爲"倡"。

⑤王，《全唐文》、汲古閣本、吳馡本、黃燁然本、閔齊伋本、讀有用書齋本、十大家本作"工"。

評論：

《孫文志疑》：（《興元新路記》）只如一本出門帳簿，拙直急遽，那復有閒情逸趣耶？視柳州諸記何如？

《可之先生全集錄》卷之一《興元新路記》：瑣瑣記程，點綴入勝，柳柳州山水園亭諸記之妙，往往奪胎。

錢基博《韓愈文讀·附錄下》："敘道里路程，略似李翱《來南錄》，而翱意度安閒，樵則詞筆矜遒，張弛攸異。"

陶喻之《唐孫樵履棧考》："《興元新路記》並不如後世純粹記述蜀道旅程所見的《蜀輶日記》或《蜀道驛程記》之類文字，而是一篇同《書褒城驛壁》、《書何易於》、《梓潼移江記》一樣匠心獨運、寓意深邃的議政雜文，這正是他散文慣有的特色。當然，這也可從《興元新路記》後半部分可之提倡以修築文川道而受怨屈的山南西道節度使鄭涯打抱不平所闡發的觀點足見一斑。"

呂武志《唐末五代散文研究》：《興元新路記》描寫興元府之新路，自扶風東皋門，至褒城縣五六百里，凡經十三驛，而當中登嶺、過坂、出關、越溪，又不知有幾？其寫村如："山谷四拓，原隰平曠，水淺草細，可耕稼，有居民，似樊川間景氣"；寫河如："河中多白石，磊磊如斛"；寫嶺如："及嶺上，泥深滅踝。路旁樹往往如掛塵纓，纚纚而長，從風紛然。訊於薪者，曰：'此泥榆也。'"寫崖如："左有崖，壁然而高，出其下，殷其有聲，如風怒薄冰，里人謂之鳴崖。豈石常鳴耶？抑俟人而鳴耶？"又寫閣、寫樹、寫道旁刻石；而敘述："鄏多美田，不爲中貴人所並，則借東西軍"；"自黃蜂嶺洎河池關，中間百餘里，皆故汾陽王私田"，則作者於軍人、藩貴、地主之兼併民田，實意有所諷。文末感慨榮陽公鄭涯修路之艱難，與爲民造福，反而受謗毀。其意層層叠出，於悠雅峻潔中，別寄社會民生，雖與柳氏《永州八記》暗寓個人襟懷不同，實有異曲同工之妙。

蕭相國真贊[①](1)

編年：

此文作於中和元年（881）。李光富係此文於中和四年十二月，認爲蕭相國指的是蕭遘。"《舊唐書·蕭遘傳》：……'黃巢犯闕，僖宗出幸，以供饋不給，須近臣掌計，改兵部侍郎、判度支。中和元年三月，自褒中幸成都，次綿州，以本官同平章事，加中書侍郎，累兼吏部尚書、監修國史。''遘在相位五年，累兼尚書右僕射，進封楚國公。'上述蕭遘事迹與文中'再安宗祐，蕩掃氛孽。黄道回日，翠華歸闕'合，此文當爲蕭遘作。唐僖宗於廣明元年十二月逃離長安，後奔成都，光啓元年三月返京。蕭遘參與其事，爲'有功'之臣。但孫樵集編定於中和四年，此文不可能作於中和四年之後的光啓元年。不過中和四年十二月，即已醞釀返京，返京一事勢在必行。此文當作於中和四年十二月。"如果認爲，此文是孫樵在蕭遘初爲宰相時表達對蕭遘之期許的文章，當做於中和元年。

校勘：
①題目，黄燁然本作"蕭相國寫真贊"。
注釋：
（1）蕭相國，蕭遘。儲欣《評注孫可之集》："唐蕭瑀，連八葉爲宰相，此所贊不知何人。瑀以勁直稱，疑此贊或爲瑀而作。"汪師韓《孫文志疑》："宣宗大中十一年，兵部侍郎判度支蕭鄴同中書門下平章事，十三年罷。懿宗咸通五年，兵部侍郎蕭寘同中書門下平章事，六年薨。僖宗即位，尚書左僕射蕭倣爲中書侍郎同中書門下平章事，乾符元年爲司空。中和元年，兵部侍郎蕭遘爲工部侍郎同中書門下平章事，四年爲司空，光啓元年爲司馬。是時蕭相國凡四，此文未知何指。"蕭瑀相隋、相唐高祖、相唐太宗，無"再安宗祐"事。《新唐書·蕭鄴傳》："蕭鄴，字啓之，梁長沙宣王懿九世孫。及進士第，累進監察御史、翰林學士，出爲衡州刺史。大中中，召還翰林，拜中書舍人，遷戶部侍郎，判本司，以工部尚書同中書門下平章事。懿宗初，罷爲荆南節度使，仍平章事，進檢校尚書左僕射，徙劍南西川。南詔内寇，不能制，下遷檢校右僕射、山南西道觀察使。歷戶部、吏部二尚書，拜右僕射，還，以平章事節度河東，在官無足稱道，卒。"《舊唐書·懿宗本紀》：蕭寘咸通五年四月以兵部侍郎同中書門下平章事，六年三月死。《新唐書·僖宗本紀》：蕭倣，自僖宗即位任宰相，乾符二年五月即死。《舊唐書·蕭遘傳》："遘爲大臣，士行無缺。逢時不幸，爲僞煴所污，不以令終，人士惜之。""蕭遘，蘭陵人。開元朝宰相太師徐國公嵩之四代孫。嵩生衡。衡生復，德宗朝宰相。復生湛。湛生寘，咸通中宰相。寘生遘，以咸通五年登進士第，釋褐秘書省校書郎、太原從事。入朝爲右拾遺，再遷起居舍人。""黄巢犯闕，僖宗出幸，以供饋不給，須近臣掌計，改兵部侍郎、判度支。中和元年三月，自襃中幸成都，次綿州。以本官同平章事，加中書侍郎，累兼吏部尚書、監修國史。""光啓初，王綱不振。是時天下諸侯，半出群盜，強弱相噬，怙衆邀寵，國法莫能制。有李凝古者，從支詳爲徐州從事，詳爲衛將時溥

84　《孫可之文集》校注

所逐，而賓佐陷於徐。及溥爲節度使，因食中毒，而惡凝古者譖之，云爲支詳報仇行酖，溥收凝古殺之。凝古父損，時爲右常侍，溥上章披訴，言損與凝古同謀。内官田令孜受溥厚賂，曲奏請收損下獄。中丞盧渥附令孜，鍛煉其獄。侍御史王華嫉惡，堅執奏証損無罪。令孜怒，奏移損付神策獄按問，王華拒不奉詔，奏曰：'李損位居近侍，當死即死，安可取辱於黄門之手？'遷非時進狀，請開延英，奏曰：'李凝古行酖之謀，其事曖昧，已遭屠害，今不復論。李損父子相别三四年，音問斷絶，安得誣罔同謀？時溥恃勛壞法，凌蔑朝廷，而抗表請按侍臣，悖戾何甚？厚誣良善，人皆痛心。若李損羅織而誅，行當便及臣等。'帝爲之改容，損得免，止於停任。""時田令孜專總禁軍，公卿僚庶，無不候其顔色，唯遷以道自處，未嘗屈降。是年冬，令孜奏安邑兩池鹽利，請直屬禁軍。王重榮上章論列，乃奏移重榮别鎮。重榮不受，令孜請率禁軍討之。重榮求援於太原，李克用引軍赴之，拒戰沙苑，禁軍大敗，逼京城。僖宗懼，出幸鳳翔。諸藩上章抗論令孜生事，離間方面。遷素惡令孜，乃與裴澈致書召朱玫。玫以邠州之軍五千迎駕，仍與河中、太原修睦，請同匡王室。由是，諸鎮繼上章，請駕還京，令孜聞玫軍至，迫脅天子幸陳倉。時僖宗倉卒出城，夜中百官不及扈從，玫怒令孜弄權，……及立襄王，請遷爲册文。遷曰：'少嬰衰疾，文思減落。比來禁署，未免倩人，請命能者。'竟不措筆。乃命鄭昌圖爲之，玫滋不悦。及還長安，以昌圖代遷爲相，署遷太子太保。乃移疾，滿百日，退居河中之永樂縣。""遷在相位五年，累兼尚書右僕射，進封楚國公。僖宗再還京，宰相孔緯與遷不恊，以其受僞命，奏貶官，尋賜死於永樂。"蕭遷也很難説有"再安宗祐"之功。

　　咫尺天威，(1)首出時傑，英昉橫溢，神鋒秀發，(2)秋空健骨，①霜夜皎月，劍淬愈利，玉燒不熱，錦浦宸游，傅巖夢説，(3)馭物惟誠，在公抗節，再安宗祐，蕩掃氛孽，②(4)黄道回日，③翠華歸闕，(5)粃糠魏丙，肩袂稷契，(6)仰止丹青，永保徽烈。

　　校勘：
　　①昉，汲古閣本作"聇"。健，正德本、吳棐本、汲古閣本作"徤"。骨，讀有用書齋本作"鶻"。
　　②祐，正德本、汲古閣本、閔齊伋本、全唐文、讀有用書齋本、十大家本作"祐"；吳棐本作"祜"。氛，《續古逸叢書》選宋本作"氣"；顧廣圻校宋本作"氣"，改爲"氛"。

③黄，《續古逸叢書》選宋本作"廣"；顧廣圻校宋本作"廣"，改爲"黄"。

注釋：

（1）《孫文志疑》：無謂。

（2）《孫文志疑》：俗。

（3）宸，北極星所居，即紫微垣，借指帝王之所居，又引申爲王位或帝王的代稱。傅巖，古地名，在山西平陸縣東三十五里。相傳爲商代賢相傅説爲奴隸時版築的地方。傅説，《書·説命》："高宗夢得説，使百工營求於野，得諸傅巖。"

（4）氛和孽都指寇賊。

（5）黄道，帝王出遊時所走的道路。

（6）魏丙，漢代宰相魏相和丙吉的並稱。稷契，唐虞時代的賢臣稷和契的並稱。

評論：

儲欣《評注孫可之集》評："唐蕭瑀，連八葉爲宰相，此所贊不知何人，瑀以勁直稱，疑此贊或爲瑀而作。"

汪師韓："此亦俗筆，蓋橅（同'模'）笏銘而爲之者。"

林紓《歐孫合集》："莊雅。"

卷　五

孫氏西齋録

　　孫樵謂陸長源《唐春秋》乃編年雜録，因掇其體切峭獨可以示懲勸者，①(1)擲其藂冗禿屑不足以警訓者，②自爲十八通書，號《孫氏西齋録》，(2)起高祖之初，洎武皇之終，③首廟號以表元，首日月以表事，尚功力，正刑名，登崇善良，蕩戮兇回，有所鯁避則微文示譏，無所顧栗則直書志懸。(3)

　　校勘：
　　①體，《唐文粹》、十大家本、吴棫本、汲古閣本注"一作絜"。
　　②藂，《唐文粹》、正德本、汲古閣本、十大家本、吴棫本、《全唐文》、讀有用書齋本作"叢"。
　　③洎，《唐文粹》無"洎"字。
　　注釋：
　　(1) 陸長源，新、舊《唐書》有傳。《唐春秋》，已佚。
　　(2) 藂，細碎。禿，無力。屑，瑣碎。警，警策。訓，法則，準則。
　　(3) 鯁，阻塞。避，迴避。顧，疑慮。栗，恐懼。《孫文志疑》："全書大旨已盡此二句。"

　　所謂高祖殺太子建成者何，黜功徇愛，①譏失教也。(1)　太宗有大功，宜嗣有天下，高祖不當立建成爲太子，至有六月二十四日事，故書高祖殺太子建成。②(2)

　　校勘：
　　①徇，吴棫本、黄燁然本、閔齊伋本、十大家本、《全唐文》作"循"。

②大功，汲古閣本作"太功"。書，《唐文粹》作"書曰"。十大家本、正德本、吳棐本、黃燁然本、閔齊伋本無第二個"太子"。

注釋：

（1）《孫文志疑》：此數例乃孫樵特創，故表出。

（2）六月二十四日事，指玄武門之變。汪師韓《孫文志疑》：舊高祖本紀武德元年（六月）立世子建成爲皇太子，封太宗爲秦王，齊國公元吉爲齊王。九年六月庚申，秦王以皇太子建成與齊王元吉同謀害己，率兵誅之。詔立秦王爲皇太子，總統萬機。八月，詔傳位於皇太子，尊帝爲太上皇。太宗本紀武德九年，皇太子建成、齊王元吉謀害太宗。六月四日，太宗率長孫無忌、尉遲敬德、房元齡、杜如晦、宇文士及、高士廉、侯君集、程知節、秦叔寶、段志元、屈突通、張世貴等於元武門誅之。甲子，立爲皇太子。隱太子建成傳九年，突厥犯邊，元吉率師拒之。元吉因兵集，將與建成剋期舉事。六月三日，太宗密奏建成、元吉淫亂後宮，因自陳云云。四日，太宗將左右九人至元武門自衛。高祖已召裴寂、蕭瑀等，欲令窮覈其事，建成、元吉行至臨湖殿，覺變，即回馬，將東歸宮府，太宗隨而呼之，元吉馬上張弓再三不彀。太宗乃射之，建成應弦而斃之，元吉中流矢而走，尉遲敬德殺之。據此是六月四日非二十四日也。

李勣立皇后武氏者何？忘諫贊慝，懲廢命也。（1）李勣爲顧命大臣，儻堅諫不奪，高宗不敢立武氏爲后，故書李勣立皇后武氏。①

校勘：

①書，《唐文粹》作"書曰"。

注釋：

（1）李勣，新、舊《唐書》有傳。汪師韓：按褚遂良傳高宗將廢皇后王氏，立昭儀武氏爲皇后，召太尉長孫無忌、司空李勣、尚書左僕射于志寧及遂良以籌其事，遂良陳諫，且致笏於殿陛云云。翌日，帝謂李勣曰："冊立武昭儀之事，遂良固執不從。遂良既是受顧命大臣，事若不可，當阻止也。"勣對曰："此乃陛下家事，不合問外人。"帝乃立昭儀爲皇后。按勣此言乃此文所謂李勣立皇后武氏者也。注稱勣爲顧命大臣，當時太宗寢疾，所召入臥內者，遂良、無忌二人，謂太子曰："無忌、遂良在，國家之事，汝無憂矣。"且方寢疾時，謂高宗曰："汝於李勣無恩，我今將責出之，我死後，汝當授以僕射，即荷汝恩，必致其死力。"乃出爲疊州都督。高宗即位，始召拜洛州刺史，豈得云顧命大臣？故知注乃後人附益也。

　　起王后已廢之魂上配天皇者何？①登嫌黜家，②不可謂順，予懼後世疑於禘祼也。⁽¹⁾高宗廢王后，③立武后，④乃貞觀侍女，何以列昭穆。故時以王后配高宗，示天后有嫌於禘祼矣。⑤⁽²⁾

　　校勘：
①后，《唐文粹》作"氏"。
②家，《唐文粹》、正德本、吳䎦本、汲古閣本、黃燁然本、閔齊伋本、《全唐文》、讀有用書齋本、十大家本作"冢"。
③王后，《唐文粹》無"后"字。
④武后，《唐文粹》作"武"。
⑤時，《唐文粹》作"特"。矣，《唐文粹》無"矣"字。

　　注釋：
（1）王后，《舊唐書》有傳，后宮鬥爭的犧牲品。禘，古代帝王、諸侯舉行各種大祭的總名。凡祀天、宗廟大祭與宗廟時祭均稱爲"禘"。祼，祭名，以香酒灌地而求神。《書·洛誥》："王入太室祼。"孔穎達疏："王以圭瓚酌鬱鬯之酒以獻屍，屍受祭而灌於地，因奠不飲，謂之祼。"
（2）昭穆，古代宗法制度，宗廟或宗廟中神主的排列次序，始祖居中，以下父子（祖、父）遞爲昭穆，左爲昭，右爲穆。

　　條天后擅政之年下係中宗者何？①紫色閏位，不可謂正，予懼後世牽以稱臨也。⁽¹⁾天后改元即真，今悉以天后年號及行事繫於中宗，示女子不得改元者政矣。②⁽²⁾

　　校勘：
①條，黃燁然本注"一作滌"。天，《唐文粹》作"高"。
②者，《唐文粹》作"有"。政，黃燁然本無此字。矣，《唐文粹》、正德本、吳䎦本、汲古閣本、十大家本作"也"。

　　注釋：
（1）《評注孫可之集》：泰山可移，此案無動。
（2）汪師韓《孫文志疑》注"武后改元"：《則天皇后本紀》初，則天年十四時，太宗聞其美容止，召入宮，立爲才人。及太宗崩，遂爲尼，居感業寺。大帝於寺見之，遂召入宮，拜昭儀。時皇后王氏、良娣蕭氏頻與武昭儀爭寵，互讒毀之，帝皆不納，進號宸妃。永徽六年，廢王皇后而立武宸妃爲皇后。宏道元年，高宗崩，遺詔皇太子即皇帝位，軍國大務不決者兼取天后進止。明年，爲中宗嗣聖元年。二月，廢皇帝爲廬陵王，立豫王旦爲皇帝，改元光宅。凡光宅一年，垂拱四年，永昌一年，載初（九月改國號周，降皇帝爲皇嗣，賜姓武氏，改元天授。）二年，長壽二年（二月改元如意，九月改長壽），延載一年，天冊萬歲二年（正月改元證聖，九月改天冊萬歲），萬歲登封（三月改曰萬歲通天）一年，神功一年，聖曆一年，久視一年，長安（正月已改元大定，十月復改長安）五年，則天擅政共二十一年，中宗始復於位。

崔察賊殺中書令裴名犯武宗廟諱者何？①詭諛梯亂，肇殺機也。(1) 裴爲顧命大臣，屢白天后歸政，御史崔察廷詰裴曰，②若不有異謀，何故白太后歸改，③天后遂發怒，④斬裴於都亭驛，故書曰，崔察賠殺中書令裴。⑤(2)

校勘：
①裴，汲古閣本、閔齊伋本、十大家本、《全唐文》作"裴炎"。
②詰，《唐文粹》"詰"下有"曰"字。曰，《唐文粹》無"曰"字。
③改，《唐文粹》、讀有用書齋本、十大家本、吳舺本、黃燁然本、閔齊伋本作"政"。
④發怒，《唐文粹》無"發"字。
⑤賠殺，《唐文粹》、讀有用書齋本、十大家本、吳舺本、閔齊伋本作"賊殺"，黃燁然本作"殺賊"。中書令裴，《唐文粹》"裴"後有"也"字。

注釋：
（1）崔察，新、舊《唐書》無傳。裴炎，新、舊《唐書》有傳。
（2）汪師韓《孫文志疑》注"斬裴都亭"：《裴炎傳》炎歷官至侍中、中書令，高宗疾篤，命太子監國，炎奉詔與劉齊賢、郭正一並於東宮平章事，中宗既立，欲以后父韋元貞爲侍中，炎固爭以爲不可。中宗不悅，曰："我讓國與元貞，豈不得，何爲惜一侍中耶？"炎懼，乃與則天定策廢立，太后臨朝。天授初，武承嗣請立武氏七廟及追王父祖，炎進諫云云，太后不悅而止。文明元年，官名改易，炎爲內史。秋徐敬業構逆，太后召炎議事，炎奏曰："皇帝年長，未俾親政，乃致猾豎有詞，若太后返政，則此賊不討而解矣。"御史崔察聞而上言，曰："裴炎伏事先朝二十餘載，受遺顧託，大權在己，若無异圖，何故請太后歸政？"乃命御史大夫騫味道、御史魚承瞱鞠之，文武之間，證炎不反者甚衆。太后皆不納。光宅元年十月，斬炎於都亭驛之前街。

張守珪以安禄山叛者何？貸刑怫教，①稔禍階也。(1) 禄山乃張守珪部將，嘗犯令，張曲江令守珪案之，守珪不從，卒使亂天下。故書張守珪以安禄山叛，他皆放此。②(2)

校勘：
①怫，《唐文粹》作"咈"。
②令，《唐文粹》作"今"。案，《唐文粹》作"斬"。卒，《唐文粹》作"呆"；《續古逸叢書》選宋本作"果"；顧廣圻校宋本原作"俱"，改爲"卒"。放，讀有用書齋本、十大家本、吳翿本作"倣"。

注釋：
（1）張守珪，新、舊《唐書》有傳。
（2）汪師韓《孫文志疑》：按開元二十年，張守珪爲幽州節度，禄山盜羊事覺，守珪剥坐欲棒殺之，大呼曰："大夫不欲滅兩蕃耶？何爲打殺禄山？"守珪見其肥白，壯其言而釋之，拔爲偏將，以驍勇聞，遂養爲子。《張九齡傳》張九齡以二十二年遷中書令。時範陽節度使張守珪以裨將安禄山討契丹敗衂，解送京師，請行朝典。九齡奏劾曰："穰苴出軍，必誅莊賈；孫武教戰，亦斬宮嬪。守珪軍令必行，禄山不宜免死。"上特舍之。九齡奏曰："禄山狼子野心，面有逆相。臣請因罪戮之，冀絶後患。"上曰："卿無以王夷甫知石勒故事誤害忠良。"遂放歸藩。據此則守珪釋禄山乃屬盜羊事，至其討奚契丹敗衂，曲江自奏元宗請誅之，未嘗令守珪按之也。此注與史未協，其爲後人附益無疑。

稱天下殺者何？罪暴天下，(1) 示衆與殺也。稱天子殺者何？死非其罪，①示衆不與殺也。臣或不書卒者何？不以直終，去卒以示貶也。君或不書葬者何？不以正終，去葬以示譏也。

校勘：
①死，吳翿本作"罪"。
注釋：
（1）《孫文志疑》：前所言例乃專爲一事起者，此下所言乃通例也。

懼怠去瑞，示戒志抄，①(1) 尚德必書賤，尸位則黜貴，皆所以構邪合正，②(2) 俾歸大義。③ 則前所謂起王后配天皇、條天后年號行事係於中宗之類是。④

校勘：

① 去，汲古閣本、讀有用書齋本作"云"。渗，《唐文粹》作"瀾"。

② 構，《唐文粹》、《續古逸叢書》刊宋本、正德本、汲古閣本、吳棫本、閔齊伋本、十大家本、《全唐文》作"殹"，黃燁然本作"歐"。

③ 歸，《唐文粹》、閔齊伋本作"匯"；黃燁然本注"一作滙"。

④ 則，吳棫本作"按"。是，吳棫本、十大家本有"也"字；《唐文粹》無"是也"字。

注釋：

（1）渗，傷害。

（2）構，聚集。《説文解字》："構，蓋也。"段玉裁注："此與冓音同義近，冓，交積材也。凡覆蓋必交積材。"唐元稹《少門下斐相公書》："構致群材，使棟梁榱桷咸適。"合，聚積。

揉實實例，以示懲勸。①(1) 前所謂李勣立皇后武氏、張守珪以祿山叛之類是也。② 嗚呼，宰相升沉人於十數年間，③史官出没人於千百歲後，是史官與宰相分挈死生權也。爲史官者不能忭直骨於枯墳，④(2)龥詒魄於下泉，(3)磨毫黷扎，叢閣飽帙，⑤(4)豈國家任史官意耶？樵既序其略，授其友高錫望傳之矣。⑥

校勘：

① 揉，《唐文粹》、正德本、吳棫本、汲古閣本、黃燁然本、閔齊伋本、十大家本、《全唐文》作"操"。

② 前，《唐文粹》作"則前"。是也，《唐文粹》無"是也"字。

③ 升，《唐文粹》作"昇"。

④ 忭，顧廣圻校宋本作"樸"，改爲"忭"；《續古逸叢書》刊宋本作"抃"；黃燁然本作"忭"。直，《唐文粹》作"忠"。

⑤ 扎，《唐文粹》作"札"。

⑥ 之矣，《唐文粹》"之矣"作"云"。

注釋：

（1）揉，融合。

（2）忭，使高興。

（3）龥，碎割。

（4）黷，黑色的。扎，同"札"。磨毫黷扎，叢閣飽帙，涂黑紙張、叢、聚、叢閣飽帙，寫作了許多書籍，堆滿書齋。

評論：

汪師韓：發凡起例，成一家之言。例既明，不必更增議論也。今雖《西齋錄》失傳，而讀此文使人如見全書者，其筆爲何等耶？

《日知錄》卷二十《孫氏西齋錄》："唐人作書，無所回避。孫樵所作《西齋錄》，乃是私史，至於起王氏已廢之魂，上配天皇；條高后擅政之年，下係中宗，大義凜然。視孔子之溝昭墓道，不書定正，而抑且過之矣。此説本之沈既濟《駁吳兢史議》，謂當並天后於《孝和紀》，每歲書某年春正月，皇帝在房陵，太后行某事，改某制，則紀稱孝和而事述太后，名禮兩得。至於姓氏名諱，入宮之由，歷位之資，及才藝智略，年辰崩葬，別纂入《皇后傳》，列於廢后王庶人之下，題其篇曰《則天順聖武皇后》云。事雖不行，而史氏稱之。其後宋範祖禹作《唐鑑》，竟用此書法。"

徐昂《益修文談》："持正再傳弟子孫可之《與高錫望書》深論史法，詆當世之不善，爲昌黎辯護。且自言承史法於師，其有得於師可見。惜亦無其位，而又未有私家記録。""孫可之《與高錫望書》謂爲史者明不顧刑辟，幽不見鬼神，與退之之説相左，識見高於所祖矣。""孫可之雖不舉班，而《與高錫望書》謂韓吏部修《順宗實録》，尚不能當班堅，其能與子長子雲相上下乎？品評雖未貶韓文之全而言，要足以見其不阿附師門，別有見地也。"

錢基博《韓愈文讀·附錄下》："《孫氏西齋錄》、《武皇遺劍録》，皆於峭整中出疏快。"

林紓《歐孫合集》："用穀梁體，嚴正厲肅。"

武皇遺劍錄

編年：

此文作於唐武宗會昌六年（846）。文末云："今者嗣皇帝纂武皇之耿光，傳武皇之遺劍，宜乎銛其鍔不使其挫，寶其刃不使其泥，而又硎之以義，淬之以智，匣之以禮，苞之以仁，持之以信，與天下終始，天下幸甚。"嗣武宗位者爲宣宗，武宗會昌六年薨，則此文作於會昌六年。李光富、傅璇琮、陳文新據此係此文於本年。

武皇帝得利劍於希夷之間，[1] 提攜六年而四用之，宜其庶績暉如哉。[2]

注釋：
（1）希夷，虛寂玄妙。《老子》："視之不見名曰夷，聽之不聞名曰希。"河上公注："無色曰夷，無聲曰希。"《孫文志疑》："俗而纖。"
（2）《孫文志疑》："俗調。"

往者北戎猖狂，渝盟盜壃，⁽¹⁾大出虜門，戍卒屢奔，⁽²⁾武皇赫然奪雷霆之威，①驅貔武之師，⁽³⁾清胡塵於塞垣，②復帝子於虜庭，非武皇一用其劍耶？⁽⁴⁾

校勘：
①奪，《全唐文》、正德本、讀有用書齋本、吳棫本、十大家本作"奮"。
②清，汲古閣本、吳棫本、閔齊伋本、讀有用書齋本、十大家本、《全唐文》作"靖"。

注釋：
（1）北戎，《孫文志疑》："回鶻。"渝盟盜壃，《舊唐書·武宗紀》：（會昌元年）八月，"回鶻烏介可汗遣使告難，言本國爲黠戛斯所攻，故可汗死，今部人推爲可汗。緣本國破散，今奉太和公主南投大國。時烏介至塞上，大首領嗢沒斯與赤心宰相相攻，殺赤心，率其部下數千帳近西城。天德防禦使田牟以聞。烏介又令其相頡干迦斯上表，借天德城以安公主，仍乞糧儲牛羊供給。"《新唐書·武宗紀》：（會昌）二年正月，"回鶻寇橫水柵，略天德、振武軍。""三月，回鶻寇雲、朔。"六月，"河東節度使劉沔及回鶻戰於雲州，敗績。"七月，"回鶻可汗寇大同川。"
（2）《舊唐書·武宗紀》：（會昌二年）三月，"回紇在天德，命沔以太原之師討之。""八月，回紇烏介可汗過天德，至杷頭烽北，俘掠雲、朔北川。"
（3）《舊唐書·武宗紀》：會昌三年八月，"徵發許、蔡、汴、滑等六鎮之師，以太原節度使劉沔爲回紇南面招討使；以張仲武爲幽州盧龍節度使、檢校工部尚書，封蘭陵郡王，充回紇東面招討使；以李思忠爲河西党項都將，回紇西南面招討使；皆會軍於太原。""詔太原起室韋沙陀三部落、吐渾諸部，委石雄爲前鋒。易定兵千人守大同軍，契苾通、何清朝領沙陀、吐渾六千騎趨天德，李思忠率回紇、党項之師屯保大柵。"
（4）《舊唐書·武宗紀》：（會昌三年）二月，"太原劉沔奏：'昨率諸道之師至大同軍，遣石雄襲回鶻牙帳，雄大敗回鶻於殺胡山，烏介可汗被創而走，已迎得太和公主至雲州．'"復帝子於虞庭，《舊唐書·武宗紀》：（會昌三年）二月，"黠戛斯使注吾合素入朝，獻名馬二匹，言可汗已破回鶻．"汪師韓："復帝子：武宗會昌二年，回紇犯邊。三年二月，太原劉沔奏昨率諸道之師至大同軍，遣石雄襲回鶻牙帳，打敗回鶻於殺胡山，烏介可汗被創而走，沔迎得太和公主至京師．"

賊鎮阻兵，邀爵山東，⁽¹⁾劫衆以濟其奸，擘險以扞其誅，王師萃之，屢戰無功，兵釁將稽，賊勢益張。並醜乘之，遂萌梟心，⁽²⁾乃劫吾兵，乃固吾城，反書既聞，卒愕京師。輿人謠曰："上宜亟以節假之，且赦其辜，①俾守北門以伐虜謀。不然，并且東連潞兵，北合戎師，分卒以趨太行，卷甲以下河東，國家其能甘心於潞寇耶？"武皇曾不逗撓於其衷，亟發武符柍之，②羽檄朝馳，夕擒並頑。非武皇再用其劍耶？⁽³⁾

校勘：
①辜，《全唐文》、讀有用書齋本、吳爾本、黃煒然本作"辜"。辜，《龍龕手鑒》："音孤，罪也，正作辜．"
②柍，汲古閣本、讀有用書齋本、《全唐文》、十大家本、吳爾本作"按"。柍之，黃煒然本、閔齊伋本作"按言誅之"。

注釋：
（1）賊鎮，《孫文志疑》："劉稹．"《舊唐書·武宗紀》：（會昌三年）"四月，昭義節度使劉從諫卒，三軍以從諫侄稹爲兵馬留後，上表請授節鉞。尋遣使齎詔潞府，令稹護從諫之喪歸洛陽。稹拒朝旨．"

（2）並醜，《孫文志疑》："或曰並，疑作幷，小也，并州即太原郡．""并州：隋太原郡，武德間改並州，開元改并州爲太原。新書開元十一年正月改并州爲北都．"《舊唐書·武宗紀》：（會昌三年）十二月，"王宰奏收天井關。榆社行營都將王逢奏兵少，乞濟師，詔太原軍二千人赴之。初，劉沔破回鶻，留三千人戍橫水，至是，李石以太原無兵，抽橫水戍卒一千五百人以赴王逢。是月二十八日，橫水軍至太原，請出軍優給。舊例每一軍絹二疋，時劉沔交代後，軍庫無絹。石以己絹益之，方可人給一疋，便催上路。軍人以歲將除，欲候過歲，期既速，軍情不悅。都頭楊弁乘士卒流怨，激之爲亂．"四年春正月乙酉朔，以澤潞用兵，罷元會。"其日，楊弁逐太原節度使李石．"

（3）《舊唐書·武宗紀》：會昌四年春正月"壬子，河東監軍使呂義忠收復太原，生擒楊弁，盡斬其亂卒，百僚稱賀．"《新唐書·武宗紀》：

（會昌）四年正月乙酉，河東將楊弁逐其節度使李石。二月甲寅朔，日有食之。辛酉，楊弁伏誅。

並部既平，潞守益堅。王師告勞，國用告虛，內外諸嗟，訛言沸騰，飛於上聞。①上爲不聞，誅潞之心益牢，責戰之詔日嚴，卒能克大憝於山東，(1)梟渠魁於國門。②非武皇帝三用其劍耶？(2)

校勘：
①於，吳鼒本、黃燁然本、閔齊伋本、十大家本、《全唐文》作"言"。
②梟，汲古閣本、黃燁然本作"裊"。
注釋：
(1) 大憝，《書·康誥》："元惡大憝。"《康熙字典》："謂大可惡也。"
(2)《舊唐書·武宗紀》：會昌四年七月，"王元逵奏邢州刺史裴問、別將高元武以城降。洺州刺史王釗、磁州刺史安玉以城降何弘敬。山東三州平。潞州大將郭誼、張谷、陳揚廷遣人至王宰軍，請殺稹以自贖。王宰以聞，乃詔石雄率軍七千入潞州，誼斬劉稹首以迎雄，澤、潞等五州平。"汪師韓："平潞寇。"

浮屠之流，其來綿綿，根盤蔓滋，日熾而昌，蠹於民心，蠱於民生，力屈財殫，民恬不知。武皇始議除之，女泣於閨，①男號於途，廷臣辨之於朝，嬖臣爭之於旁，(1)群疑膠牢，萬口一辭。武皇曾不待疑，②卒詔有司，驅群髡而發之，毀其居而田之。(2)其徒既微，其教僅存，民瘳其瘵，國用有加，③風雨以時，災沴不生。非武皇四用其劍耶？

校勘：
①閨，吳鼒本作"閩"。
②待，黃燁然本、閔齊伋本、十大家本、《全唐文》作"持"。
③有，閔齊伋本、《全唐文》作"其"。
注釋：
(1)《舊唐書·武宗紀》：（會昌）五年春正月己酉朔，敕造望仙臺於南郊壇。時道士趙歸真特承恩禮，諫官上疏，論之延英。帝謂宰臣曰："諫官論趙歸真，此意要卿等知。朕宮中無事，屏去聲技，但要此人道話耳。"李德裕對曰："臣不敢言前代得失，只緣歸真於敬宗朝出入宮掖，以此人情不願陛下復親近之。"帝曰："我爾時已識此道人，不知名歸真，只呼趙鍊師。在敬宗時亦無甚過。我與之言，滌煩爾。至於軍國政事，唯卿等與次對官論，何須問道士。非直一歸真，百歸真亦不能相惑。"歸真自以涉物論，遂舉羅浮道士鄧元起有長年之術，帝遣中使迎之。由是與衡山道士劉玄靖及歸真膠固，排毀釋氏，而拆寺之請行焉。

（2）汪師韓："驅群髡：會昌元年六月，令道士劉元靖、趙歸貞於禁中修法籙。四年三月，趙歸真乘寵每對排毀釋氏，帝頗信之。五年正月，舉道士鄧元起，遣使迎之，由是拆寺之請行焉。四月，敕祠部檢括天下寺及僧尼人數。七月，並省天下佛寺，其上都下都每街留寺兩所，寺留僧三十人，上都左街留慈恩、薦福，右街留西明、莊嚴。八月制曰：其天下所拆寺四千六百餘所，所還僧尼二十六萬五百人，收充兩稅戶，拆招提蘭若四萬餘所，收膏腴上田數千萬頃，收奴婢爲兩稅戶十五萬人，隸僧尼主客顯明外國之教，勒大秦穆護祆三千餘人還俗，不襍中華之風。"

今者嗣皇帝纂武皇之耿光，傳武皇之遺劍，[1] 宜乎銛其鍔不使其挫，寶其刃不使其泥，[2] 而又硎之以義，淬之以智，匣之以禮，苞之以仁，持之以信，與天下終始，[3] 天下幸甚。

注釋：

（1）《舊唐書·武宗紀》：會昌六年三月，"二十三日，宣遺詔以皇太叔光王柩前即位。是日崩，時年三十三。"《新唐書·武宗紀》：會昌六年三月"壬戌，不豫。左神策軍護軍中尉馬元贄立光王怡爲皇太叔，權句當軍國政事。"

（2）《孫文志疑》："語似新而意實成。"

（3）《孫文志疑》："此與潼關甲銘出一手。"

評論：

汪師韓："命意布格俱俗，文安得佳！"

錢基博《韓愈文讀·附錄下》："《孫氏西齋錄》、《武皇遺劍錄》，皆於峭整中出疏快。"

林紓《歐孫合集》："冊虜主毀寺院不必用劍，用劍者，決詞也。自一用至於四用，原屬鋪張之文字。至責望嗣王以仁義禮智納入劍中，言之得體極矣。不然，就劍而言，道嗣王以殺機，便失體矣。"

龍多山録①(1)

校勘：
①録，《全唐文》作"記"。
注釋：
(1)《方輿勝覽》卷六十四："龍多山，在赤水縣北五里。按唐孫樵方樵《龍多山録》，有至道觀。東有大池，即唐武后時放生池。中峯有鷲臺院，東有佛慧院，有萬竹，竹徑圍尺。有東巌，廣五十丈，多唐人刻字。又有靈山院，泉自巌出，潴爲方池，大旱不竭。其山高明窈深，變態萬狀，有駕鶴軒下，視涪水如帶，烟雲出没，山之偉觀也。《圖經》云，廣漢人馮蓋羅煉丹於龍多山之仙臺，晉永嘉三年，舉家十七人仙去。孫樵《龍多山録》亦紀其事。馮時詩：兒童便讀山中記，老大才登記裏山。何騏詩：世路聱牙赤水過，故昇天險問龍多。書中舊識唐公昉，圖裏又聞馮蓋羅。"《四川通志》卷二十三："龍多山在州（合州）西北百里，與潼川州蓬溪縣接界。"

鄭賢書修、張森楷纂《民國新修合川縣志》載《龍多山録》殘碑拓片，另載宋孝宗隆興二年呂簡修重刻《龍多山録》。《龍多山録》殘碑在龍多山鷲臺佛殿，文字從"載寂寞澄泉傳靈"至末尾。張森楷《龍多山録》殘碑跋文説："右碑高五尺二寸，寬三尺二寸，八分書，九行行二十二字，當爲二石聯刻，此爲第二石也，無紀年及書者姓氏，不知何時所豎，久無聞於世。光緒十八年，森楷與秦宗漢爲龍多山頂作中秋之舉。讀宋廷伯重刻《龍多山録》，心疑舊刻或猶在山中，囑宗漢徧搜之。又久乃以書來言，別後窮訪舊刻，不可得，聞一老僧云某所有燈田碑，相傳二面有字，盍發之。而碑嵌壁間，雇匠傭數人扛出，視之，即此碑也，或者即舊刻乎？言之若有餘快，森楷亦爲狂喜。蓋以廷伯題識俱比舊刻是正者三，而知舊刻尚須是正，則非必孫樵原刻，不過較宋爲舊耳。然至隆興甲申，相距五十二年，呂簡修跋俱尋訪孫樵方舊録，寺僧云爲好事者削去，則自宋氏重刻而後，舊刻湮没於世久矣。觀王勝之《輿地碑記目》，言舊刻刓闕，元祐七年，劉象功再書，遒勁可喜，不言舊刻書體如何，是勝之亦未嘗目見也。今復得之，與新出土之物何異？雖殘缺不完，亦窺豹一斑見鳳一毛之比乎？後以拓本示友人杜作舟，作舟力言碑非舊刻，字亦俗惡，決非唐碑，即實唐碑，亦匪佳品，且其字與宋異者，如閑作閒、莫作不、洎作暨、孰作熟、奔仕作夸世、且作具，既不止於三，又似較爲凡俗，未可以舊刻論也。予以杜君精鑒別，所言必非無見，然舊刻之説，歷在人口，而秦君苦心孤詣得之壁間，幾與魯遺經等，則非是新刻，即以之爲舊刻，固亦可矣。今録附於末。己未秋中，森楷坿記。"

呂簡修重刻《龍多山録》，國家圖書館藏有拓片，《民國新修合川縣志》收録的呂簡修重刻《龍多山録》後，附有宋廷伯、呂簡修跋文、張森楷跋文。宋廷伯跋文："東巖舊未有職方公之祠，余令兹邑，初得公遺像於今宕渠工掾徐邦傑庭彦，時未及經營，而余徙長江。今年春復歸，因率邑尉朱去甚稽中同游，得屋三楹而苟完之以繪公像，並刻公之文於巖崖間，公文比舊刻是正者三焉。時政和三年孟夏二十六日，縣令臨邛宋廷伯季賢題。"呂簡修跋文："簡修揭來是邑，乘暇登山，尋訪孫職方舊録，寺僧云爲好事者削去，繼得紙本，乃政和間令尹宋公所書也。筆畫遒勁，有顏柳之風，因命工重刊，庶幾與此山俱傳。隆興甲申中元日汲國呂簡修無傲謹跋。"張森楷跋文："此刻爲宋孝宗隆興二年呂簡修重刻。政和，宋書本癸巳，距甲申才五十二年耳。呂跋三行行二十六字，字徑六分，孫職方文十九行行二十一字，題名一行。宋廷伯題六行行十八字，字徑寸四五分，正書。宋呂二跋舊志不載。秦宗漢云：案舊志孫樵山録舊刻刓闕，元祐七年劉象功再書，遒勁可喜，今鷲臺殿有碑，隸書，字徑二寸，二碑聯刻，只存其一，首末款識均爲俗子削去，疑即象功重刻者，舊志所收碑文，多臆爲改竄，刪截首尾，証以金石義例，不值一哂，乃置此録於雜文之首，明德頌於律賦之末，於古文流別毫無定見，匪特不識碑版字義也。森楷覆審此碑，所得異同具注於本句下，其所用古韻，亦具爲溝通之，而尚有二處，不得其解，標出以俟來者。"

梓潼南鄙，越五百里，其中有山，崛起中天。(1)即山之趾，得遞委延，舉武三千，①北出其巔，(2)氣象鮮妍，孕成陰煙。(3)

校勘：
①委延，《全唐文》作"蜿蜒"；呂簡修刻作"委迆"。三千，正德本、吳馡本、汲古閣本、黃燁然本、閔齊伋本、十大家本、《全唐文》作"三十"。

注釋：
（1）《孫文志疑》："不倫。"
（2）鄙，郊野。遞，小路。委延，曲折蜿蜒。

（3）氣象，景色。鮮姸，鮮艷美好。陰煙，山中霧氣。《孫文志疑》："不接。"

屹石巉巉，別爲東嚴，①⁽¹⁾查牙重復，爭生角逐，②⁽²⁾若絶若裂，若缺若穴，突者虎怒，企者猿踞，横者木僕，挺者碑植，又有似乎飛簷連軒，⁽³⁾欒櫨交攢，⁽³⁾攲撐元柱，④懸棟危礎，⁽⁴⁾殊狀詭類，愕不得視。

校勘：
①屹，《全唐文》作"矻"。爲，張森楷校"蓬志作有"。
②查，吴祫本、十大家本、《全唐文》作"槎"；張森楷校"舊志蓬志俱作槎"。生，正德本、吴祫本、汲古閣本、黄燁然本、閔齊伋本、十大家本、《全唐文》、讀有用書齋本作"先"；張森楷校"舊志作先"。
③突，吕簡修刻此字闕，張森楷校"山志作突，舊志同"。似，正德本、讀有用書齋本、吴祫本、黄燁然本作"侣"。
④元，正德本、汲古閣本、黄燁然本、閔齊伋本、《全唐文》、十大家本、吴祫本作"兀"。

注釋：
（1）東嚴，龍多山上一處景觀。
（2）查牙，錯出不齊。重、復，重叠。角，較量，競爭。逐，追逐。
（3）簷，屋檐。連軒，飛舞的樣子。欒，建築物立柱和横梁間成弓形的承重結構。櫨，門栱。
（4）攲，歪斜。撐，支持。兀，高聳的。柱，支撐。棟，屋的正梁。礎，柱下石墩。

下有畎平，砥若户庭，攄乳側脈，膏停泓石，⁽¹⁾俯對絶壑，抄臨蘭薄。①仙臺摽異，藁石負起，②⁽²⁾屹與山别，猿鳥磧絶，③腹竇而空，路由其中。斷嶭相望，攀緣上下，闖然而出，④曜見白日，始時永嘉，飛真蓋羅，⁽³⁾人傳晉永嘉中，有爲蓋羅者於北臺上學道焉，蓋羅於其白日上昇，今臺下有碑志存焉者也。⑤⁽⁴⁾玄蹤斯存，石刻傳聞，⑥丹成而蟬，駕鶴騰天，一去遼廓，十載寂寞，澄泉傳靈。⑦

校勘：
①畎，閔齊伋本作"晦"。抄，十大家本作"鈔"；黄燁然本、閔齊伋本、讀有用書齋本、《全唐文》作"杪"；吴祫本作"杪"，注"一作鈔"。

②標，吳棫本、黃燁然本、閔齊伋本、《全唐文》、十大家本作"標"。藂，閔齊伋本、全唐文作"叢"。

③磧，閔齊伋本、《全唐文》、讀有用書齋本作"蹟"。

④閽，《續古逸叢書》刊宋本作"暗"；顧廣圻校宋本作"暗"，改爲"閽"。

⑤其，吳棫本、十大家本作"此"，黃燁然本作"北"。今，《續古逸叢書》刊宋本、顧廣圻校宋本作"兮"。

⑥玄，正德本、十大家本作"去"，《全唐文》作"元"。

⑦蟬，正德本、吳棫本、黃燁然本、閔齊伋本、十大家本作"蛻"；《全唐文》作"仙"。十，正德本、吳棫本、黃燁然本、閔齊伋本、讀有用書齋本、十大家本、《全唐文》作"千"。

注釋：

（1）攄，shū，擴大散佈，傳播。乳，鐘乳石水。側，藏。脈，地下水。膏，物之精華。停，集聚。泓，深水。

（2）仙臺，馮蓋羅修煉之處。摽，高舉。異，奇特。起，聳立。

（3）《蜀中廣記》卷七十三："馮真人，名蓋羅，廣漢人，居合州龍多山。山有臺，高十餘丈，俗名石囤，真人煉丹其上，婦汲水於松下，獲茯苓如嬰兒狀，蒸餌之，舉家十七人同飛昇，時晉永嘉元年七月十五日也。後人建仙臺觀，繪像事之。宋淳熙初，以真人事狀於朝，賜號冲妙，上有丹灶、仙洞、飛仙泉、大夫松，今泉洞尚存。按何騏《龍多山仙臺詩》曰：'世路聱牙赤水過，故升天險問龍多。書中舊識唐公昉，圖裹今聞馮蓋羅。'"

（4）汪師韓："按注內尼發蓋羅者爲字乃馮字之誤，諸本無有正之者。""文粹本作注內為字乃馮字之誤。"

別墅鏡明，風閑境清，寂寥無聲，①嘉木美竹，崗巒交植，②風來怒黑，雷動崖谷，山禽嵓獸，捷翔乎驚，③(1)曉吟瞑啼，聽之淒淒。④迴環下矚，萬類在目，煙山帶川，青縈碧聯，⑤莽蒼際天，杳杳不分，月上於東，日薄於泉，魄朗輪昏，出入目前。⑥其或宿霧朝雲，糊空縛山，漠漠漫漫，莫知其端。陽曜始昇，徹天昏紅，輪高而赤，光流散射，⑦濃透薄釋，錦裂綺拆，⑧千狀萬態，倏然收齊。⑨

校勘：

①鏡，正德本、吳棫本、汲古閣本、黃燁然本、閔齊伋本、十大家本

作"絶"。閑，殘碑、吳舾本、十大家本作"閒"；《全唐文》作"間"。境，《全唐文》作"景"。

②崗，《全唐文》、吳舾本、黃燁然本作"岡"。巒，《續古逸叢書》選宋本作"蠻"；顧廣圻校宋本作"蠻"，改爲"巒"。

③全唐文"山禽嵓獸"作"嵓獸山禽"。牙，吳舾本、汲古閣本、黃燁然本、閔齊伋本、十大家本作"牙"；《全唐文》作"呀"。

④吟，殘碑作"唫"。瞑，殘碑、正德本、吳舾本、《全唐文》、讀有用書齋本作"瞑"。

⑤煙，正德本、吳舾本、汲古閣本、黃燁然本、閔齊伋本、十大家本作"泗"；《全唐文》作"因"；殘碑作"埕"。徐復《後讀書雜志》：正德本以下各本皆作"泗山帶川"，宋蜀本作"煙山"，《全唐文》作"因山"，皆無可説。因檢《合川縣志》核之，見所摩殘碑原石作"埕山帶川"。"埕山"爲小土山。四字意爲視山如埕，視川如帶，其義自通。賴此得存原文真迹。

⑥莽，《全唐文》作"莽"。於東，《全唐文》"於東"作"於天"。於，《全唐文》作"於"。

⑦莫知其端，殘碑作"不知其端"。昇，《續古逸叢書》選宋本作"外"；顧廣圻校宋本作"外"，改爲"昇"；正德本、吳舾本、汲古閣本、十大家本、《全唐文》作"浴"。光，正德本、吳舾本、汲古閣本、黃燁然本、閔齊伋本、十大家本、《全唐文》作"洪"。

⑧錦，十大家本、吳舾本作"綿"。拆，正德本、汲古閣本、閔齊伋本、吳舾本、黃燁然本、讀有用書齋本、十大家本作"折"。

⑨齊，正德本、閔齊伋本、《全唐文》、吳舾本、黃燁然本、讀有用書齋本、十大家本作"霽"。

注釋：

（1）《康熙字典》："牙，《廣韻》互俗作牙。韓愈《贈張籍張徹詩》'交驚舌牙磕'、柳宗元《夢歸賦》'牙參差之白黑'，注'牙即互字'。……陳氏《禮書》曰：互、牙古字通用，非也。《中山詩話》云：古稱駔儈，今謂牙，非也。劉道原云：本稱互郎，主互市。唐人書互爲牙，牙似牙字，因譌爲牙耳。《舊唐書·史思明傳》互市郎。《安祿山傳》互市牙郎，蓋爲後人添一牙字。今《通鑑》亦作互市牙郎。《漢書·劉向傳》宗族磐互，師古曰：字或作牙，謂若犬牙相交入之意也。《谷永傳》百官盤互，注同。是昔人以牙爲互字，後轉而作牙，師古乃曲爲之説耳。按史書中以牙作互字用非一，《唐韻正》深辨其非，並引古碑碣中之書互爲牙者甚詳，皆歷歷可據，應從之。蓋牙有相錯義，故互字俗借作牙，可附牙部。若竟書互爲牙，並讀如牙字之音，誤矣。"

樵起辛而游，洎甲而休，①登降信宿，聞見習熟，⁽¹⁾姑曰："山乎，曾未始有傳乎？②無處夸世釣名者污此巖肩乎？且欲聞於潁陽之徒乎？"③

校勘：

①辛，吳棻本、汲古閣本、黃燁然本、閔齊伋本、十大家本作"未"；正德本、《全唐文》作"來"。甲，《續古逸叢書》選宋本作"申"；顧廣圻校宋本作"申"，改爲"甲"；正德本、吳棻本、十大家本、《全唐文》作"車"。"洎甲"，殘碑作"暨甲"；汲古閣本、黃燁然本、閔齊伋本作"泊車"。顧廣圻：《龍多山錄》云："樵起辛而游，洎甲而休。"此用《書》"辛壬癸甲"也。《尚書·虞書·益稷第五》："予創若時，娶於塗山，辛壬癸甲。"孔傳："創，懲也。塗山，國名。懲丹朱之惡，辛日娶妻，至於甲日復往治水，不以私害公。"

②姑，吳棻本、黃燁然本、十大家本、《全唐文》作"始"。山，吳棻本作"由"。傳，正德本、吳棻本、黃燁然本、十大家本、《全唐文》作"得"。有傳乎，殘碑作"有傳虖"。

③無處後殘碑有"載"字。肩，十大家本、《全唐文》作"肩"。且，殘碑作"具"。潁，殘碑、讀有用書齋本、吳棻本、《全唐文》作"潁"。

注釋：

（1）信宿，①連宿兩夜。《詩·豳風·九罭》："公歸不復，於女信宿。"毛傳："再宿曰信；宿，猶處也。"②謂兩三日。《後漢書·蔡邕傳論》："董卓一旦入朝，辟書先下，分明枉結，信宿三遷。"李賢注："謂三日之間，位歷三臺也。"晉陶潛《晉故征西大將軍長史孟府君傳》："及歸，遂止信宿，雅相知得，有若舊交。"唐蕭穎士《舟中遇陸棣兄西歸》詩："信宿千里餘，佳期曷由遇？"

評論：

林紓《歐孫合集》："本欲力追漢京，幾幾墮入六朝，柳州記遊，歷落有致者，不盡以四言寫物狀也。可之欲描畫山水形態，轉形吃力，惟收處數語甚飄忽。"

卷　　六

迎春奏

黑帝歷窮，帝命青帝嗣其公。⁽¹⁾以其無私。⁽²⁾皇帝備牲牢鼓鍾迎饗於郊東，賤臣樵寓疏太常。⁽³⁾上奏曰：

注釋：
（1）黑帝，古指北方之神。青帝，東方之神。《周禮·天官·大宰》："祀五帝。"唐賈公彥疏："五帝者，東方青帝靈威仰，南方赤帝赤熛怒，中央黃帝含樞紐，西方白帝白招拒，北方黑帝汁光紀。"《孫文志疑》："俗調。"
（2）《孫文志疑》："此從武侯碑陰套來。"
（3）太常，古代專掌祭祀禮樂之官。

天有四時，陛下實行之，是天乘陛下政令明昏而爲燠寒也，青帝何功而饗乎寬空？
春之日，陛下廩以時出，①帛以時郵，則蘖牙弩拔，②勾萌畢達矣；⁽¹⁾夏之日，陛下農時無所奪，③山麓無所伐，則草木壯苗，國無夭札矣；⁽²⁾秋之日，陛下獄無曲決，⑤畋無圍殺，則霜露不失節，萬物固結矣；⁽²⁾冬之日，陛下地氣不掘洩，室屋不徹發，⁽³⁾則豐隆不敢擊越，百蟄塞穴矣。⁽⁴⁾

校勘：
①廩，讀有用書齋本、吳酖本作"廬"。
②蘖牙，讀有用書齋本、正德本作"蘗牙"；十大家本作"蘗芽"；《全唐文》作"蘗芽"；吳酖本作"蘗牙"。
③時，正德本、閔齊伋本、吳酖本、黃燁然本、十大家本、《全唐文》作"事"。

④天，正德本、汲古閣本、讀有用書齋本、十大家本、《全唐文》、吳氏本、黃燁然本、閔齊伋本作"夭"。

⑤决，十大家本、吳氏本作"次"。

注釋：

（1）孽，通"櫱"，分枝；幼芽。《呂氏春秋·辯土》："厚土則孽不通，薄土則蕃轓而不發。"勾，同句，《說文解字》"曲也"，《說文解字》注："（句）曲也"，"後人句曲音鉤，……又改句曲字爲勾。"草木初生拳曲的嫩芽。《禮記·月令》："（季春之月）句者畢出，萌芽盡達。"鄭玄注："句，屈生者。芒而直曰萌。"萌，植物的芽。達，幼苗冒出地面的樣子。《詩·周頌·載芟》："驛驛其達，有厭其傑。"毛傳："達，射也。"鄭玄箋："達，出地也。"馬瑞辰通釋："射即初生射出之皃，故箋以'出地'申釋之。"《呂氏春秋·季春》："是月也，生氣方盛，陽氣發泄，生者畢出，萌者盡達，不可以內。"

（2）曲，迂曲。决，判决。固，一定。結，植物結果。

（3）地氣，地中之氣。洩，散，發散。發，挖掘。

（4）豐隆，古代神話中的雷神。擊越，雷霆下擊。

聖人之時，日南無驕陽，啟蟄無繁霜，鬥北無伏陰，火西無滯霖；淫昏之世，反膏而波，①春行秋令，大水發民廬舍。②反冰而花，冬行夏令，桃李花。③(1)雹傷螟螗，夏行冬令，則雨雹。時則蝗飛蔽天。④旱赤雨血。(2)秋行夏令，則雨血，時則赤旱千里。

校勘：

①反，《續古逸叢書》選宋本、顧廣圻校本作"灰"，顧廣圻校本改爲"反"。

②發，吳氏本、十大家本作"廢"。

③桃，《續古逸叢書》選宋本、十大家本、吳氏本作"能"；顧廣圻校宋本作"能"，改爲"桃"。

④蝗，吳氏本作"蜩"。蝗飛，黃燁然本作"飛蝗"。

注釋：

（1）汪師韓《孫文志疑》："李花：中宗神龍二年十月，陳州李有華，鮮茂如春。元和十一年十二月，桃李華。會昌三年冬，沁源桃李華。廣明元年冬，桃李華華山皆發。春秋僖公三十三年十二月，李梅實。《京房易傳》曰李梅當剝落，反實，近草妖，先華而後實，不書華，華舉重者也，陰成陽事，象臣顓君作威福。"

（2）汪師韓《孫文志疑》："雨血：漢惠帝二年，天雨血於宜陽一頃所，劉向以爲赤眚也。《京房易傳》曰歸獄不解，兹謂厥咎，天雨血。又曰佞人祿，功臣僇，天雨血。按唐世未嘗有雨血事。"

是陛下政令出乎脩明，則寒暑運行；政令出乎淫昬，則災祥屢臻，①其可忽乎？

校勘：
①祥，吴斐本作"祲"。段玉裁《説文解字注》："祲，精氣感祥……周禮眡祲注：祲，陰陽氣相侵漸成祥者。魏志高堂隆傳：孔子曰：災者修類應行，精祲相感……《春秋傳》曰：'見赤黑之祲。'是。"

臣又聞陛下與人爲春，得革慘作和，起栐生華，喜滿其家，沃穆歡咳，如暖景時開，樹色煙光，覺苍籠芳蒼；①陛下與人爲秋，得愁刮人魄，風日冷白，慄慄蕭索，覺庭槐枯落；陛下與人爲夏，得變絺成襦，噓爐作爐，(1)駒驅轍結，雜逻噎楔，②門如三伏熱；(2)陛下與人爲冬，得舉皆不見日，③涷薄人骨，間間戚戚，燈青火白，門無蹄轍跡。顧陛下左右皆春，天下病悴者衆也；陛下肘腋皆熱，中國病凍者衆也。豈陛下用心有頗焉！陛下苟能平其心，雖澤不周、惠不均，天下無恨言。不然，天將視陛下心而燠寒也。④

校勘：
①煙，吴斐本、黄燁然本作"煙"。苍籠，讀有用書齋本、十大家本、《全唐文》、吴斐本作"葱蘢"，黄燁然本作"葱籠"。
②逻，《續古逸叢書》選宋本作"還"；顧廣圻校宋本作"還"，改爲"逻"。楔，讀有用書齋本、十大家本作"楔"；閔齊伋本、《全唐文》作"楔"。徐復：當作"楔"。《爾雅·釋宫》："根謂之楔。"郭璞注："門兩旁木。"後因以爲門稱。楔與上句結字入聲屑韻。又噎爲填塞不通。《三國志·吳志·陸遜傳》："城門噎不得關。"亦稱闐噎。《文選·吴都賦》："冠蓋雲蔭，間閻闐噎。"劉逵注："言人物遍滿貌。"噎楔連文，謂人多擁塞門庭也。
③皆，《全唐文》作"皆"。
④而，吴斐本無"而"字。

注釋：

（1）絺，細葛布。唐李紳《聞裏謠效古歌》："冬有襤襦夏有絺，兄鋤弟耨妻在機。"襦，短衣；短襖。襦有單、復，單襦則近乎衫，複襦則近襖。

（2）駒，兩歲的馬。結，連接。雜遝即雜沓，紛雜繁多貌。唐杜甫《麗人行》："簫管哀吟感鬼神，賓從雜遝實要津。"禊，祭名。古人祓除不祥之祭。常在春秋二季於水濱舉行。農曆三月上巳行春禊，七月十四日行秋禊。當作"禊"。

評論：

汪師韓："用意皆本《月令》，不解何以纖俗乃爾。"

錢基博《韓愈文讀·附錄下》："《迎春奏》，特於規戒中見嫵媚。"

復佛寺奏

編年：

此文作於大中三年，上奏於大中五年。李光富係此文於大中五年："《資治通鑒·唐宣宗大中五年》：六月，進士孫樵上言：'百姓男耕女織，不自溫飽，而群僧安坐華屋，美衣精饌……'"《資治通鑒》所引內容與孫樵《復佛寺奏》的內容一致，故此文爲大中五年六月作。按《資治通鑒》於大中五年已稱孫樵爲進士，但孫樵《自序》稱"'大中九年，叨登上第'，故《資治通鑒》有誤。"傅璇琮、陳文新亦係此文於大中五年，根據也是《資治通鑒》的記載。李光富、傅璇琮、陳文新都沒有參閱《與李諫議行方書》。而李光富說《資治通鑒》於大中五年稱孫樵爲進士認爲《資治通鑒》有誤，是對唐時風俗瞭解不夠。《唐摭言》說："得第謂之'前進士'。""進士"應該是對未及第舉子的稱呼。

《資治通鑒》卷二百四十九載：大中五年六月，"進士孫樵上言：'百姓男耕女織，不自溫飽，而群僧安坐華屋，美衣精饌，率以十戶不能養一僧。武宗憤其然，髮十七萬僧，是天下一百七十萬戶始得蘇息也。陛下即位以來，修復廢寺，天下斧斤之聲至今不絕，度僧幾復其舊矣。陛下縱不能如武宗除積弊，奈何興之於已廢乎！日者陛下欲修國東門，諫官上言，遽爲罷役。今所復之寺，豈若東門之急乎？所役之功，豈若東門之勞乎？願早降明詔，僧未復者勿復，寺未修者勿修，庶幾百姓猶得以息肩也。'"則此文當奏於唐宣宗大中五年六月。《舊唐書·宣宗紀》載，大中元年閏三月，敕："會昌季年，並省寺宇。雖云異方之教，無損致理之源。中國之人，久行其道，釐革過當，事體未弘。其靈山勝境、天下州府，應會昌五年四月所廢寺宇，有宿舊名僧，復能修創，一任住持，所司不得禁止。"則復寺事在大中元年。《與李諫議行方書》言："三年之間斤斧之聲不絕。"則《與李諫議行方書》當作於大中三年五月。又《與李諫議行方書》云："樵不知時態，竊所憤勇，故作奏書一通，以明群髡大蠹之由，生民重困之源，無路上聞，輒以寓獻執事。"則《與李諫議行方書》所言"奏書"當指《復佛寺奏》。所以《復佛寺奏》當作於大中三年，因"無路上聞"，直到大中五年才上奏。

賤臣樵上言：臣以爲殘蠹於理者，①群髡最大。(1)且十口之家，謂中戶也。②男力而耕，女力而桑，③(2)雖歲其衣食僅自給也，④棟宇僅自完也。若群髡者，所飽必稻粱，所衣必綿縠，⑤居作邃宇，⑥出則肥馬，是則中戶不十不足以活一髡。

校勘：
①理，《全唐文》《唐文粹》、閔齊伋本作"民"，黃燁然本注"一作民"。
②戶，續古逸叢書刊宋本作"戶"；顧廣圻校宋本作"尸"，改爲"戶"。
③桑，全唐文作"織"。
④"雖歲"，正德本、吳棐本、汲古閣本、黃燁然本、閔齊伋本、讀有用書齋本作"卒歲"，《全唐文》《唐文粹》作"雖乘樂歲"。
⑤粱，正德本作"梁"。綿，吳棐本注"一作錦"；《全唐文》作"錦"；《文苑英華》作"綿"。"所衣必綿縠"，黃燁然本"衣"作"食"，誤。
⑥作，《唐文粹》、正德本、汲古閣本、閔齊伋本、讀有用書齋本、吳棐本、黃燁然本作"則"。

注釋：
（1）《孫文志疑》："先提一筆，下乃極言之。"
（2）中戶，中等資產的人家。

武皇帝元年，籍天下群髡凡十七萬，夫以十家給一髡，是編一百七十萬困於群髡矣。①武皇帝一旦發天下髡，悉歸平民，②是時一百七十萬家之心咸知生地。陛下自即位以來，詔營廢寺以復群髡，③(1) 自元年正月即位以來，洎今年五月，斤斧之聲不絕天下，而工未已訖聞。④陛下即復之不休，臣恐數年之間，天下十七萬髡如故矣。

校勘：

①"籍天下群髡"，汲古閣本、閔齊伋本、《全唐文》、十大家本"髡"下有"者"字。"編一百七十萬"，正德本、《唐文粹》、讀有用書齋本、《全唐文》、吳酺本、十大家本作"編戶百七十"，汲古閣本、黃燁然本、閔齊伋本作"編民百七十萬"。

②"發天下髡"之"髡"，《唐文粹》作"羣髡"。

③以來，《唐文粹》作"已來"。營，吳酺本作"管"，注"一作營"；《唐文粹》作"營"。

④即位以來，《唐文粹》《全唐文》無"即位以來"四字。《孫文志疑》："按或云宣宗於會昌六年三月即位，明年爲大中元年，則此云'元年正月即位者'非也。'即位以來'四字，必非原本所有。此說非也。凡繼之君踰年正月乃書即位，然後成之爲君，《春秋》之例也。""工未已訖聞"之"已"，《唐文粹》《全唐文》作"以"。"工未已訖聞"之"訖"，正德本、吳酺本、黃燁然本、閔齊伋本、十大家本作"訊"。

注釋：

（1）汪師韓："詔營廢寺：會昌六年三月，宣宗即位。五月，左右街功德使奏，準今月五日敕書節文，上都兩街，舊留四寺外，更添置八所，兩所依舊名興唐寺、保壽寺，六所請改舊名，寶應寺改爲資聖寺，青龍寺改爲護國寺，菩提寺改爲保唐寺，清禪寺改爲安國寺，法雲尼寺改爲唐安寺，崇敬尼寺改爲唐昌寺。右街添置八所，西名寺改爲福壽寺，莊嚴寺改爲聖壽寺，舊罝寺二所，舊名千福寺，改爲興元寺，化度寺改爲崇福寺，永泰寺改爲萬壽寺，溫國寺改爲崇聖寺，經行寺改爲龍興寺，奉恩寺改爲興福寺。敕旨依奏。誅道士劉元靖等十二人，以其說惑武宗，排毀釋氏故也。又大中元年閏三月敕，會昌季年並省寺宇，雖云異方之教，無損致理之源，中國之人久行其道，釐革過當，事體未宏，其靈山勝景，天下州府，應會昌五年四月所廢寺宇，有宿舊名僧，復能修創一任住持，不得禁止。"

臣以爲武皇帝即不能除群髡，陛下尚宜勉思而去之，以蘇疲民，況將興於已廢乎？(1) 請以開元之事明之。開元之年，大駕還自東封，①(2) 從以千官之衆，六軍之士，三日留於陳留，民猶有餘力，②今陛下即能東封，道次給一食，則民力殫矣。何開元之民力有餘而陛下之民力不足耶？③ 開元之間，率戶出兵，(3) 　率若干戶共出若干兵也。④ 籍而爲伍，春夏縱之家以力耕稼，秋冬聚之將以戒武事，⑤如屯則兵未始廢於農，農未嘗奪於兵。⑥故開元之民力有餘也。

校勘：
①明，《全唐文》作"言"。年，《全唐文》作"間"；《唐文粹》作"閑"。
②士，《唐文粹》《全唐文》作"事"。
③耶，《唐文粹》作"邪"。
④率，正德本、吳棻本作"索"。也，《唐文粹》、黃燁然本無"也"字。
⑤"籍而爲伍"句中"伍"，閔齊伋本作"戶"。聚，《唐文粹》作"叢"。
⑥屯，《唐文粹》、吳棻本、汲古閣本、閔齊伋本、讀有用書齋本、《全唐文》、十大家本作"此"。

注釋：
(1)《孫文志疑》：先作一束行文字不縱馳。
(2) 汪師韓："還自東封：元宗開元十三年十一月，東封泰山，文武百寮二王后孔子後諸方朝集，使岳牧舉賢良及儒生文士上賦頌。"
(3) 汪師韓："率戶出兵：新書兵志蓋古者兵法起於井田，自周衰王制壞而不復，至於府兵，始一寓之於農，其居處教養畜材待事動作休息皆有節目，雖不能盡合古法，蓋得其大意焉，此高宗太宗所以盛也。自高宗武后時，天下久不用兵，府兵之法寖壞。開元六年始詔折衝府兵每六歲一簡。十一年，取京北蒲同岐華府兵及白丁而益以潞州長從兵共十二萬，號長從宿衛，歲二番，命尚書左丞蕭嵩與州吏共選之。明年，更號曰彍騎。"《孫文志疑》：次言民力已不足，以見其不可復蠹於甿。

今天下常兵不下百萬，皆衣食於平民，歲度費率中戶五僅能活一兵，(1)如此，則編戶不五百萬不足以給之。故陛下之民力不足也。今陛下以力不足之民，而欲重困於群髡，將何以踵開元太平事耶？① 貞觀以還，②開元戶口最爲殷繁，(2)不能逾九百萬，即今有問於戶部，其能如開元乎？借如陛下以五百萬給天下之兵，今又欲以一百七十萬給於群髡，是六百七十萬無羨賦矣。③(3) 即令戶口不下於開元，④其餘止二百萬，而國家萬故畢出其間，陛下孰與其足耶？⑤即是鹽鐵不可除而摧筦加箄矣，天下之民得不重困乎？⑥

校勘：
①耶，《唐文粹》作"邪"。
②以，《唐文粹》、汲古閣本作"已"。
③又欲，正德本、吳帟本、十大家本作"欲又"。六百七十萬，《唐文粹》作"七百萬"。
④即令，《唐文粹》作"即今"。下，《續古逸叢書》選宋本作"下"；顧廣圻校宋本作"暇"，改爲"下"。
⑤萬，《唐文粹》、讀有用書齋本、吳帟本、《續古逸叢書》選宋本作"萬"；顧廣圻校宋本作"方"，改爲"萬"。耶，《唐文粹》《全唐文》作"也"。
⑥即，《全唐文》作"則"。是，《唐文粹》作"其"。摧，讀有用書齋本、《全唐文》《續古逸叢書》刊宋本作"榷"。

注釋：
（1）《孫文志疑》："又以兵陪説兵乃不可去者，而其病民已若此。""兵食於民：《文獻通攷》憲宗元和中，供歲賦者，浙西浙東宣歙淮南江西鄂岳福建湖南八道戶百四十四萬，比天寶開元四之一，兵食於官者八十三萬，加天寶三之一，通以二戶養一兵。京西北河北以屯兵廣，無上供，至長慶，戶三百三十五萬，而兵率九萬，率一二戶以奉一兵。"
（2）《孫文志疑》：一筆挽轉。《評注孫可之集》：論事不如此不徹。
（3）《孫文志疑》：言之迫切。

日者陛下嘗欲營國東門，諫議大夫入爭於前，一言未及終，陛下非徒輟其工，而又賜帛以優之。①(1)今所復寺宇，豈特國門之急乎？(2)叢徒嘯工，豈特國門之役乎？②寧諫議大夫不以言而陛下不以聽耶？③

校勘：
①議，《唐文粹》無"議"字。入，《唐文粹》無"入"字。一，《唐文粹》無"一"字。
②叢，《唐文粹》作"聚"。役，正德本、吳帟本、汲古閣本、十大家本作"使"。
③寧，《唐文粹》、吳帟本作"寗"。議，《唐文粹》無"議"字。

耶，《唐文粹》作"乎"。
注釋：
（1）汪師韓："營國東門：大中三年正月宣德音，神策軍修左銀臺門樓屋宇及南面城墻至睿武樓。"
（2）《孫文志疑》："此奏乃授李諫議者，而乃援引諫議營一國門事，豈其心疑李未必能諫而聊爲此以見意耶？抑故以此動之而教以弗勇其細怯其大耶？"

陛下則不能復廢之，臣願陛下已復之髡止而勿復加，已營之寺止而勿復修，庶幾天下之民尚可活也。⁽¹⁾今天下最不可去者，兵也，⁽²⁾尚爲陛下日夜思去兵之術，①⁽³⁾究開元太平事，冀異日爲陛下言之，況去無用之髡耶？臣昧死以言。②

校勘：
①尚，《唐文粹》"尚"字前有"臣"字。
②臣，《唐文粹》"臣"字後有"樵"字。
注釋：
（1）《孫文志疑》：降一層説，卻是正意，更不必稱述武皇矣。
（2）《孫文志疑》：數句收恰完密，近西漢人。
（3）《孫文志疑》：前處處用兵陪説，故用兵收束。

評論：
儲欣："利害切深，即賈太傅、晁家令、趙營平無以尚之，可之雕蟲耶？"
汪師韓："按史稱懿宗奉佛太過，常於禁中飯僧，親爲贊唄，以栴檀爲二高座，賜安國寺僧，輒逢八飯萬僧，當時上疏切諫者，獨一李蔚，帝不聽，但以虛禮褒答，其稱引狄仁傑、姚崇、辛替否，以本朝名臣啓奏之言，謹奉佛初終之要，所稱切當之言有四，雖極譏病時弊，然皆援古爲説，未如此文之了辨警策也。憲宗時，獨一韓文公，懿宗時，獨一李茂休，以高錫望之賢，曾不聞以此書入奏，使人嘆諫諍之難，豈不惜哉？文公辨在佛，故言其無福；可之辨在髡，故明其有害。立説不同，而理則無二，並宇宙不朽之文。"
林紓《歐孫合集》："不事鋪張，但言利害，裁兵既所不能，復寺尤爲繁費，兩兩比較，利害顯然，真奏議中好手。"

卷　七

序西南夷

　　道齊之東，偏泛鉅海，不知其幾千里，其島夷之大者，曰新羅。[(1)]由蜀而南，[①]踰昆明，涉不毛，馳七八千里，其群蠻之雄者，曰南詔。是皆鳥獸之民，鴃舌言語，難辨皮服，獷悍難化，其素風也。[(2)]唐宅有天下，二國之民，率以儒爲教先，[②]彬彬然與諸夏肖矣。[(3)]其新羅大姓，至有觀藝上國，科舉射策，與國子偕鳴者。載籍之傳，蓑然前聞。[③][(4)]夫其生窮海之中，托瘴野之外，徒知便弓馬、校戰獵而已，烏識所謂文儒者哉！今抉獸心而知禮節，裭左衽而同衣服，非皇風遠洽耶？嘗聞化之所被，雖草木頑石、飛走異彙，咸知懷德，於是乎有殊能詭形之効祉者，[④]二國之爲其瑞與天瑞之出不孤，必有類者，[⑤]則庚朔之隅，[⑥]不懷之倫，其向風仰流歸吾化哉！世之言唐瑞者，徒曰肉角格、六穗稼、天酒泫庭、苑巢神禽，[⑦]樵則曰二國文學也。

　　校勘：
　　①蜀，《續古逸叢書》刊宋本作"屬"；顧廣圻校宋本作"屬"，改爲"蜀"。
　　②爲教，《全唐文》作"教爲"。
　　③至有，閔齊伋本作"士有"。國子，吳翮本、正德本、汲古閣本、黃燁然本、閔齊伋本、十大家本作"國士"。偕鳴，讀有用書齋本、《續古逸叢書》刊宋本、汲古閣本、黃燁然本、閔齊伋本、十大家本、《全唐文》作"偕鳴"。蓑，正德本、吳翮本、黃燁然本、閔齊伋本、讀有用書齋本、《全唐文》、十大家本作"蔑"。
　　④頑，吳翮本、《續古逸叢書》刊宋本、閔齊伋本作"頑"。於，《全唐文》作"於"。殊能詭形，黃燁然本作"殊形"。祉，黃燁然本作

"社"。

⑤天，正德本、吳棻本、汲古閣本、黄燁然本、十大家本、《全唐文》、讀有用書齋本作"夫"。

⑥庚朔，正德本、十大家本、吳棻本、汲古閣本、黄燁然本、閔齊伋本作"庚朔"；全唐文作"度索"。徐復《後讀書雜志》："庚朔，正德本作庚朔，皆爲度朔之誤。《全唐文》作度索，亦通用。《文選·東京賦》：度朔作梗，守以鬱壘。薛綜注：東海中度朔山有二神，一曰神荼，一曰鬱壘，領眾鬼之惡害者，執以葦索，而用食虎。朱珔《文選集釋》：度朔作度索者，或曰：此山以行索懸而度也。朔蓋索之同音而誤。又下句不合語法，有脫字。哉字表反詰語氣，其字下脫孰不二字，須補足文義乃通。"

⑦穗，吳棻本、黄燁然本作"德"。

注釋：

（1）汪師韓："新羅：新羅國人多金樸兩姓，異姓不爲婚。《新唐書》曰王姓金，貴人姓樸，民無氏有名。"

（2）南詔，古國名。建於盛唐時，是以烏蠻爲主體，包括白蠻等族建立的奴隸制政權，受唐冊封，歷十三王，唐末爲貴族鄭買嗣所滅。盛時轄有今雲南全部、四川南部、貴州西部等地。

（3）《孫文志疑》：纖。

（4）《孫文志疑》：俗。

評論：

汪師韓："此摹倣武侯碑陰而爲之也。"

林紓《歐孫合集》："筋力遒緊。"

序陳生舉進士

夫物不得以時而發，其發必熾。風時溪谷，颼颼習習，即不得遂，作必飄忽。①(1)源泉混混，然堤防陂蓄，波決壅缺，亦不可遏。於其人也亦然。②

校勘：

①時，黄燁然本、《全唐文》作"行"。飄，《全唐文》作"飈"。

②堤，讀有用書齋本作"隄"。決，《全唐文》作"抉"。於其，讀有用書齋本、《全唐文》作"其於"。

注釋：

（1）飄忽，迅疾貌；輕快貌。宋玉《風賦》："飄忽溯滂，激揚熛怒。"《文選·傅毅〈舞賦〉》："蜲蛇姌嫋，雲轉飄曶。"李善注："曶，與'忽'同。"劉良注："飄忽，輕疾貌也。"

潁川陳君，孝積乎勤，藝高乎專，喪家途歎，志用不適，[①][(1)]欝然而居者有年矣。累爲連帥賓禮，[②]貢之天子，齋咨喑嗚，輒以窮盡。[(2)]今年稍始克偕，計吏偭勉上道，[③]久憤湮欝，一旦決發，若風波之得宣洩。吁可當耶！[(3)]名光耀乎天庭，聲飛馳乎海浦，[(4)]其在此行矣。

校勘：

①潁，《全唐文》、吳郋本、閔齊伋本作"穎"；《續古逸叢書》刊宋本作"頴"；顧廣圻校宋本作"頴"，改爲"穎"。當爲潁，潁川，郡名。孝，讀有用書齋本、正德本、十大家本、吳郋本、汲古閣本、黃燁然本、《全唐文》作"學"。勤，吳郋本、汲古閣本、十大家本作"勸"。適，吳郋本、汲古閣本、黃燁然本、閔齊伋本、十大家本、《全唐文》作"通"。

②帥，《續古逸叢書》刊宋本作"師"；顧廣圻校宋本作"師"，改爲"帥"。

③偭，黃燁然本、《全唐文》作"黽"。

注釋：

（1）《孫文志疑》：拙劣。

（2）《孫文志疑》：不倫。

（3）《孫文志疑》：惡調。

（4）《孫文志疑》：俗調。

然君子學道以徇禄，[①]端己以售道，不肯尺枉以蘄尋直，[②]況突梯滑稽以苟得與？[(1)]君其勉之！樸弱弓蓬矢，難以妄毂，徒善君之引滿强勁，指期命中，於行不能無述。[(2)]

校勘：

①徇，正德本、吳郋本、汲古閣本、黃燁然本、閔齊伋本、十大家本、《全唐文》作"循"。

②尺枉，《全唐文》作"枉尺"。

注釋：

（1）突梯，圓滑的樣子。滑稽，圓轉順俗的態度。《楚辭·卜居》："將突梯滑稽，如脂如韋，以絜楹乎？"王逸注："轉隨俗已。"尺枉以蘄尋直，《孟子·滕文公下》："且夫枉尺而直尋者，以利言也。"喻"枉己者，未有能直人者"。

（2）《孫文志疑》：書札陋習。

評論：

汪師韓："意淺而調俗，最爲庸陋。"

寓居對

編年：

此文作於大中八年（854）。傅璇琮："孫樵……有《寓居對》，中記其入貢士事：'十試澤宮，十黜有司。'兩文均未知作年，然樵乃大中九年（855）進士及第，倘十黜，事在及第前一年。"

長安寓居，闔戶諷書，悴如凍灰，癯如槁柴，[①]志枯氣索，怳怳不樂。[(1)]一旦，有曾識面者排戶入室，咤駭唶唶，[(2)]且曰："憊耶？[②]餓耶？何自殘耶？"[(3)]

校勘：

①槁，正德本、吳嘂本、汲古閣本、黃燁然本、閔齊伋本、十大家本作"稿"。

②憊，讀有用書齋本作"備"。

注釋：

（1）諷，①背誦。《周禮·春官·大司樂》："以樂語教國子興、道、諷、誦、言、語。"鄭玄注："倍文曰諷，以聲節之曰誦。"《後漢書·延篤傳》："（延篤）少從潁川唐溪典受《左氏傳》，旬日能諷之，典深敬焉。"②泛指誦讀，誦念。《荀子·大略》："少不諷，壯不論議，雖可，未成也。"楊倞注："諷謂就學諷《詩》《書》也。"悴，憔悴。槁，乾枯。稿，通"槁"，枯槁。劉向《說苑·建本》："父以子爲本，子以父爲本，棄其本者，榮華槁矣。"

116　《孫可之文集》校注

（2）排，推。咤，與詫通，驚訝，詫异。駭，驚駭。唧唧，嘮叨。
（3）憊，困頓。

則對曰："樵天付窮骨，宜安守拙，無何，提筆入貢士列，鎪文倒魄，①讀書爛舌，(1)十試澤宮，十黜有司，知己日懈，②朋徒分離。(2)矧遠來關東，橐裝鎖空，③一入長安，十年屢窮。長日猛赤，餓腸火迫，(3)滿眼花黑，(4)晡西方食，暮雪嚴冽，④入夜斷骨，⑤穴衾敗褐，到曉方活。古人取文，其責蓋輕，一篇跳出，至死馳名。今人取文，章章貴奇，一句戾意，卷前解知。⑥言念每歲，徂春背暑，洗剔精魂，澄拓襟慮，曉窗夜燭，上下雕斲，攄言必高，儲思必深，字字磨校，以牢知音，⑦況榮辱橈其外，⑧得失戕其內，機穿在乎足，鋒刃在乎背，吾非檻豕籠雛，⑨其能窮而反訑乎?"

校勘：
①鎪，正德本、汲古閣本、吳翩本、黃燁然本、閔齊伋本、《全唐文》、十大家本作"抉"。鎪，鎪刻。《文選·嵇康〈琴賦〉》："鎪會裏廁，朗密調均。"李善注："鎪會，謂鎪鎪其縫會也。"抉，挑選。皮日休《郢州孟亭記》："先生之作，遇景入詠，不拘奇抉異。"
②懈，《續古逸叢書》刊宋本作"嶰"；顧廣圻校宋本作"嶰"，改爲"懈"。
③鎖，《全唐文》作"銷"。
④暮，汲古閣本、十大家本作"莫"。
⑤入，《續古逸叢書》刊宋本作"八"。
⑥卷前解知，正德本、吳翩本、汲古閣本作"卷前知解"；黃燁然本、《全唐文》作"全卷鮮知"，閔齊伋本作"全卷尠知"。
⑦拓，《續古逸叢書》刊宋本作"柘"；顧廣圻校宋本作"柘"，改爲"拓"。校，汲古閣本、閔齊伋本、十大家本作"挍"。
⑧橈，正德本、吳翩本、汲古閣本、黃燁然本、閔齊伋本、《全唐文》、十大家本作"撓"。
⑨豕，《全唐文》作"豖"。

注釋：
（1）《孫文志疑》：俗。
（2）澤宮，古代習射取士之所。
（3）《孫文志疑》：俗。
（4）《孫文志疑》：俗。

客退遂書，凡爲歌曰：①"肥於貟，孰與肥其道？②求於人，孰與求其身？③處乎？出乎？孰爲得而孰爲失乎？"

校勘：
①凡，汲古閣本、讀有用書齋本作"幾"。
②貟，正德本、吳爁本、汲古閣本、黃燁然本、《全唐文》、十大家本、讀有用書齋本作"貌"。
③其，吳爁本作"於"。

評論：
林紓《歐孫合集》："摘詞似李華，歌則質樸近道，一洗前半篇之繁縟。"

乞巧對

孟秋暮天，當庭布筵，①有瓜於盤，有菓於盆，②拜而言，若祈於神者，從而問之。曰："七夕祈巧，祀也。若有求乎？"

校勘：
①暮，汲古閣本、十大家本作"莫"。
②菓，吳爁本、正德本、汲古閣本、黃燁然本、閔齊伋本作"果"。

樵應之曰："吾守吾拙，以全吾節，巧如可求，適爲吾羞。彼巧在言，便便翻翻，出口簧然，媚於人間，(1) 革白成黑，蠱直殘德，(2) 譽跖爲聖，譖回爲賊，(3) 離間君親，賣亂家國。"(4)

注釋：
(1) 便便，形容巧言利口，擅長辭令。翻翻，翻飛；飛翔貌。《楚辭·九章·悲迴風》："漂翻翻其上下兮，翼遙遙其左右。"
(2) 革，變，更改。蠱，誘惑，迷亂。殘，破壞。
(3) 跖，人名，先秦著名盜賊。盜跖。《孟子·盡心上》："雞鳴而起，孳孳爲利者，蹠之徒也。欲知舜與蹠之分，無他，利與善之間也。"《莊子·胠篋》："故盜跖之徒，問於跖曰：'盜亦有道乎？'"《史記·伯夷列傳》:"盜蹠日殺不辜,肝人之肉,暴戾恣睢。"
(4)離間,從中挑撥。賣亂,擾亂。

"彼巧在文,摘奇搴新,轄字束句,①(1)稽程合度,磨韻調聲,(2)決濁流清,雕枝鏤英,花鬥窠明,(3)至有破經碎史,稽古倒置,大類於俳,②(4)觀者啓齒,下醨沈謝,上殘騷雅,取媚於時,古風不歸。"

校勘:
①束,正德本、吳馡本作"朿"。
②俳,吳馡本、汲古閣本作"徘"。
注釋:
(1)奇、新,指文章中新穎的字法、句法等,在這裏是反語。束,朱駿聲《説文通訓定聲》:"《釋名·釋言語》:束,促也,相促近也。《漢書·食貨志》注:束,聚也。"
(2)稽,同也,合也。磨,研磨。調,調試;調弄;演奏。
(3)決,分辨,判斷。流,尋求,擇取。鬥,紛亂。窠,同"棵"。
(4)《孫文志疑》:集中僞作皆類於俳者,此篇亦是也。

"彼巧在官,竊譽假善,齰舌鉗口,(1)媚竈賂權,忍耻受侮,愧畏如鼠,望塵掃門,(2)指期九遷,君納於違,①(3)贊唱菲菲,玩世偷安,敗俗紊官。"

校勘:
①違,正德本、吳馡本、汲古閣本作"達";黃燁然本、閔齊伋本、十大家本作"迒"。
注釋:
(1)汪師韓:"齰舌鉗口:《乞巧詩》云:'齰舌自應工嫵媚,方心誰更苦鐫磨。'(見孫樵柳子厚乞巧文)李樸,字先之,虔州興國人,紹聖元年進士,崇甯中入黨籍,靖康初除著作郎國子祭酒,高宗即位,除秘書監,未拜而卒,少從伊川游,人稱章貢先生。(此詩載《瀛奎律髓》)"
(2)媚竈,《論語·八佾》:"與其媚於奧,寧媚於竈。"何晏集解引孔安國曰:"奧,內也,以喻近臣也。竈,以喻執政也。"後用以喻阿附權貴。

（3）《孫文志疑》：支湊而俗。

"彼巧在工，壞詭不窮，嗤古笑樸，①(1)雕鏤錯落，憑雲亘天，曠霍延綿，窮侈殫麗，越禮踰制，繡紋錦幅，②雲綃霧縠，若出鬼力，大蠹婦織。遂使俗尚浮華，名溺於奢，凋家磨國，③未騁胸臆，蠹於化源，戕此民力。"

校勘：
①壞，正德本、十大家本作"壞"；吳棫本作"環"；閔齊伋本作"獷"；讀有用書齋本作"環"。嗤，《全唐文》、十大家本、正德本、吳棫本、汲古閣本、黃燁然本作"唾"。
②雕鏤，黃燁然本作"雕鏤"。曠，黃燁然本作"臛"。紋，閔齊伋本、《全唐文》作"文"。
③凋，閔齊伋本作"雕"；《全唐文》作"雕"。

注釋：
（1）壞，壞主意。詭，欺詐。

"由此觀之，巧何足云！吾寶吾拙，雖與事闊，優遊經史，臥雲嘯月。九衢喧喧，①夾路朱門，曉鼓一發，車馳馬奔。予方高枕，偃然就寢，腹搖鼻息，②夢到鄉國，槐花撲庭，鳴蜩噪晴。(1)懷軸囊刺，門門買聲，(2)予方屏居，詠歌吾廬，對松歆石，莫知其餘，上天付性，吾豈無命，何求於巧，以橈吾靜。③吾方欲上叫帝閽以窒巧門，④使天下人各歸其根，無慮無思，其樂怡怡，耕食織衣，如上古時。巧乎巧乎，將何所施爲？"

校勘：
①第一個"喧"，《續古逸叢書》刊宋本作"宣"；顧廣圻校宋本作"宣"，改爲"喧"。
②予，《續古逸叢書》刊宋本、黃燁然本作"子"；顧廣圻校宋本作"子"，改爲"予"。搖，《全唐文》作"坦"，注"一作搖"；黃燁然本、閔齊伋本作"坦"。
③予方，宋本作"子方"；吳棫本、汲古閣本作"方子"；黃燁然本、閔齊伋本作"方予"。橈，正德本、十大家本、吳棫本、汲古閣本、黃燁然本、閔齊伋本作"撓"。

④叫，正德本、吳棻本、黃燁然本、《全唐文》作"吅"。
注釋：
（1）《猗覺寮雜記》卷上："坡云：'腹搖鼻息庭花落，償盡當年未足心。'孫樵云：'腹搖鼻息，夢到鄉國，槐花撲庭，鳴蜩噪晴。'"
（2）《孫文志疑》：纖俗。

評論：
《野客叢書》卷六"文人遞相祖述"：《容齋隨筆》曰："韓文公《送窮文》、柳子厚《乞巧文》皆儗揚子雲《逐貧賦》，幾五百言，《文選》不收，《初學記》所載才百餘字，今人有未見者，輒錄於此。宣宗朝有王振者，作送窮詞，亦工。"僕觀《逐貧賦》備載於《古文苑》《藝文類聚》中，洪氏何未之見乎？《送窮文》雖祖《逐貧賦》，然亦與王延壽《夢賦》相類，疑亦出此。僕謂古今文人遞相祖述何限，人局於聞見，不暇遠考耳。據耳目之所及，皆知韓柳二作擬揚子雲矣，又烏知子雲之作無所自乎，《續筆》謂文公之后王振又作送窮詞矣，又烏知子厚之後，孫樵亦作《乞巧對》乎？樵又有《逐痁鬼文》，甚工，其源正出於《逐貧賦》，類以推之，何可勝紀？

汪師韓："此脫胎柳河東乞巧文，而奇崛相去遠矣。柳文詞奇而氣宕，此文正所謂大類於俳者。"

錢基博《韓愈文讀》："此學韓愈，亦韓愈《進學解》《送窮文》之類；而氣體與《送窮》為近。惟《送窮》渾樸而此嫌纖巧，終遜《送窮》之健舉耳！又其旨在歸真返樸，有老氏意，與韓愈《原道》之旨不同。"

錢基博《韓愈文讀·附錄下》："歸直返樸，有老氏意。皇甫持正亦雜佛老語。獨李習之純儒。"

林紓《歐孫合集》："此文似由《送李願歸盤谷》脫胎。前半罵殺數種人，歸到自己身份，卻高雅無倫。但過用鑿鑿之力，不似韓文高朗，故人不之覺。"

卷　　八

文貞公笏銘①⁽¹⁾

编年：
　　此文作於大中六年（852）。《文貞公笏銘》言："大中六年，詔出文貞公笏，歸其孫丞相薈，孫樵請銘其笏。"李光富、傅璇琮、陳文新亦據之編此文於大中六年。汪師韓《孫文志疑》："魏薈，字申之，五代祖文貞公徵，文宗時爲右拾遺，屢獻章疏，遷右補闕，轉起居舍人。帝謂之曰：'卿家有何舊書詔？'對曰：'比多失墜，惟簪笏見存。'上令進來。鄭覃曰：'在人不在笏。'上曰：'鄭覃不會我意，此即甘棠之義，非在笏而已。'宣宗朝爲御史中丞同平章事，讜言無所畏避，宣宗嘗曰：'魏薈綽有祖風，名公子孫，我心重之。'按此則笏進於文宗開成三年，而出於宣宗大中六年也。"

校勘：
①正德本有"並序"二字。

注释：
（1）文貞公，魏徵。

　　大中六年，詔出文貞公笏，歸其孫丞相薈。孫樵請銘其笏，曰：⁽¹⁾
　　靈豸薦角，比干獻骨，合此憤烈，在公爲笏。①⁽²⁾怒虎可唾，笏不可挫；峭華可拔，笏不可折。②柱天不仄，指日不蝕。③⁽³⁾摽儀條臆，起梗開直。④⁽⁴⁾噫諫舌切，上磨帝缺。⑤⁽⁵⁾不逆不怫，笏則公笏。緊拱折列，爭舌不發。⑥⁽⁶⁾膠榮顧悚，下偷上愎，非公之節，孰爲公笏。⑦⁽⁷⁾

校勘：

①豸，黄燁然本、閔齊伋本作"象"。薦，吳郁本、汲古閣本、十大家本作"廌"；讀有用書齋本作"獻"。比干，閔齊伋本作"比於"。此，《唐文粹》《全唐文》作"以"。

②峭，《唐文粹》、正德本、吳郁本、汲古閣本、黄燁然本、閔齊伋本、讀有用書齋本、《全唐文》、十大家本作"太"。拔，《唐文粹》、正德本、吳郁本、汲古閣本、黄燁然本、閔齊伋本、《全唐文》、十大家本、讀有用書齋本作"裂"。

③柱，吳郁本、汲古閣本、十大家本作"拄"。仄，顧廣圻校宋本作"反"，改爲"仄"；《續古逸叢書》刊宋本作"反"；正德本作"庆"。

④摽，正德本、閔齊伋本作"標"。摽，同"標"，標志。

⑤舌切，《唐文粹》作"切切"。

⑥逆，閔齊伋本作"迎"。折，閔齊伋本、《全唐文》作"在"。争，《唐文粹》、正德本、汲古閣本、黄燁然本、閔齊伋本、《全唐文》、十大家本、吳郁本、讀有用書齋本作"諍"。

⑦顧，正德本、《唐文粹》作"領"。下，吳郁本作"不"。

注釋：

（1）魏謩，字申之，魏徵五世孫，文宗時爲右拾遺、起居舍人，武宗時曾任汾州刺史、信州長史，宣宗時授給事中、御史中丞、戶部侍郎，進同中書門下平章事。大中十年，以平章事領劍南西川節度使，卒，贈司徒，事跡見《新唐書》本傳。其任丞相時間在大中五年。

（2）靈豸，即獬豸。傳説中的神獸，相傳能辨曲直。比干，商紂王的叔父，官少師。因屢次勸諫紂王，被剖心而死。

（3）柱，支撑。柱天，撑天，支天。《後漢書·齊武王縯傳》："伯昇自發舂陵子弟，合七八千人，部署賓客，自稱柱天都部。"李賢注："柱天者，若天之柱也。"唐李山甫《兵後尋邊》詩之一："捲地朔風吹白骨，柱天青氣泣幽魂。"唐王鐸《謁梓潼張惡子廟》詩："惟報關東諸將相，柱天功業賴陰兵。"仄，傾斜。指，指示，指點。蝕，日蝕。

（4）條，條陳，條奏。起，扶持。梗，耿直，剛正。

（5）噫，嘆詞，表示悲痛或嘆息。《論語·先進》："顔淵死。子曰：'噫！天喪予！天喪予！'"噫在此做副詞。

（6）怫，悖逆。

（7）餗，鼎中的食物，此指富貴。

評論：

汪師韓《孫文志疑》："作笏銘押三笏字，似巉絕而風神乃益跌宕。然在先生固意到筆隨，非以此爲奇也。《舜城碑》效之，便俗不可砭。"

儲欣《可之先生大全集》："冲斗貫日之詞。"

林紓《歐孫合集》："古宕清悍，凌紙怪發，字字鏤肝而出，自非柔筋脆骨者所能夢見。"

潼關甲銘⁽¹⁾　並序

編年：

《讀開元雜報》云："樵曩於襄漢間得數十幅書。"則孫樵有襄漢之行，考之文集，《露臺遺基賦》云："樵東過驪山。"《潼關甲銘》云："樵過而眙之。"其東行或爲襄漢之行。《露臺遺基賦》寫於會昌五年，則姑系孫樵此次襄漢之行於會昌五年。《書何易於》云："會昌五年，樵過出益昌。"《祭梓潼神君文》："會昌五年，夜躋此山，凍雨如泣，滑不可陟。"則樵於本年又回到遂寧。《唐刺史攷全編》考鄭肅於會昌四年到五年爲山南東道節度使，五年七月，自山南東道節度使入爲檢校右僕射、同平章事。則孫樵可能是拜訪鄭肅。孫樵文集中可考東南行只有這一次，所以，姑係《潼關甲銘》於這次東行過程中。

注釋：

（1）汪師韓："潼關：《新書·地理志》：華州華陰郡華陰有潼關。"

潼戶呀，東翼廡敞，南有玄甲數十扎焉，^{①(1)}委於前楹，澁塵飄風，綴斷革刓。⁽²⁾

校勘：

①廡，正德本、吳翺本、汲古閣本、黃燁然本、閔齊伋本、全唐文、十大家本作"廉"。玄，《全唐文》作"元"。扎，閔齊伋本、《全唐文》、讀有用書齋本作"札"。

注釋：

（1）廡，大屋。扎，同"札"，鎧甲上皮革或金屬制成的葉片。唐白居易《宣州試射中正鵠賦》："其一發也，騞然徹扎。"

(2) 綴，縫合，代指縫合的針線。刓，破損，殘缺。

樵過而眙之，^①且曰：⁽¹⁾此國之闉也。是小欲遏寇偷，大欲扼諸侯，今者關禁弛而不幾，^②守甲存而不完，將何抑天下心而割天子憂耶？^{③(2)}

校勘：
①眙，《續古逸叢書》選宋本作"眙"；顧廣圻校宋本作"貽"，改爲"眙"；正德本、吳罃本、汲古閣本、黃燁然本、閔齊伋本、《全唐文》、十大家本作"誚"。
②弛，吳罃本、汲古閣本、黃燁然本、閔齊伋本、《全唐文》、十大家本作"弛"。幾，正德本、吳罃本、汲古閣本、黃燁然本、閔齊伋本、《全唐文》、十大家本作"譏"。
③何，《全唐文》作"欲"。

注釋：
(1) 眙，《説文》："直視也。"《孫文志疑》：誚字可笑。
(2)《孫文志疑》：佻而俗。《評注孫可之集》：正言。

關吏笑而進曰：借如潼之甲可以燭日，潼之旗可以名天，戰鞞晝驚，驚拆夜鳴，^①吾曹將擺堅荷鍛，投死地之不暇，又安得與客合繡而東，合繡而西哉？⁽¹⁾今上君臨萬邦，號令所加，風清日明，理爲大和。如此則關之禁何爲而申嚴？關之甲何爲而繕堅？玄宗四十二年，關中之兵，其屯如雲，孼胡西來，叱而辟之，守甲其不完耶？古之善守天下者，展禮以防之，闡樂以和之，明刑以齊之，修政以固之，則其守在四海之外，何以關爲？而況完其甲乎？是天下愈安而其禁愈施，天下愈平而其甲愈弊耳！^②

校勘：
①名，正德本、吳罃本、汲古閣本、黃燁然本、閔齊伋本、《全唐文》、十大家本、讀有用書齋本作"絳"。徐復：作絳天是也。班固《封燕然山銘》："玄甲耀日，朱旗絳天。"張衡《思玄賦》："揚芒燡而絳天。"皆爲作者所本。第二個"驚"，吳罃本、黃燁然本作"警"。拆，正德本、吳罃本、汲古閣本、黃燁然本、閔齊伋本、《全唐文》、十大家本、讀有用書齋本作"柝"。
②施，正德本、吳罃本、汲古閣本、黃燁然本、閔齊伋本、《全唐文》、十大家本、讀有用書齋本作"弛"。弊，黃燁然本、閔齊伋本、《全唐文》

作"敝"。

注釋：
（1）汪師韓："合繻：《漢書·終軍傳》注，張晏曰繻，符也，書帛裂而分之，若契券矣。蘇林曰：繻，帛邊也。舊關出入皆以傳，傳還因裂繻頭以爲符信也。師古曰：蘇説是也。"

樵將去之，且銘其甲，云：潼關之甲完，吾孰與安？潼關之甲弊，①吾孰與濟？甲乎甲乎！理與爾謀，亂與爾謀，無俾工爾修。

校勘：
①弊，黃燁然本、《全唐文》作"敝"。

評論：
汪師韓《孫文志疑》："序從褒城驛脱胎，而拙俗殊甚。"
錢基博《韓愈文讀·附錄下》："音響激切，工於渲染。"
林紓《歐孫合集》："觀幣甲而興感，眼光既遠，筆力亦勁。"

唐故倉部郎中康公墓志銘① 並序

編年：
此文作於咸通十三年（872）。本文開篇言："唐尚書倉部郎中姓康氏，以咸通十三年月日薨於鄭州官舍。"李光富、傅璇琮、陳文新也據此係此文於本年。

校勘：
①題目，黃燁然本作"康鐐郎中墓銘"。

唐尚書倉部郎中姓康氏，以咸通十三年月日薨於鄭州官舍。⁽¹⁾其年月日，前左拾遺陳畫寓書孫樵，①⁽²⁾曰："與子俱恩康公門，②今先遠有期，③⁽³⁾其孤徵志於子，子其無讓。"樵哭之慟，已而揮涕叙平生。

校勘：
①畫，讀有用書齋本、《全唐文》作"晝"；吳軿本作"晝"，注"一作畫"。
②俱恩，《全唐文》作"俱受恩"。

③先遠，黃燁然本、閔齊伋本、《全唐文》作"兆還"。
注釋：
（1）咸通，唐懿宗年號。
（2）《唐代墓志滙編》有題名爲"從表生前鄉貢進士陳晝撰"的《唐故鴻臚卿致仕支公小娘子墓志銘》："小娘子字子璋，小號復娘，享年十九，大中七年九月十二日殁於東都永泰裏。高祖敏，皇攝廣州司馬。曾祖光，皇江州尋陽丞。祖成，累贈殿中監。嚴考竦，故鴻臚大卿致仕。母清河崔氏，封清河郡夫人。……兄訥、誨、讓、訢、弟詡、謙、贄、……以大中十年五月十八日自揚州啓葬於河南府河南縣平樂鄉北邙山原也。"
（3）徐復：《全唐文》、閔齊伋本俱作"兆還"，汪氏志疑本改從"先遠"，是也。《禮記·曲禮》："凡卜筮日，旬之外曰遠某日，旬之內曰近某日。喪事先遠日，吉事先近日。"文云先遠有期，已定在旬日之外。任昉《齊竟陵文宣王行狀》："今先遠戒期，龜謀襲吉。"當爲此文所本。

公諱某，字某，會稽人。①曾祖諱某，贈某官。祖諱某，贈某官。父諱某，贈某官。公幼嗜書，及冠，能屬詞，②尤攻四六文章，援毫立成，清媚新峭，學者無能如。自宣城來長安，三舉進士，登上第，是歲會昌元年也。(1)其年冬，得博學宏詞，授秘書省正字。明年，臨桂元公以觀風支使來辟。(2)換試祕書郎。五年，調，再授秘書省校書郎。③大中二年，復調授京兆府參軍。(3)

校勘：
①字某，正德本作"字集"。
②詞，《全唐文》作"辭"。
③校，汲古閣本、閔齊伋本、十大家本作"挍"；黃燁然本作"較"。
注釋：
（1）會昌，唐武宗年號。
（2）臨桂元公，指元晦，元稹從子，《全唐詩》存詩二首。《唐刺史攷全編》：元晦於會昌二年到四年任桂州刺史。
（3）大中，唐宣宗年號。

其年冬，爲進士試官，峭獨不顧，雖權勢莫能橈，其與選者，①不踰年繼踵昇第，故中書侍郎高公璩，(1)尚書倉部郎中楊嵒，太常博士杜敏求，今春官貳卿崔公殷夢，尚書屯田郎中②崔亞，前左拾遺陳書，③(2)洎樵十輩皆出其等列也。

校勘：
①橈，吳棫本、汲古閣本、黃燁然本、閔齊伋本、十大家本、《全唐文》、讀有用書齋本作"撓"，應作"橈"。
②汲古閣本、十大家本無"楊嵓太常博士杜敏求今春官貳卿崔公殷夢尚書屯田郎中"二十四字。
③書，黃燁然本、閔齊伋本、十大家本作"晝"；吳棫本作"書"注"一作晝"。

注釋：
（1）汪師韓："高公：高元裕子璩，字瑩之，懿宗時拜劍南東川節度使，召拜中書侍郎同中書門下平章事，閱月卒，贈司空，諡爲剌。（新書）"
（2）岑仲勉《郎官石柱題名新考訂》"倉部郎中""楊嵓"條曰："懿宗朝。"崔殷夢，岑仲勉《郎官石柱題名新考訂》"司勳郎中""崔殷夢"條："見《舊唐書》紀咸通八年十月。"《舊唐書·懿宗紀》咸通八年十月，"司勳員外郎崔殷夢考吏部宏詞選人"。《容齋隨筆》"唐人避諱"條載："語林載，崔殷夢知舉，吏部尚書歸仁晦托弟仁澤，殷夢唯唯而已。無何，仁晦復詣托之，至於三四。殷夢斂色端笏曰：'某見進表讓此官矣。'仁晦始悟己姓，殷夢諱也。"《太平廣記》《齊東野語》有同樣記載。《唐語林》："李衛公頗升寒素，舊府解有等第，衛公既貶，崔少保龜從在省，子殷夢爲府解元，廣文諸生爲詩曰：'省司府局正綢繆，殷夢元知作解頭。三百孤寒齊下淚，一時南望李崖州。'盧渥司徒以府元爲第五人，自此廢等第。"岑仲勉《登科記考訂補》言徐松《登科記考》二三"乾符五年知舉中書舍人崔澹下，引《容齋隨筆》崔殷夢一段，以澹與殷夢爲同人，大誤，說詳拙著《唐史餘藩》"。汪師韓："崔公：懿宗本紀咸通八年，司勳員外郎崔殷夢考吏部宏詞選人。（舊書）"

明年，授大理評事，兼監察御史、戶部巡官。明年，改鹽鐵巡官。①天付介直，不能謟言。故丞相河東公休使鹽鐵轉運，(1)公或請計事，將入門，裴公謂謁者曰："必康君也。"裴公始以直知，終以直廢。明年，去鹽鐵，詔授大理司直。或有所讞，宰相莫能回其筆。(2)明年，授試大理司議郎，②兼侍御史度支巡官。明年，改授檢校戶部員外郎，③兼侍御史、轉運推官。明年，換判官。

校勘：
①改，閔齊伋本作"授"。鹽鐵，汲古閣本、十大家無"鐵"字。
②試，吳棫本作"賜"。
③校，汲古閣本、閔齊伋本、十大家本作"挍"；黃燁然本作"較"。
注釋：
（1）汪師韓："河東裴公：裴休大中初累官戶部侍郎，充諸道鹽鐵轉運使。舊書大中五年裴休充諸道鹽鐵轉運等使。"
（2）讞，判定。

今華州刺史李公訥拜鹽鐵轉運使，將蒞事，且召群吏曰："二十年已旋，①推官、判官，誰爲廉平，可以助吾治者？"[1]群吏皆以公塞問。李公曰："吾得之矣。"公由是不去職。[2]咸通元年，改檢校禮部郎中，②兼侍御史，充轉運判官。李公始以廉平知，終以章奏加厚，常稱於班行間，曰："康公宜掌帝制。"[3]或與宰相言，必慰薦之。明年，詔授海州刺史，廉而不刻，明而不抉，案牘符檄，公一以口授之。群胥輩徒搦管捉紙，字字書出，蓄縮汗栗，何暇爲奸犯耶？以故老吏猾胥，畏之如神明，袟罷，③退居淮陰。

校勘：
①旋，《全唐文》作"前"。
②校，汲古閣本、閔齊伋本、十大家本作"挍"；黃燁然本作"較"。
③袟，正德本、汲古閣本、吳棫本、閔齊伋本、讀有用書齋本作"秩"。
注釋：
（1）汪師韓："李公：李訥舊書官至華州刺史。新書凡三爲華州刺史。其爲鹽鐵轉運使無考。"
（2）《孫文志疑》：此句贅而佻。
（3）禮部郎中，《新唐書·百官志》"禮部郎中、員外郎，掌禮樂、學校、衣冠、符印、表疏、圖書、冊命、祥瑞、鋪設，及百官、宮人喪葬贈賻之數，爲尚書、侍郎之貳。"

咸通八年，詔拜大理少卿。[1]明年，遷尚書倉部郎中，充西川宣諭制置鹽法使，兼西川供軍使，賜紫金魚袋。公馳馹至西川，①[2]不浹旬而鹽無二價，蜀甿至今賴之。會西川節度使劉公以疾薨，戍兵日至，軍儲不給，糧無常價，而度支有定估，遂乘傳詣門，^②且請與度支計事。⁽³⁾無何，詔以竇滂代公。公遂守倉部郎中。⁽⁴⁾會竇滂逗遛，不以時之任。朝廷欲以警之，其年十一月，遂貶公爲醴州刺史。^③明年，移鄭州長史。⁽⁵⁾

校勘：

①馹，正德本、吳棫本、汲古閣本、黃燁然本、閔齊伋本、十大家本、《全唐文》作"驛"。

②門，黃燁然本、閔齊伋本、讀有用書齋本、《全唐文》作"閽"。

③醴，《全唐文》作"澧"，應作"澧"。

注釋：

(1) 大理，掌刑法的官職。少卿，官名，副職。大理少卿，從四品上，"卿之職，掌邦國折獄詳刑之事。少卿爲之貳。"

(2) 倉部郎中，《舊唐書·職官志》載，倉部郎中一員，從五品上，"掌判天下庫藏錢帛出納之事，頒其節制，而司其簿領"。

(3) 汪師韓："劉公：無考。按咸通七年，夏侯孜爲西川節度使，十年，盧耽知節度事，劉公無考。"

(4) 汪師韓："竇公：竇滂後爲定邊軍節度使，咸通十年拒南蠻於清谿關。"

(5) 澧州，古州名，治所在澧陽（今湖南省澧縣）。隋置，唐宋因之，公元1912年改澧縣。唐柳宗元《送南涪州量移澧州序》："自漢而南，州之美者十七八，莫若澧，澧之佐理，莫踰於長史。"

朝廷或有繁難之任，議莫不以公爲言，宰相且將用之。嗚呼，天殲正人，^①誠疲民之不幸，非公之不幸也！⁽¹⁾公娶長樂馮氏，故給事中累贈太尉諱審第三女也。公十二男，八女。長曰齊，鄉貢進士。次曰顏，鄉貢進士。次曰言，明經及第。次曰某雲某。^②長女適鹽州防禦判官試大理評事高遲，七女未笄。夫人自京師携其孤奔喪於管城，其年九月三日，以公之喪，權窆於孟州河陰縣某鄉里。^③銘曰：

校勘：

①殲，《全唐文》作"殱"。

②雲，吳棫本作"某"；十大家無此字。

③其，吳棫本、汲古閣本、十大家本作"某"。

注釋：
（1）殱，死。

會稽之英，斗牛之靈，並鍾德門，公實挺生。月中搴桂，^①日下馳名，芸閣清袟，牢盆美聲。出牧東海，貳卿棘寺，⁽¹⁾鵷行望郎，錦川星使。騏驥蹀足，蛟龍得水，富貴可期，煙霄漸邇。謫非其罪，天道寧論。不復雙闕，遽歸九泉。^②圃田發紖，河陰封樹，勒石載銘，庶幾終古。

校勘：
①搴，吴棐本作"攀"。
②泉，《全唐文》作"原"。

注釋：
（1）棘寺，大理寺的別稱。古代聽訟於棘木之下，大理寺爲掌刑獄的官署，故稱。

評論：
汪師韓《孫文志疑》："此篇用筆簡潔，而逐段順叙，無結構頓挫精神團聚之處，視《書何易於》已遠不及矣，安見得爲文之道於韓文公也。""意義格度與今人所爲志銘無異，集中志銘只此一首，豈先生得意作，不過爾許耶？"

林紓《歐孫合集》："敘事簡老，起訖合度，唯篇末不敘卒之日月，但曰'天殱正人'，語固沉痛，於法略疏。"

刻武侯碑陰⁽¹⁾

注釋：
（1）此文《金石萃編》唐六十五《諸葛武侯祠堂碑》（元和四年）收録。文末註明來自於《來齋金石刻考》，跋文云："此文既刻於碑陰，而無印本傳世。明末大盜張獻忠入蜀，屠殺之慘，亘古未有，萬里煙絕。侯神人也，廟貌得保無恙，家大人刺達州，予擬游錦江浣花未果，此碑予得之故家宦蜀者，而録孫文於裝本之末。"

赤帝子大熾四百年，天猒其熱，泊獻燼矣。^{①(1)}武侯獨不憤不顧，牧

死灰於蜀，欲噓而再燃之，艱乎爲力哉！②(2) 是以四稱武岐雍間，地不尺闊，抑智不周，天意炳炳然也！③(3)

校勘：

①大，《唐文粹》《金石萃編》、正德本、吳棫本、汲古閣本、黃燁然本、閔齊伋本、《全唐文》、十大家本、讀有用書齋本作"火"。猒，《唐文粹》《金石萃編》、正德本、吳棫本、汲古閣本、黃燁然本、閔齊伋本、讀有用書齋本、《全唐文》、十大家本作"厭"。

②不憤，《唐文粹》、黃燁然本、閔齊伋本、讀有用書齋本、《全唐文》作"憤激"。牧，讀有用書齋本、《金石萃編》、吳棫本、汲古閣本、黃燁然本、閔齊伋本、《全唐文》、十大家本作"收"。然，《金石萃編》作"然"。艱，吳棫本作"難"，注"一作艱"。

③四，《唐文粹》《金石萃編》《全唐文》作"國"。稱武，《唐文粹》《全唐文》作"用武"；《金石萃編》作"稱用武"。抑，正德本、《唐文粹》《金石萃編》、讀有用書齋本、吳棫本、汲古閣本、黃燁然本、閔齊伋本、十大家本、《全唐文》作"抑非"。抑，難道，副詞，表疑問。應作"抑"，難道是"智不周"嗎？是對諸葛亮的肯定。如果作"抑非"，就是難道不是"智不周"嗎？是對諸葛亮的否定。與全文不合。智，計謀，策略。然，《唐文粹》無"然"字。

注釋：

（1）赤帝子，漢高祖劉邦。《史記·高祖本紀》："高祖被酒，夜徑澤中，令一人行前。行前者還報曰：'前有大蛇當徑，願還。'高祖醉，曰：'壯士行，何畏！'乃前，拔劍擊斬蛇。蛇遂分爲兩，徑開。行數里，醉，因臥。後人來至蛇所，有一老嫗夜哭。人問何哭，嫗曰：'人殺吾子，故哭之。'人曰：'嫗子何爲見殺？'嫗曰：'吾子，白帝子也，化爲蛇，當道，今爲赤帝子斬之，故哭。'人乃以嫗爲不誠，欲告之，嫗因忽不見。"舊謂漢以火德王，火赤色，因神化劉邦斬蛇的故事，稱劉邦爲"赤帝子"。燼，灰燼。《孫文志疑》："似新而實近纖，此僞作者俎豆也。"

（2）噓，吐氣。

（3）岐，山名。在今陝西省岐山縣境，上古稱"岐"。《書·禹貢》："道岍及岐，至於荊山。"孔傳："三山皆在雍州。"《詩·大雅·綿》："率西水滸，至於岐下。"雍，古九州之一。《書·禹貢》："黑水西河惟雍州。"孔穎達疏："計雍州之境，被荒服之外，東不越河，而西踰黑水。王肅云'西據黑水、東距西河'，所言得其實也。"黑水，或謂即張掖河，或謂即黨河（均在今甘肅），或謂即大通河（在今青海），諸說不一。西河，指今山西、陝西間的黃河。

史以武侯之賢，寧亦籌其不可也？^{①(1)}蓋微備隆中天下托，不欲曲肱安穀，終兒女子手，將驅馳死備志耶！^②由是核武侯之所爲，殆庶幾矣。

校勘：

①史，《唐文粹》《金石萃編》、吳鼒本、汲古閣本、黃燁然本、閔齊伋本、十大家本、讀有用書齋本、《全唐文》作"夫"。亦，《唐文粹》《金石萃編》、正德本、吳鼒本、汲古閣本、黃燁然本、閔齊伋本、十大家本、讀有用書齋本、《全唐文》作"靡"。也，《唐文粹》作"邪"。

②微，《唐文粹》、正德本、汲古閣本、黃燁然本、讀有用書齋本、吳鼒本、閔齊伋本、十大家本、《全唐文》作"激"。天下托，《唐文粹》《金石萃編》作"以天下托"。驅馳，《全唐文》作"馳驅"。耶，《唐文粹》作"邪"。

注釋：

（1）《孫文志疑》：句亦雅。《評注孫可之集》：轉。

然跨西南一隅，與吳魏亢國，提卒數萬，綽綽乎去留無我枝者，^①是亦善爲兵矣。⁽¹⁾史壽以爲短應變，抑真武侯哉？^{②(2)}俾武侯不早入地，曹之君臣將奔走固御之不暇，鍾鄧寧能越巖懸兵，決勝指取耶？^{③(3)}是井絡之野與武侯存亡俱矣。⁽⁴⁾

校勘：

①跨，《續古逸叢書》選宋本作"誇"；顧廣圻校宋本作"誇"，改爲"跨"。亢，金石萃編、正德本、《唐文粹》、吳鼒本、汲古閣本、黃燁然本、閔齊伋本、十大家本、《全唐文》作"抗"。枝，《唐文粹》《金石萃編》作"技"。

②短，《唐文粹》《金石萃編》作"短於"。抑真，正德本、《唐文粹》《金石萃編》、汲古閣本、黃燁然本、吳鼒本、閔齊伋本、十大家本、讀有用書齋本、《全唐文》作"真抑"，應作"真抑"。

③入地，《唐文粹》作"入蜀地"。御，《唐文粹》《金石萃編》、讀有用書齋本、吳鼒本、汲古閣本、黃燁然本、閔齊伋本、十大家本、《全唐文》作"圉"。耶，《唐文粹》、閔齊伋本作"邪"。

注釋：
（1）《評注孫可之集》：又轉。
（2）陳壽，《三國志》的作者。
（3）鍾鄧，鍾會、鄧艾。
（4）井絡，井宿區域，今四川一帶。

天殲武侯，其不愛劉愈明白甚，姜維何力焉？①⑴曩蟠南陽時，人不與仲毅伍，⑵洎受社稷寄，擅刑賞柄，曾心不愧畏，人不疑讋，何意氣明信卓卓也。②武侯死五百載，③迄今梁漢之民歌道遺烈，廟而祭者如在，其愛於民如此而久也。獨謂武侯治於燕奭，④彼屠齊城合諸侯在下矣。⑶

校勘：
①劉，《續古逸叢書》選宋本無"劉"字；顧廣圻校宋本無"劉"字，添。甚，吳翿本、汲古閣本、黃燁然本、十大家本作"其"；《唐文粹》《金石萃編》《全唐文》作"其"，上有"矣"字。
②時，黃燁然本作"明"。信，《唐文粹》作"信之"。
③死，《唐文粹》《全唐文》作"死殆"。
④"武侯治於"，《金石萃編》、汲古閣本、黃燁然本、閔齊伋本作"武侯之治比於"。

注釋：
（1）姜維，三國時期蜀漢軍事家。
（2）仲毅，管仲、樂毅。《三國志·諸葛亮傳》說諸葛亮"自比於管仲、樂毅，時人莫之許也"。
（3）奭，燕召公名奭。顧廣圻校正德本跋：《刻武侯碑陰》云："獨謂武侯治於燕奭。"此用《左傳》"管夷吾治於高傒"也。《左傳·莊公九年春》："管仲請囚，鮑叔受之。及堂阜而稅之，歸而以告，曰：管夷吾治於高傒，使相可也。"杜預注："高傒，齊卿高敬仲也，言管仲治理政事之才多於敬仲。"

評論：
汪師韓《孫文志疑》："此學漢書序贊之文。""此與褒城驛、賈希逸二篇本非先生杰作，而《文粹》選之，遂爲後來偽撰諸作之祖，惜哉！"
劉咸炘《推十書·文派蒙告》："晚唐文須選杜牧之《原十六衛》一篇，其奧崛，韓柳所無也。又須選孫可之《刻武侯碑陰》一篇，示晚唐纖促之調。"

林紓《歐孫合集》:"入手由炎漢二字生意,謂爲火德,至獻而漢火滅,意似甚奇,正坐火色太濃耳,中用抗字枝字,雖甚吃力,然與起處甚配合,不善學者踵之,醜態立出。"

舜城碑

帝承天休,纂堯之勳,啓宮於蒲,守不以城。(1)帝守以城,(2)孰守不城,阻湖爲池,限華爲門,波非不狂,巖非不崇,尸不以仁,①社爲周遷。將蒙監扶,理土朔方,萬里扞胡,貽謀子孫,始訖其功,阿房已墟。(3)帝豈不城,城在民和,自華洎夷,罔不順同,屹爲國垣,以藩有虞,其堅如金,其厚如坤,蕩蕩巍巍,牢不可屠,四罪雖頑,莫敢來攻,一家熙熙,相視而安。帝配商均,不私以城,帝死倉吾,授之夏家,太甲不修,帝城乃頹。②(4)唯此帝城,哲王獨知,求之民心,迺見其基,帝城雖隳,築之不難,無寧無荒,帝城復高,不識不知,相傳峻隅,其板雖崇,其築雖堅,③非帝之心,孰爲帝城?

校勘:
①尸,吳舸本、汲古閣本、黃燁然本、閔齊伋本、讀有用書齋本、《全唐文》、十大家本作"守"。
②倉吾,吳舸本、汲古閣本、黃燁然本、閔齊伋本、《全唐文》、十大家本、讀有用書齋本作"蒼梧"。頹,黃燁然本、《全唐文》作"穨"。
③唯此,十大家本作"夫唯"。板,閔齊伋本、《全唐文》作"版"。"其築雖堅"之"雖",汲古閣本、吳舸本、黃燁然本、閔齊伋本、十大家本作"難"。

注釋:
(1)《元和郡縣志》河東道河中府河東縣,"本漢蒲坂縣地",有"州城,即蒲坂城也,城中有舜廟,城外有舜宅及二妃壇"。《史記·五帝本紀》:"舜耕歷山,歷山之人皆讓畔;漁雷澤,雷澤上人皆讓居;陶河濱,河濱器皆不苦窳。一年而所居成聚,二年成邑,三年成都。"天休,《左傳·襄公二十八年》:"以禮承天之休。"杜預注:"休,福祿也。"纂,繼承。《孫文志疑》:纖。

(2)《孫文志疑》:意晦而拙。《評注孫可之集》:團轉。

（3）蒙，蒙恬。扶，秦始皇長子扶蘇，因諫而"北監蒙恬於上郡"。朔方，北方。

（4）四罪，指混沌、窮奇、檮杌、饕餮。商均，舜子。太甲，商帝太康、孔甲。《史記·夏本紀》："帝太康失國。""帝孔甲立，好方鬼神，事淫亂。夏后氏德衰，諸侯畔之。"《孫文志疑》：稚語。

評論：

汪師韓《孫文志疑》："從城着意牽纏，了無意義。此從笏銘脫胎而遺其神理者也。舜城，虞都故城，在今平陽府蒲州。"

錢基博《韓愈文讀·附錄下》："有理致。"

林紓《歐孫合集》："城以心成，通篇均用此意，卻覺瑰特萬狀，自關筆妙。"

卷　　九

逐痁鬼文

孫子病痁，其友踵門請曰："始則栗縮撼懷，有若僕子於嚴冰者，終則憤胸爍肌，有若置子於烈爐者。子知動作皆鬼耶？余試爲子逐之以文。"

樵應之曰："予病誠鬼也。①然樵居平亦有不自予事者，②抑有鬼乎？"

校勘：

①予，《全唐文》作"餘"。

②予，正德本、汲古閣本、黃燁然本、閔齊伋本、讀有用書齋本、《全唐文》、十大家本、吳馣本作"了"。

樵嘗思委質以事君，則有若刳心而死者立於旁曰，當如此諫；樵嘗思不入於危難，則有若續纓而死者立於旁曰，當如此忠；①樵嘗欲不固其窮，則有若拜拒饋粟者立於旁曰，當如此廉；樵嘗欲苟違其期，則有若擁梁汨死者立於旁曰，當如此信；樵嘗欲與人美言，則有若教於訐談而鯁人耳者；②樵嘗欲與人市交，則有若教予違熱而去勢者；樵嘗欲趨權豪以冀得，則有若牽予裾而躓予足者；③樵嘗欲忍汗報以自媒，則有若縛予舌而膠予口者。予之不得專也如此。以故學勤而吾道愈窮，業修而知已日消。是殘吾生於痁鬼也，子並爲我逐之。

校勘：

①續，正德本、汲古閣本、黃燁然本、閔齊伋本、吳馣本、讀有用書齋本、《全唐文》、十大家本作"結"。旁，正德本、黃燁然本作"其旁"。

②於，正德本、汲古閣本、黃燁然本、閔齊伋本、吳棐本、讀有用書齋本、《全唐文》、十大家本作"予"。

③躓，正德本、汲古閣本、黃燁然本、吳棐本、讀有用書齋本、《全唐文》、十大家本作"躓"。

吾聞有陳萬年者，⁽¹⁾射利乘機，迎顔作怡，^{①(2)}愉愉便便，⁽³⁾阿意奉歡，死而有靈，是爲謟鬼。依人使人蒙福，^②人見輒喜，擺去不得。

校勘：
①聞，黃燁然本作"間"。迎，正德本、汲古閣本、吳棐本、黃燁然本、閔齊伋本作"迺"。

②依人，正德本、汲古閣本、黃燁然本、閔齊伋本、吳棐本、《全唐文》、十大家本作"依人"前有"此鬼"二字。

注釋：
（1）陳萬年，《漢書·陳萬年傳》：萬年嘗病，召咸教戒於床下，語至夜半，咸睡，頭觸屏風。萬年大怒，欲杖之，曰："乃公教戒汝，汝反睡，不聽吾言，何也？"咸叩頭謝曰："具曉所言，大要教咸諂也。"萬年乃不復言。

（2）迎，迎合，逢迎。

（3）愉愉，和悅的樣子。便便，巧舌利口，擅長辭令。

復有公孫弘者，⁽¹⁾克己沽名，飾情釣聲，^①内苞禍心，外示舒弘，^{②(2)}死而有知，是爲矯鬼，^③此鬼憑人，使人有聞，上信於君，下喜於民。

校勘：
①克，閔齊伋本作"刻"。飾，正德本、汲古閣本、十大家本、吳棐本作"餙"。

②弘，正德本、讀有用書齋本、《全唐文》作"宏"。

③矯，汲古閣本作"嬌"。

注釋：
（1）公孫弘，《史記·平津侯主父列傳》："常與公卿約議，至上前，皆倍其約以順上旨，汲黯庭詰弘曰：'齊人多詐而無情，實始與臣等建此議，今皆倍之，不忠。'上問弘，弘謝曰：'夫知臣者以臣爲忠，不知臣者以臣爲不忠。'"

（2）《史記·平津侯主父列傳》："弘爲人意忌，外寬内深。"

復有司馬安者，攘義盜仁，縛舌交脣，⁽¹⁾柔聲死顔，①狐媚當權，死而有靈，是爲巧鬼。此鬼依人，辭枯即榮，長劍華纓，高步天庭。

校勘：
①死，正德本、吳骱本、汲古閣本、黃燁然本、閔齊伋本、讀有用書齋本、十大家本、《全唐文》作"婉"。

注釋：
（1）司馬安，《史記·汲鄭列傳》："（汲）黯姑姊子司馬安，亦少與黯，爲太子洗馬。安文深巧善，宦官四至九卿，以河南太守卒。"

復有和長輿者，鉅萬藏家，貫腐仄磨，①⁽¹⁾鱗差螭縮，陣陣腥澁，⁽²⁾死而有知，是爲錢鬼。此鬼憑人，使人氣豪意適，交歡販禄，買曲成直。②此四鬼者，苟與吾遊，吾必快所求，是資吾生於他鬼也。子並爲我招之。"③

校勘：
①仄，正德本、吳骱本、汲古閣本、黃燁然本、閔齊伋本十大家本作"鏹"；《全唐文》作"鏹"，注"一作仄"。應作"鏹"。
②販，吳骱本作"取"。
③我，《全唐文》作"吾"。

注釋：
（1）和嶠，字長輿，《晉書》有傳。《晉書》載："嶠家產豐富，擬於王者，然性至吝，以是獲譏於世。"鏹，成串的錢。《文選·左思〈蜀都賦〉》："藏鏹巨萬，鈲挽兼呈。"劉逵注："鏹，錢貫也。"
（2）鱗差，像魚鱗一樣錯亂地堆積。螭縮，像蛟龍一樣盤踞一樣捆束。

其友不對，退而歌曰："窮吾知其所羞，達吾知其所求，此不當逐而彼不當游，君乎君乎，誠有激於中乎！吁！"

評論：
汪師韓《孫文志疑》："此與《寓居對》《乞巧對》一人之筆，波瀾意度無別也。"

林紓《歐孫合集》："胎格出之《送窮文》，矯而化之以四君子四小人之鬼，互相映發，以上自信，以下罵世，文雖狡獪，按之頗順理成章。"

祭高諫議文[1]

編年：

此文作於咸通十一年（870）。《祭高諫議文》云："咸通十一年十一月五日，友人孫樵謹遣家僮犀角、鴈兒具時羞之奠，敬祭於故友滁州刺史贈諫議大夫高公葉卜之靈。"李光富、傅璇琮、陳文新也據此繫此文於本年。

注釋：

（1）高錫望，《唐刺史攷全編》：咸通九年（868）爲滁州刺史。《舊書·懿宗紀》：咸通九年十一月，"遂陷滁州。張行簡執刺史高錫望，手刃之"。《新書·懿宗紀》：咸通九年"十二月，龐勛陷和、滁二州，滁州刺史高錫望死之"。《通鑑·咸通九年》同。又見《新書·康成訓傳》《金華子》雜編卷上。……按《新表一下》高氏："錫望字葉中。"

咸通十一年十一月五日，友人孫樵謹遣家僮犀角鴈兒，具時羞之奠，敬祭於故友滁州刺史贈諫議大夫高公葉卜之靈。[1]嗚呼，與君定友，不謝古人，爲分日牢，爲道日親，二十五年，彼我一身，人謂我愚，君謂我賢，人欲我後，君欲我先。[2]我爲一善，君喜見顏；我爲一失，君慍形言。意我尚華，布衾禦寒；① <small>樵常按故友飾論意在華飾，故友爲爲樵常蓋布被，用以示儉素。</small>② 意我苟進，蓑笠當軒。③ <small>樵常汲汲於進取，故友爲樵懸蓑笠於前軒以示高尚。</small>④ 我蟠濁泥，君躡青雲，不以昇沉壐隔其間，⑤誨我如兄，煦我如春，我何敢忘，銘骨書紳。[3]

校勘：

①衾，吳酺本、汲古閣本、黄燁然本、閔齊伋本、讀有用書齋本、《全唐文》、十大家本作"衣"。

②按故友飾論，正德本、吳酺本、汲古閣本、黄燁然本、閔齊伋本、十大家無"按故友飾論"字。飾，吳酺本、汲古閣本作"餙"。爲爲，吳酺本、汲古閣本、黄燁然本、十大家只有一個"爲"字。

140 《孫可之文集》校注

③羞，吴棻本、汲古閣本、黄煒然本、閔齊伋本作"籑"。
④第一個汲，《續古逸叢書》刊宋本作"波"；顧廣圻校宋本作"波"。懸，《續古逸叢書》刊宋本作"忠"；顧廣圻校宋本作"忠"，改爲"懸"；正德本作"縣"。羞，吴棻本、汲古閣本、閔齊伋本作"籑"。
⑤沉，閔齊伋本、讀有用書齋本、《全唐文》作"沈"。墊隔，吴棻本、《全唐文》、十大家本作"墊隔"。

注釋：
（1）羞，美味的食品，後多作"饈"。
（2）謝，遜讓，不如。二十五年，高錫望死於咸通九年，上溯二十五年，則二人在會昌四年（844）已經成爲好朋友。
（3）紳，古代士大夫束於腰間，一頭下垂的大帶。

君之文章，可動鬼神，君之器業，可活生民，我之賴君，如倚華山，庶寡吾過，期大我門。①君牧滁盱，我從邠軍，方恨綿邈，凶訃遽聞。②東向慟哭，痛貫心肝，三日麻衣，朝脯忘飡。③百身莫贖，何褫往魂。嗚呼痛哉，杵臼死義，比干死仁，(1)君殞賊手，爲怨難論，嗚呼痛哉！

校勘：
①吾，閔齊伋本、《全唐文》作"我"。
②凶訃，吴棻本作"凶計"。
③脯，汲古閣本、黄煒然本、閔齊伋本、讀有用書齋本、《全唐文》、十大家本作"晡"。《龍龕手鏡》："晡，申時也。"段玉裁《説文解字注》："脯，乾肉也。《周禮臘人》：'掌乾肉，凡田獸之脯臘膴胖之事。'注云：'大物解肆乾之，謂之乾肉。薄析曰脯。捶之而施薑桂曰段脩。臘，小物全乾也。'"飡，讀有用書齋本、《全唐文》、吴棻本作"餐"。

注釋：
（1）杵臼，春秋晉人公孫杵臼。晉景公佞臣屠岸賈殘殺世卿趙氏全家，滅其族，復大索趙氏遺腹孤兒。趙氏門客公孫杵臼舍出生命保全了趙氏孤兒。事見《史記·趙世家》等。比干，商紂王的叔父，官少師。因屢次勸諫紂王，被剖心而死。《史記·殷本紀》："紂愈淫亂不止。微子數諫不聽，乃與大師、少師謀，遂去。比干曰：'爲人臣者，不得不以死争。'迺强諫紂。紂怒曰：'吾聞聖人心有七竅。'剖比干，觀其心。"

君殯喬谷，我歸咸秦，試發舊篋，君書盈千，詞旨重重，墨色如新，苟非相諫，即是慰安。填臆悲來，淚如迸泉。嗚呼哀哉！天喪吾友，吾何望焉，誰拯堙溺，[①]孰開頑昏。嗚呼痛哉！世人結交，違寒集溫，如我不易，如君固難。

校勘：
①堙，吳翮本、汲古閣本、黃燁然本、《全唐文》、十大家本作"湮"。

嗚呼痛哉！敬姜晝哭，[(1)]嵇紹幸存，[(2)]輀車其東，[(3)]歸骨洛川，遠備醪饌，告辭柩前。嗚呼哀哉！尚饗！

注釋：
（1）《禮記注疏》卷九："穆伯之喪，敬姜晝哭；文伯之喪，晝夜哭。孔子曰：知禮矣。"注："喪夫不夜哭，嫌思情性也；文伯之喪，敬姜據其牀而不哭，曰：昔者吾有斯子也，吾以將爲賢人也。吾未嘗以就公室，今及其死也，朋友諸臣未有出涕者，而內人皆行哭失聲，斯子也必多曠於禮矣夫。"疏："正義曰此一節論喪夫不夜哭，並母知子賢愚之事。斯子也必多曠於禮矣夫者。斯，此也。曠，猶疏薄也。言此子平生爲行，必疏薄於賓客朋友之禮，故賓客朋友未有感戀爲之出涕者。此不哭者，謂暫時不哭。故上云晝夜哭是也。案家語云文伯歜卒，其妻妾皆行哭失聲，敬姜戒之曰：吾聞好外者士死之，好內者女死之，今吾子早殀，吾惡其好內聞也。二三婦共祭祀者，無加服。孔子聞之曰：女智莫若公父氏之婦知禮矣。與此不同者，彼戒婦人而成子之德，此論子之惡各舉一邊相包乃具。"

（2）嵇紹，嵇康之子，《晉書》有傳。
（3）輀車，運送靈柩的車。

評論：
《評注孫可之集》：管鮑交。

祭梓潼神君文[1]

編年：

此文作於大中八年（854）。李光富係《祭梓潼神君文》於大中八年："文中云：'大中十八年七月九日，鄉貢進士孫樵，再拜獻辭張君靈座之前。'此既稱'鄉貢進士孫樵'，則此文當於孫樵大中九年中進士之前作。且唐宣宗大中年號至十三年止，故'大中十八年'當爲'大中八年'之誤。清人徐松《登科記考》卷二二、今人岑仲勉《唐人行第錄·讀〈全唐文〉札記》中已明辨之。因此，此文當作於大中八年。"傅璇琮亦云："大中十八年當爲大中八年之誤。""樵明年春及第，則本年秋由蜀赴京，經梓潼而有此祭文。"陳文新亦云："考大中無十八年，蓋十字衍文。"《登科記考》："按樵《祭梓潼神君文》：'大中十八年，鄉貢進士孫樵再拜獻詞。'考大中無十八年，蓋'十'字衍文。樵於九年登第，故八年猶稱鄉貢。"岑仲勉《唐人行第錄》（外三種）之《讀〈全唐文〉札記》引徐松《登科記考》卷二二："考大中無十八年，蓋十字衍文，樵於九年登第，故八年猶稱鄉貢。"

注釋：

（1）汪師韓：宋孫光憲著《北夢瑣言》，梓潼縣張惡子神乃五丁拔蛇之所也，或云舊州張生所養之蛇，因而立祠，時人謂爲張惡子，其神甚靈。宋祝穆撰《方輿勝覽》，張惡子廟即梓潼廟，梓潼縣北八里七曲山。按《圖志》，神姓張，諱亞子，其先越巂人也。因報母仇，遂陷縣邑，徙居是山，其墓在隆慶府梓潼縣東二十里。李商隱《張惡子廟詩》云："下馬捧椒漿，迎神白玉堂，如何鐵如意，獨自與姚萇。"又按英顯王廟在劍州，即梓潼神，張亞子仕晉戰沒，人爲立廟，唐元宗西狩，追命左丞，僖宗入蜀，封濟順王。

大中十八年七月九日，鄉貢進士孫樵再拜獻辭張君靈座之前。[1]樵實頑民，不知鬼神，凡過祠廟，不笑即唾，今於張君信有靈云。

注釋：

（1）《孫文志疑》："大中只十三年，其十四年即爲懿宗咸通元年矣，安得十八年耶？"岑仲勉《唐人行第錄》（外三種）之《讀〈全唐文〉札記》引徐松《登科記考》卷二二："考大中無十八年，蓋十字衍文，樵於九年登第，故八年猶稱鄉貢。"李光富："唐宣宗大中年號至十三年止，故'大中十八年'當爲'大中八年'之誤。清人徐松《登科記考》卷二二、今人岑仲勉《唐人行第録·讀〈全唐文〉札記》中已明辨之。"

（2）《孫文志疑》：何必如此？因先生惡群髡而遂作輕薄語耶！夫祠廟豈皆佛寺哉！

會昌五年，夜躋此山，①凍雨如泣，滑不可陟，滿眼漆黑，索途不得，跛馬慍僕，前僕後踣，樵因有言，非燭莫前。須臾有光，來馬足間，北望空山，火起廟壖，(1)焰焰逾丈，②飛芒射天，瞑色斜透，峻途如晝。樵謂廟奴苦寒，爇薪取溫，曉及山巔，鑠澁廟門，餘燼莫覩，孰知其然。③

校勘：
①夜，吳栻本作"衣"。
②焰焰，十大家本作"焰焰"；讀有用書齋本、吳栻本、《全唐文》作"熖熖"。
③巔，閔齊伋本作"顛"。孰，吳栻本、汲古閣本、黃燁然本、閔齊伋本、《全唐文》《續古逸叢書》刊宋本、十大家本、讀有用書齋本作"孰"。

注釋：
（1）壖，ruǎn，空地。

大中四年，冒暑還秦，午及山足，猛雨如雹，樵復有言，神誠能神，反雨爲晴，曩火乃靈，斯言才闋，迴風大發，始自馬前，怒號滿山，劈雲飄雨，使四山去，兹山巍巍，輕塵如飛，迄四十里，雨不沾衣，顧樵當時，嘉神不欺，與神心期，神其自知。今過祠宇，其敢默去，觴酒豆脯，捧拜庭下，神其歆此。

評論：
汪師韓《孫文志疑》：此記事爲祭文，然近小説家語。
林紓《歐孫合集》："梓潼之神即張惡子，俗所謂文昌者，在姚萇時曾授萇以鐵如意，張獻忠殲蜀時，曾以文祭，防其嚇也。可之再過此山，乃兩見靈跡，事或有之，然其文造句之怪，特似昌黎《祭張員外文》。"

卷　　十

讀開元雜報[1]

編年：

《讀開元雜報》云："是歲大中五年也。"則本文作於大中五年。李光富、傅璇琮、陳文新也據此係此文於大中五年。

注釋：

（1）《困學紀聞》卷十四：孝宗問周益公云："唐孫樵讀《開元録》，雜報數事，内有宣政門宰相與百僚廷諍十刻罷。徧檢新舊唐史及諸書並不載。"益公奏："《太平御覽總目》内有《開元録》一書，祖宗朝此本尚存，近世偶不傳耳，容臣博加詢訪。"

　　樵曩於襄漢間得數十幅書，①係日條事，不立首末。[1]某略曰：②某日皇帝親耕籍田，③行九推禮。[2]某日百寮行大射禮於安福樓南。④[3]某日安北奏諸蕃君長請扈從封禪。⑤[4]某日皇帝自東封還，賞賜有差。⑥[5]某日宣政門宰相與百寮廷爭十刻罷。如此凡數十百條。⑦

校勘：

①幅，《唐文粹》《續古逸叢書》刊宋本、汲古閣本、吳棻本、黃燁然本、閔齊伋本、讀有用書齋本、《全唐文》、十大家本作"幅"。

②某，《唐文粹》、正德本、吳棻本、黃燁然本、閔齊伋本、《全唐文》、十大家本作"其"。

③籍，正德本、汲古閣本、讀有用書齋本、十大家本作"借"；吳棻本作"耤"。

④寮，《全唐文》作"僚"。

⑤奏，《唐文粹》、吳鼒本、汲古閣本、黃燁然本、閔齊伋本、《全唐文》、十大家無"奏"字。

⑥封，《全唐文》無"封"字。

⑦寮，《全唐文》作"僚"。爭，《唐文粹》作"諍"。十，《續古逸叢書》刊宋本作"一"。徐復：宋蜀本"十刻"作"一刻"，誤。依天啓本及王應麟《困學紀聞》所引改正。按《書正義》引馬融説："古刻漏晝夜百刻，晝長六十刻，夜短四十刻，晝短四十刻，夜長六十刻；晝中五十刻，夜亦五十刻，渠牟奏事率五、六刻。"徵此，廷爭十刻罷，相當於二小時又二十四分鐘。

注釋：

（1）係，聯綴；歸屬。晉杜預《〈春秋經傳集解〉序》："記事者，以事係日，以日係月，以月係時，以時係年，所以紀遠近，別同異也。"條，編排。

（2）汪師韓："耤田禮：十九年正月丙子，親耕於興慶宫龍池。二十三年正月己亥，親耕籍田，上加至九推而止，卿以下終其畝。《禮儀志》開元二十三年二月，親祀神農於東郊，以勾芒配神畢，躬耕耒耜於千畝之甸。時有司進儀注，天子三推，公卿九推，庶人終畝，元宗欲重勸耕籍，遂進耕五十餘步，盡壠乃止。"

（3）射禮有大射、賓射、燕射、鄉射四種。將祭，擇士爲大射；諸侯來朝或諸侯相朝而射爲賓射；宴飲之射爲燕射；卿大夫舉士後所行之射爲鄉射。《禮記·射義》"天子以射選諸侯卿大夫士"，唐孔穎達疏："天子以射禮簡選諸侯以下德行能否。"大射，爲祭祀擇士而舉行的射禮。《周禮·天官·司裘》："王大射，則共虎侯、熊侯、豹侯，設其鵠；諸侯則共熊侯、豹侯；卿大夫則共麋侯，皆設其鵠。"鄭玄注："大射者，爲祭祀射。王將有郊廟之事，以射擇諸侯及群臣與邦國所貢之士可以與祭者……而中多者得與於祭。"

（4）封禪，古代帝王祭天地的大典。在泰山上築土爲壇，報天之功，稱封；在泰山下的梁父山上辟場祭地，報地之德，稱禪。安北，《舊唐書》：（高宗總章二年）"秋八月甲戌，改瀚海都護府爲安北都護府"。《舊唐書·地理志》：安北大都護府，"開元十年，分豐勝二州界置瀚海都護府。總章中，改爲安北大都護府，北至陰山七十里，至回紇界七百里，舊領縣一，户二千六，口七千四百九十八，去京師二千七百里，至東都二千九百里，在黄河之北。"《新唐書》卷三十七："安北大都護府，本燕然都護府，龍朔三年曰瀚海都督府，總章二年更名，開元二年治中受降城，十年徙治豐、勝二州之境，十二年徙治天德軍，土貢野馬胯革，戶二千六，口七千四百九十八。縣二：陰山（上，天寶元年置）、通濟（上）。"

（5）汪師韓："自東封還：元宗開元十三年六月辛酉，東封太山，發自東都。十一月乙丑，昇山。庚寅，祀昊天上帝於上壇，有司祀五帝百神於下壇，禮畢，藏玉冊於封祀壇之石礛，然後燔柴。辛卯，祀皇地祇於社首，藏玉冊於石礛。甲午，發岱嶽，……壬辰，大赦，賜文武官階勳爵。"

樵當時未知何等書，徒以爲朝廷近所行事，有自長安來者，出其書示之，則曰："吾居長安中，新天子嗣國及窮虜自潰，則見行南郊禮，安有籍田事乎？況九推非天子禮耶？①(1) 又嘗入太學，見叢薉負土而起，②若皇堂者，③就視得石刻，乃射堂舊地，④則射禮廢已久矣。國家安能行大射禮耶？⑤自關已東，水不敗田，則旱敗苗。百姓入常賦不足，⑥至有賣子爲豪家役者。吾嘗背華走洛，遇西戍還兵千人，縣給一食，力屈不支，國家則能東封，從官禁兵安所仰給耶？⑦北虜驚嚙邊甿，勢不可控，宰相馳出責戰，尚未報功，況西關復驚於西戎，安有扈從事耶？⑧(2) 武皇帝御史以竊議宰相事，望嶺南走者四人，至今鄉士齚舌相戒，況宰相陳奏於仗罷乎，⑨(3) 安有廷爭事耶？"⑩

校勘：

①居，吳棫本作"君"。籍，正德本、汲古閣本、讀有用書齋本、十大家本作"借"；吳棫本作"耤"。耶，《唐文粹》作"邪"。

②土，《唐文粹》作"工"，黃燁然本作"士"。

③皇堂，吳棫本、汲古閣本、黃燁然本、閔齊伋本、《全唐文》、十大家本、讀有用書齋本作"堂皇"。

④地，《唐文粹》、正德本、吳棫本、閔齊伋本、《全唐文》、十大家本作"址"。

⑤能，《唐文粹》作"得"。耶，《唐文粹》、閔齊伋本作"邪"。

⑥入常賦，吳棫本作"常入賦"。

⑦則，《唐文粹》、正德本、汲古閣本、吳棫本、《全唐文》、十大家本作"安"。所，吳棫本作"能"。耶，《唐文粹》、閔齊伋本作"邪"。

⑧耶，《唐文粹》、閔齊伋本作"邪"。

⑨武皇帝，《唐文粹》"帝"字下有"時"字。御史以，《唐文粹》、正德本、吳棫本、汲古閣本、《全唐文》、十大家本作"以御史"。鄉，

《唐文粹》、吳郕本、汲古閣本、《全唐文》、十大家本、讀有用書齋本作"卿"。仗，《唐文粹》、吳郕本、汲古閣本、閔齊伋本、《全唐文》、十大家本、讀有用書齋本作"仗"。罷，《唐文粹》、汲古閣本、閔齊伋本無"罷"字。

⑩廷爭，《唐文粹》、正德本、吳郕本、十大家本作"奏諍"；《全唐文》作"奏爭"；汲古閣本作"廷奏諍事"；閔齊伋本作"廷奏爭事"。耶，《唐文粹》作"邪"。

注釋：

（1）汪師韓《孫文志疑》："行南郊禮：會昌六年三月，宣宗即位。九月，雲南蠻寇安南，經略使裴元裕敗之。大中元年正月，有事於南郊。""但兩兩相對而感慨已無限矣。"

（2）汪師韓："西關復驚於西戎：武宗會昌三年十月，黨項羌寇鹽州。十一月，寇邠寧。宣宗大中元年五月，張仲武及奚北部落戰，敗之。吐蕃、回鶻寇河西，河東節度使王宰伐之。五年三月，白敏中爲司空招討南山平夏黨項行營兵馬都統。"

（3）汪師韓："御史竊議宰相：會昌五年，給事中韋宏質上疏論宰相不合兼領錢穀，坐貶官。李德裕在相位日久，朝臣爲其所抑者皆怨之。自崔鉉杜悰罷相後，中貴人上前言德裕太專，上意不悦。而白敏中之徒教宏質論之。德裕結怨之深，由此言也。"

語未及終，有知書者自外來，曰："此皆開元政事，蓋當時條報於外者。"①樵後得開元錄驗之，②(1)條條可復，然尚以爲前朝廷所行，不當盡爲墜典。③(2)及來長安，日見條報朝廷事者，徒曰今日除某官，明日授某官，今日幸於某，明日畋於某，誠不類數十幅書。樵恨生不爲太平男子，及覩開元中書，④如奮臂出其間，因取其書，帛而漫志其末。⑤(3)凡補缺文者十三，改訛文者十一。⑥是歲大中五年也。

校勘：

①報，正德本、汲古閣本、黃燁然本作"布"。
②驗，《全唐文》作"騐"。
③條條可復，黃燁然本、閔齊伋本作"條條可長復云"。然，《唐文粹》作"云"；吳郕本、《全唐文》、十大家本作"云然"。廷，《唐文粹》、汲古閣本無"廷"字。
④開元中書，正德本、吳郕本、汲古閣本、閔齊伋本《全唐文》、十

大家本作"開元中事"。

⑤而，《唐文粹》作"其"。漫，《唐文粹》作"縵"。

⑥改，《唐文粹》、正德本、吳棫本、黄燁然本、閔齊伋本、《全唐文》、十大家本作"正"。訛，《唐文粹》作"詭"。

注釋：

（1）《孫文志疑》：不必增感慨。

（2）墜典，已經廢棄的典章制度。

（3）"帛而漫志其末"，徐復：宋蜀本如此，《唐文粹》作"帛其縵"。楊守敬《日本訪書志》："以帛覆藏之也。《廣雅》：幔，覆也。《説文》無幔字，蓋縵與幔通。今本作帛而漫志其末，帛字遂無着。"按楊自不明語法，非無着也。帛爲糊帛，轉而爲動詞性，今人猶云糊帛矣。本書《刻武侯碑陰》："廟而祭者如在。"廟謂立廟，與此句法相同。

評論：

汪師韓："首叙述開元報中事，末叙述長安條報，而中以近事與開元事兩比相形，而寄慨無限。"

儲欣評："哀以思者其言怨。"

錢基博《韓愈文讀·附錄下》："振筆直書，文特疏快，於孫氏爲别調。"

林紓《歐孫合集》："事屬開元盛典，卻掩去開元二字，稱曰近事，平地驀至一知書之人，將時政罵得痛快，似於己無涉者，篇末始清出開元，則追懷盛治，益形叔末之澆，文之狡獪極矣。"

罵僮志

編年：

此文作於大中七年（853）。李光富係此文於大中七年（853）："文中云：'九試澤宫，九黜有司。'從會昌五年孫樵開始考進士，至大中七年爲九年。"傅璇琮亦係此文於大中七年："孫樵本年前後在長安，且已'九試澤宫，九黜有司'，故有《罵僮志》之作。《孫可之文集》卷十《罵僮志》自謂：'九試澤宫，九黜有司。'又同上卷七有《寓居對》，中記其入貢士事：'十試澤宫，十黜有司。'兩文均未知作年，然樵乃大中九年（855）進士及第，倘十黜，事在及第前一年，則九黜後所作《罵僮志》則在本年。"

孫樵既黜於有司，忽怳乎若病醒之未醒，茫洋若癡人之瞑行，據床隱几，懑然不寐。①(1)

校勘：
①醒，《續古逸叢書》刊宋本、黃燁然本作"醒"；顧廣圻校宋本作"醒"，改爲"醒"。瞑，《全唐文》、十大家本作"瞑"。

注釋：
(1) 醒，醉酒。忽怳，似有似無，模糊不分明。《老子》："是謂無狀之狀，無象之象，是謂忽怳。"茫洋，迷茫的樣子。癡，神志不清。瞑，閉眼。據，靠。床，古代坐具。隱几，靠着几案，伏在几案上。《孟子·公孫丑下》："有欲爲王留行者，坐而言，不應，隱几而臥。"《莊子·齊物論》："南郭子綦隱機而坐，仰天而噓。"成玄英疏："隱，憑也。子綦憑几坐忘，凝神遐想。"懑，煩悶。

二僮以樵尚甘於眠，偶語戶間，(1)且曰：吾聞他舉進士者，有門吏諸生爲之前焉，有親戚知舊爲之地焉，走健僕，囊大軸，肥馬四馳，門門求知，所至之家，入去如歸，閽者迎屈，引主人出，取卷開讀，喜歡入骨，自某至某，如到一戶，口口附和，不敢指破，親朋版聯，①聲光爛然，其於名達，進取如掇。(2)

校勘：
①版聯，正德本、汲古閣本作"扳聮"；黃燁然本、讀有用書齋本作"扳聯"；閔齊伋本、《全唐文》、十大家本作"扳聯"。

注釋：
(1) 偶語，相聚議論或竊竊私語。《史記·高祖本紀》："父老苦秦苛法久矣，誹謗者族，偶語者棄市。"
(2) 扳聯，攀附，聯合。

今主遠來關東，居長安中，進無所歸，居無所依，忿割口食，以就卷軸，(1)冒者觸雪，樵出借謁，①(2)所至之門，當關迎嗔，俛眉與語，授卷而去，②望一字到主人目且不可得，矧其開口以延乎？時或不棄，而遇主人推心於公是者，當開緘引讀，苟合心曲，又曰彼何人耶，彼何自耶，況所

爲幽拙，大與時闊。⁽³⁾

校勘：
①者，讀有用書齋本、吳翩本、汲古閣本、黃燁然本、閔齊伋本、《全唐文》、十大家本作"暑"。檷，讀有用書齋本、吳翩本、閔齊伋本、《全唐文》、十大家本作"攜"；正德本、黃燁然本、汲古閣本作"携"。借，讀有用書齋本、吳翩本、《全唐文》作"籍"。
②俛，《全唐文》作"俯"。授，《全唐文》作"受"。

注釋：
（1）忿，同"奮"，振奮。割，減少。口食，食物。《詩·大雅·生民》："克岐克嶷，以就口食。"馬瑞辰通釋："就之言求也……以就口食，猶《易·頤》'自求口實'。"
（2）借，憑藉，依靠。
（3）幽拙，愚拙。闊，疏遠；背離。《詩·邶風·擊鼓》："於嗟闊兮，不我活兮。"鄭玄箋："衆叛親離，軍士棄其約，離散相遠，故於嗟歎之。"

凡爲世人，宛顏巧脣，望風趁塵，①以售其身。則必淡面鈍口，懇揖癡步，昧於知機，買嫌於時。②⁽¹⁾

校勘：
①宛，吳翩本、《全唐文》作"婉"。趁，吳翩本、《全唐文》、讀有用書齋本作"趨"。
②淡面，黃燁然本作"淡而"。懇，讀有用書齋本、吳翩本、汲古閣本、十大家本作"憖"；《全唐文》作"懋"。

注釋：
（1）宛，委屈順從。淡，本指味道不濃。這裏指冷淡，不熱情。鈍，笨拙；遲鈍。《漢書·鮑宣傳》："臣宣呐鈍於辭，不勝惓惓，盡死節而已。"

凡爲讀書，東獵西漁，①粗知首尾，則爲有餘。⁽¹⁾則如燈前月下，②寒朝暑夜，磨礱反覆。③期入聖域，徒苦其神，孰裨其身！⁽²⁾

校勘：
①獵，讀有用書齋本作"臘"。
②如，吳酺本、汲古閣本、黃燁然本、閔齊伋本、十大家本、讀有用書齋本作"必"。
③礱，《全唐文》作"礶"。

注釋：
（1）東獵西漁，處處涉獵而不專精。
（2）磨礱，磨練；切磋。唐劉禹錫《酬湖州崔郎中見寄》："磨礱老益智，吟詠閑彌精。"

凡爲文章，拈新摘芳，皷勢求知，取媚一時。則必擺落尖新，期到古人，上規時政，下達民病，句句淡澁，讀不可入，徒乖於衆，孰適於用。

凡爲造謁，去冷附熱，大求其力，小求其得。則必擁門掃跡，①寂寞是適，所至之處，雀羅在戶，人皆嫌去，愈恭好慕。

凡爲結交，搜羅英豪，相醉以酒，相飫以庖。則必屑去溫燠，膠牢淡泊，時或蘘處，凍冷徹曙，晨起散去，潔腹出戶。

迨慕以故，學獵今古，②不爲衆譽，文近於奇，不爲人知，九試澤官，③九黜有司，十年輦下，與窮爲期，一歲之間，幾日晨炊，饑不飽菜，寒無襲衣，此皆自掇，何怨於時，浪死無成，孰與歸耕？

校勘：
①擁，黃燁然本、《全唐文》作"權"。
②迨慕，黃燁然本、閔齊伋本、讀有用書齋本、《全唐文》作"迨暮"；十大家無"迨慕"二字。以故，黃燁然本、閔齊伋本、《全唐文》作"如故"。今古，閔齊伋本、《全唐文》作"古今"。
③官，正德本、汲古閣本、黃燁然本、《全唐文》、吳酺本、讀有用書齋本作"宮"。

言始及是，樵聞起喜，二童遽匿，呼喻不得，①遂敲幾而歌曰：
彼以其勢，我專吾勤，彼以其力，我勤其學，學之不修，骨肉如仇，孝之苟修，四海何讎。噫，吾之所貴，僮之所薄，吾之所惡，僮之所樂，僮何知，吾豈獨無時。

校勘：
①喻，正德本、吳鼒本、汲古閣本、閔齊伋本作"諭"。

評論：
汪師韓："此與《逐痁鬼文》意度無二，韓公《進學解》本非集中第一等文，豈有孫先生篇篇效之也？"

林紓《歐孫合集》："此即昌黎《進學解》之變相，昌黎溯源於揚雄東方，而可之又溯源於昌黎也。二僮何知，乃能括可之之身世纍纍如貫珠而下，文人牢騷不平，往往化身以己事，借他人之口出之，格本陳舊，而琢句自新。""凡爲之下繼以則必，凡爲者，順也；則必者，逆也。彼此相衡，優劣立見，說到投時與違俗，真毫髮不遺。"

復召堰籍①

編年：
李光富係《復召堰籍》於大中三年："文中云：'會昌元年，漢波逾堤，陸走漂民，襄陽以渚。'於是盧鈞用李胤之策治水，大有成績。又云：'李從事去襄陽五年，召堰之利益大於民，歲增良田頓至四萬，樵惜李從事之迹不爲人知，作《復召堰籍》。'《舊唐書·盧鈞傳》：'（盧鈞）會昌初遷襄州刺史、山南東道節度使。四年，誅劉稹，以鈞檢校兵部尚書，兼潞州大都督府長史。'可見，盧鈞、李胤均於會昌四年離襄州。由會昌四年順數五年爲大中三年。"

校勘：
①藉，吳鼒本、汲古閣本、黃燁然本作"籍"。

會昌元年，漢波逾堤，陸走漂民，①襄陽以渚。於是天子曰，戶部侍郎盧某前爲廣州，⑴治稱廉平，家無餘儲，府有羨財，耕夫無所傜，舶賈無所徵，蠢蠢海隅，②賴之而安，其以襄陽之殘民屬治之。

校勘：
①陸，《續古逸叢書》選宋本作"六"；顧廣圻校宋本作"六"，改爲"陸"。
②蠢蠢，黃燁然本、閔齊伋本作"蠢茲"；《全唐文》作"蠢此"。

卷　十　153

注釋：
（1）汪師韓："按盧鈞字子和，範陽人，元和四年進士，太和中歷尚書郎、常州刺史。開成元年爲華州刺史，其年爲廣州刺史、御史大夫、嶺南節度使。四年，檢校兵部尚書，兼潞州大都督府長史、昭義節度、澤潞邢洺磁觀察等使，入朝，拜爲戶部侍郎，遷尚書。大中初，檢校尚書右僕射、汴州刺史、宣武節度、宋亳汴潁觀察等使。"《唐刺史攷全編》：盧鈞於開成元年到五年任廣州刺史，會昌元年到四年任襄州刺史，會昌四年到五年任潞州刺史，大中元年到四年任汴州刺史，"盧鈞在宣宗即位後，先爲吏部尚書，至大中元年，始爲汴州刺史、宣武節度使。"

公既來襄陽，始用李從事胤之畫能成新堤，①即問可以爲治狀。(1) 對曰："天子以襄陽饑甿寄活於公，宜有以休養之者，襄陽之屬城爲唐州，唐州之支邑爲泌陽，泌之東有二流走出，斷堤囓道而西派，②於二流南別爲溝壤，高岸頹水不得行，昔召信臣嘗爲南陽，能爲民障水泉，廣溉灌，世賴其利，俗用蕃富，嘗披地圖，北盡南陽故地，豈古所謂召堰者耶！(2) 代邈時移，功不加修，堤豁於流，浸洩爲波，自泌陽以南，平民以西，居民甚逋，墾田甚凋，③公則能復信臣舊規，真民十世利者。"(3)

校勘：
①公，汲古閣本、閔齊伋本作"盧公"。胤，《全唐文》作"允"。
②派，《全唐文》、十大家本作"派"。
③豁，吳棐本作"割"。平民，讀有用書齋本、十大家本作"平氏"；黃燁然本、閔齊伋本、《全唐文》作"平陵"。應爲"平氏"，《元和郡縣圖志》山南道唐州有"平氏縣"，"本漢舊縣，屬南陽郡，晉屬義陽郡，其後爲北人侵掠，縣皆丘墟，後魏於平氏故城重置，屬淮州，隋改屬淮安郡，貞觀改屬唐州"。凋，《全唐文》作"雕"。

注釋：
（1）李胤之，事迹見《唐代墓志滙編續集》載《唐姑臧李氏故第二女墓志銘並序》（父汴宋亳等州觀察判官監察御史裏行胤之撰）；《唐隴西李氏女十七娘墓志銘並序》（父守河南府陸渾縣令胤之撰）。汪師韓："會昌中，漢水害襄陽，拜鈞山南東道節度使，築堤六千步，以障漢暴。（新書本傳）"
（2）召信臣，《漢書·召信臣傳》："召信臣，字翁卿，九江壽春人也。以明經甲科爲郎，出補穀陽長。舉高第，遷上蔡長，其治視民如子，所居見稱述。超爲零陵太守，病歸。復徵爲諫大夫，遷南陽太守，其治如上蔡。信臣爲人勤力有方畧，好爲民興利，務在富之。躬勸耕農，出入阡陌，止舍離鄉亭，稀有安居時。行視郡中水泉，開通溝瀆，起水門提閼凡數十處，以廣溉灌，歲歲增加，多至三萬頃，民得其利，畜積有餘。信臣爲民作均水約束，刻石立於田畔，以防分爭，禁止嫁娶送終奢靡，務出於儉約。府縣吏家子弟好游敖，不以田作爲事，輒斥罷之，甚者案其不法，以視好惡。其化大行，郡中莫不耕稼力田，百姓歸之，戶口增倍，盜賊獄訟衰止，吏民親愛信臣，號之曰召父。荆州刺史奏信臣爲百姓興利，郡以殷富，賜黃金四十斤。遷河南太守，治行常爲第一，復數增秩賜金。竟寧中，征爲少府，列於九卿，奏請上林諸離遠宮館稀幸御者，勿復繕治共張，又奏省樂府黃門倡優諸戲，及宮館兵弩什器減過太半。太官園種冬生葱韭菜茹，覆以屋廡，晝夜然蘊火，待溫氣乃生。信臣以爲此皆不時之物，有傷於人，不宜以奉供養，及它非法食物，悉奏罷，省費歲數千萬。信臣年老以官卒。元始四年詔書祀百辟卿士有益於民者，蜀郡以文翁，九江以召父應詔書。歲時郡二千石率官屬行禮，奉祠信臣冢，而南陽亦爲立祠。"南陽，郡名。秦置，包有河南省舊南陽府和湖北省舊襄陽府。

（3）逋，逃竄，逃亡。《左傳·僖公十五年》："六年其逋，逃歸其國。"杜預注："逋，亡也。"

盧公立召管田部將出卒與穀，率以聽命。李從事即爲條分程度，指畫經略，且使跡其故堤，以鯁二渠，鑿其枯溝，祈爲南流。①水門既陳，百瀆脈分，蔓蔓於原，枝枝干屯，②數百里間，野無陳田，旱無槁苗。③(1)召堰既成，秋田大登，八州之民，咸忘其饑。(2)

校勘：
①祈，正德本、吳棐本、汲古閣本、黃燁然本、閔齊伋本、十大家本作"折"；《全唐文》、讀有用書齋本作"析"。
②干，正德本、吳棐本、汲古閣本、黃燁然本、閔齊伋本、十大家本作"于"；《全唐文》作"於"。
③槁，《全唐文》作"枯"；正德本、吳棐本、閔齊伋本作"稿"。
注釋：
（1）蔓蔓，延展貌。《楚辭·九歌·山鬼》："採三秀兮於山間，石磊磊兮葛蔓蔓。"原，寬闊平坦之地。干，關涉。屯，土阜。
（2）登，豐收。

範陽盧庠能道李從事佐盧公事，⁽¹⁾且曰："盧公自南海主至襄陽，①再以李從事參畫軍事，凡其所居，鏗耀有聞，及爲潞州，聲先削然，將發戍兵，甲興而譁，②盧公駭咤，謂他從事曰：'使李從事從我，寧及此耶？'是時李從事陷於讒言，獲譴當奪權，自盧公黜留樂陽。⁽²⁾如此，則李從事前佐盧公宜如何哉？"李從事去襄陽五年，召堰之利益大於民，歲增良田頓至四萬。樵惜李從事之跡不爲人知，作《復召堰籍》。

校勘：
①主，閔齊伋本、《全唐文》、十大家無"主"字。至，正德本、吳棻本、汲古閣本無"至"字。
②聲先，吳棻本、汲古閣本、黃燁然本、閔齊伋本、《全唐文》、十大家本作"聲光"。將，吳棻本、閔齊伋本、《全唐文》、十大家無"將"字。兵，《全唐文》作"卒"。興，汲古閣本、十大家本作"屢興"。

注釋：
（1）盧庠，《唐代墓志滙編》載李夷遇撰《唐故鄉貢進士南陽郡張公墓志銘》："今鄂州觀察判官盧端公庠頃爲河南府掾，充考試官，公因就試，遂投一軸。盧公謂諸僚友曰：'張子之文，自梁宋以來，未之有也。'復課一詩送公赴舉云：'一直照千曲，一雅肅群俗，如君一軸詩，把出姦妖服。乃知詩日月，瞳瞳出平地'。"今指咸通十一年。
（2）樂陽，《元和郡縣志》嶺南道橫州有樂山縣，"本漢鬱林郡雍雞縣地，陳於此置樂陽郡，隋開皇十年廢郡改爲樂山縣，屬緣州，大業初改屬鬱林郡，貞觀八年改屬橫州。"又《後漢書·鄧禹傳》："別攻拔樂陽。"注："樂陽，縣名，屬常山郡。"

評論：
汪師韓："此篇尚清老，然無精彩。"
錢基博《韓愈文讀》："記復召堰，而特以籍爲名，不免好奇之過。其文章起特峻重，而竟體遒峭，乃學韓愈《沂國公先廟碑》及王適、孔勘諸志筆法。"
錢基博《韓愈文讀·附錄下》："起特峻重，得韓公筆法。"
林紓《歐孫合集》："可之自承有揚馬之文者，生平工於琢句，源本漢京，然仍師法持正習之，故於莽蒼中仍有條不紊。"

附録一　孫樵年譜

孫樵，字可之。

《新唐書·藝文志》："孫樵，字可之。"[1]

《直齋書錄解題》："孫樵可之。"[2]

一字隱之。

《郡齋讀書志》："孫樵，字隱之。"[3]

籍貫不詳。

《自序》："樵家本關東。"

《四庫全書提要》："自稱關東人，函谷以外，幅員遼闊，不知其籍何郡縣也。"

寓居於梓州遂寧。

《大清一統志》："孫樵故宅在遂寧縣。""孫樵墓在遂寧縣西門外。"[4]

《四川通志》："孫樵故宅在（遂寧）縣東晝錦坊。""孫樵墓在遂寧縣西門外。"[5]

有文集傳世。

《新唐書·藝文志》《崇文總目》《郡齋讀書志》《通志》《文獻通考》《絳雲樓書目》："孫樵《經緯集》三卷。"

《直齋書錄解題》《宋史·藝文志》："《孫樵集》三卷。"

現存十卷本《孫可之文集》，有宋蜀刻本、正德王鏊刻本、汲古閣刻本、吳棐刻本、閔齊伋刻本、黃燁然刻本等。

---

[1] 歐陽修、宋祁：《新唐書》，中華書局1975年版。
[2] 陳振孫著，徐小蠻、顧美華校：《直齋書錄解題》，上海古籍出版社1987年版，第484頁。
[3] 晁公武：《昭德先生郡齋讀書志》，商務印書館，民國二十六年，第399頁。
[4] 《大清一統志》，《四部叢刊》本。
[5] 《四川通志》，《四部叢刊》本。

生卒年不詳，約生於唐穆宗長慶元年前後（821），卒於唐僖宗中和四年（884）之後。

《出蜀賦》："辛酉之直年兮，引敗車而還養。……忽有司之吾斥。"辛酉即唐武宗會昌元年（841）。孫樵會昌五年第一次參加進士考試。也許孫樵來京，希望得到京兆的推薦而沒有成功。此時孫樵若在二十歲左右，前推二十年，正當穆宗長慶元年。

孫樵《自序》寫於中和四年（884），則孫樵應卒於中和四年之後。

唐穆宗長慶元年（821），孫樵約一歲。

本年三月，李宗閔與李德裕因科舉發生爭鬥，是牛李黨爭的開始。《資治通鑒》："翰林學士李德裕，吉甫之子也，以中書舍人李宗閔嘗對策譏切其父，恨之。宗閔又與翰林學士元稹爭進取有隙。右補闕楊汝士與禮部侍郎錢徽掌貢舉，西川節度使段文昌、翰林學士李紳各以書屬所善進士於徽；及牓出，文昌、紳所屬皆不預，及第者，鄭朗，覃之弟；裴譔，度之子；蘇巢，宗閔之婿；楊殷士，汝士之弟也。文昌言於上曰：'今歲禮部殊不公，所取進士皆子弟，無藝，以關節得之。'上以問諸學士，德裕、稹、紳皆曰：'誠如文昌言。'上乃命中書舍人王起等覆試。夏，四月，丁丑，詔黜朗等十人，貶徽江州刺史，宗閔劍州刺史，汝士開江令。……自是德裕、宗閔各分朋黨，更相傾軋，垂四十年。"① 《舊唐書·李德裕傳》《舊唐書·李宗閔傳》《舊唐書·楊汝士傳》《新唐書·李德裕傳》《新唐書·李宗閔傳》《新唐書·楊汝士傳》均有記載。今人有李德裕無黨説，參見岑仲勉、王炎平的相關論著。

長慶二年（822），孫樵約二歲。

鎮州王庭湊殺田弘正，唐王朝任命田弘正子田布爲魏博節度使，討伐王廷湊。幽州朱克融幫助王庭湊。田布不能制軍，自殺。魏博軍擁牙將史憲誠爲留後，朝廷以史憲誠爲魏博節度使，史憲誠外奉朝廷，內實與幽、鎮連結。《資治通鑒》："上（穆宗）之初即位也，兩河略定。……及朱克融、王庭湊作亂，……以諸道十五萬之衆，裴度元臣宿望，烏重胤、李光顏皆當時名將，討幽鎮萬餘之衆，屯守踰年，竟無成功，財竭力盡。……史憲誠既逼殺田布，朝廷不能討，遂並朱克融、王庭湊以節授之。由是再失河朔，迄於唐亡，不能復取。"② 《舊唐書·史憲誠傳》《新唐書·史憲誠傳》等均有記載。

---

① 司馬光：《資治通鑒》，中華書局1956年版，第7790—7791頁。
② 同上書，第7808—7809頁。

長慶三年（823），孫樵約三歲。

三月，戶部侍郎牛僧孺爲中書侍郎、同平章事。《資治通鑒》："時僧孺與李德裕皆有入相之望；德裕出爲浙西觀察使，八年不遷，以爲李逢吉排己，引僧孺爲相。由是牛、李之怨愈深。"①

長慶四年（824），孫樵約四歲。

正月，穆宗病逝，敬宗立。

唐敬宗寶曆元年（825），孫樵約五歲。

八月，昭義節度使劉悟病死，子劉從諫求爲留後。李逢吉從之。十二月，以劉從諫爲昭義留後。事見《新唐書·劉從諫傳》。

唐敬宗寶曆二年（826），孫樵約六歲。

唐敬宗疑被宦官殺死，唐文宗立。《資治通鑒》："上（敬宗）遊戲無度，狎暱群小，善擊球，好手搏，禁軍及諸道争獻力士，……性復褊急，力士或恃恩不遜，輒配流、籍没；宦官小過，動遭捶撻，皆怨且懼。十二月，辛丑，上夜獵還宫，與宦官劉克明……二十八人飲酒。上酒酣，入室更衣，殿上燭忽滅，蘇佐明等弑上於室內。"劉克明等欲立絳王李悟，被宦官王守澄、楊承和等挫敗，遂立江王李涵，是爲文宗，改名李昂。② 事又見《舊唐書·敬宗本紀》《新唐書·敬宗皇帝本紀》《新唐書·文宗皇帝本紀》《新唐書·劉克明傳》等。

三月，橫海節度使李全略死，其子李同捷擅領留後。

唐文宗太和元年（827），孫樵約七歲。

五月，以天平節度使烏重胤爲橫海節度使，以前橫海節度副使李同捷爲兖海節度使。李同捷不受詔。《資治通鑒》：八月，"削同捷官爵，命烏重胤、王智興、康志睦、史憲誠、李載義與義成節度使李聽、義武節度使張璠各帥本軍討之。"③ 事又見《新唐書·李同捷傳》等。

太和二年（828），孫樵約八歲。

十二月，成德節度使王庭凑説服魏博大將亓志紹叛亂。《資治通鑒》："志紹遂作亂，引所部兵二萬人還逼魏州。"④ 事又見《舊唐書·文宗本紀》《新唐書·文宗本紀》等。

太和三年（829），孫樵約九歲。

---

① 司馬光：《資治通鑒》，中華書局1956年版，第7825頁。
② 同上書，第7851—7852頁。
③ 同上書，第7855頁。
④ 同上書，第7861頁。

四月，斬李同捷，平滄景。《資治通鑒》：正月，"李聽、史唐合兵擊亓志紹，破之"，"甲辰，昭義奏亓志紹餘眾五千人詣本道降，置之洛州。"二月，"橫海節度使李祐帥諸道行營兵擊李同捷，破之"。四月，"李載義攻滄州，破其羅城。李聽拔德州，城中將卒三千餘人奔鎮州。李同捷與祐書請降"。① 事又見《舊唐書·文宗本紀》《新唐書·文宗本紀》等。

八月，吏部侍郎李宗閔同平章事。九月，以李德裕爲義成節度使。《資治通鑒》："李宗閔惡其逼己，故出之。"② 事又見《舊唐書·文宗本紀》等。

十一月，南詔攻蜀，西川節度使杜元穎無備，蜀兵大敗。《資治通鑒》："蠻以蜀卒爲向鄉導，襲陷巂、戎二州。甲辰，元穎遣兵與戰於邛州南，蜀兵大敗；蠻遂陷邛州。"③ 十二月，南詔攻入成都。《資治通鑒》："嵯顛自邛州引兵徑抵成都。庚戌，陷其外郭。""南詔寇東川，入梓州西川。（郭）釗兵寡弱不能戰，以書責嵯顛。……（嵯顛）與釗修好而退。"④ 事又見《舊唐書·文宗本紀》《新唐書·文宗本紀》《舊唐書·南詔蠻傳》《新唐書·南詔上》等。

孫樵《書田將軍邊事》詳細敘述了這次事件："文皇帝三年，南蠻果大入成都，閉其三門，四日而旋，其所剽掠，自成都以南，越巂以北，八百里之間，民畜爲空。"

太和四年（830），孫樵約十歲。

李宗閔、牛僧孺共同排擠李德裕。《資治通鑒》："李宗閔引薦牛僧孺……以僧孺爲兵部尚書、同平章事。於是二人相與排擯李德裕之黨，稍稍逐之。"⑤

文宗與宋申錫密謀誅除宦官。《資治通鑒》："（文宗）嘗密與翰林學士宋申錫言之，申錫請漸除其侶。上以申錫沈厚忠謹，可倚以事，擢爲尚書右丞；七月，癸未，以申錫同平章事。"⑥

太和五年（831），孫樵約十一歲。

---

① 司馬光：《資治通鑒》，中華書局1956年版，第7862—7864頁。
② 同上書，第7866頁。
③ 同上書，第7867頁。
④ 同上書，第7868頁。
⑤ 同上書，第7869頁。
⑥ 同上書，第7872頁。

文宗與宋申錫之謀泄露，成就宋申錫之冤獄。《資治通鑑》："申錫引吏部侍郎王璠爲京兆尹，以密旨諭之。璠泄其謀。……上弟漳王湊賢，……（鄭）注令神策都虞侯豆盧著誣告申錫謀立漳王。戊戌，（王）守澄奏之，上以爲信然，甚怒。……上命守澄捕豆盧著所告十六宅宮市品官晏敬則及申錫親事王師文等，於禁中鞫之。……獄成，……貶漳王湊爲巢縣公，宋申錫爲開州司馬。……晏敬則等坐死及流竄者數十百人，申錫竟卒於貶所。"① 事又見《舊唐書·文宗本紀》《舊唐書·宋申錫傳》《新唐書·宋申錫傳》等。

太和六年（832），孫樵約十二歲。

太和七年（833），孫樵約十三歲。

太和八年（834），孫樵約十四歲。

太和九年（835），孫樵約十五歲。

文宗與鄭注、李訓謀誅宦官失敗。《資治通鑑》：十一月"戊辰，王守澄葬於滻水，（鄭）注奏請入護葬事，因以親兵自隨。仍奏令內臣中尉以下盡集滻水送葬，注因闔門，令親兵斧之，使無遺類。約既定，（李）訓與其黨謀：'如此事成，則注專有其功，不若使（郭）行餘、（王）璠以赴鎮爲名，多募壯士爲部曲，並用金吾、臺府吏卒，先期誅宦者，已而並注去之。'行餘、璠、（羅）立言、（韓）約及中丞李孝本皆訓素所厚也，故列置要地，獨與是數人及舒元輿謀之，他人皆莫之知也。壬戌，上御紫宸殿，百官班定，韓約不報平安，奏稱：'左金吾聽事後石榴夜有甘露，臣遞門奏訖。'因蹈舞再拜，宰相亦帥百官稱賀。訓、元輿勸上親往觀之，以承天貺，上許之，百官退，班於含元殿。日加辰，上乘軟輿出紫宸門，昇含元殿。先命宰相及兩省官詣左仗視之，良久而還。訓奏：'臣與眾人驗之，殆非真甘露，未可遽宣布，恐天下稱賀。'上曰：'豈有是邪！'顧左、右中尉仇士良、魚志弘帥諸宦者往視之。宦者既去，訓遽召郭行餘、王璠曰：'來受敕旨！'璠股栗不敢前，獨行餘拜殿下。時二人部曲數百，皆執兵，立丹鳳門外，訓已先使人召之，令入受敕。獨（河）東兵入，邠寧兵竟不至。仇士良等至左仗視甘露，韓約變色流汗，士良怪之曰：'將軍何爲如是？'俄風吹幕起，見執兵者甚眾，又聞兵仗聲。士良等驚駭走出，門者欲閉之，士良叱之，關不得上。士良等奔詣上告變。訓見之，遽呼金吾衛士曰：'來上殿衛乘輿者，人賞錢百緡！'宦者曰：'事急矣，請陛下還宮！'即舉軟輿，迎上扶昇輿，決殿後罘罳，

---

① 司馬光：《資治通鑑》，中華書局1956年版，第7875—7876頁。

疾趨北出。訓攀輿呼曰：'臣奏事未竟，陛下不可入宮！'金吾兵已登殿；羅立言帥京兆邏卒三百餘自東來，李孝本帥御史臺從人二百餘自西來，皆登殿縱擊，宦官流血呼冤，死傷者十餘人。乘輿迤邐入宣政門，訓攀輿呼益急，上叱之，宦者郗志榮奮拳毆其胸，偃於地。乘輿既入，門隨闔，宦者皆呼萬歲，百官駭愕散出。訓知事不濟，脫從吏綠衫衣之，走馬而出，揚言於道曰：'我何罪而竄謫！'人不之疑。王涯、賈餗、舒元輿還中書，相謂曰：'上且開延英，召吾屬議之。'兩省官詣宰相請其故，皆曰：'不知何事，諸公各自便！'士良等知上豫其謀，怨憤，出不遜語，上慚懼不復言。士良等命左、右神策副使劉泰倫、魏仲卿等各帥禁兵五百人，露刃出閤門討賊。王涯等將會食，吏白：'有兵自內出，逢人輒殺！'涯等狼狽步走，兩省及金吾吏卒千餘人填門爭出，門尋闔，其不得出者六百餘人皆死。士良等分兵閉宮門，索諸司，捕賊黨，諸司吏卒及民酤販在中者皆死，死者又千餘人，橫尸流血，狼藉塗地，諸司印及圖籍、帷幕、器皿俱盡。又遣騎各千餘出城追亡者，又遣兵大索城中。舒元輿易服單騎出安化門，禁兵追擒之。王涯徒步至永昌里茶肆，禁兵擒入左軍。涯時年七十餘，被以桎梏，掠治不勝苦，自誣服，稱與李訓謀行大逆，尊立鄭注。王璠歸長興里私第，閉門，以其兵自防。神策將至門，呼曰：'王涯等謀反，欲起尚書為相，魚護軍令致意！'璠喜，出見之。將趨賀再三，璠知見紿，涕泣而行；至左軍，見王涯曰：'二十兄自反，胡為見引？'涯曰：'五弟昔為京兆尹，不漏言於王守澄，豈有今日邪！'璠俛首不言。又收羅立言於太平里，及涯等親屬奴婢，皆入兩軍係之。戶部員外郎李元皋，訓之再從弟也，訓實與之無恩，亦執而殺之。故嶺南節度使胡証，家巨富，禁兵利其財，托以搜賈餗，入其家，執其子溵，殺之。又入左常侍羅讓、詹事渾鐬、翰林學士黎埴等家，掠其貲財，掃地無遺。鐬，瑊之子也。坊市惡少年因之報私仇，殺人，剽掠百貨，互相攻劫，塵埃蔽天。癸亥，百官入朝，日出，始開建福門，惟聽以從者一人自隨，禁兵露刃夾道。至宣政門，尚未開。時無宰相御史知班，百官無復班列。"① 事又見《舊唐書‧文宗本紀》《舊唐書‧李訓傳》《舊唐書‧鄭注傳》《舊唐書‧王涯傳》《舊唐書‧王璠傳》《舊唐書‧賈餗傳》《舊唐書‧舒元輿傳》《舊唐書‧郭行餘傳》《舊唐書‧李孝本傳》《新唐書‧文宗本紀》《新唐書‧李訓傳》《新唐書‧鄭注傳》《新唐書‧王涯傳》《新唐書‧賈餗傳》《新唐書‧舒元輿傳》《新唐書‧王璠傳》等。

---

① 司馬光：《資治通鑑》，中華書局 1956 年版，第 7910—7914 頁。

唐文宗開成元年（836），孫樵約十六歲。

開成二年（837），孫樵約十七歲。

開成三年（838），孫樵約十八歲。

開成四年（839），孫樵約十八歲。

文宗自甘露之變後，幾乎一蹶不振。《資治通鑒》："上就起居舍人魏謩取記注觀之，謩不可。"十一月，"乙亥，上疾少間，坐思政殿，召當直學士周墀，賜之酒，因問曰：'朕可方前代何主？'對曰：'陛下堯舜之主也。'上曰：'朕豈敢比堯舜！所以問卿者，何如周赧、漢獻耳？'墀驚曰：'彼亡國之主，豈可比聖德！'上曰：'赧、獻受制於強諸侯，今朕受制於家奴，以此言之，朕殆不如！'因泣下沾襟，墀伏地流涕。自是不復視朝。"①

唐文宗開成五年（840），孫樵約十九歲，是歲孫樵入京，經褒城，作《書褒城驛屋壁》，又作《梓潼移江記》。

文宗崩，宦官仇士良、魚弘志擁立潁王李瀍，是爲武宗。《資治通鑒》："時上疾甚，命知樞密劉弘逸、薛季稜引楊嗣復、李珏至禁中，欲奉太子監國。中尉仇士良、魚弘志以太子之立，功不在己，乃言太子幼，且有疾，更議所立。珏曰：'太子位已定，豈得中變！'士良、弘志遂矯詔立瀍爲太弟。"② 事又見《舊唐書·武宗本紀》《舊唐書·楊嗣復傳》《新唐書·武宗本紀》《新唐書·仇士良傳》《新唐書·李鈺傳》《新唐書·楊嗣復傳》等。

楊嗣復、李珏相繼罷去。九月，召淮南節度使李德裕入朝爲門下侍郎、同平章事。

《唐刺史攷全編》卷229：鄭復開成四年—會昌元年（839—841）爲梓州刺史。《舊書·文宗紀下》：開成四年九月"甲辰，以京兆尹鄭復爲劍南東川節度使"。又見《元龜》卷469。《會要》卷24："會昌元年六月敕，（劍南）東道節度使鄭復，雖稱有疾，擅離本道，宜釋放。"《全文》卷794孫樵《梓潼移江記》……滎陽公即指鄭復。③

《孫文志疑》："按文宗開成四年七月，西蜀水害稼。開成元年十二月，以兵部侍郎楊汝士充劍南東川節度使，四年九月以京兆尹鄭復代楊汝士爲東川節度。按滎陽公者，鄭涯也。涯爲東川節度在大中時，豈涯此時

---

① 司馬光：《資治通鑒》，中華書局1956年版，第7941—7942頁。

② 同上書，第7943頁。

③ 郁賢皓：《唐刺史攷全編》，安徽大學出版社2000年版，第3030頁。

爲梓州郪縣官耶？"汪師韓誤以爲滎陽公是鄭涯。

《唐方鎮年表》：開成元年，馮宿任劍南東川節度使，開成元年十二月到開成四年九月楊汝士任劍南東川節度使，鄭復從開成四年九月到會昌元年六月任劍南東川節度使。①

李光富係《書褒城驛》於開成五年（840）：文中云："是歲開成五年也。"②

傅璇琮：孫樵本年在蜀，作有《梓潼移江記》。③

陳文新《中國文學編年史》："孫樵本年在蜀，作有《梓潼移江記》，之前又有《書褒城驛壁》。"④

《梓潼移江記》云："其年七月，水果大至，雖踴防稽陸，不能病民。……滎陽公既以上聞，有司劾其不先白，詔奪俸錢一月之半。"則此文應寫於本年七月之後。本文又云："樵嘗爲《褒城驛記》，恨所在長吏不肯出毫力以利民。"則《書褒城驛》作於《梓潼移江記》之前。而會昌元年，孫樵又在京師。《出蜀賦》描寫自己到京師的過程，是經過褒城的，而此行去京師的時間是在冬季。李光富說《出蜀賦》作於會昌元年深冬。他引用文中"當玄冬之隆烈，觸密雪之飛噴"的話來證明寫作時間，是不錯的。但是他誤把此文所寫的赴京行程理解成了反蜀行程。所以孫樵在開成五年冬天到達京師，第二年冬天返回。赴京途中經過褒城，寫下了《書褒城驛壁》。既然《梓潼移江記》寫於《書褒城驛壁》後，我們大可以認爲孫樵在蜀時瞭解了鄭復開新江的經過和效果，冬天到達京師時又瞭解了中央政府對此事的處理，感到很不理解，寫下了《梓潼移江記》。如果采用孫樵"本年在蜀"的說法，其行程難以理解。

唐武宗會昌元年（841），孫樵約二十一歲，有《出蜀賦》。

孫樵《出蜀賦》云："辛酉之直年兮，引敗車而還養。"則孫樵回蜀在會昌元年年底。李光富、傅璇琮、陳文新也據這句話係此文於會昌元年。

李德裕爲相，朝政煥然一新。

《資治通鑑》："三月甲戌，以御史大夫陳夷行爲門下侍郎同平章事。

---

① 吳廷燮：《唐方鎮年表》，中華書局1980年版，第1004—1005頁。
② 李光富：《孫樵生平及孫文係年》，《四川大學學報》1997年第2期。
③ 傅璇琮：《唐五代文學編年史·晚唐卷》，遼海出版社1998年版，第190頁。
④ 陳文新：《隋唐五代文學編年史》，《中國文學編年史》（中冊），湖南人民出版社2006年版，第455頁。

初，知樞密劉弘逸、薛季稜有寵於文宗，仇士良惡之。上之立，非二人及宰相意，故楊嗣復出爲湖南觀察使，李珏出爲桂管觀察使。士良屢譖弘逸等於上，勸上除之。乙未，賜弘逸、季稜死，遣中使就潭、桂州誅嗣復及珏。"德裕救之。"德裕等泣涕極言：'陛下宜重慎此舉，毋致後悔！'上曰：'朕不悔。'三命之坐，德裕等曰：'臣等願陛下免二人於死，勿使既死而衆以爲冤。今未奉聖旨，臣等不敢坐。'久之，上乃曰：'特爲卿等釋之。'……貶嗣復爲潮州刺史，李珏爲昭州刺史，裴夷直爲驩州司戶。"① 事又見《舊唐書·武宗本紀》《新唐書·李德裕傳》。

八月，回鶻亂，嗢没斯請降，《資治通鑑》："天德軍使田牟、監軍韋仲平欲擊回鶻以求功"。德裕以天德軍少，"萬一天德陷没，咎將誰歸"？閏九月，以糧賑之。② 事又見《舊唐書·李德裕傳》《新唐書·李德裕傳》。

《資治通鑑》："盧龍軍復亂，殺陳行泰，立牙將張絳。初，陳行泰逐史元忠，遣監軍傔以軍中大將表來求節鉞。李德裕曰：'河朔事勢，臣所熟諳。比來朝廷遣使賜詔常太速，故軍情遂固。若置之數月不問，必自生變。今請留監軍傔，勿遣使以觀之。'既而軍中果殺行泰，立張絳，復求節鉞，朝廷亦不問。會雄武軍使張仲武起兵擊絳，且遣軍吏吳仲舒奉表詣京師，稱絳慘虐，請以本軍討之。冬，十月，仲舒至京師。詔宰相問狀，仲舒言：'行泰、絳皆遊客，故人心不附。仲武幽州舊將，性忠義，通書，習戎事，人心向之。'……李德裕問：'雄武士卒幾何？'對曰：'軍士八百，外有土團五百人。'德裕曰：'兵少，何以立功？'對曰：'在得人心。苟人心不從，兵三萬何益？'德裕又問：'萬一不克，如何？'對曰：'幽州糧食，皆在媯州及北邊七鎮，萬一未能入，則據居庸關，絕其糧道，幽州自困矣。'德裕奏：'行泰、絳皆使大將上表，脅朝廷，邀節鉞，故不可與。今仲武先自發兵爲朝廷討亂，與之則似有名。'乃以仲武知盧龍留後。仲武尋克幽州。"③ 事又見《舊唐書·武宗本紀》《新唐書·武宗本紀》《舊唐書·張仲武傳》《新唐書·張仲武傳》。

會昌二年（842），孫樵約二十二歲。

李德裕爲相，能較爲妥善地處理與宦官的關係。《資治通鑑》："上信任李德裕，觀軍容使仇士良惡之。會上將受尊號，御丹鳳樓宣赦。或告士

---

① 司馬光：《資治通鑑》，中華書局1956年版，第7949—7950頁。
② 同上書，第7952—7955頁。
③ 同上書，第7955—7956頁。

良，宰相與度支議草制減禁軍衣糧及馬芻粟，士良揚言於衆曰：'如此，至日，軍士必於樓前諠嘩。'德裕聞之，乙酉，乞開延英自訴。上怒，遽遣中使宣諭兩軍：'赦書初無此事。且赦書皆出朕意，非由宰相，爾安得此言！'士良乃惶愧稱謝。"①

也能夠處理好邊防與方鎮事務。《資治通鑒》："五月，戊申，……以嗢没斯爲左金吾大將軍、懷化郡王。其次酋長官賞有差，賜其部衆米五千斛、絹三千匹。那頡啜帥其衆自振武大同，東因室韋黑沙，南趣雄武軍，窺幽州。盧龍節度使張仲武遣其弟仲至將兵三萬迎擊，大破之，斬首捕虜不可勝計，悉收降其七千帳，分配諸道，那頡啜走，烏介可汗獲而殺之。"② 事又見《舊唐書·武宗本紀》《新唐書·武宗本紀》《舊唐書·李德裕傳》《新唐書·李德裕傳》等。

會昌三年（843），孫樵約二十三歲。

《資治通鑒》："春正月，回鶻烏介可汗帥衆侵逼振武，劉沔遣麟州刺史石雄、都知兵馬使王逢帥沙陀朱邪赤心三部及契苾、拓跋三千騎襲其牙帳，沔自以大軍繼之。雄至振武，登城望回鶻之衆寡，見氈車數十乘，從者皆衣朱碧，類華人，使諜問之，曰：'公主帳也。'雄使諜告之曰：'公主至此，家也，當求歸路！今將出兵擊可汗，請公主潛與侍從相保，駐車勿動！'雄乃鑿城爲十餘穴，引兵夜出，直攻可汗牙帳，至其帳下，虜乃覺之。可汗大驚，不知所爲，棄輜重走，雄追擊之；庚子，大破回鶻於殺胡山，可汗被瘡，與數百騎遁去。雄迎太和公主以歸，斬首萬級，降其部落二萬餘人……其潰兵多詣幽州降。"③ 事又見《舊唐書·武宗本紀》《新唐書·武宗本紀》《舊唐書·李德裕傳》《新唐書·李德裕傳》等。孫樵《武皇遺劍録》云："往者北戎猖狂，渝盟盗壖，大出虜門，戍卒屢奔，武皇赫然奪雷霆之威，驅貔武之師，靖胡塵於塞垣，復帝子於虜庭，非武皇一用其劍耶！"

四月，昭義節度使劉從諫病死，其弟從素之子劉稹謀自立。孫樵《武皇遺劍録》云："賊鎮阻兵，邀爵山東。"指的就是這件事。李德裕認爲"澤潞事體與河朔三鎮不同，河朔習亂已久，人心難化，是故累朝以來，置之度外。澤潞近處心腹，一軍素稱忠義……稹所恃者河朔三鎮，但得鎮、魏不與之同，則稹無能爲也。若遣重臣往諭王元逵、何弘敬……以

---

① 司馬光：《資治通鑒》，中華書局1956年版，第7961頁。
② 同上書，第7961—7962頁。
③ 同上書，第7971—7973頁。

賊平之日厚加官賞。苟兩鎮聽命，不從旁沮橈官軍，則積必成擒矣！"① 武宗贊成，遂於五月伐劉稹。《資治通鑑》："河陽節度使王茂元以步騎三千守萬善；河東節度使劉沔步騎二千守芒車關，步兵一千五百軍榆社；成德節度使王元逵以步騎三千守臨洺，掠堯山；河中節度使陳夷行以步騎一千守翼城，步兵五百益冀氏。……以元逵爲澤潞北面招討使，何弘敬爲南面招討使，與夷行、劉沔、茂元合力攻討。"② 這就是孫樵《武皇遺劍錄》所言 "王師萃之"。《資治通鑑》："晉絳行營節度使李彥佐自發徐州，行甚緩，又請休兵於絳州，兼請益兵……德裕因請以天德防禦使石雄爲彥佐之副，俟至軍中，令代之……王元逵前鋒入邢州境已踰月，何弘敬猶未出師……（八月）薛茂卿破科斗寨，擒河陽大將馬繼等，……距懷州才十餘里。"③ 這就是孫樵《武皇遺劍錄》所言 "屢戰無功，兵刓將稽"。事又見《舊唐書·武宗本紀》《舊唐書·李德裕傳》《新唐書·武宗本紀》《新唐書·李德裕傳》等。

十二月，楊弁於河東作亂。《資治通鑑》："初，劉沔破回鶻，留兵三千戍橫水柵，河東行營都知兵馬使王逢奏乞益榆社兵，詔河東以兵二千赴之。時河東無兵，守倉庫者及工匠皆出從軍，李石召橫水戍卒千五百人，使都將楊弁將之詣逢，壬午，戍卒至太原。先是，軍士出征，人給絹二匹。劉沔之去，竭府庫自隨，（李）石初至，軍用乏，以己絹益之，人纔得一匹。時已歲盡，軍士求過正旦而行，監軍呂義忠累牒趣之。楊弁因眾心之怒，又知城中空虛，遂作亂。"④ 這就是孫樵《武皇遺劍錄》所言 "並醜乘之，遂萌梟心，乃劫吾兵"。事又見《舊唐書·武宗本紀》《舊唐書·李石傳》《新唐書·李石傳》，《新唐書·武宗本紀》記載楊弁叛亂事在會昌四年正月到二月之間。

會昌四年（844），孫樵約二十四歲。

《資治通鑑》："春，正月，乙酉朔，楊弁帥其眾剽剝城市，殺都頭梁季葉，李石奔汾州。弁據軍府，釋賈群之囚，使其姪與之俱詣劉稹，約爲兄弟。稹大喜。石會關守將楊珍聞太原亂，復以關降於稹。" 這就是孫樵《武皇遺劍錄》所言 "乃固吾城"。

《資治通鑑》："戊子，呂義忠遣使言狀，朝議喧然。或言兩地皆應罷

① 司馬光：《資治通鑑》，中華書局 1956 年版，第 7980—7981 頁。
② 同上書，第 7984 頁。
③ 同上書，第 7987—7994 頁。
④ 同上書，第 7955 頁。

兵。"《舊唐書·李德裕傳》載中使馬元貫受楊弁賄賂,奏楊弁"兵馬極多"。《新唐書·李德裕傳》載爲馬元實。這就是孫樵《武皇遺劍錄》所言"興人謠曰:上宜亟以節假之,且赦其辜,俾守北門以伐虜謀。不然,并且東連潞兵,北合戎師,分卒以趨太行,卷甲以下河東,國家其能甘心於潞寇耶!"

"李德裕上言:'……建立奇功,實在今日,必不可以太原小擾,失此事機。……'德裕又上言:'太原人心從來忠順,止是貧虛,賞犒不足,況千五百人何能爲事!必不可姑息寬縱。且用兵未罷,深慮所在動心。頃張延賞爲張肸所逐,逃奔漢州,還入成都。望詔李石、義忠還赴太原行營,召旁近之兵討除亂者。'上皆從之。是時,李石已至晉州,詔復還太原。辛卯,詔王逢悉留太原兵守榆社,以易定千騎、宣武兗海步兵三千討楊弁,又詔王元逵以步騎五千自土門入,應接逢軍。"① 這就是孫樵《武皇遺劍錄》所言"武皇曾不逗撓於其衷,亟發武符桉(一作按)之"。事又見《舊唐書·武宗本紀》《新唐書·武宗本紀》。

《資治通鑒》:"河東兵戍榆社者聞朝廷令客軍取太原,恐妻孥爲所屠滅,乃擁監軍呂義忠自取太原。壬子,克之,生擒楊弁,盡誅亂卒。"② 這就是孫樵《武皇遺劍錄》所言"羽檄朝馳,夕擒並頑"。事又見《舊唐書·武宗本紀》《舊唐書·李德裕傳》《新唐書·武宗本紀》等。

李德裕用鎮州奏事官高迪和劉積腹心將高文端之策。八月,潞州平。這就是孫樵《武皇遺劍錄》所言"王師告勞,國用告虛,內外咨嗟,訛言沸騰,飛於上聞,上爲不聞,誅潞之心益牢,責戰之詔日嚴,卒能克大懟於山東,梟渠魁於國門"。事又見《舊唐書·武宗本紀》《舊唐書·李德裕傳》《新唐書·武宗本紀》《新唐書·武宗本紀》等。

會昌五年(845),孫樵約二十五歲,有襄漢之行,作《露臺遺基賦》《潼關甲銘》。

《讀開元雜報》云:"樵曩於襄漢間得數十幅書。"則孫樵有襄漢之行,考之文集,《露臺遺基賦》云:"樵東過驪山。"《潼關甲銘》云:"樵過而眙之。"其東行或爲襄漢之行。《書何易於》云:"會昌五年,樵過出益昌。"《祭梓潼神君文》:"會昌五年,夜濟此山,凍雨如泣,滑不可陟。"則樵於本年又回到遂寧。《唐刺史攷全編》考鄭肅於會昌四年到

---

① 司馬光:《資治通鑒》,中華書局1956年版,第7995—7996頁。
② 同上書,第7998頁。

五年爲山南東道節度使，五年七月，自山南東道節度使入爲檢校右僕射、同平章事。

傅璇琮《唐五代文學編年史·晚唐卷》根據"武皇郊天，明年，作望仙臺於城之南"語系此文於唐武宗會昌五年。"據《舊唐書·武宗紀》，武宗敕作望仙臺在本年正月，而六月'神策奏修望仙樓及廊舍五百三十九間功畢'。"① 而在 1987 年，李光富《孫樵生平及孫文係年》也係此文於唐武宗會昌五年，所據也是本文第一句話。另據《資治通鑑·唐武宗會昌元年》"春，正月，辛巳，上祀圜丘，赦天下，改元"的記載，及汪師韓"《新唐書》會昌元年有事於南郊，五年作望仙臺於南郊。此云郊天，明年作望仙臺與史未合"的判斷。②

陳文新："孫樵本年作《露臺遺基賦並序》，諷唐武宗之迷信神仙之說……按，《舊唐書·武宗本紀》，武宗敕作望仙臺在本年正月，而六月'神策奏修望仙樓及廊舍五百三十九間功畢'。"③

《舊唐書·武宗本紀》："五年春正月己酉朔，敕造望仙臺於南郊。"④《柳仲郢傳》載會昌五年，"武宗築望仙臺，仲郢累疏切諫"。⑤《新唐書·柳仲郢傳》亦載此事，但云"會昌初"。⑥

《孫文志疑》："按《新唐書》會昌元年有事於南郊，五年，作望仙臺於南郊。此云郊天，明年作望仙臺。與史未合。"《舊唐書·禮儀志》載："武德初，定令：……孟春辛日，祈穀，祀感帝於南郊，元帝配，牲用蒼犢二。"⑦ 所以，每年都要郊天。汪師韓所說的矛盾其實並不存在。

既然孫樵《露臺遺基賦並序》寫於會昌五年，並且孫樵文集中可考東南行只有這一次，暫定孫樵襄漢之行在本年。但今存《孫可之文集》乃刪汰之後產生的。所以，姑且認爲《潼關甲銘》也寫於這次東行過程中。

《資治通鑑》："上惡僧尼耗蠹天下，欲去之，道士趙歸真等復勸之，乃先毀山野招提、蘭若，敕上都、東都兩街各留二寺，每寺留僧三十人；

---

① 傅璇琮：《唐五代文學編年史·晚唐卷》，遼海出版社 1998 年版，第 260 頁。
② 李光富：《孫樵生平及孫文係年》，《四川大學學報》1997 年第 2 期。
③ 陳文新：《隋唐五代文學編年史·隋唐五代卷》（下），《中國文學編年史》，湖南人民出版社 2006 年版，第 56 頁。
④ 劉昫：《舊唐書》，中華書局 1975 年版，第 603 頁。
⑤ 同上書，第 4305 頁。
⑥ 歐陽修、宋祁：《新唐書》，中華書局 1975 年版，第 5203 頁。
⑦ 劉昫：《舊唐書》，中華書局 1975 年版，第 820 頁。

天下節度、觀察使治所及同、華、商、汝州各留一寺，分爲三等：上等留僧二十人，中等留十人，下等五人。餘僧及尼並大秦穆護、祆僧皆勒歸俗。寺非應留者，立期令所在毀撤，仍遣御史分道督之。財貨田產並沒官，寺材以葺公廨驛舍，銅像、鍾磬以鑄錢。"① 八月"壬午，詔陳釋教之弊，宣告中外。凡天下所毀寺四千六百餘區，歸俗僧尼二十六萬五百人，大秦穆護、祆僧二千餘人，毀招提、蘭若四萬餘區。收良田數千萬頃，奴婢十五萬人。所留僧皆隸主客，不隸祠部。百官奉表稱賀。尋又詔東都止留僧二十人，諸道留二十人者減其半，留十人者減三人，留五人者更不留。"② 事又見《舊唐書·武宗本紀》《新唐書·武宗本紀》等。這就是孫樵《武皇遺劍錄》所言"浮屠之流，其來綿綿，根盤蔓滋，日熾而昌，蠹於民心，蠱於民生，力屈財殫，民恬不知。武皇始議除之，女泣於閨，男號於途，廷臣辨之於朝，褻臣爭之於旁，群疑膠牢，萬口一辭，武皇曾不待疑，卒詔有司，驅群髡而發之，毀其居而田之，其徒既微，其教僅存，民瘳其瘵，國用有加，風雨以時，灾沴不生"。

《資治通鑑》："詔發昭義騎兵五百、步兵千五百戍振武，節度使盧鈞出至裴村餞之；潞卒素驕，憚於遠戍，乘醉，回旗入城，閉門大譟，鈞奔潞城以避之。"③ 事又見《舊唐書·盧鈞傳》《新唐書·盧鈞傳》。這就是孫樵《復召堰籍》所言"盧公……爲潞州，聲先（一作光）削然，將發戍兵，甲興而嘩"。

會昌六年（846），孫樵約二十六歲，有《武皇遺劍錄》。文中言："今者嗣皇帝纂武皇之耿光，傳武皇之遺劍，宜乎鋙其鍔不使其挫，寶其刃不使其泥，而又硎之以義，淬之以智，匣之以禮，苞之以仁，持之以信，與天下終始，天下幸甚。"諷宣宗"務反會昌之政"。

李光富係此文於會昌六年（846）：文中云："武皇得利劍於希夷之間，提携六年而四用之。"又云："今者嗣皇帝纂武皇之耿光，傳武皇之遺劍。"唐武宗於會昌元年至六年在位，共六年。嗣位者唐宣宗，於會昌六年三月繼位。由此可知，此文作於唐宣宗繼位之際，當在會昌六年。④

傅璇琮云：作於宣宗即位不久時，蓋本年（大中元年）前後所作。⑤

---

① 司馬光：《資治通鑑》，中華書局1956年版，第8015—8016頁。
② 同上書，第8017—8018頁。
③ 同上書，第8017頁。
④ 李光富：《孫樵生平及孫文係年》，《四川大學學報》1997年第2期。
⑤ 傅璇琮：《唐五代文學編年史·晚唐卷》，遼海出版社1998年版，第285頁。

陳文新亦係此文於會昌六年：作於宣宗即位不久時。①

《資治通鑑》："冬十月，禮院奏禘祭祝文於穆敬文武四室，但稱嗣皇帝臣某昭告，從之。"②《舊唐書·宣宗紀》：會昌六年"十一月，有司享太廟，……太常博士閔慶之奏：……請改爲嗣皇帝。"③ 一言"十月"，一言"十一月"，不知孰是。《武皇遺劍録》稱唐宣宗爲"嗣皇帝"，則此文當作於會昌六年十一月前後。

三月，武宗崩。《資治通鑑》："上疾篤，旬日不能言。諸宦官密於禁中定策，辛酉，下詔稱：'皇子冲幼，須選賢德，光王怡可立爲皇太叔，更名忱，應軍國政事令權句當。'"④ 宣宗四月即位，"壬申，以門下侍郎同平章政事李德裕同平章事充荆南節度使，……衆……聞之莫不驚駭。""五月乙巳，……上京兩街先聽留兩寺，外更各增置八寺。"⑤ 五月，"以翰林學士兵部侍郎白敏中同平章事"。⑥ 事又見《舊唐書·宣宗本紀》《新唐書·宣宗本紀》等。

唐宣宗大中元年（847），孫樵約二十七歲。

《資治通鑑》："白敏中秉政，凡德裕所薄者，皆不次用之。以盧商爲武昌節度使，以刑部尚書判度支崔元式爲門下侍郎，翰林學士户部侍郎韋琮爲中書侍郎並同平章事。"貶李德裕太子少保分司。十二月，復貶李德裕潮州司馬。事又見《舊唐書·宣宗本紀》《新唐書·宣宗本紀》等。《舊唐書·宣宗本紀》記載李德裕貶潮州事在七月，《舊唐書·李德裕傳》記載在秋季。

《資治通鑑》："閏（三）月，敕：'應會昌五年所廢寺，有僧能營葺者，聽自居之，有司毋得禁止。'是時君相務反會昌之政，故僧尼之弊，皆復其舊。"⑦ 事又見《舊唐書·宣宗本紀》《新唐書·宣宗本紀》等。

《資治通鑑》："上謂白敏中曰：'朕昔從憲宗之喪，道遇風雨，百官、六宮四散避去，惟山陵使長而多髯，攀靈駕不去，誰也？'對曰：'令狐楚。'上曰：'有子乎？'對曰：'長子緒今爲隨州刺史。'上曰：'堪爲相

---

① 陳文新：《隋唐五代文學編年史·隋唐五代卷》（下），《中國文學編年史》，湖南人民出版社2006年版，第61頁。
② 司馬光：《資治通鑑》，中華書局1956年版，第8027頁。
③ 劉昫：《舊唐書》，中華書局1975年版，第616頁。
④ 司馬光：《資治通鑑》，中華書局1956年版，第8023頁。
⑤ 同上書，第8024頁。
⑥ 同上書，第8025頁。
⑦ 同上書，第8029—8030頁。

乎?'對曰:'緒少病風痹。次子絢,前湖州刺史,有才器。'上即擢爲考功郎中、知制誥。絢入謝,上問以元和故事,絢條對甚悉,上悦,遂有大用之意。"①《舊唐書·宣宗本紀》載,本年六月令狐綯行尚書省考功郎中、知制誥。《舊唐書·令狐綯傳》載令狐綯大中二年任尚書省考功郎中、知制誥。《新唐書·令狐綯傳》載此事尤爲詳細,時間記載爲大中初。

大中二年(848),孫樵約二十八歲,得到京兆府推薦參加進士考試。

《康僚墓銘》:"(康僚)大中二年,復調授京兆府參軍。其年冬爲進士試官,峭獨不顧,雖權勢莫能撓,其與選者,不踰年繼踵昇第,故中書侍郎高公璩、尚書倉部郎中楊巖、太常博士杜敏求、今春官貳卿崔公殷夢、尚書屯田郎中崔亞、前左拾遺陳晝(一作畫),洎樵數十輩皆出其等列也。"

宣宗頗爲意氣用事。《資治通鑒》:"初,李德裕執政,有薦丁柔立清直可任諫官者,德裕不能用。上即位,柔立爲右補闕;德裕貶潮州,柔立上疏訟其冤。丙寅,坐阿附貶南陽尉。""西川節度使李回、桂管觀察使鄭亞坐前不能直吳湘冤,乙酉,回左遷湖南觀察使,亞貶循州刺史,李紳追奪三任告身。中書舍人崔嘏坐草李德裕制不盡言其罪,己丑,貶端州刺史。"②事又詳見《舊唐書·宣宗本紀》。丁柔立事又見《新唐書·李德裕傳》。李回事又見《舊唐書·李回傳》《新唐書·李回傳》。李紳事又見《舊唐書·李紳傳》《新唐書·李紳傳》。

《資治通鑒》:"初,憲宗之崩,上疑郭太后預其謀;又鄭太后本郭太后侍兒,有宿怨,故上即位,待郭太后禮殊薄。郭太后怏怏,一日,登勤政樓,欲自隕;上聞之,大怒,是夕,崩,外人頗有異論。上以鄭太后故,不欲以郭后祔憲宗,有司請葬景陵外園,(禮院檢討官王)皞奏宜合葬景陵,神主配憲宗室,奏入,上大怒。白敏中召皞詰之,皞曰;'太皇太后,汾陽王之孫,憲宗在東宮爲正妃,逮事順宗爲婦。憲宗厭代之夕,事出曖昧;太皇太后母天下,歷五朝,豈得以曖昧之事遽廢正嫡之禮乎?'敏中怒甚,皞辭氣愈厲。諸相會食,周墀立於敏中之門以俟之,敏中使謝曰:'方爲一書生所苦,公弟先行。'墀入,至敏中廳問其事,見皞爭辨方急,墀舉手加額,嘆皞孤直。明日,皞坐貶官(句容令)。"③郭

---

① 司馬光:《資治通鑒》,中華書局 1956 年版,第 8030 頁。
② 同上書,第 8031 頁。
③ 同上書,第 8034 頁。

太后事又見《舊唐書·宣宗本紀》《新唐書·宣宗本紀》等。"九月甲子，再貶潮州司馬李德裕爲崖州司户，湖南觀察使李回爲賀州刺史。前鳳翔節度使石雄詣政府自陳黑山、烏嶺之功，求一鎮以終老。執政以雄李德裕所薦，曰：'曩日之功，朝廷以蒲、孟、岐三鎮酬之，足矣。'除左龍武統軍，雄怏怏而薨。"① 事又見《舊唐書·石雄傳》《新唐書·石雄傳》等。"上見憲宗朝公卿子孫，多擢用之。刑部員外郎杜勝次對，上問其家世，對曰：'臣父黄裳，首請憲宗監國。'即除給事中。翰林學士裴諗，度之子也，上幸翰林，面除承旨。"②

大中三年（849），孫樵約二十九歲，有《復召堰籍》《寓汴觀察判官書》《與李諫議行方書》《復佛寺奏》。

李光富係《復召堰籍》於大中三年："文中云：'會昌元年，漢波逾堤，陸走漂民，襄陽以渚。'於是盧鈞用李胤之策治水，大有成績。又云：'李從事去襄陽五年，召堰之利益大於民，歲增良田頓至四萬，樵惜李從事之迹不爲人知，作《復召堰籍》。'《舊唐書·盧鈞傳》：'（盧鈞）會昌初遷襄州刺史、山南東道節度使。四年，誅劉稹，以鈞檢校兵部尚書，兼潞州大都督府長史。'可見，盧鈞、李胤均於會昌四年離襄州。由會昌四年順數五年爲大中三年。"③

汪師韓説："此篇尚清老，然無精彩。"並認爲盧鈞就是盧公，"按盧鈞字子和，範陽人，元和四年進士，太和中歷尚書郎、常州刺史。開成元年爲華州刺史，其年爲廣州刺史、御史大夫、嶺南節度使。四年，檢校兵部尚書，兼潞州大都督府長史、昭義節度、澤潞邢洺磁觀察等使，入朝，拜爲户部侍郎，遷尚書。大中初，檢校尚書右僕射、汴州刺史、宣武節度、宋亳汴潁觀察等使。"《唐刺史攷全編》：盧鈞於開成元年到五年任廣州刺史，會昌元年到四年任襄州刺史，會昌四年到五年任潞州刺史，大中元年到四年任汴州刺史，"盧鈞在宣宗即位後，先爲吏部尚書，至大中元年，始爲汴州刺史、宣武節度使。"④

孫樵《寓汴觀察判官書》，前人係之於唐宣宗大中元年（847），證據不足。經考證，孫樵《寓汴觀察判官書》寫於大中三年。

孫樵《寓汴觀察判官書》寫於大中元年的看法以李光富爲最早：

---

① 司馬光：《資治通鑒》，中華書局1956年版，第8035—8036頁。
② 同上書，第8037頁。
③ 李光富：《孫樵生平及孫文係年》，《四川大學學報》1997年第2期。
④ 郁賢皓：《唐刺史攷全編》，安徽大學出版社2000年版，第756、1242、2595、3174頁。

文中云："'執事三從事盧公，其所以佐盧公使炳炳不磨於世者，襄陽南渡之民皆能道之。今居汴有日，而曾無所聞，豈屑屑未暇耶？'此'盧公'即盧鈞。《舊唐書·盧鈞傳》稱，盧鈞於開成元年五月'代（承）䟱守華州'，開成元年冬（《文宗紀》作十二月）爲廣州刺史。會昌初遷襄州刺史。大中初任汴州刺史、宣武軍節度使、宋亳汴潁觀察使。四年，入朝爲太子少師。按：從事，即李胤。'其稱三從事者，廣州、襄州、汴州也。'（汪師韓語）由上可知，盧鈞於大中元年至四年在汴州刺史任上，此文當作於此期間。姑係於此。"①

其後，傅璇琮先生和陳文新先生也依據盧鈞作汴州刺史的時間作出了幾乎同樣的判斷。傅璇琮說："盧公乃盧鈞。《舊唐書·盧鈞傳》：'會昌初，遷襄州刺史，山南東道節度使。''大中初，檢校尚書右僕射、汴州刺史、宣武節度使'，'四年，入爲太子少師'。《新唐書·盧鈞傳》記其在襄陽'築堤六千步，以障漢暴'。此即孫樵文所謂'襄陽南渡之民皆能道之'者。本文似作於盧鈞鎮汴州不久，約本年（大中元年）或明年。"②陳文新："孫樵約本年（847）或稍後作《寓汴州觀察判官書》。"③

李光富認爲李從事是李胤，是從汪師韓繼承來的。李胤，汪師韓《孫文志疑》作"李允"。《孫文志疑》："按新書鈞傳稱鈞鎮太原，表盧簡方爲節度府判官。鈞遷檢授司空節度河東，在爲宣武節度之後，則此書所稱判官，非簡方，乃李允也，其稱三從事者，廣州、襄州、汴州也。"《東觀奏記原序》和《唐會要》載有此人。《東觀奏記原序》載："聖文睿德光武弘孝皇帝自壽邸即位，二年，監修國史、丞相、晉國公杜讓能以宣宗、懿宗、僖宗三朝實錄未修，歲月漸遠，慮聖績湮墜，乃奏上，選中朝鴻儒碩學之士十五人，分修三聖實錄。以吏部侍郎柳玭、右補闕裴庭裕、左拾遺孫泰、駕部員外郎李胤、太常博士鄭光庭專修宣宗實錄。"④《唐會要》所載大致相同："大順二年二月，勅吏部侍郎柳玭等修宣宗、懿宗、僖宗實錄。始丞相監修國史，杜讓能以三朝實錄未修，乃奏吏部侍郎柳玭、右補闕裴庭裕、左拾遺孫泰、駕部員外郎李允、太常博士鄭光庭等五人修之，踰年竟不能編錄一字。惟庭裕採宣宗朝耳目聞覩，撰

---

① 李光富：《孫樵生平及孫文係年》，《四川大學學報》1997年第2期。
② 傅璇琮：《唐五代文學編年史·晚唐卷》，遼海出版社1998年版，第285頁。
③ 陳文新：《隋唐五代文學編年史·隋唐五代卷》（下），《中國文學編年史》，湖南人民出版社2006年版，第81頁。
④ 裴庭裕：《東觀奏記》，中華書局1994年版，第83頁。

成三卷，目曰《東觀奏記》，納於史館。"① 岑仲勉《補唐代翰林兩記》卷上《補僖昭哀三朝翰林學士記·二·昭宗朝》"裴庭裕"條載：李胤，《冊府元龜》卷五五四作"李商"，卷五五六作"李裔"，《東觀奏記》及《唐會要》作"李允"，"按商乃裔之訛，裔、允又皆胤之諱避，《元龜》五六二正作胤。"② 則汪師韓因避諱而改"李胤"爲"李允"。但《東觀奏記原序》和《唐會要》所載李胤事跡太過簡略，我們無法判斷這個李胤是不是孫樵文中所指李從事。

但我們可以肯定《唐代墓志彙編續集》所載"李胤之"爲孫樵文所指之人。《唐姑臧李氏故第二女墓志銘並序》題作"父汴宋亳等州觀察判官監察御史裏行胤之撰"，文曰："余次女十八娘，字國娘，大中三年正月七日，沒於東京彰善坊，年十四。其月廿四日，殯於河南縣龍門鄉孫村，從權也。曾祖惇，皇太原士曹；妣河南源氏，繼范陽盧氏；祖玗，皇懷州司馬；妣滎陽鄭氏。親清河崔氏，所親邢氏。開成元年，因余從事。七月廿二日生於華州官舍。後余佐廣、職戶部、佐襄、貶分司衛佐、尉萬年，迄今迴環數萬里，綿歷百餘州，與汝憂歡未嘗暫間。去春京師遘疾，洎夏旋復瘳損。歲杪，餘從汴，……廿四日，次稠桑。腹疾發，……俄訣古今。"③《唐隴西李氏女十七娘墓志銘並序》題作"父守河南府陸渾縣令胤之撰"："隴西李氏十七娘，曾祖惇，皇太原府士曹；祖玗，皇懷州司馬；祖妣滎陽鄭氏。父胤之，陸渾縣令，親清河崔氏。家承軒冕，世爲甲族，備載圖諜，可得而詳。汝名第娘，即余之元女。所生邢氏，入吾家卅年，恭盡勤敬，終始如一。享年廿四，大中十一年十一月十一日終於東都政平坊路家宅中院。其年十二月廿七日，祔葬於河南龍門鄉孫村親妹之塋，從權也。余大和八年登春官第，其冬生汝。故以第字之。生未數月，余入京從職，俄佐華州，未幾復佐廣州。四年還京，又徙襄陽，住四年。左官衛佐分司，後授萬年尉，復參宣武軍。二年府罷，歸洛陽。自汝襁褓，迄至成長，廿年間，吾南北宦遊，綿歷萬里，辛勤道路，羈苦兩京，必自携持，未嘗一日離間。汝往廣州，即三四歲，南中山水萬狀，菓藥千品，奇禽異獸，怪草名花，已能遍識，歷歷在口。又能洞察是非，盡知情僞，周深敏晤，無與比倫。尤好文籍，善筆札。……近歲屬吾窮廢，衣食多闕，日期祿秩，共爾歡娛，不幸中疾，方冀痊和，神理不明，忽至大

---

① 王溥：《唐會要》，中華書局 1955 年版，第 1089 頁。
② 岑仲勉：《郎官石柱題名考》（外三種），中華書局 2004 年版，第 425 頁。
③ 周紹良、趙超：《唐代墓志彙編續集》，上海古籍出版社 2001 年版，第 980 頁。

病，當吾窮空，萬不如意，終身痛恨，倍切肺肝。是後十日，吾除官，便有禄食，獨爾不及……"①

上述兩篇文章中，李胤之自叙經歷：大和八年進士及第，大和八年冬，女第娘生。大和九年，入京從職。開成元年佐華州時，女十八娘生。"余佐廣、職戶部、佐襄、貶分司衛佐、尉萬年"，"俄佐華州，未幾復佐廣州。四年還京，又徙襄陽。住四年，左官衛佐分司，後授萬年尉，復參宣武軍。二年府罷，歸洛陽。"其佐州郡之仕歷基本上和盧鈞經歷相合。據《唐刺史攷全編》：盧鈞於開成元年五月"代（承）蝦守華州"，其年冬（《資治通鑒》作十二月）代李從易爲廣州刺史，開成元年到五年任廣州刺史，會昌元年到四年任襄州刺史，會昌四年到五年任潞州刺史，大中元年到四年任汴州刺史。所以李胤之開成元年七月廿二日在華州，輔佐的是盧鈞。"未幾復佐廣州"，也是因爲盧鈞本年冬調任廣州刺史。盧鈞到達廣州，應在第二年，所以盧鈞任廣州刺史實際上是四年，所以李胤之也是"四年還京"。李胤之自言在襄陽待了四年，而盧鈞任襄州刺史也是四年。"左官衛佐分司"，也與《復召堰籍》中李胤之"陷於讒言"，"自盧公黜"一致。所以李從事當指李胤之，而孫樵所言"三從事盧公"，也應該是已經"三從事"了，現在是"四從事"。

李胤之自言"去春京師遘疾，洎夏旋復瘳損。歲杪，余從汴"。"去春"指大中二年春，"歲杪"，也指大中二年"歲杪"。所以李胤之大中二年歲末，才出發去汴州。大中三年正月七日，趕到洛陽，女國娘死於洛陽。所以，李胤之到達汴州，應在大中三年，李胤之自稱"復參宣武軍，二年府罷"，則李胤之大中三年到大中四年佐汴州。孫樵言"佐汴有日"，則此文應作於大中三年李胤之到達汴州不久。

《與李諫議行方書》：李光富係於大中五年。"文中內容爲請李代上《復佛寺奏》，故當與《復佛寺奏》同時作。"② 傅璇琮係於大中三年："文中云：'今年三月，上嘗欲營治國門，執事尚諫罷之。今詔營廢寺以復群甍，三年之間，斤斧之聲不絕，度其經費，豈特國門之廣乎？'按宣宗大中元年閏三月下詔修復所廢寺廟，此文當作於此後三年。"③ 陳文新

---

① 周紹良、趙超：《唐代墓誌彙編續集》，上海古籍出版社2001年版，第1013—1014頁。
② 李光富：《孫樵生平及孫文係年》，《四川大學學報》1997年第2期。
③ 傅璇琮：《唐五代文學編年史·晚唐卷》，遼海出版社1998年版，第312頁。

亦係此文於大中三年，理由與傅同。①

《復佛寺奏》，李光富係於大中五年："《資治通鑑·唐宣宗大中五年》：六月，進士孫樵上言：'百姓男耕女織，不自溫飽，而群僧安坐華屋，美衣精饌……'《資治通鑑》所引內容與孫樵《復佛寺奏》的內容一致，故此文爲大中五年六月作。按《資治通鑑》於大中五年已稱孫樵爲進士，但孫樵《自序》稱'大中九年，叨登上第'，故《資治通鑑》有誤。"② 傅璇琮、陳文新亦係此文於大中五年，根據也是《資治通鑑》的記載。李光富、傅璇琮、陳文新都沒有參閱《與李諫議行方書》。而李光富說《資治通鑑》於大中五年稱孫樵爲進士是錯誤的，也與《唐摭言》所載唐時習慣不同。《唐摭言》說："得第謂之'前進士'。""進士"應該正是對未及第舉子的稱呼。

《資治通鑑》卷二百四十九載：大中五年六月，"進士孫樵上言：'百姓男耕女織，不自溫飽，而群僧安坐華屋，美衣精饌，率以十戶不能養一僧。武宗憤其然，髮十七萬僧，是天下一百七十萬戶始得蘇息也。陛下即位以來，修復廢寺，天下斧斤之聲至今不絕，度僧幾復其舊矣。陛下縱不能如武宗除積弊，奈何興之於已廢乎！日者陛下欲修國東門，諫官上言，遽爲罷役。今所復之寺，豈若東門之急乎？所役之功，豈若東門之勞乎？願早降明詔，僧未復者勿復，寺未修者勿修，庶幾百姓猶得以息肩也。'"③ 據此，則此文當作於唐宣宗大中五年六月。《舊唐書·宣宗紀》載，會昌六年五月，左右街功德使奏："準今月五日赦書節文，上都兩街舊留四寺外，更添置八所。兩所依舊名興唐寺、保壽寺。六所請改舊名，寶應寺改爲資聖寺，青龍寺改爲護國寺，菩提寺改爲保唐寺，清禪寺改爲安國寺，法雲尼寺改爲唐安寺，崇敬尼寺改爲唐昌寺。右街添置八所。西明寺改爲福壽寺，莊嚴寺改爲聖壽寺，舊留寺。二所舊名，千福寺改爲興元寺，化度寺改爲崇福寺，永泰寺改爲萬壽寺，溫國寺改爲崇聖寺，經行寺改爲龍光寺，奉恩寺改爲興福寺。"敕旨依奏。④

大中元年閏三月，敕："會昌季年，並省寺宇。雖云異方之教，無損致理之源。中國之人，久行其道，釐革過當，事體未弘。其靈山勝境、天

---

① 陳文新：《隋唐五代文學編年史·隋唐五代卷》（下），《中國文學編年史》，湖南人民出版社 2006 年版，第 104 頁。
② 李光富：《孫樵生平及孫文繫年》，《四川大學學報》1997 年第 2 期。
③ 司馬光：《資治通鑑》，中華書局 1956 年版，第 8047 頁。
④ 劉昫：《舊唐書》，中華書局 1975 年版，第 615 頁。

下州府，應會昌五年四月所飛寺宇，有宿舊名僧，復能修創，一任住持，所司不得禁止。"①

《與李諫議行方書》言："三年之間斤斧之聲不絕。"則《與李諫議行方書》當作於大中三年五月。又《與李諫議行方書》云："樵不知時態，竊所憤勇，故作奏書一通，以明群髡大蠹之由，生民重困之源，無路上聞，輒以寓獻執事。"文中所言"奏書"當指《復佛寺奏》，所以《復佛寺奏》當作於大中三年五月之前，可能因"無路上聞"，直到大中三年才請李行方上奏。

《資治通鑒》：四月，"癸巳，盧龍奏節度使張仲武薨，軍中立其子節度押牙直方。……戊戌，以張直方爲盧龍留後。"五月，"徐州軍亂，逐節度使李廓，……在鎮不治，右補闕鄭魯上言其狀，且曰：'臣恐新麥未登，徐師必亂，速命良帥，救此一方。'上未之省。徐州果亂，上思魯言，擢爲起居舍人。"②"閏十一月，……盧龍節度使張直方，暴忍，喜遊獵，軍中將作亂，直方知之，托言出獵，遂舉族逃歸京師，軍中推牙將周綝爲留後。直方至京師，拜金吾大將軍。"③ 張直方事又見《舊唐書·宣宗本紀》《舊唐書·張直方傳》《新唐書·宣宗本紀》《新唐書·張直方傳》等。

大中四年（850），孫樵約三十歲，有《興元新路記》。

《舊唐書·宣宗本紀》：大中三年"十一月，東川節度使（應作山南西道節度使）鄭涯、鳳翔節度使李玭奏修文川谷路，自靈泉至白雲置十一驛，下詔褒美。經年爲雨所壞，又令封敖修斜谷舊路。"④

北宋王溥《唐會要》卷八六《道路》："大中三年十一月，山南西道節度使鄭涯（應作鄭涯）、鳳翔節度使李玭等奏：當道先準敕，新開文川谷路，從靈泉驛至白雲驛共一十所，並每驛側近，置私客館一所，其應緣什物、糧料、遞乘，並作大專知官，及橋道等開修制置畢。其斜谷路，創置驛五所：平州驛一所，連雲驛一所，松嶺驛一所，靈溪驛一所，鳳泉驛一所，並已畢功訖。敕旨：蜀漢道古今敧危，自羊腸九屈之盤，入鳥道三巴之外，雖限戎隔夷，誠爲要害，而勞人御馬，常困險難。鄭涯首創厥功，李玭繼成巨績。校兩路之遠近，減十驛之途程，人不告勞，功已大

---

① 劉昫：《舊唐書》，中華書局1975年版，第617頁。
② 司馬光：《資治通鑒》，中華書局1956年版，第8038頁。
③ 同上書，第8040—8041頁。
④ 劉昫：《舊唐書》，中華書局1975年版，第625頁。

就。偃師開路，祇爲通津；桂陽列亭，止於添驛。此則通千里之險峻，便三川之往來。實爲良能，克當寄任。宜依所奏，仍付史館。"①

"四年六月，中書門下奏：山南西道新開路，訪聞頗不便人。近有山水摧損橋閣，使命停擁，館驛蕭條。縱遣重修，必倍費力。臣等今日延英面奏，宣旨却令修斜谷舊路及館驛者。臣等商量，望詔封敖及鳳翔節度使、觀察使，令速點檢，計料修置，或緣館驛未畢，使命未可經通，其商旅及私行者，任取穩便往來，不得更有約勒。敕旨，依奏。"②

"其年八月，山南節度使封敖奏：當道先準詔令臣檢討，却修置斜谷路者，臣當時差軍將所由領官健人夫，并力修置，道路橋閣等去，七月二十日畢功，通過商旅騾馬擔馱往來，七月二十二日，已具聞奏訖。其館驛先多摧毀破壞，並功修樹，今並已畢。臣已散牒沿路管界州縣，及牒鳳翔、劍南東西南川觀察使，並令取八月十五日以後，於斜谷路過使命。謹具如前。敕旨，宜依，仍付所司。"③

李光富《孫樵生平及孫文係年》係此文於大中三年："文中云：'滎陽公爲漢中，以襃斜舊路修阻，上疏開文川道以易之。'《舊唐書·宣宗本紀》：'（大中三年）十一月，東川節度使（按：《唐會要》作山南西道節度使，從地理位置上看，當以《唐會要》爲是）鄭涯、鳳翔節度使李玭奏修文川谷路，自靈泉至白雲置十一驛，下詔襃美。'鄭涯封滎陽縣開國男，故稱。"④

傅璇琮《隋唐五代文學編年史》也係此文於大中三年："《全唐文》卷七九四孫樵《興元新路記》：'滎陽公爲漢中，以襃斜舊路修阻，上疏開文川道以易之。'按此滎陽公爲鄭涯。據《唐方鎮年表》卷四，鄭涯爲山南西道節度使在大中元年至三年（847—849），而涯奏開文川谷路乃在本年十一月，則此文當此時或稍後所撰。"⑤

陳文新係此文於大中三年："山南西道節度使鄭涯，上報朝廷奏開文川道。稍後，孫樵撰《興元新路記》。"⑥

前輩學者都據文川道開闢時間判定《興元新路記》創作於唐宣宗大

---

① 王溥：《唐會要》，中華書局 1955 年版，第 1574—1575 頁。
② 同上書，第 1575 頁。
③ 同上。
④ 李光富：《孫樵生平及孫文係年》，《四川大學學報》1997 年第 2 期。
⑤ 傅璇琮：《唐五代文學編年史·晚唐卷》，遼海出版社 1998 年版，第 312 頁。
⑥ 陳文新：《隋唐五代文學編年史·隋唐五代卷》（下），《中國文學編年史》，湖南人民出版社 2006 年版，第 102 頁。

中三年（849），考慮不是很全面。

第一，孫樵大中九年進士及第，此前曾十次參加進士考試，大中三年也應該在京師參加進士考試。唐代的進士考試，舉子們"在秋冬之際（最遲在十月），陸續集中於京都"，所以孫樵大中三年十月一定在京師，新路十一月修成，孫樵在大中三年不可能途經文川道。"唐代的進士、明經試一般即在正、二月舉行"，"唐代進士放榜的時間，根據現在見到的史料，有正月的，有二月的，也有三月的"，"通常的情況是在二月"，[1] 那麼孫樵正月之前是不可能途經文川道的。

第二，因爲文川道於大中三年十一月修成，第二年六月廢棄。而文章末尾談到的"朝廷有竊竊之議，道路有唧唧之嘆"，可以幫助我們判斷此文寫作時間。大中四年放榜之前，孫樵都在京師，所以他瞭解了朝廷的"竊竊之議"。唐中央在道路始通之時曾"下詔褒美"，所以朝中只能是"竊竊之議"。這"竊竊之議"激發了孫樵的義憤，他下定決心實地考察文川道的情況。只有孫樵途經此路後，也才能瞭解到"道路"的"唧唧之嘆"。而"唧唧之嘆"更堅定了孫樵寫作此文的決心。所以，這篇文章只能寫於大中四年二月之後。而大中四年六月之後，朝廷關於文川道的爭論已經以文川道的廢棄而結束，"竊竊之議"和"唧唧之嘆"也就毫無意義了。所以這篇文章最後完成的時間，應該是文川道"爲雨所壞"後，唐王朝正在討論此事時，即大中四年六月之前。陶喻之認爲，"《興元新路記》具體撰寫時間，似在大中四年春夏之交返秦前夕或稍後次褒城驛時。""最終完成約在大中四年春夏之交可之在蜀獲悉文川道被廢時，或稍後（夏秋之間）冒暑還秦抵褒城驛時有感於不得蹈捷徑而發。也就是說，《興元新路記》可能分兩個階段完稿，前一階段係可之入蜀時逐日記程計述的文字，亦即《興元新路記》的前半部分；而後一階段係其出蜀期間聞知文川道被廢棄後寫的隨感，即由前一段文字引發的感懷。"[2] 如果此文是夏秋之間完稿，孫樵不可能不提及文川道的廢棄。《興元新路記》記溁溁嶺支路"秋夏此路當絶"，不僅顯示出孫樵的推測，而且也可以看出孫樵是春天經過這條路。文章寫到平川驛前經過的山谷"水淺草細"，寫自芝田至仙岑閣道旁的山谷"氣候甚和"，都可以說明孫樵經過這條路時是在春季。孫樵文中敘述："樵嘗淑中褒斜，一經文川，至於山川險易道途邇（一作'跡'），悉得條記，嘗用披校。"則孫樵在

---

[1]　傅璇琮：《唐代科舉與文學》，陝西人民出版社2003年版，第72、84、290、291頁。
[2]　陶喻之：《唐孫樵履棧考》，《文博》1994年第2期。

寫作此文之前，確實作過扎實的準備工作。可以想見孫樵在"竊竊之議"和"唧唧之嘆"的激發下去進行實地考察，精心組織材料，寫成的這篇文章。他針對興元新路事件，及時的調查評論此事，是希望借此影響朝政的。

《資治通鑒》：十月，"以翰林學士承旨兵部侍郎令狐綯同平章事"。① 事又見《舊唐書·宣宗本紀》《新唐書·宣宗本紀》，《舊唐書·宣宗本紀》記載時間爲十一月。

大中五年（851），孫樵約三十一歲，有《讀開元雜報》，並上《復佛寺奏》。

《讀開元雜報》云："是歲大中五年也。"則本文作於大中五年。李光富、傅璇琮、陳文新也據此係此文於大中五年。

《資治通鑒》卷二百四十九載：大中五年六月，"進士孫樵上言：'百姓男耕女織，不自溫飽，而群僧安坐華屋，美衣精饌，率以十戶不能養一僧。武宗憤其然，發十七萬僧，是天下一百七十萬戶始得蘇息也。陛下即位以來，修復廢寺，天下斧斤之聲至今不絕，度僧幾復其舊矣。陛下縱不能如武宗除積弊，奈何興之於已廢乎！日者陛下欲修國東門，諫官上言，遽爲罷役。今所復之寺，豈若東門之急乎？所役之功，豈若東門之勞乎？願早降明詔，僧未復者勿復，寺未修者勿修，庶幾百姓猶得以息肩也。'"②

七月，"中書門下奏：陛下崇奉釋氏，群下莫不奔走，恐財力有所不逮，因之生事擾人。望委所在長吏量加撙節，所度僧亦委選擇有行業者，若容凶粗之人，則更非敬道也。鄉村佛舍，請罷兵日修。從之。"

裴休爲鹽鐵轉運使，康僚爲鹽鐵巡官。《資治通鑒》：正月，"以兵部侍郎裴休爲鹽鐵轉運使。休，肅之子也。自太和以來，歲運江、淮米不過四十萬斛，吏卒侵盜、沈没，舟達渭倉者什不三四，大墮劉晏之法，休窮究其弊，立漕法十條，歲運米至渭倉者百二十萬斛"。③《舊唐書·宣宗本紀》載裴休充鹽鐵轉運等使在二月。《新唐書·宣宗本紀》載大中六年八月禮部尚書、諸道鹽鐵轉運使裴休同平章事。改革漕運事又見《新唐書·裴休傳》。孫樵《唐故倉部郎中康公墓志銘》言："故丞相河東公休使鹽鐵轉運，公或請計事，將入門，裴公謂謁者曰：'必康君也。'裴公

---

① 司馬光：《資治通鑒》，中華書局1956年版，第8044頁。
② 同上書，第8047頁。
③ 同上書，第8045頁。

始以直知，終以直廢。"

《資治通鑒》："正月，壬戌，天德軍奏攝沙州刺史張義潮遣使來降。義潮，沙州人也，時吐蕃大亂，義潮陰結豪傑，謀自拔歸唐。一旦，帥眾被甲譟於州門，唐人皆應之，吐蕃守將驚走，義潮遂攝州事，奉表來降。以義潮為沙州防禦使。"①《舊唐書·宣宗本紀》載張義潮歸唐事在本年八月，《新唐書·宣宗本紀》載張義潮歸唐事在本年十月。

《資治通鑒》：十月，"乙卯，中書門下奏：'今邊事已息，而州府諸寺尚未畢功，望且令成之。其大縣遠於州府者，聽置一寺，其鄉村毋得更置佛舍。'從之。"②

大中六年（852），孫樵約三十二歲，有《文貞公笏銘》。

《文貞公笏銘》言："大中六年，詔出文貞公笏，歸其孫丞相謩，孫樵請銘其笏。"李光富、傅璇琮、陳文新亦據之編此文於大中六年。汪師韓《孫文志疑》："魏謩，字申之，五代祖文貞公徵。文宗時為右拾遺，屢獻章疏，遷右補闕，轉起居舍人。帝謂之曰：'卿家有何舊書詔？'對曰：'此多失墜，惟簪笏見存。'上令進來。鄭覃曰：'在人不在笏。'上曰：'鄭覃不會我意，此即甘棠之義，非在笏而已。'宣宗朝為御史中丞同平章事，讜言無所畏避，宣宗嘗曰：'魏謩綽有祖風，名公子孫，我心重之。'按此則笏進於文宗開成三年，而出於宣宗大中六年也。"汪師韓所言魏謩事見《舊唐書·魏謩傳》《新唐書·魏謩傳》。

《資治通鑒》："十二月，中書門下奏：'度僧不精，則戒法墮壞；造寺無節，則損費過多。請自今諸州準元敕許置寺外，有勝地靈迹許修復，繁會之縣許置一院。嚴禁私度僧、尼；若官度僧、尼有闕，則擇人補之，仍申祠部給牒，其欲遠游尋師者須有本州公驗。'從之。"③

大中七年（853），孫樵約三十三歲，有《罵僮志》。

李光富係此文於大中七年（853）："文中云：'九試澤宮，九黜有司。'從會昌五年孫樵開始考進士，至大中七年為九年。"④

傅璇琮亦係此文於大中七年："孫樵本年前後在長安，且已'九試澤宮，九黜有司'，故有《罵僮志》之作。《孫可之文集》卷十《罵僮志》自謂：'九試澤宮，九黜有司。'又同上卷七有《寓居對》，中記其入貢士

---

① 司馬光：《資治通鑒》，中華書局1956年版，第8044—8045頁。
② 同上書，第8048頁。
③ 同上書，第8052頁。
④ 李光富：《孫樵生平及孫文係年》，《四川大學學報》1997年第2期。

事:'十試澤宮,十黜有司。'兩文均未知作年,然樵乃大中九年(855)進士及第,倘十黜,事在及第前一年,則九黜後所作《罵僮志》則在本年。"①

大中八年(854),孫樵約三十四歲,有《祭梓潼神君文》《寓居對》。

李光富係《祭梓潼神君文》於大中八年:"文中云:'大中十八年七月九日,鄉貢進士孫樵,再拜獻辭張君靈座之前。'此既稱'鄉貢進士孫樵',則此文當於孫樵大中九年中進士之前作。且唐宣宗大中年號至十三年止,故'大中十八年'當爲'大中八年'之誤。清人徐松《登科記考》卷二十二、今人岑仲勉《唐人行第錄·讀全唐文札記》中已明辨之。因此,此文當作於大中八年。"②傅璇琮亦云:"大中十八年當爲大中八年之誤。""樵明年春及第,則本年秋由蜀赴京,經梓潼而有此祭文。"③陳文新亦云:"考大中無十八年,蓋十字衍文。"④

《登科記考》:"按樵《祭梓潼神君文》:'大中十八年,鄉貢進士孫樵再拜獻詞。'考大中無十八年,蓋'十'字衍文。樵於九年登第,故八年猶稱鄉貢。"⑤

岑仲勉《唐人行第錄》(外三種)之《讀全唐文札記》引徐松《登科記考》二二:"考大中無十八年,蓋十字衍文,樵於九年登第,故八年猶稱鄉貢。"⑥

《資治通鑑》:"上以甘露之變,惟李訓、鄭注當死,自餘王涯、賈餗等無罪,詔皆雪其冤。上召翰林學士韋澳,托以論詩,屏左右與之語曰:'近日外間謂內侍權勢何如?'對曰:'陛下威斷,非前朝之比。'上閉目搖首曰:'全未,全未!尚畏之在。卿謂策將安出?'對曰:'若與外廷議之,恐有太和之變,不若就其中擇有才識者與之謀。'上曰:'此乃末策。自衣黃、衣綠至衣緋,皆感恩,纔衣紫則相與爲一矣!'上又嘗與令狐綯謀盡誅宦官,綯恐濫及無辜,密奏曰:'但有罪勿舍,有闕勿補,自然漸耗,至於盡矣。'宦者竊見其奏,由是益與朝士相惡,南北司如水

---

① 傅璇琮:《唐五代文學編年史·晚唐卷》,遼海出版社1998年版,第367頁。
② 李光富:《孫樵生平及孫文係年》,《四川大學學報》1997年第2期。
③ 傅璇琮:《唐五代文學編年史·晚唐卷》,遼海出版社1998年版,第375頁。
④ 陳文新:《隋唐五代文學編年史·隋唐五代卷》(下),《中國文學編年史》,湖南人民出版社2006年版,第140頁。
⑤ 徐松撰,趙守儼點校:《登科記考》,中華書局1984年版,第825—826頁。
⑥ 岑仲勉:《讀全唐文札記,唐人行第錄》(外三種),中華書局2004年版,第339頁。

火矣。"①

大中九年（855），孫樵約三十五歲，進士及第，從軍邠國。

《自序》："大中九年，叨登上第，從軍邠國。"

《登科記考》載：本年知貢舉沈詢，錄進士孫樵、盧携、柳璧、楊授、陸肱、李彬、沈儋、羅洙。②

康僚本年爲李訥轉運判官。《唐故倉部郎中康公墓誌銘》言："今華州刺史李公訥拜鹽鐵轉運使，將莅事，且召群吏曰：'二十年已旋，推官、判官誰爲廉平，可以助吾治者？'群吏皆以公塞問。李公曰：'吾得之矣。'公由是不去職。咸通元年，改檢校禮部郎中兼侍御史、充轉運判官。李公始以廉平知，終以章奏加厚，常稱於班行間。"

《資治通鑒》："秋七月，浙東軍亂，逐觀察使李訥。"③《新唐書·宣宗本紀》亦載浙江軍亂逐觀察使李訥。《舊唐書·宣宗本紀》載李訥於大中十年檢校左散騎常侍，兼越州刺史、御史大夫、浙江東道都團練觀察等使，與《資治通鑒》和《新唐書》所載不同。

大中十年（856），孫樵約三十六歲，從軍邠國。

大中十一年（857），孫樵約三十七歲，從軍邠國。

大中十二年（858），孫樵約三十八歲，從軍邠國。

《資治通鑒》："秋，七月，丙寅，宣州都將康全泰作亂，逐觀察使鄭熏，熏奔揚州。"④ 十月，"崔弦奏克宣州，斬康全泰及其黨四百餘人。"⑤ 十二月，"韋宙奏克洪州，斬毛鶴及其黨五百餘人。"《舊唐書·宣宗本紀》本年八月載"洪州賊毛合、宣州賊康全大"攻略州縣，並命令兩浙兵討伐，所載姓名不同。《新唐書·宣宗本紀》載毛鶴逐觀察使鄭憲在本年六月，康全泰逐觀察使鄭熏在八月，康全泰伏誅在十月，毛鶴伏誅在十二月。三書所載有所不同。

大中十三年（859），孫樵約三十九歲，在邠州，有《書田將軍邊事》。

李光富係此文於唐文宗開成三年（838）："文中云：'田在賓將軍刺嚴道三年，能條悉南蠻事。'又云：'自南康公鑿青溪道以和群蠻，俾由

---

① 司馬光：《資治通鑒》，中華書局1956年版，第8055頁。
② 徐松撰，趙守儼點校：《登科記考》，中華書局1984年版，第825—827頁。
③ 司馬光：《資治通鑒》，中華書局1956年版，第8057頁。
④ 同上書，第8071頁。
⑤ 同上書，第8074頁。

蜀而貢，又擇群蠻子弟聚於錦城，使習書算，業就輒去，復以他繼，如此垂五十年。'南康公即韋皋，韋皋曾被封爲南康郡王，故云。《舊唐書·韋皋傳》：'貞元元年，拜檢校戶部尚書，兼成都尹、御史大夫、劍南西川節度使，代張延賞。……四年，皋遣判官崔佐時入南詔蠻，說令嚮化。……南蠻……自是復通。'《新唐書·南蠻傳》：貞元十五年，异牟尋'請以大臣子弟質於皋，皋辭，固請，乃盡舍成都，咸遣就學。'由韋皋貞元四年遣使通南詔，至開成三年爲五十年，故知此文作於開成三年。此與一九二八年刊《雅安縣志》所載亦相符合。《雅安縣志》卷三《官師志》云：'田在賓：開成中以將軍刺嚴道。'①

孫樵文曰："自南康公鑿青溪道以和群蠻，俾由蜀而貢，又擇群蠻子弟叢於錦城，使習書算，業就輒去，復以他繼，如此垂五十年不絶其來，則其學於蜀者不啻千百，故其國人皆能習知巴蜀土風山川要害，文皇帝三年，南蠻果大入成都。"這只是孫樵轉述田在賓的話，而田在賓是在講述歷史，而不是現實。《舊唐書·宣宗本紀》載：大中十一年二月，"以右金吾衛將軍田在賓檢校右散騎常侍，兼夏州刺史，代鄭助爲夏綏銀宥節度等使。"②《唐刺史攷全編》據本文定田在賓於大中十一年到十三年（857—859）刺嚴道。③並言吳廷燮《唐方鎮年表考證》引作"雅州刺史"，蓋誤記。④吳廷燮《唐方鎮年表》引《舊唐書》和孫樵此文證明大中十一年到十三年任夏州節度使，並引《新唐書·宰相世系表》："在賓，弘正孫。"⑤《唐方鎮年表考證》卷上："田在賓，新表，弘正孫，爲雅州刺史，見孫樵文。"⑥

本年八月唐宣宗崩，懿宗繼位。《資治通鑑》："八月，疽甚，宰相及朝士皆不得見。上密以夔王屬樞密使王歸長、馬公儒、宣徽南院使王居方，使立之。三人及右軍中尉王茂玄，皆上平日所厚也。獨左軍中尉王宗實素不同心，三人相與謀，出宗實爲淮南監軍，宗實已受敕於宣化門外，將自銀臺門出，左軍副使亓元實謂宗實曰：'聖人不豫踰月，中尉止隔門起居；今日除改，未可辨也。何不見聖人而出？'宗實感寤，復入，諸門

---

① 李光富：《孫樵生平及孫文係年》，《四川大學學報》1997年第2期。
② 劉昫：《舊唐書》，中華書局1975年版，第636頁。
③ 郁賢皓：《唐刺史攷全編》，安徽大學出版社2000年版，第321頁。
④ 同上書，第3098頁。
⑤ 吳廷燮：《唐方鎮年表》，中華書局1980年版，第118—119頁。
⑥ 同上書，第1314頁。

已踵故事增人守捉矣。亓元實翼道宗實直至寢殿，上已崩，東首環泣矣。宗實叱歸長等，責以矯詔；皆捧足乞命。乃遣宣徽北院使齊元簡迎鄆王。壬辰，下詔立鄆王爲皇太子，權句當軍國政事，仍更名漼。收歸長、公儒、居方，皆殺之。癸巳，宣遺制，以令狐綯攝冢宰。"① 事又見《舊唐書·宣宗本紀》，僅載"遺詔立鄆王爲皇太子"，不載諸宦官事。《新唐書·宣宗本紀》載爲"左神策軍護軍中尉王宗實立鄆王爲皇太子"。《新唐書·懿宗本紀》詳載此事。

十二月，裘甫起義。《資治通鑑》："浙東賊帥裘甫攻陷象山，官軍屢敗，明州城門晝閉，進逼剡縣，有眾百人，浙東騷動。觀察使鄭祗德遣討擊副使劉勍、副將范居植將兵三百，合台州軍共討之。"② 裘甫，《舊唐書》《新唐書》均載爲仇甫。《舊唐書·懿宗本紀》載咸通元年二月，浙東觀察使王式斬草賊仇甫。《新唐書·懿宗本紀》載仇甫反於咸通元年，伏誅於八月。

唐懿宗咸通元年（860），孫樵約四十歲。

裘甫起義被鎮壓。《資治通鑑》：正月，"浙東軍與裘甫戰於桐柏觀前，范居植死，劉勍僅以身免。乙丑，甫帥其徒千餘人陷剡縣，開府庫，募壯士，眾至數千人；越州大恐。時二浙久安，人不習戰，甲兵朽鈍，見卒不滿三百；鄭祗德更募新卒以益之，軍吏受賂，率皆得孱弱者。祗德遣子將沈君縱、副將張公署、望海鎮將李珪將新卒五百擊裘甫。二月，辛卯，與甫戰於剡西，賊設伏於三溪之南，而陳於三溪之北，壅溪上流，使可涉。既戰，陽敗走，官軍追之，半涉，決壅，水大至，官軍大敗，三將皆死，官軍幾盡。於是山海諸盜及他道無賴亡命之徒，四面雲集，眾至三萬，分爲三十二隊，其小帥有謀略者推劉暀，勇力推劉慶、劉從簡。群盜皆遙通書幣，求屬麾下。甫自稱天下都知兵馬使，改元曰羅平，鑄印曰天平。大聚資糧，購良工，治器械，聲震中原。……鄭祗德累表告急，且求救於鄰道；浙西遣牙將凌茂貞將四百人、宣歙遣牙將白琮將三百人赴之。祗德始令屯郭門及東小江，尋復召還府中以自衛。祗德饋之，比度支常饋多十三倍，而宣、潤將士猶以爲不足。宣、潤將士請土軍爲道，以與賊戰；諸將或稱病，或陽墜馬，其肯行者必先邀職級，竟不果遣。賊遊騎至平水東小江，城中士民儲舟裹糧，夜坐待旦，各謀逃潰。"③

---

① 司馬光：《資治通鑑》，中華書局1956年版，第8075—8076頁。
② 同上書，第8077頁。
③ 司馬光：《資治通鑑》，中華書局1956年版，第8079—8080頁。

以王式爲浙東觀察使，王式入見懿宗，懿宗問討賊方略。"對曰：'但得兵，賊必可破。'有宦官侍側，曰：'發兵，所費甚大。'式曰：'臣爲國家惜費則不然。兵多賊速破，其費省矣。若兵少不能勝賊，延引歲月，賊勢益張，則江、淮群盜將蜂起應之。國家用度盡仰江、淮，若阻絕不通，則上自九廟，下及十軍，皆無以供給，其費豈可勝計哉！'上顧宦官曰：'當與之兵。'乃詔發忠武、義成、淮南等諸道兵授之。"三月，裒甫"分兵掠衢、婺州。婺州押牙房郅、散將樓曾、衢州十將方景深將兵拒險，賊不得入。又分兵掠明州，明州之民相與謀曰：'賊若入城，妻子皆爲葅醢，況貨財，能保之乎！'乃自相帥出財募勇士，治器械，樹柵，浚溝，斷橋，爲固守之備。賊又遣兵掠台州，破唐興。己巳，甫自將萬餘人掠上虞，焚之。癸酉，入餘姚，殺丞、尉；東破慈谿，入奉化，抵寧海，殺其令而據之；分兵圍象山。所過俘其少壯，餘老弱者蹂踐殺之。"

"夏，四月，式行至柿口，義成軍不整，式欲斬其將，久乃釋之，自是軍所過若無人。至西陵，裒甫遣使請降。式曰：'是必無降心，直欲窺吾所爲，且欲使吾驕怠耳。'乃謂使者曰：'甫面縛以來，當免而死。'乙未，式入越州，既交政，爲鄭祗德置酒，曰：'式主軍政，不可以飲，監軍但與衆賓盡醉。'迨夜，繼以燭，曰：'式在此，賊安能妨人樂飲！'丙申，餞祗德於遠郊，復樂飲而歸。於是始修軍令，告饋餉不足者息矣，稱疾臥家者起矣，先求遷職者默矣。賊別帥洪師簡、許會能帥所部降，式曰：'汝降是也，當立效以自異。'使帥其徒爲前鋒，與賊戰有功，乃奏以官。先是，賊諜入越州，軍吏匿而飲食之。文武將吏往往潛與賊通，求城破之日免死及全妻子；或詐引賊將來降，實窺虛實；城中密謀屏語，賊皆知之。式陰察知，悉捕索，斬之；刑將吏尤橫猾者，嚴門禁，無驗者不得出入，警夜周密，賊始不知我所爲矣。式命諸縣開倉廩以賑貧乏，或曰：'賊未滅，軍食方急，不可散也。'式曰：'非汝所知。'官軍少騎卒，式曰：'吐蕃、回鶻比配江、淮者，其人習險阻，便鞍馬，可用也。'舉籍府中，得驍健者百餘人。虜久羈旅，所部遇之無狀，困餒甚；式既犒飲，又賙其父母妻子，皆泣拜歡呼，願效死，悉以爲騎卒，使騎將石宗本將之。凡在管內者，皆視此籍之，又奏得龍陂監馬二百匹，於是騎兵足矣。或請爲烽燧以訶賊遠近衆寡，式笑而不應；選懦卒，使乘健馬，少與之兵，以爲候騎；衆怪之，不敢問。於是閱諸營見卒及土團子弟，得四千人，使道軍分路討賊；府下無守兵，更籍土團千人以補之。乃命宣歙將白琮、浙西將凌茂貞帥本軍，北來將韓宗政等帥土團，合千人，石宗本帥騎兵爲前鋒，自上虞趨奉化，解象山之圍，號東路軍。又以義成將白宗建、忠（武）將游君楚、淮南將萬璘帥本軍與台州唐興軍合，號南路軍。令之曰：'毋爭險易，毋焚廬舍，毋殺平民以增首級！平民脅從者，募降之。得賊金帛，官無所問。俘獲者，皆越人也，釋之。'癸卯，南路軍拔賊沃洲寨，甲辰，拔新昌寨，破賊將毛應天，進拔唐興。"[1]

"五月……辛亥，浙東東路軍破賊將孫馬騎於寧海。戊午，南路軍大破賊將劉眰、毛應天於唐興南谷，斬應天。先是，王式以兵少，奏更發忠武、義成軍及請昭義軍，詔從之。三道兵至越州，式命忠武將張茵將三百人屯唐興，斷賊南出之道；義成將高羅銳將三百人，益以台州土軍，徑趨寧海，攻賊巢穴；……東路軍斷賊入明州之道。庚申，南路軍大破賊於海游鎮，賊入甬溪洞。戊辰，官軍屯於洞口，賊出洞戰，又破之。己巳，高羅銳襲賊別帥劉平天寨，破之。……高羅銳克寧海，收其逃散之民，得七千餘人。王式曰：'賊窘且饑，必逃入海，入海則歲月間未可擒也。'命羅銳軍海口以拒之。又命望海鎮將雲思益、浙西將王克容將水軍巡海澨。思益等遇賊將從簡於寧海東，賊不虞水軍遽至，皆棄船走山谷，得其船十七，盡焚之。式曰：'賊無所逃矣，惟黃罕嶺可入剡，恨無兵以守之。雖然，亦成擒矣！'裘甫既失寧海，乃帥其徒屯南陳館下，眾尚萬餘人。辛未，東路軍破賊將孫馬騎於上曍村，賊將王皐懼，請降。……戊寅，浙東東路軍大破裘甫於南陳館，斬首數千級，賊委棄繒帛盈路，以緩追者。……賊果自黃罕嶺遁去，六月，甲申，復入剡。……府中聞甫入剡，復大恐，王式曰：'賊來就擒耳！'命趣東、南兩路軍會於剡，辛卯，圍之。賊城守甚堅，攻之，不能拔；諸將議絕溪水以渴之，賊知之，乃出戰。三日，凡八十三戰，賊雖敗，官軍亦疲。賊請降，諸將出白式，式曰：'賊欲少休耳，益謹備之，功垂成矣。'賊果復出，又三戰。庚子夜，裘甫、劉眰、劉慶從百餘人出降，遙與諸將語，離城數十步，官軍疾趨，斷其後，遂擒之。壬寅，甫等至越州，式腰斬眰、慶等二十餘人，械甫送京師。"

咸通二年（861），孫樵約四十一歲。

《資治通鑒》載七月南詔攻邕州，陷之。《新唐書·懿宗本紀》載本年八月南詔寇邕州，九月寇巂州。

咸通三年（862），孫樵約四十二歲。

《資治通鑒》載十一月，"南詔帥群蠻五萬寇安南"。十二月，南詔圍交趾。《新唐書·懿宗本紀》載十一月，雲南蠻寇安南。《舊唐書·懿宗

---

[1] 司馬光：《資治通鑒》，中華書局1956年版，第8084—8085頁。

本紀》載林邑蠻寇安南在九月。《新唐書》不載"圍交趾"事。《舊唐書·懿宗本紀》咸通四年追敘安南都護李琢暴政道致林邑蠻攻安南時，載三年冬陷交趾。

《舊唐書·懿宗本紀》載七月，徐州軍亂，被王式平定。

咸通四年（863），孫樵約四十三歲。

《資治通鑒》載正月，"南詔陷交趾"。"十二月，南詔寇西川。"《新唐書·懿宗本紀》載爲正月陷安南。

咸通五年（864），孫樵約四十四歲。

《資治通鑒》：三月，"康承訓至邕州，蠻寇益熾，詔發許、滑、青、汴、兗、鄆、宣、潤八道兵以授之，承訓不設斥候；南詔帥群蠻近六萬寇邕州，將入境，承訓乃遣六道兵凡萬人拒之，以獠爲導，紿之。敵至，不設備，五道兵八千人皆没，惟天平軍後一日至，得免。承訓聞之，惶怖不知所爲。節度副使李行素帥眾治壕柵，甫畢，蠻軍已合圍。留四日，治攻具，將就，諸將請夜分道斫蠻營，承訓不許；有天平小校再三力爭，乃許之。小校將勇士三百，夜，縋而出，散燒蠻營，斬首五百餘級。蠻大驚，間一日，解圍去。承訓乃遣諸軍數千追之，所殺虜不滿三百級，皆溪獠脅從者。承訓騰奏告捷，云大破蠻賊，中外皆賀。"① 事又見《新唐書·康承訓傳》等。

咸通六年（865），孫樵約四十五歲。

九月，高駢破南詔。《資治通鑒》："高駢治兵於海門，未進；監軍李維周惡駢，欲去之，屢趣駢使進軍。駢以五千人先濟，約維周發兵應援；駢既行，維周擁餘眾，不發一卒以繼之。九月，駢至南定，峰州蠻眾近五萬，方獲田，駢掩擊，大破之，收其所獲以食軍。"② 《新唐書·懿宗本紀》載高駢五月敗雲南蠻於邕州。《舊唐書·懿宗本紀》載高駢五月敗雲南蠻於邕州，收復安南於是年秋。

咸通七年（866），孫樵約四十六歲。

《資治通鑒》：六月，"高駢……進擊南詔，屢破之。捷奏至海門，李維周皆匿之，數月無聲問。上怪之，以問維周，維周奏駢駐軍峰州，玩寇不進。上怒，以右武衛將軍王晏權代駢鎮安南，召駢詣闕，欲重貶之。……是月，駢大破南詔蠻於交趾，殺獲甚眾，遂圍交趾城。"十月，"高駢圍交趾十餘日，蠻困蹙甚，城且下。會得王晏權牒，已與李維周將

---

① 司馬光：《資治通鑒》，中華書局1956年版，第8018—8019頁。
② 同上書，第8112頁。

大軍發海門，駢即以軍事授韋仲宰，與麾下百餘人北歸。先是，仲宰遣小使王惠贊，駢遣小校曾袞入告交趾之捷，至海中，望見旌旗東來，問遊船，云新經略使與監軍也。二人謀曰：'維周必奪表留我。'乃匿於島間，維周過，即馳詣京師。上得奏大喜，即加駢檢校工部尚書，復鎮安南，駢至海門而還。王晏權暗懦，動稟李維周之命；維周凶貪，諸將不爲之用，遂解重圍，蠻遁去者大半。駢至，復督勵將士攻城，遂克之，殺段酋遷及土蠻爲南詔鄉導者朱道古，斬首三萬餘級，南詔遁去。駢又破土蠻附南詔者二洞，誅其酋長，土蠻帥眾歸附者萬七千人。"① 高駢西南戰爭又見《舊唐書·高駢傳》《新唐書·高駢傳》等。

咸通八年（867），孫樵約四十七歲。

咸通九年（868），孫樵約四十八歲，尚從軍邠國。

龐勛起義，殺滁州刺史高錫望。《祭高諫議文》："君牧滁甿，我從邠軍，方恨綿邈，凶訃遽聞，……君殯喬谷，我歸咸秦。"高錫望於咸通十一年歸葬，則孫樵於咸通十一年之前，應該在邠州。

《資治通鑒》：七月，徐州兵戍桂州者以久戍不遷反，都虞候許佶、軍校趙可立、姚周、張行實等殺都將王仲甫，推糧料判官龐勛爲主，劫倉庫兵器北還。八月，赦其罪，"部送歸徐州，戍卒乃止剽掠"。九月，"龐勛等至湖南，監軍以計誘之，使悉輸其甲兵。山南東道節度使崔鉉嚴兵守要害，徐卒不敢入境，泛舟沿江東下。""入淮南，淮南節度使令狐綯遣使慰勞，給芻米。都押牙李湘言於綯曰：'徐卒擅歸，勢必爲亂；雖無敕令誅討，藩鎮大臣當臨事制宜。高郵岸峻而水深狹，請將奇兵伏於其側，焚荻舟以塞其前，以勁兵蹙其後，可盡擒也。不然，縱之使得度淮，至徐州，與怨憤之眾合，爲患必大。'綯素懦怯，且以無敕書，乃曰：'彼在淮南不爲暴，聽其自過，餘非吾事也。'勛招集銀刀等都竄匿及諸亡命匿於舟中，眾至千人。"十月，徐州官軍討龐勛。龐勛攻陷宿州、徐州，求節鉞，陷濠州，攻泗州，"泗州刺史杜慆聞勛作亂，完守備以待之，且求救於江、淮，李圓遣精卒百人先入泗州，封府庫，慆遣人迎勞，誘之入城，悉誅之。明日，圓至，即引兵圍城，城上矢石雨下，賊死者數百，乃斂兵屯城西，勛以泗州當江、淮之衝，益發兵助圓攻之，眾至萬餘，終不能克。"十二月，龐勛"遣其將丁從實等各將數千人南寇舒廬，北侵沂海，破沭陽、下蔡、烏江、巢縣，攻陷滁州，殺刺史高錫望。又寇和州，刺史崔雍遣人以牛酒犒之，引賊登樓共飲，命軍士皆釋甲，指所愛二人爲

---

① 司馬光：《資治通鑒》，中華書局1956年版，第8115—8116頁。

子弟，乞全之，其餘惟賊所處，賊遂大掠城中，殺士卒八百餘人。"① 閏十二月，龐勛大敗戴可師官軍三萬人，遂圍壽州。事又見《舊唐書·懿宗本紀》《舊唐書·令狐綯傳》《新唐書·懿宗本紀》《新唐書·令狐綯傳》等。

咸通十年（869），孫樵約四十九歲，龐勛起義失敗。

康承訓先敗龐勛將王弘立，再敗龐勛將姚周。《資治通鑒》："王弘立……請獨將所部三萬人破承訓，龐勛許之。己亥，弘立引兵度濉水，夜，襲鹿塘寨，黎明，圍之。弘立與諸將臨望，自謂功在漏刻。沙陀左右突圍，出入如飛，賊紛擾移避，沙陀縱騎蹂之，寨中諸軍爭出奮擊，賊大敗。官軍麇之於濉水，溺死者不可勝紀。……康承訓既破王弘立，進逼柳子，與姚周一月之間數十戰。丁亥，周引兵渡水，官軍急擊之，周退走，官軍逐之，遂圍柳子。會大風，四面縱火，賊棄寨走，沙陀以精騎邀之，屠殺殆盡，自柳子至芳城，死者相枕，斬其將劉豐。周將麾下數十人奔宿州，宿州守將梁丕素與之有隙，開城聽入，執而斬之。"② 事又見《新唐書·康承訓傳》等。

龐勛與康承訓戰於柳子，大敗。《資治通鑒》：龐勛"約襄城、留武、小睢諸寨兵合五六萬人，以二十九日遲明攻柳子。淮南敗卒在賊中者，逃詣康承訓，告以其期，承訓得先爲之備，秣馬整眾，設伏以待之。丙辰，襄城等兵先至柳子，遇伏，敗走。龐勛既自失期，遽引兵自三十里外赴之，比至，諸寨已敗，勛所將皆市井白徒，覩官軍勢盛，皆不戰而潰。承訓命諸將急追之，以騎兵邀其前，步卒麇其後，賊狼狽不知所之，自相蹈藉，僵尸數十里，死者數萬人。勛解甲服布襦而遁，收散卒，才及三千人，歸彭城"。③ 九月，康承訓攻克徐州，追及龐勛，龐勛戰死。事又見《舊唐書·懿宗本紀》《新唐書·懿宗本紀》《新唐書·康承訓傳》等。

咸通十一年（870），孫樵約五十歲，到京師任職秘書省，有《祭高諫議文》。

《祭高諫議文》云："咸通十一年十一月五日，友人孫樵謹遣家僮犀角、雁兒具時羞之奠，敬祭於故友滁州刺史贈諫議大夫高公葉卜之靈。"又云："君殯喬谷，我歸咸秦。"則孫樵此時入京。《自序》言："久居蘭省。"則孫樵入京爲秘書省官員。

---

① 司馬光：《資治通鑒》，中華書局 1956 年版，第 8120—8134 頁。
② 同上書，第 8140—8141 頁。
③ 同上書，第 8144 頁。

《資治通鑒》:"路巖、韋保衡上言:'康承訓討龐勛時,逗橈不進,又不能盡其餘黨,又貪虜獲,不時上功。'辛酉,貶蜀王傅、分司。尋再貶恩州司馬。"① 事又見《舊唐書·懿宗本紀》《新唐書·康承訓傳》等。

咸通十二年(871),孫樵約四十五歲。

咸通十三年(872),孫樵約四十六歲,有《唐故倉部郎中康公墓銘》。

本文開篇言:"唐尚書倉部郎中姓康氏,以咸通十三年月日薨於鄭州官舍。"

咸通十四年(873),孫樵約四十七歲。

懿宗崩,左軍中尉劉行深、右軍中尉韓文約立少子普王儼,是爲僖宗。七月辛巳,僖宗即位。事見《舊唐書·僖宗本紀》《新唐書·僖宗本紀》《資治通鑒》等。

僖宗乾符元年(874),孫樵約四十八歲。本年,王仙芝起義。

《資治通鑒》:正月,翰林學士盧携上言,"關東去年旱災,自虢至海,麥才半收,秋稼幾無,冬菜至少,貧者磑蓬實爲面,蓄槐葉爲韲","乞敕州縣,應所欠殘税,並一切停徵,以俟麥麰,仍發所在義倉,亟加賑給。""敕從其言,而有司竟不能行,徒爲空文而已。"②

《資治通鑒》:"是歲,濮州人王仙芝始聚眾數千,起於長垣。"③《舊唐書·懿宗本紀》載王仙芝起義在乾符二年五月,《新唐書·懿宗本紀》載王仙芝、尚君長乾符二年六月攻陷曹、濮二州。疑王仙芝起義應在乾符元年。

乾符二年(875),孫樵約四十九歲。

高駢爲西川節度使,大敗南詔。《資治通鑒》:"高駢至成都,明日,發步騎五千追南詔,至大度河,殺獲甚眾,擒其酋長數十人,至成都,斬之。修復邛崍關、大度河諸城柵,又築城於戎州馬湖鎮,號平夷軍,又築城於沐源川,皆蠻入蜀之要路也,各置兵數千戍之。自是蠻不復入寇。"④ 事又見《舊唐書·高駢傳》《新唐書·高駢傳》等。

黃巢與王仙芝合兵,勢益盛。《資治通鑒》:"王仙芝及其黨尚君長攻陷濮州、曹州,眾至數萬;天平節度使薛崇出兵擊之,爲仙芝所敗。冤句

---

① 司馬光:《資治通鑒》,中華書局 1956 年版,第 8154 頁。
② 同上書,第 8168—8167 頁。
③ 同上書,第 8174 頁。
④ 同上書,第 8176 頁。

人黄巢亦聚衆數千人應仙芝。巢少與仙芝皆以販私鹽爲事，巢善騎射，喜任俠，粗涉書傳，屢舉進士不第，遂爲盜，與仙芝攻剽州縣，横行山東，民之困於重斂者争歸之，數月之間，衆至數萬。"① 事又見《舊唐書·僖宗本紀》《新唐書·僖宗本紀》《舊唐書·黄巢傳》等。

唐王朝内憂外患，直至年底始發兵討王仙芝、黄巢。《資治通鑑》："群盜侵淫（侵當作浸），剽掠十餘州，至於淮南，多者千餘人，少者數百人；詔淮南、忠武、宣武、義成、天平五軍節度使、監軍亟加討捕及招懷。十二月，王仙芝寇沂州，平盧節度使宋威表請以步騎五千别爲一使，兼帥本道兵所在討賊。仍以威爲諸道行營招討草賊使，仍給禁兵三千、甲騎五百。因詔河南方鎮所遣討賊都頭並取威處分。"②

乾符三年（876），孫樵約五十歲。

《資治通鑑》："正月，天平軍奏遣將士張晏等救沂州，還，至義橋，聞北境復有盜起，留使扞御；晏等不從，喧譟趣鄆州。都將張思泰、李承祐走馬出城，裂袖與盟，以俸錢備酒殽慰諭，然後定。詔本軍宣慰一切，無得窮詰。唐自中世以來姑息藩鎮，至其末也，姑息亂軍，遂陵夷以至於亡。"③

宋威擊敗王仙芝，妄奏王仙芝已死。《資治通鑑》："宋威擊王仙芝於沂州城下，大破之，仙芝亡去。威奏仙芝已死，縱遣諸道兵，身還青州；百官皆入賀。居三日，州縣奏仙芝尚在，攻剽如故。"八月，"仙芝陷陽翟、郟城"，"進逼汝州"。④ 九月，王仙芝陷汝州，擒獲刺史王鐐。又攻陷陽武，進攻鄭州。十月，王仙芝南攻唐、鄧。十一月，"王仙芝攻郢、復二州，陷之。""十二月，王仙芝攻申、光、廬、壽、舒、通（當作蘄）等州。"蘄州刺史裴偓爲王仙芝請，"乃以仙芝爲左神策軍押牙兼監察御史，遣中使以告身即蘄州授之。"因官不及他人，黄巢毆打王仙芝，二人分軍而去。事又見《舊唐書·僖宗本紀》《舊唐書·黄巢傳》《新唐書·僖宗本紀》等。

乾符四年（877），孫樵約五十一歲。

王仙芝南行，黄巢留北方。

《資治通鑑》：二月，"王仙芝陷鄂州，黄巢陷鄆州。""三月，黄巢陷

---

① 司馬光：《資治通鑑》，中華書局1956年版，第8180頁。
② 同上書，第8182頁。
③ 同上。
④ 同上書，第8184頁。

沂州。"七月"庚申，王仙芝、黃巢攻宋州，三道兵與戰，不利，賊遂圍宋威於宋州。甲寅，左威衛上將軍張自勉將忠武兵七千救宋州，殺賊二千餘人，賊解圍遁去。"八月，"王仙芝陷安州，……隨州。"十月，曾元裕破黃巢於蘄、黄。十二月，"黃巢陷匡城，遂陷濮州。"① 事又見《舊唐書·僖宗本紀》《舊唐書·黃巢傳》《新唐書·僖宗本紀》等。

各地亂軍頻作。《資治通鑑》載，四月，陝州軍亂，逐觀察使崔碣。八月，"鹽州軍亂，逐刺史王承顏，詔高品牛從珪往慰諭之，貶承顏象州司戶。承顏及崔碣素有政聲，以嚴肅爲驕卒所逐，朝廷與貪暴致亂者同貶，時人惜之。史言唐末賞罰失當，且言主昏政亂，能吏不惟不得展其才，亦不免於罪。"② 十月，河中軍亂，逐節度使劉侔，縱兵焚掠。

乾符五年（878），孫樵約五十二歲。

《資治通鑑》載，正月，王仙芝攻陷荆南羅城，荆南節度使楊知溫求救於山南東道，節度使李福遣兵救之，破王仙芝軍於荆門，王仙芝大掠荆南而去。二月，曾元裕"大破王仙芝於黃梅，殺五萬餘人，追斬仙芝，傳首，餘黨散去。黃巢方攻亳州未下，尚讓帥仙芝餘眾歸之，推巢爲主，號衝天大將軍，改元王霸，署官屬。巢襲陷沂州、濮州。"三月，黃巢自滑州進軍宋汴，因北方唐軍勢力強大，又"引兵渡江，攻陷虔、吉、饒、信等州"。八月，"黃巢寇宣州，宣歙觀察使王凝拒之，敗於南陵。巢攻宣州不克，乃引兵攻浙東，開山路七百里，攻剽福建諸州。"十二月，黃巢陷福州。③ 事又見《舊唐書·僖宗本紀》《舊唐書·黃巢傳》《新唐書·僖宗本紀》等。

乾符六年（879），孫樵約五十三歲。

《資治通鑑》：正月，"鎮海節度使高駢遣其將張璘、梁纘分道擊黃巢，屢破之，降其將秦彥、畢師鐸、李罕之、許勍等數十人；巢遂趣廣南。"九月，黃巢陷廣州，轉掠嶺南。十月，"黃巢在嶺南，士卒罹瘴疫死者什三四，其徒勸之北還以圖大事，巢從之。自桂州編大栿數十，乘暴水，沿湘江而下，歷衡、永州，癸未，抵潭州城下。李係嬰城不敢出戰，巢急攻，一日，陷之。"乘勝進逼江陵，守將劉漢宏大掠江陵，"焚蕩殆盡，士民逃竄山谷，……帥其眾北歸爲群盜。"④ 十一月，黃巢北趨襄陽，

---

① 司馬光：《資治通鑑》，中華書局 1956 年版，第 8189—8194 頁。
② 同上書，第 8192 頁。
③ 同上書，第 8199—8209 頁。
④ 同上書，第 8217—8218 頁。

劉巨容、曹全晸大敗黃巢於荊門，"乘勝逐北，比至江陵，俘斬其什七八。巢與尚讓收餘眾，渡江東走，或勸巨容窮追，賊可盡也。巨容曰：'國家喜負人，有急則撫存將士，不愛官賞，事寧則棄之，或更得罪（唐末之政，誠如劉巨容之言）；不若留賊以爲富貴之資。'眾乃止。……由是賊勢復振，攻鄂州，陷其外郭，轉掠饒、信、池、宣、歙、杭十五州，眾至二十萬。"① 事又見《舊唐書·僖宗本紀》《舊唐書·黃巢傳》《新唐書·僖宗本紀》等。

廣明元年（880），孫樵約五十四歲，黃巢入長安，僖宗出逃，孫樵赴行在，遷職方郎中。

孫樵《自序》言："廣明元年，狂寇犯闕，駕避岐、隴，詔赴行在，遷職方郎中。"《資治通鑒》：十二月，"上趣駱谷。"② "丁酉，車駕至興元。"③

高駢將張璘數次擊敗黃巢。《資治通鑒》載，"黃巢屯信州，遇疾疫，卒徒多死。張璘急擊之，巢以金啗璘，且致書請降於高駢，求保奏；駢欲誘致之，許爲之求節鉞。時昭義、感化、義武等軍皆至淮南，駢恐分其功，乃奏賊不日當平，不煩諸道兵，請悉遣歸；朝廷許之。賊詗知諸道兵已北度淮，乃告絶於駢，且請戰。駢怒，令璘擊之，兵敗，璘死，巢勢復振。"④ 六月，黃巢攻陷睦州、婺州、宣州，遂渡江北還，高駢自保不敢出戰。九月，泗州曹全晸寡不敵眾，敗於黃巢。九月，"徐州遣兵三千赴溵水，過許昌。徐卒素名凶悖，節度使薛能自謂前鎮彭城，有恩信於徐人，館之毬場。及暮，徐卒大譟，能登子城樓問之，對以供備疏闕，慰勞久之，方定；許人大懼。時忠武亦遣大將周岌詣溵水，行未遠，聞之，夜引兵還，比明，入城，襲擊徐卒，盡殺之；且怨能之厚徐卒也，遂逐之。能將奔襄陽，亂兵追殺之，並其家。岌自稱留後。汝、鄭把截制置使齊克讓恐爲岌所襲，引兵還兖州，諸道屯溵水者皆散。黃巢遂悉眾度淮，所過不虜掠，惟取丁壯以益兵。"⑤ 十月，黃巢陷申州，入潁、宋、徐、兖之境。十二月，黃巢入長安，"國號大齊，改元金統"。事又見《舊唐書·僖宗本紀》《舊唐書·黃巢傳》《新唐書·僖宗本紀》等。

---

① 司馬光：《資治通鑒》，中華書局1956年版，第8219頁。
② 同上書，第8240頁。
③ 同上書，第8243頁。
④ 同上書，第8225頁。
⑤ 同上書，第8232—8233頁。

中和元年（881），孫樵約五十五歲，有《蕭相國真贊》。

蕭相國，儲欣《評注孫可之集》評："唐蕭瑀連八葉爲宰相，此所贊不知何人。瑀以勁直稱。疑此贊或爲瑀而作。"汪師韓："按宣宗大中十一年，兵部侍郎判度支蕭鄴同中書門下平章事，十三年罷；懿宗咸通五年，兵部侍郎蕭寘同中書門下平章事，六年薨；僖宗即位，尚書左僕射蕭仿爲中書侍郎同中書門下平章事，乾符元年爲司空；中和元年，兵部侍郎蕭遘爲工部侍郎同中書門下平章事，四年爲司空，光啓元年爲司馬。是時蕭相國凡四，此文未知何指。"

《蕭相國真贊》言"再安宗祐，蕩掃氛孽，黃道回日，翠華歸闕，粃糠魏丙，肩袂稷契。"蕭瑀相隋、相唐高祖、相唐太宗，無"再安宗祐"事，所以蕭相國不是指蕭瑀。《新唐書·蕭鄴傳》："蕭鄴，字啓之，梁長沙宣王懿九世孫。及進士第，累進監察御史、翰林學士，出爲衡州刺史。大中中，召還翰林，拜中書舍人，遷戶部侍郎，判本司，以工部尚書同中書門下平章事。懿宗初，罷爲荊南節度使，仍平章事，進檢校尚書左僕射，徙劍南西川。南詔內寇，不能制，下遷檢校右僕射、山南西道觀察使。歷戶部、吏部二尚書，拜右僕射，還，以平章事節度河東，在官無足稱道，卒。"①《舊唐書·懿宗本紀》：蕭寘咸通五年十一月以兵部侍郎同中書門下平章事，六年三月死。②《新唐書·僖宗本紀》：蕭仿，自僖宗即位任宰相，乾符二年五月即死，③ 都沒有"再安宗祐"之事。

《舊唐書·蕭遘傳》評蕭遘"爲大臣，士行無缺。逢時不幸，爲僞熅所污，不以令終，人士惜之"。"蕭遘，蘭陵人。開元朝宰相太師徐國公嵩之四代孫。嵩生衡。衡生復，德宗朝宰相。復生湛。湛生寘，咸通中宰相。寘生遘，以咸通五年登進士第，釋褐秘書省校書郎、太原從事。入朝爲右拾遺，再遷起居舍人。""黃巢犯闕，僖宗出幸，以供饋不給，須近臣掌計，改兵部侍郎、判度支。中和元年三月，自褒中幸成都，次綿州。以本官同平章事，加中書侍郎，累兼吏部尚書、監修國史。""光啓初，王綱不振。是時天下諸侯，半出群盜，強弱相噬，怙眾邀寵，國法莫能制。有李凝古者，從支詳爲徐州從事，詳爲衙將時溥所逐，而賓佐陷於徐。及溥爲節度使，因食中毒，而惡凝古者譖之，云爲支詳報仇行鴆，溥收凝古殺之。凝古父損，時爲右常侍，溥上章披訴，言損與凝古同謀。內

---

① 歐陽修、宋祁：《新唐書》，中華書局1975年版，第5365頁。
② 劉昫：《舊唐書》，中華書局1975年版，第658頁。
③ 歐陽修、宋祁：《新唐書》，中華書局1975年版，第264—265頁。

官田令孜受溥厚賂，曲奏請收損下獄。中丞盧渥附令孜，鍛鍊其獄。侍御史王華嫉惡，堅執奏証損無罪。令孜怒，奏移損付神策獄按問，王華拒不奉詔，奏曰：'李損位居近侍，當死即死，安可取辱於黃門之手？'遘非時進狀，請開延英，奏曰：'李凝古行鴆之謀，其事曖昧，已遭屠害，今不復論。李損父子相別三四年，音問斷絕，安得誣罔同謀？時溥恃勳壞法，凌蔑朝廷，而抗表請按侍臣，悖戾何甚？厚誣良善，人皆痛心。若李損羅織而誅，行當便及臣等。'帝爲之改容，損得免，止於停任。""時田令孜專總禁軍，公卿僚庶，無不候其顔色，唯遘以道自處，未嘗屈降。是年冬，令孜奏安邑兩池鹽利，請直屬禁軍。王重榮上章論列，乃奏移重榮別鎮。重榮不受，令孜請率禁軍討之。重榮求援於太原，李克用引軍赴之，拒戰沙苑，禁軍大敗，逼京城。僖宗懼，出幸鳳翔。諸藩上章抗論令孜生事，離間方面。遘素惡令孜，乃與裴澈致書召朱玫。玫以邠州之軍五千迎駕，仍與河中、太原修睦，請同匡王室。由是，諸鎮繼上章，請駕還京，令孜聞玫軍至，迫脅天子幸陳倉。時僖宗倉卒出城，夜中百官不及扈從，玫怒令孜弄權⋯⋯及立襄王，請遘爲冊文。遘曰：'少嬰衰疾，文思減落。比來禁署，未免倩人，請命能者。'竟不措筆。乃命鄭昌圖爲之，玫滋不悅。及還長安，以昌圖代遘爲相，署遘太子太保。乃移疾，滿百日，退居河中之永樂縣。""遘在相位五年，累兼尚書右僕射，進封楚國公。僖宗再還京，宰相孔緯與遘不協，以其受僞命，奏貶官，尋賜死於永樂。"①

李光富係此文於中和四年十二月，認爲蕭相國指的是蕭遘。"《舊唐書·蕭遘傳》：'蕭遘，蘭陵人。''黃巢犯闕，僖宗出幸，以供饋不給，須近臣掌計，改兵部侍郎、判度支。中和元年三月，自褒中幸成都，次綿州，以本官同平章事，加中書侍郎，累兼吏部尚書、監修國史。''遘在相位五年，累兼尚書右僕射，進封楚國公。'上述蕭遘事迹與文中'再安宗祐，蕩掃氛孽。黃道回日，翠華歸闕'合，此文當爲蕭遘作。唐僖宗於廣明元年十二月逃離長安，後奔成都，光啓元年三月返京。蕭遘參與其事，爲'有功'之臣。但孫樵集編定於中和四年，此文不可能作於中和四年之後的光啓元年。不過中和四年十二月，即已醞釀返京，返京一事勢在必行。此文當作於中和四年十二月。"②

李光富認爲蕭遘參與了僖宗返京事件，認定蕭相國是蕭遘，仍有一些

---

① 劉昫：《舊唐書》，中華書局1975年版，第4645—4648頁。
② 李光富：《孫樵生平及孫文係年》，《四川大學學報》1997年第2期。

牽强之處，畢竟孫樵寫作此文時蕭遘没有實現"再安宗祐，蕩掃氛孽。黄道回日，翠華歸闕"的功績。如果視此文爲對蕭遘的期許，則一順百順，豁然貫通了。僖宗省方蜀國文物，封"行在三絶"，任職職方郎中之後，見到蕭遘及其畫像，寫下此文，表達對蕭遘的期望。

《資治通鑒》："春，正月，車駕發興元。……辛未，上至綿州。……丁丑，車駕至成都。"①《新唐書·僖宗本紀》載僖宗至成都時間也在中和元年元月，而《舊唐書·僖宗本紀》載僖宗至成都時間爲中和元年六月。孫樵《自序》："朝廷以省方蜀國，文物攸興，品藻朝倫，旌其才行，詔曰：'行在三絶：右散騎常侍李潼，有曾、閔之行；職方郎中孫樵，有楊、馬之文；前進士司空圖，有巢、由之風，列在青史，以彰有唐中興之德。'"則當在僖宗到達成都之後。所以暫係此文於中和元年。

鄭畋大敗黄巢將尚讓、王播於鳳翔龍尾陂。《資治通鑒》：三月，"辛酉，以鄭畋爲京城四面諸軍行營都統。……畋奏以涇原節度使程宗楚爲副都統，前朔方節度使唐弘夫爲行軍司馬。黄巢遣其將尚讓、王播帥衆五萬寇鳳翔，畋使弘夫伏兵要害，自以兵數千，多張旗幟，疏陳於高岡，賊以畋書生，輕之，鼓行而前，無復行伍，伏發，賊大敗於龍尾陂，斬首二萬餘級，伏尸數十里"。② 四月，鄭畋進逼長安，黄巢率衆東走，唐軍入長安。黄巢探知唐軍不整，復還長安，殺唐弘夫、程宗楚，血洗長安。事又見《舊唐書·僖宗本紀》《舊唐書·黄巢傳》《新唐書·僖宗本紀》等。

中和二年（882），孫樵約五十六歲。

《資治通鑒》："王鐸將兩川、興元之軍屯靈感寺，涇原屯京西，易定、河中屯渭北，邠寧、鳳翔屯興平，保大、定難屯渭橋，忠武屯武功，官軍四集。黄巢勢已蹙，號令所行不出同、華。"③

中和三年（883），孫樵約五十七歲。

四月，唐軍收復長安。《資治通鑒》：四月，"李克用與忠武將龐從、河中將白志遷等引兵先進，與黄巢軍戰於渭南，一日三戰，皆捷；義成、義武等諸軍繼之，賊衆大奔。甲辰，克用等自光泰門入京師，黄巢力戰不勝，焚宫室遁去。……巢自藍田入商山，多遺珍寶於路，官軍争取之，不急追，賊遂逸去。"④

---

① 司馬光：《資治通鑒》，中華書局1956年版，第8245頁。
② 同上書，第8247頁。
③ 同上書，第8268頁。
④ 同上書，第8293—8294頁。

朱全忠、李克用因戰功爲節度使。《資治通鑒》:"宣武節度使朱全忠帥所部數百人赴鎮,秋,七月,丁卯,至汴州。時汴、宋薦饑,公私窮竭,內外驕軍難制,外爲大敵所攻,無日不戰,眾心危懼,而全忠勇氣益振。詔以黃巢未平,加全忠東北面都招討使。……李克用自長安引兵還雁門,尋有詔以克用爲河東節度使,召鄭從讜詣行在。克用乃自東道過榆次,詣雁門省其父。克用尋牓河東,安慰軍民曰:'勿爲舊念,各安家業。'"李克用又乘亂佔據潞州。《資治通鑒》:"昭義節度使孟方立,以潞州地險人勁,屢篡主帥,欲漸弱之,乃遷治所於邢州,大將家及富室皆徙山東,潞人不悦。監軍祁審誨因人心不安,使武鄉鎮使安居受潛以蠟丸乞師於李克用,請復軍府於潞州。冬,十月,克用遣其將賀公雅等赴之,爲方立所敗;又遣李克修擊之,辛亥,取潞州。"①

中和四年(884),孫樵約五十八歲,編訂文集。

《自序》言:"樵遂閱所著文及碑、碣、書、檄、傳、記、銘、志,得二百餘篇,蒐其可觀者三十五篇,編成十卷,藏諸篋笥,以貽子孫,是歲中和四年也。"

黃巢失敗,爲甥林言所殺。《資治通鑒》:六月,"甲辰,武寧將李師悦與尚讓追黃巢至瑕丘,敗之。巢眾殆盡,走至狼虎谷,丙午,巢甥林言斬巢兄弟妻子首,將詣時溥;遇沙陀博野軍,奪之,並斬言首以獻於溥。"②

---

① 司馬光:《資治通鑒》,中華書局1956年版,第8299頁。
② 同上書,第8311頁。

附録二　《孫可之文集》版本考

（一）版本著録

1. 《新唐書》卷六十　　　　　孫樵《經緯集》三卷
2. 《崇文總目》卷十一　　　　孫樵《經緯集》三卷
3. 《郡齋讀書志》卷四中　　　孫樵《經緯集》三卷
4. 《遂初堂書目》　　　　　　孫樵
5. 《直齋書録解題》卷十六　　《孫樵集》十卷　按《文獻通考》作三卷
6. 《通志》卷七十　　　　　　孫樵《經緯集》三卷
7. 《文獻通考》卷二百三十三　孫樵《經緯集》三卷
8. 《宋史》卷二百零八　　　　《孫樵集》三卷
9. 《説郛》卷十下　　　　　　《孫樵集》
10. 《天禄琳琅書目》　　　　　《孫可之文集》一函二册
11. 《寶文堂書目》　　　　　　《孫可之集》
12. 《徐氏家藏書目》　　　　　《孫可之文集》
13. 《百川書志》　　　　　　　《孫可之文集》十卷
14. 《澹生堂書目》　　　　　　《孫可之集》十卷
15. 《四庫全書》　　　　　　　《孫可之文集》十卷
16. 《絳雲樓書目》　　　　　　孫樵
17. 《述古堂藏書目録》　　　　《孫可之文集》十卷
18. 《傳是樓書目》　　　　　　《孫可之集》十卷
19. 《八千卷樓書目》　　　　　《孫可之集》十卷：正德刊本、汲古閣本、閔氏刻本、明吴馡刊本、鈔本
20. 汪師韓《孫文志疑》
21. 《平津館鑒藏書籍記》　　　《孫可之文集》十卷
22. 《士禮居藏書題跋記》　　　《孫可之文集》十卷：校宋本

23.《鐵琴銅劍樓藏書目錄》　　　《孫可之文集》十卷：校宋本
24.《楹書隅錄》　　　　　　　《宋本孫可之文集》十卷二冊
《校宋本孫可之文集》十卷一冊
25.《善本書室藏書志》　　　　《孫可之文集》十卷：明正德刊本
《唐孫樵集》十卷：明刊本，朱竹垞藏書
《孫可之文集》十卷：舊鈔本
26.《皕宋樓藏書志》　　　　　《孫可之文集》十卷：明正德刊本
27.《日本訪書志》　　　　　　《孫可之集》十卷：明刊本
28.《日本訪書志補》　　　　　《孫樵集》十卷：明刊本
29.《唐宋十大家》

選錄孫樵散文的總集有：《文苑英華》《唐文粹》《八代文鈔》等。

（二）版本源流

1. 宋本《孫可之文集》

雖然現存宋本《孫可之文集》只見到十卷本一種，但在宋元時期，宋本《孫可之文集》有三卷本和十卷本兩種。宋代著錄十卷本的只有《直齋書錄解題》，題《孫樵集》。而著錄三卷本的却有《新唐書·藝文志》《郡齋讀書志》《崇文總目》《通志·藝文略》四種，題《經緯集》。可見三卷本《經緯集》在宋代流傳更爲廣泛。而三卷本《經緯集》，《文獻通考·經籍考》《宋史·藝文志》都有著錄，説明此書元代尚存。此書明代未見著錄，清代却有錢謙益《絳雲樓書目》載《經緯集》三卷，因爲錢謙益藏書遭受火灾，我們遺憾的見不到此書了。現存宋本《孫可之文集》我們雖然只見到十卷本一種，《文苑英華》載孫文三篇，從中也可以察覺到一些宋刻《孫可之文集》的信息。經校勘，我們可以判定：
（一）周必大等看到的《孫可之文集》和我們今天所能看到的不同；
（二）現存兩個宋刻《孫可之文集》，並非一個刻本。

（1）《文苑英華》注文中的孫集信息

《文苑英華》收錄孫樵文三篇：《書田將軍》《書何易於》《書褒城驛》，注文裏顯示了不少宋刊本信息，具體如下。

《書田將軍》：

① "常以爲怨"，《文苑英華》作 "以此爲恨"，注："四字集作 '常以口怨之也'。"[1]

---

[1] 李昉：《文苑英華》，中華書局1966年版，第1917頁。

②"又安能殊死力戰乎","能",《文苑英華》作"得",注"集作'骶'"。①

③"卒無胥怨",《文苑英華》作"卒無怨","卒"字下注:"集有'胥'字"。②

《書何易於》:"止請常期","常",《文苑英華》作"貸",注:"集作'緊'。"③

《書褒城驛》:"當愁醉醲當饑飽鮮",《文苑英華》作"愁當醉饑當飽",注:"字文集作'愁當醉醲饑當飽鮮'。"④

這五條都和今傳十卷本宋刻孫集不同,可見周必大看到的和今天我們看到的是不同的版本。但周必大所看到的宋本和我們今天看到的宋本也有一些相同之處,如《書田將軍》"大入成都門",《文苑英華》作"大入成都門其三門",注:"今《文粹》、集本盡削'其三門'三字而云'大入成都門',乃不成語。"⑤

(2) 現存兩種十卷本宋蜀本《孫可之文集》

現存宋蜀本孫可之集有兩種:一種是兩冊,黃丕烈、顧廣圻校宋本(黃丕烈、顧廣圻校宋本),12 行 21 字,白口,左右雙邊。有楊以增("關西節度係關西""楊以增字益之又字至堂晚號東樵行一")、楊紹和("紹和筠巖""秘閣校理")父子之印章和汪士鐘"汪士鐘印""三十五峰園主人""宋本"印。此書已爲北京圖書館出版社出版(中華再造善本);另一種是一冊,有劉體仁的印章:"劉體仁印""潁川鎦考功藏書印""公㦤"(劉體仁藏宋本),北京圖書館藏此本有陳清華的"祁陽陳澄中藏書印""郇齋"。朱文鈞《續古逸叢書》、上海古籍出版社都曾經影印出版,沒有陳澄中的印章。《孫可之文集序》尾和書尾均有"翰林國史院官書"印,表明此書是元代官方藏書。12 行 21 字,白口,左右雙邊。可見,兩書源流並不相同。這兩部書字體字形相同,外部特徵也相同,但是文字上有出入。這些出入大致可以分爲兩類:一類是用字不同;另一類是經過明顯改動而出現的不同。第一類又分兩種:一是用了不同的字;二是用了不同的異體字。下面分別叙述:

---

① 李昉:《文苑英華》,中華書局 1966 年版,第 1917 頁。
② 同上書,第 1917 頁。
③ 同上書,第 1899 頁。
④ 同上書,第 1912 頁。
⑤ 同上書,第 1917 頁。

用字不同的有 20 處：

《大明宮賦》："仰眙俛駭"，"眙"，劉體仁藏宋本爲"眙"，黃丕烈、顧廣圻校宋本作"貽"，校改爲"眙"。

《書何易於》："改綿州羅江令故治視益昌"，"故"，劉體仁藏宋本作"其"，黃丕烈、顧廣圻校宋本作"故"。

"不欲緊繩百姓使賤出粟帛"，"賤"，劉體仁藏宋本作"賤"，黃丕烈、顧廣圻校宋本作"賦"，改爲"賤"。

《書褒城驛》："凡所以污敗室廬糜毀器用"，"糜"，劉體仁藏宋本作"糜"，黃丕烈、顧廣圻校宋本作"縻"。

"其曹八九輩雖以供饋之隟萬治之"，"萬"，劉體仁藏宋本作"茸"，黃丕烈、顧廣圻校宋本作"萬"。

《梓潼移江記》："公開新江將抉民憂"，"開"，劉體仁藏宋本作"開"，黃丕烈、顧廣圻校宋本作"聞"，改爲"開"。

《興元新路記》："潄嶺北並間可爲閣道"，"間"，劉體仁藏宋本作"磵"，黃丕烈、顧廣圻校宋本作"間"，改爲"澗"。

"行者多若於此可爲棧路以易之"，"若"，劉體仁藏宋本作"苦"，黃丕烈、顧廣圻校宋本作"若"。

"嶺東度澗可謂爲閣路"，"謂"，劉體仁藏宋本作"詣"，黃丕烈、顧廣圻校宋本作"謂"。

《孫氏西齋錄》："尚德必書賤尸位則黜貴皆所以構邪合正"，"構"，劉體仁藏宋本作"驅"，黃丕烈、顧廣圻校宋本作"構"。

"爲史官者不能忦直骨於枯墳"，"忦"，劉體仁藏宋本作"扝"，黃丕烈、顧廣圻校宋本作"樸"，改爲"忦"。

《復佛寺奏》："即令戶口不下於開元"，"下"，劉體仁藏宋本作"下"，黃丕烈、顧廣圻校宋本作"暇"，改爲"下"。

"而國家萬故畢出其間"，"萬"，劉體仁藏宋本作"萬"，黃丕烈、顧廣圻校宋本作"方"，改爲"萬"。

"謂中戶也"，"戶"，劉體仁藏宋本作"戶"，黃丕烈、顧廣圻校宋本作"屍"，改爲"戶"。

《序西南夷》："化之所被雖草木頑石飛走異匯咸知懷德"，"頑"，劉體仁藏宋本作"頑"，黃丕烈、顧廣圻校宋本作"頑"。

"至有觀藝上國科舉射策與國子喈鳴者"，"喈"，劉體仁藏宋本作"偕"，黃丕烈、顧廣圻校宋本作"喈"。

《潼關甲銘》："樵過而眙之"，"眙"，劉體仁藏宋本作"眙"，黃丕烈、顧廣圻校宋本作"貽",改爲"貽"。

"天下愈平而其甲愈弊耳","甲",劉體仁藏宋本作"中",黃丕烈、顧廣圻校宋本作"甲"。

《祭梓潼神君文》:"餘燼莫覩熟知其然","熟",劉體仁藏宋本作"孰",黃丕烈、顧廣圻校宋本作"熟"。

《讀開元雜報》:"某日宣政門宰相與百僚廷争十刻罷","十",劉體仁藏宋本作"一",黃丕烈、顧廣圻校宋本作"十"。

所用異體字不同的有16處。下面略舉幾例:

《出蜀賦》:"眄山川以懷古","懷",劉體仁藏宋本作"懐",黃丕烈、顧廣圻校宋本作"懐"。

《與賈希逸書》:"若曰爵實祿不動於心","祿",劉體仁藏宋本作"禄",黃丕烈、顧廣圻校宋本作"祿"。

《梓潼移江記》:"滎陽公曰奈何","奈",劉體仁藏宋本作"奈",黃丕烈、顧廣圻校宋本作"奈"。

《讀開元雜報》:"樵曩於襄漢間得數十幅書","幅",劉體仁藏宋本作"幅",黃丕烈、顧廣圻校宋本作"幅"。"尚以爲前朝廷所行不當盡爲墜典","盡",劉體仁藏宋本作"盡",黃丕烈、顧廣圻校宋本作"盡"。

有明顯改動痕迹的有兩處:

《書何易於》:"易於即腰笏引舟上下","即",劉體仁藏宋本作"郎自",黃丕烈、顧廣圻校宋本作"即"。劉體仁藏本"郎自"都是小字,共占一格。

"某人能擒若干盗反若干盗","反若干盗",劉體仁藏宋本無此四字,黃丕烈、顧廣圻校宋本有。劉體仁藏本"擒若干盗"下雖然没有"反若干盗"四字,但出現了四個字的空白。

這説明這兩個宋本並非一個刻本。黃丕烈、顧廣圻校宋本更多地保留了原貌,而劉體仁藏宋本明顯經過了後人的修改。因爲經過後人的校改,用字上劉體仁藏本有明顯的優勢,改正了一些明顯的錯誤。如上述用字不同之處:

"仰貽俛駭","貽",劉體仁藏宋本爲"貽",黃丕烈、顧廣圻校宋本作"貽";

"改綿州羅江令故治視益昌","故",劉體仁藏宋本作"其",黃丕烈、顧廣圻校宋本作"故";

"不欲緊繩百姓使賤出粟帛","賤",劉體仁藏宋本作"賤",黃丕烈、顧廣圻校宋本作"賦";

"公開新江將抉民憂","開",劉體仁藏宋本作"開",黃丕烈、顧廣圻校宋本作"聞";

"行者多若於此可爲棧路以易之","若",劉體仁藏宋本作"苦";

"即令戶口不下於開元","下",劉體仁藏宋本作"下",黃丕烈、顧廣圻校宋本作"暇",改爲"下";

"而國家万故畢出其間","万",劉體仁藏宋本作"萬",黃丕烈、顧廣圻校宋本作"方";

"謂中戶也","戶",劉體仁藏宋本作"戶",黃丕烈、顧廣圻校宋本作"屍"。但劉體仁藏宋本仍然有不足之處,《讀開元雜報》:"某日宣政門宰相與百僚廷争十刻罷","十",劉體仁藏宋本作"一",黃丕烈、顧廣圻校宋本作"十",徐復《後讀書雜志》認爲宋蜀本"十刻"作"一刻",誤。"按《書正義》引馬融説:'古刻漏晝夜百刻,晝長六十刻,夜短四十刻,晝短四十刻,夜長六十刻;晝中五十刻,夜亦五十刻,渠牟奏事率五、六刻。'徵此,廷争十刻罷,相當於二小時又二十四分鐘。"① 所以作"十"更合適。另外,去掉"反若干盗"四字,也不是很合適的做法。

黃丕烈校宋本《孫可之文集》説:"楮墨精良,首尾完好,真宋刻中上駟。"宋刻較之他本優點很多。如《露臺遺基賦》"高祖惠宗,肇啓我邦",朝鮮抄本作"肇啓我邦圪",《全唐文》作"肇啓我邦墡",正德本作"肇我邦";吴棫本作"肇造我邦",下注"一作肇我邦圪",十大家本作"肇我邦圪"。本賦基本上每句四字,句句用韵,每兩句或四句一换韵,"唯日兢兢,如蹈春水,高祖惠宗,肇啓我邦"四句一韵,"邦"是韵脚,所以作"肇我邦圪""肇啓我邦墡""肇啓我邦圪"都不好。《出蜀賦》"灌巖泉之濚濚,鏘環佩於閨闥","灌",《小雅》:'有灌者淵。'毛傳曰:'灌,深貌'。"《全唐文》、十大家本、吴棫本、朝鮮抄本、正德本作"摧",是錯誤的。《書何易於》"其全易於廉如是","全"一作"合",一作"察",用"全"更貼切。但"雖宋刻亦有訛脱",如《大明宫賦》"仰貽俛駭","貽"應作"眙",直視的意思。"太宗皇帝繚瀛起居","瀛",水池,"繚瀛",就是圍遶水池之意,宋本作"瀛",誤。"籍民其凋","凋",宋本作"雕",誤。《露臺遺基賦》"既命其吏,枚之經費","枚",《説文》:"干也,……可爲杖也。《詩》曰:'施於條枚。'"段玉裁注:"毛傳曰:'干曰枚。'引申爲銜枚之枚,爲枚數之

---

① 徐復:《後讀書雜志》,上海古籍出版社1996年版,第249頁。

枚。"和語意不符。

2. 明代刻本

（1）正德本《孫可之文集》

王鏊《刻孫可之文集序》叙刻《孫可之文集》始末："少讀《唐文粹》，得持正、可之文，則往返三復，惜不得其全觀之，後獲內閣秘本，手録以歸，自謂古人立言之旨，始有絲發之見，且欲痛鏟舊習，澡濯新思，而齒發向衰，才思凋落，欲進復却，不能追古作者以足平生之志，讀二子書，未嘗不撫卷太息，喜其逢而惜其晚也。戶部主事白水王君直夫請刻以傳，遂授之。"則王鏊從內閣獲《孫可之文集》。但是，明萬曆十三年所修《內閣藏書目錄》却没有《孫可之文集》。現藏北京圖書館的正德本《孫可之文集》有"宗室盛昱收藏圖書印""碧琳琅館珍藏善槧精鑒書籍印""方功惠藏書印""曾在周叔弢處""梁玉森印""邢之襄印""南宫邢氏珍藏善本"等印章，説明此書曾藏於盛昱、方功惠、周叔弢、邢之襄、梁玉森處。北京圖書館藏正德本還有遞修本《孫可之文集》、顧廣圻校本、李盛鐸跋本。"顧廣圻校本"是嘉靖六年重刊，卷三末有"嘉靖六年仲夏吉旦臨洮府重刊"字樣，目錄頁有"鐵琴銅劍樓"印章。李盛鐸跋本是書賈"僞充宋槧"，所以"前後序跋俱失"，李盛鐸是看了顧廣圻《思適齋集》的校宋本跋才知道是正德刻本。正德刻本是明清許多刻本、鈔本的源頭。因爲宋本和正德本是《孫可之文集》的兩種最重要的刻本，因此詳列兩個刻本的不同。

正德本除和宋本第二、三卷互倒外，文字上的差別有：

《大明宫賦》：

"仰眙俛駭"，"眙"，正德本作"貽"。

"廟祐撤主"，"祐"，正德本作"祏"。

"大駕警奔"，"警"，正德本作"驚"。

"得赫日午烈"，正德本作"得是赫日烈"。

"孤壘不粒"，正德本作"孤壘城粒"。

《露臺遺基賦》：

"驪横奏原"，"奏"，正德本作"秦"。

"枚之經費"，"枚"，正德本作"校"。

"肇啓我邦"，正德本作"肇我邦"。

"斯豈文王靈台之盲哉"，"盲"，正德本作"不日"。

《出蜀賦》：

"承明冀辟緬以夷漫兮"，"辟"，正德本作"闢"。

"餒不飽謀凍不燠謀"，"燠"，正德本作"暖"。

"不穀吾不穀耻亦吾不辭"，正德本作"不穀吾不耻穀亦吾不辭"。

"彼主張爲公者"，"主"，正德本作"上"。

《書何易於》：

"易於郎自腰笏引舟上下"，"郎自"，正德本作"即"。

"刺史與賓客跳出舟偕騎還而去"，正德本無"而"字。

"明府公免竄海耶"，"海"，正德本作"海裔"。

"樵道出益昌"，"道"，正德本作"過"。

"某人能擒若干盜縣令得上下考者如此"，正德本"擒若干盜"下有"反若干盜"。

"當世在上位者皆知求財爲己任"，"財"，正德本作"才"。

《書田將軍邊事》："李丞相固言鎮西蜀時有編民李推者遣子賫書通蠻言蜀無時可取狀邊城捷獲之"，"鎮西蜀"，正德本作"鎮西"；"李推"，正德本作"李權"；"賫"，正德本作"齎"；"無時"，正德本作"無備"；"捷獲之"，正德本作"獲之"。

《書褒城驛》：

"視其沼則淺混而污"，"污"，正德本作"茅"。

"雖以供饋之隙葺治之"，"葺治之"，正德本作"一一力治之"。

《與李諫議行方書》：

"豈特諫官而後言耶"，"特"，正德本作"待"。

"及林甫舞智以固權張詐以襲上"，"襲"，正德本作"聾"。

"諫哉執事則不能言避其官而逃其祿可也他官秩優而位崇者少耶"，"諫"，正德本作"諫議"；"少"，正德本作"豈少"。

"在復寺則緊黙"，"緊"，正德本作"緘"。

《與高錫望書》："文章如面史才最難到司馬子長入地千載獨聞得楊子雲"，"入地"，正德本作"之地"。

《寓汴觀察判官書》："州縣官即慓縮自下美言立聞觀察使"，"慓"，正德本作"熛"。

《與賈希逸書》：

"主藪主下"，正德本作"主數足下"。

"懼足下自待也淺且疑其道不在故因歸五通不得無言"，"待"，正德本作"持"；"不在故"，正德本作"不固"。

《與王霖秀才書》：

"足下到其壺非則樵所敢與知"，正德本作"足下未到其壺則非樵所敢與知"。
"不知足下以此見賞耶","賞",正德本作"嘗"。
《梓潼移江記》：
"前時觀察使欲鑿新江中輒議而罷","輒",正德本作"輟"。
"滎陽公既以上聞有司初其不先白","初",正德本作"劾"。
《興元新路記》：
"河東南來觸西山不隳","不",正德本作"下"。
"路旁樹往往如桂塵纓","桂",正德本作"掛"。
"都將賈昭爭切且欲抑之","抑",正德本作"折"。
《武皇遺劍錄》："武皇赫然奪雷霆之威","奪",正德本作"奮"。
《龍多山錄》：
"查牙重復爭生角逐","生",正德本作"先"。
"欹撐元柱","元",正德本作"兀"。
"樵起辛而游洎甲而休",正德本作"起來而游洎車而休"。
《復佛寺奏》：
"男力而耕女力而桑雖歲其衣食僅自給也","雖",正德本作"卒"。
"是編一百七十萬困於群髡矣",正德本作"編民百七十萬"。
"而工未以訖聞","訖",正德本作"訊"。
"今又欲以一百七十萬給於群髡","又欲",正德本作"欲又"。
"叢徒嘯工豈特國門之役乎","役",正德本作"使"。
《序西南夷》："其新羅大姓至有觀藝上國","至",正德本作"士"。
《寓居對》：
"癯如槁柴","槁",正德本作"稿"。
"鏤文倒魄","鏤",正德本作"抉"。
"一句戾意卷前解知","解知",正德本作"知解"。
"洗剔精魂澄柘襟慮","柘",正德本作"拓"。
《文貞公笏銘》：
"峭華可拔","峭",正德本作"太"；"拔",正德本作"裂"。
"摽儀條膽","摽",正德本作"標"。
"膠榮顧鍊","顧",正德本作"領"。
《潼關甲銘》：
"東翼廡敞","廡"正德本作"廉"。
"潼之甲可以燭日潼之旗可以名天","名"正德本作"絳"。
"驚拆夜鳴","拆",正德本作"柝"。

《刻武侯碑陰》：

"是以四稱武岐雍間地不尺闊抑智不周天意炳炳然也"，抑，正德本作"抑非"。

"史以武侯之賢寧亦籌其不可也蓋微備隆中天下托"，"亦"正德本作"靡"，"微"正德本作"激"。

"然誇西南一隅與吳魏亢國"，"誇"正德本作"跨"，"亢"正德本作"抗"。

"史壽以爲短應變抑真武侯哉"，"抑真"正德本作"真抑"。

"獨謂武侯治於燕奭"，"於"正德本作"比於"。

《逐痁鬼文》：

"樵居平亦有不自予事者"，"予"正德本作"了"。

"死而有靈是爲詔鬼依人"，"依人"正德本作"此鬼依人"。

"貫腐仄磨鱗差螨縮"，"仄"正德本作"鏝"。

《祭高諫議文》："樵常按故友飾論意在華飾"，正德本無"按故友飾論"。

《讀開元雜報》：

"某日安北奏諸蕃君長請扈從封禪"，正德本無"奏"字。

"某日宣政門宰相與百寮廷争一刻罷"，"一"正德本作"十"。

"安有廷争事耶"，正德本作"安有廷奏諍事耶"。

"改訛文者十一"，"改"正德本作"正"。

《復召堰籍》："盧公自南海主至襄陽，再以李從事參畫軍事"，正德本無"至"字。

（2）吴馡刻本

吴馡《鎸孫樵集記》説："甲子長夏，偕群季侍家大人於南磵樓居，深柳覆窗，塔光照席，茶香清供，家樂甚洽。大人懲馡愛惜人才不得其道，反招罪咎，命幡家笥，……忽及大人手訂諸編，有《經緯集》，爲孫可之自定著作，在唐與劉復愚名埒，欲以並行。又得王文恪吴下舊本、林茂之閩本，參考文苑等籍，厘正相沿之謬。鄢中鄭見義先生聞之，請同校閱，遂爲中和以來，復存可之面目，……直以唐孫樵題集。……歲天啓乙丑蓮花生日吴馡於字祖堂滌研濡豪正冠稽首制。"吴馡家藏本名《經緯集》，係吴馡父親手訂，吴馡和鄭見義參校正德本、閩本、《文苑英華》，又改名《唐孫樵集》。此本分爲十卷，可見不是《新唐書·藝文志》《郡齋讀書志》所載之宋本《經緯集》。所以，傅增湘校抄吴馡本説吴馡"於天水原雕，固未嘗寓目也"。吴馡刻本有王蔭槐藏本、莫棠藏本、鄭振鐸藏本，另有朱彝尊藏鈔本、傅增湘校鈔本。王蔭槐藏本書後有"戊寅七月廿有三日，李家堡仲氏塾中句讀卒業，時秋蘭開十二枝，涼雨新霽。香嚴記"。鄭振鐸藏本有三印章，一爲"宗熙所讀之書"，一爲"遺經齋藏書印"，一爲"明天獵隱藏書"。莫棠藏本目録起始處有硃筆"康熙己卯夏緑堂閲"。朱彝尊藏鈔本後經王懿榮、邢之襄之手，現藏於北京圖書館。朱彝尊藏鈔本有"梅會里朱氏潛採堂藏書""王懿榮""邢之襄""南宫邢氏珍藏善本"等印章，説明此書曾藏朱彝尊、王懿榮、邢之襄處。朱彝尊還藏有一個吴馡刻本，丁丙《善本書室藏書志》著録，有"朱竹垞印""長水胡氏敦仁堂圖籍印"。

傅增湘曾以涵芬樓刻印宋本校吴馡本，説吴馡本文字訛舛，"改正殆逾百許，其尤異者，第二三兩卷，宋本先後互易"。除卷次不同外，從文字上講，吴馡本確實錯誤較多。《大明宫賦》"吾則勵陰刀鶾其翼"，"鶾"，吴馡本作"剪"，"鶾"是消除、消滅的意思，作"鶾"好。"奪農而謡，厚征而雕"，"征"是賦斂的意思，吴馡本作"天"，不知何意。《露臺遺基賦》"禁甲飽獰，尚何用天下兵"，"獰"，兇猛，吴馡本作"寧"，和孫樵的語意正好相反。《出蜀賦》"屇峽山之偪側"，"屇"，至，到達。吴馡本作"屆"，《康熙字典》："屇，《玉篇》徒連切，音田，穴也。"語意不相連屬。

但吴馡"得王文恪吴下舊本、林茂之閩本，參考文苑等籍"加以校對，對異文一一録出，并且校出一些錯誤，都是吴馡石香館刻本的價值所在。如《書田將軍邊事》："大入成都，門其三門，四日而旋。"這句宋本作"大入成都門"，吴馡參校《文苑英華》做出改正，並加注説明："'大入成都'是一句，'門其三門'是一句，《文粹》削'其三門'三字，不成語，《文苑》可証。"如《書何易於》"樵以爲當世上位者皆知求財爲切"，"世"吴馡注"一下有在字"。財，吴馡本作"才"，注"一作財字"。考之全文，應作"才"，諷刺"當世上位者"竟没有發現何易於這樣的人才。

（3）汲古閣刻本

北京圖書館藏汲古閣刻本兩種，一種有"汲古閣""汪士鐘曾讀""謙齋""群碧樓批校本"等印章，"群碧樓"是近現代藏書家鄧邦述的藏書樓；另一種有"長洲章氏四當齋珍藏書籍記""遁叟藏書""甫里佚民""式之手校""汪士鐘曾讀""謙齋""不薄今人愛古人"等印章，"長洲章氏四當齋珍藏書籍記""式之手校"是章珏的印章，"遁叟藏書""甫里佚民"是王韜的印章，"不薄今人愛古人"是鄭振鐸的印章。從二本皆有評《大明宮賦》"從送窮出"，評《書田將軍邊事》"從《送韓重華序》及論淮西事中來"，評《刻武侯碑陰》"此作微似破碎"，還有鄧邦述序云"義門手校"，王韜云"旌表義門孫子"，則兩本皆源於何焯校藏本。鄧邦述批校本說："毛氏景寫宋本，獨冠千古，刻本則往往不逮後賢。"王韜也說"此集訛脫尚多"。然而，黃丕烈在跋宋本《孫可之文集》時說："《孫可之集》，除毛氏刊入三唐人集中，世無刻本。"而且《四庫全書》所選《孫可之文集》也是汲古閣刻本。所以，汲古閣刻本對於孫集的流傳是有重大作用的。毛晉跋云："今考其集十卷，乃震澤王守溪先生從內閣錄出者，其卷次篇目，適符可之本序，真善本也。"則汲古閣刻本的源頭是正德刻本。

（4）閔齊伋刻本

閔齊伋刻本題爲《孫職方集》，黃丕烈見了大爲驚異："此又向所未經見之本也。"汪師韓曾據以校正德本。閔齊伋序曰："家有寫本，爲吾亡友潘昭度所貽。""庚辰春，客有示我南都、吳門二刻者，方駕得異同幾二百字，文止卅五篇，異同爾許，是亦得失之林。"南京圖書館藏有鈔本，書後有馬光楣跋文："丁卯二月，見吳鈍齋先生藏有崇禎庚辰烏程閔氏刻本，虞山錢牧齋圈點評語，遂假錄之，始於是月三日，終於十六日。崑山馬光楣志。"馬光楣（1873—1940），號眉壽、梅軒、梅痴、梅道人、玉球生、西鹿山人、玉山痴人、自得廬主、花史館主等，江蘇崑山人。錢牧齋即錢謙益。吳鈍齋，即吳鬱生。吳鬱生（1854—1940），字蔚若，號鈍齋，吳縣（今江蘇省吳縣）人，嘉慶戊辰科狀元吳延琛之孫，曾爲內閣學士，兼禮部尚書、四川督學，主考廣東，康有爲出其門下。

（5）黃燁然刻本

楊守敬《日本訪書志》說："明崇禎中閩中黃燁然黃也剛與《劉蛻集》合刊本，有'小野節小島學古'印記。首載正德丁丑王鏊序，知其從王本傳刻者。""宋本舊在顧之逵家，顧澗薲曾爲校訂，云：'《龍多山錄》樵起辛而游，泊甲而休，《刻武侯碑陰》獨謂武侯治於燕奭，見宋刻而知正德本之謬。'今此本亦沿其誤，似未足珍。然樵自序前不標《孫可之文集序》六字，樵自題銜在序後，猶是古式，勝於汲古本遠矣。"北京圖書館藏有另一黃燁然刻本的鈔本，此書用儲欣《十大家本》校勘。有文種堂藏書記、文種堂、牧氏藏書之記、新共氏藏書記、飛青閣藏書印等五個印章。書後有"右原本寫書昌平學所藏""文化十年癸酉良月終業藏於文終堂太田學"等語，與楊守敬所見不同。

3. 清刻本

（1）《全唐文》本

《全唐文》收録了孫樵全部文章，馮焌光《新刊孫可之集》跋説："欽定《全唐文》所録三十五篇，字句復有優於諸校本，不知所據又何舊帙也。"《全唐文》優於他本之處，如《大明宫賦》："宰獲其哲，得赫日午烈，老魅迹結，爾曾何伐。""得赫日午烈"吴騞本、十大家本、正德本、朝鮮抄本作"得赫日烈"，《全唐文》作"得是赫烈"，是。王韜校汲古閣本説："與下句相對，日字當爲衍文。"《與賈希逸書》："且疑其道不在故因歸五通不得無言。"《全唐文》作"且疑其道不固因歸五通不得無言"，改正了宋本不通之處。《出蜀賦》："辛酉之直年兮，引敗車而還秦。"十大家本、吴騞本、正德本、朝鮮抄本、讀有用書齋本作"引敗車而還秦"，此句《全唐文》作"引敗軍而言旋"。從文中所言行程，則非"還秦"。所以，《全唐文》改爲"言旋"。"因默默以心計兮私展轉而自非"，"私"，《全唐文》作"思"，也是有道理的。《與高錫望書》："不當徒以官大寵濃溝文張字。""溝"，《全唐文》作"講"是對的。

（2）十大家本

儲欣編《唐宋十家文全集録》，在唐宋八大家外增李翱、孫樵兩家爲十家。《可之先生全集録序》説："可之崎嶇行在，取生平所作，自編十卷，爲文三十五篇，宋時流入禁地，明猶内閣藏之。弘治時，閣臣文恪王公手録以出，嘆曰：'此天下真文章，惜吾老，不及學耳。'由是可之十卷刊布人間，而人始知《唐文粹》所選，不足當十之一也。余所録之數，一如原編之數無一逸漏云。"則儲欣所據也是正德本。此本後刻印次數較多，光緒年間有遂園重刊本，民國十四年有蔣錫震、沈鳳觀校本，題《評注孫可之集》。此本《康僚墓銘》："故中書侍郎高公璩、尚書倉部郎中楊巖、太常博士杜敏求、今春官貳卿崔公殷夢、尚書屯田郎中崔亞、前左拾遺陳嘏，洎樵十輩皆出其等列也。"没有"楊巖、太常博士杜敏求、今春官貳卿崔公殷夢、尚書屯田郎中"等字，可見問題頗多。但《復召堰籍》："自泌陽以南，平民以西，居民甚遁，墾田甚凋，公則能復信臣舊規，真民十世利者。""平民"，十大家本作"平氏"，是對的。《元和郡縣圖志》山南道唐州有"平氏縣"，"本漢舊縣，屬南陽郡，晉屬義陽郡，其後爲北人侵掠，縣皆丘墟，後魏於平氏故城重置，屬淮州，隋改屬淮安郡，貞觀改屬唐州"。《罵僮志》："晨起散去，潔腹出户，迨慕以故學獵今古，不爲眾譽，文近於奇，不爲人知。"十大家本無"迨慕"二字，整個句子語意更加通順。《舜城碑》："其板雖崇，其築雖堅，非帝之心，孰爲帝城。""其築雖堅"，十大家本作"其築難堅"，也使語意完整，自可以另備一説。

(3) 馮焌光讀有用書齋本

馮焌光《新栞孫可之集跋》説："明震澤王文恪公嘗獲內閣所藏《孫可之集》十卷，文三十五篇，手録授梓，爲毛氏汲古閣刊本所祖。據可之《自序》及陳氏《書録解題》，蓋猶唐人相傳原編，《唐書·藝文志》及《通志》、《通考》皆作《經緯集》三卷，與《自序》迥異，未之詳也。往者於静涵書篼見王氏原刻，頗有脱誤，復倩李君昇蘭傳録黃氏廷鑒所臨吳門讀未見書齋校宋本，及元和顧千里手校宋本細讀一過，黃、顧二君所校，雖各據宋本，亦時有異同。而黃氏跋云：'宋本謬誤亦多，不盡録。'李君云：'又見古里村瞿氏藏王濟之本，亦顧千翁手校，與張氏毛本小有同異，復重堪一過。'蓋李君傳録顧氏校本初假之於張君之真，後又假之古裏瞿氏，雖同出顧氏之手，而顧氏手校本又前後不一也。今讀《欽定全唐文》所録三十五篇，字句復有優於諸校本，不知所據又何舊帙也。蓋古書多一槧本，即多一同異，雖好學深思，必欲折衷盡合唐人之舊，勢所未能。今姑以管見所及參校重刊，他日當取諸本同異條記於後，讀者詳之可也。"吳大廷《新刊孫可之集書後》説："馮君竹儒既校刊李習之集，兹又得明王文恪公孫可之集雕版重刊以行，餘喜其堪爲有志學昌黎者道以先路也，遂本其素所持論者爲書於後云。"則馮焌光刻本係以正德本爲底本，參校宋本、顧廣圻校正德本、《全唐文》等本，所以後出轉精。如《龍多山録》，從宋本改爲"起辛而游，洎甲而休"，改正了正德本的錯誤；《逐痁鬼文》"是爲諂鬼依人使人蒙福"，改爲"是爲諂鬼此鬼依人使人蒙福"，從正德本，改正了宋本的錯誤；《出蜀賦》"襃斜吁其隘束兮左窮溪兮右重巘"，"吁"作"紆"，和他本不同。《説文》："紆，詘也。"段玉裁注："詘者，詰詘也，今人用屈曲字。"形容山道的彎曲難行。《寓汴觀察判官書》"執事三從事盧公，其所以佐盧公使炳炳不磨於世者，襄陽南渡之民皆能道之"，"渡"，讀有用書齋本作"海"，與他本不同。從《復召堰籍》看，"南海"指廣州，説李胤之佐盧鈞於廣州、襄陽都很成功，改爲"海"是對的。

(4) 孫馮翼問經草堂刻本

孫馮翼刻本題爲《可之先生文集》，目録前有"裔孫馮翼影宋槧本重雕"，可知孫刻實爲宋刻影印本。前有張炯序："余家藏宋槧本十卷，未知與振孫陳氏所見若何，卷帙完善較毛本差別。公裔孫馮翼梓而行之，誠盛舉也。"此本每頁9行，每行20字，和宋本每頁12行，每行21字不同。

4. 鈔本

（1）上海圖書館有鈔本，卷一有"小酉腴山館""楓雲藏書"印章。書末有吳大廷甲戌孟冬月跋，文曰："此本爲新陽趙静涵茂才所藏，余假得，囑會稽梁亞父摹寫，有原本脱落模糊者，更囑桐城蕭敬孚茂才補訂之。……可之文本不多，然事無巨細，出語必根道，要一字不肯苟下，……如此可法也。"書前有王鎏和調生跋文，王鎏跋文云："此吾家先文恪所刊本也，厥後常熟毛氏有重刊本。今毛氏本傳世已少，此本彌可寶貴矣。友人葉君苕生得之。余幸獲寓目焉。甲午正月十有七日亮生王鎏識。"調生跋文云："偶見王阮亭《居易録》言，嘗得金陵舊刻可之集，爲萬曆四十一年癸丑謝兆申王若校刻，有王文恪鼇序云云，蓋即從文恪此本翻刊者，距文恪刻時已九十有七年矣。然則亮生謂此本彌可寶貴，不信然哉？丁酉夏五調生記。"書末有復素居士跋文："粵匪之亂，蘇城失陷，所云長洲汪氏宋槧本不可復見矣，故録於此，以見宋槧之可寶而世不多見，此正德本，亦爲近世罕有之物矣。同治六年歲在丁卯春二月望後一日。"此本據宋本校勘，有一些校勘成果需要吸納。

如《大明宫賦》：

"仰貽俯駭"，"貽"校改爲"眙"。

"廟祐徹主"，"祐"校改爲"祏"。

《出蜀賦》："陟雞幘之寋墟"，"墟"校："當爲嶇。"

《寓汴觀察判官書》："襄陽南渡之民皆能道之"，"渡"校："當爲海。"

《書褒城驛壁》："以供餽之隙加治之"，"加治之"校改爲"萬治之"，按語："按萬當作葺。"

《梓潼移江記》："包城蕩墟"，"墟"校："當作廬。"

《龍多山録》："欹撑兀柱"，"兀"校："當作宂。"

（2）南京圖書館藏鈔本

此本題爲《經緯集箋注》，封面有手寫"乾隆丙子五月十八日知不足齋收藏"和"天都鮑氏困學齋圖籍"朱方印。知不足齋是清代著名藏書家鮑廷博的書齋名。鮑廷博（1728—1814），字以文，號渌飲，祖籍安徽歙縣。"乾隆丙子"是乾隆二十一年（1756），則此書鮑廷博於1756年5月18日收藏。目録頁有"巴陵方氏碧琳琅館珍藏秘笈"朱方印，首卷首頁有"巴陵方氏功惠柳橋甫印""巴陵方氏碧琳琅館珍藏書籍"朱方印，說明此書曾藏方功惠處。方功惠（1829—1897），字慶齡，號柳橋，湖南巴陵（今岳陽）人，曾任廣東鹽道知事，統轄粵、閩、贛、湘鹽課，官至潮州知府，富甲粵東。書末有跋文：

"是集有汲古閣刊本，此本乃鮑氏知不足齋所抄，上下箋注，不著姓名，大要國初人手筆，外頁有鮑氏題字一行，有唐碑筆意。注亦詳洽，洵可寶也。餘購於巴陵方氏，方官於廣東，藏書甚富，鈔本尤夥，惜無力多購，深以爲憾。"

據此知此本爲鮑廷博抄汲古閣刊本。跋文落款爲"己亥冬日胡延識於京師汪芝麻胡同庚齋"。胡延（1862—1904），字長木，號研孫，四川成都人，光緒十一年（1885）優貢，歷官山西平遥和永濟知縣、江蘇江安糧儲道、安徽寧池太廬鳳淮揚十府糧儲道，有《苾刍館詞集》六卷、《長安宮詞》一卷、《蘭福堂詩集》一卷，編有《絳縣志》。乙亥歲指光緒元年（1875）。此書爲已知注文最爲詳盡的版本，注者雖"不著姓名"，却不影響其文獻價値。如《出蜀賦》中"彀弱弓而滿鈆鏃兮"一語，《經緯集箋注》校"鏃"爲"族"，注"族，矢鋒也"。"鏃"，王鏊正德本、儲欣十大家本、北京圖書館藏朝鮮抄本都作"族"，宋本、吴酺本等作"鏃"。《説文解字》："族，矢鋒也，束之族族也。"段玉裁注："今字用鏃，古字用族。金部曰，鏃者，利也，則不以爲矢族字矣。"[①] 從韓愈及其門人喜用古字的習慣看，《經緯集箋注》的判斷是説得通的。值得注意的是，《經緯集箋注》還有一些違背了一般的校勘規律，但是却有不少參考意義的校勘文字，如《梓潼移江記》中"民惜其田以顗得"一語，"顗"，《説文解字》："謹莊貌。"放在句中，意義不通。《經緯集箋注》："顗字誤，當是覬，音冀，欥幸也，俗通作冀，欥，音冀，與覬幾同。"作"覬"雖無版本依據，意義則通順了。

---

① 許慎撰，段玉裁注，《説文解字注》，上海古籍出版社1981年版，第312頁。

附録三　孫樵古文創作研究

第一章　孫樵文學與學術思想及其古文創作

第一節　孫樵的史學思想及其散文的精神實質

孫樵的學術思想主要集中在反佛和史學兩個方面，史學思想更能體現出孫樵的獨創性。孫樵的史學思想主要體現在《孫氏西齋録》和《與高錫望書》兩篇文章中。兩篇文章都是寫給高錫望的。《與高錫望書》批判了唐代史館制度的弊端，討論了歷史編撰中的語言問題，並表達了修史的一些標準。《孫氏西齋録》則是改編陸長源的《唐春秋》而成的史學著作。這兩部書都已經亡逸，只留下孫樵的一篇序文。陸長源《唐春秋》，據《新唐書·藝文志》《直齋書録解題》載，有六十卷之巨。《群書考索》評此書"懲勸皆有深意"。但孫樵認爲此書有"叢冗禿屑"之弊，因而作了改編。《孫氏西齋録》系統地論述了自己創作此書的標準、體例，全面體現了孫樵的史學思想。本節從史官意識、採撰標準、史筆傳統和史著語言四個方面論述孫樵的史學思想及其在散文創作中的體現。

一　"出没人於千百歲後"的史官意識及其在散文中的體現

《孫氏西齋録》説："宰相昇沉人於十數年間，史官出没人於千百歲後，是史官與宰相分掣死生權也。爲史官者不能忭直骨於枯墳，饟詒魄於下泉，磨毫黷札，叢閣飽帙，豈國家任史官意耶？"[1] 這段話論述了兩層意思：一是史官的作用；二是史官作用如何體現。孫樵認爲，宰相主宰一個人物質生命存在的幾十年，而史官則可以主宰一個人物質生命消失之

---

[1] 孫樵：《孫可之文集》，北京圖書館出版社2003年版，卷五。

後，長存於世間的精神生命價值。所以，史官與宰相"分掣死生權"。那麼，怎樣才能做一個稱職的史官呢？不是僅靠博學就能做好史官，即使是"磨毫黷扎，叢閣飽帙"，如果不能承擔起應負的社會責任，"忱直骨於枯墳，讒諂魄於下泉"，就不是稱職的史官。《與高錫望書》也強調史官要"明不顧刑辟，幽不見神怪"，保証社會作用的體現。他批判唐王朝的史館制度。"古者國君不得視史，今朝廷以宰相監撰，大丈夫當一時寵遇，皆欲齊政房杜，躋俗太平，孰能受惡於不隱乎？古者七十子不與筆削，今朝廷以史館叢文士，儒家擅一時胸臆，皆欲各任憎愛，手出白黑，孰能專門立言乎？"① 史館制度本來是我國史學在唐代的重大進步，國家通過史館把眾人的智慧集中起來，更快完成史書修撰工作，唐代官修史書都是在史館完成的。但弊端也隨之而來，其中一個重要弊端，就是監修官不稱職。唐代史學家劉知幾在《史通·辨職》中説："凡居斯職者，必恩幸貴臣，凡庸賤品，飽食安步，坐嘯畫諾，若斯而已矣。夫人既不知善之為善，則亦不知惡之為惡。故凡所引進，皆非其才，或以勢利見昇，或以干祈取擢，遂使當官效用，江左不以樂為謡；拜職辨名，洛中不以閑為説，言之可為大噱，可為可嘆也。"② 劉知幾看到了監修官的不學無術，影響了史官職能的發揮。孫樵則看到了監修官和史館官員的私心，影響了史官職能的發揮。

　　正是對史官職能的深刻認識，孫樵以史官自任，自覺地承擔起史官的責任。他不僅改編陸長源的《唐春秋》，寫成《孫氏西齋錄》，而且還寫成了史著《書何易於》《復召堰籍》，實踐自己"存警訓，不當徒以官大寵濃溝（一作'講'）文張字。故大惡大善，雖賤必紀；尸生浪職，雖貴得黜"的理念。韓愈曾經説過："愚以為凡史氏褒貶大法，《春秋》已備之矣。"孫樵間接承史法於韓愈，"存警訓"也就是發揚《春秋》"一字之褒，勝於華袞；一字之貶，嚴於斧鉞"的褒貶精神。何易於先為從七品下的益昌縣令，後為正七品上的羅江縣令。而李胤之則僅僅是一個幕僚。何易於和李胤之雖然是下層官吏，但何易於親自挽舟以使百姓全力農耕，燒掉徵茶税詔書以使百姓富足，李胤之恢復召堰使百姓受益。孫樵對兩人的稱揚，是對晚唐吏治腐敗的糾正。《書何易於》末尾説："使何易於不有得於生，必有得於死者，有史官在。"《復召堰籍》末尾説："惜李從事之迹不為人知，作《復召堰籍》。"都可以看出孫樵自覺按照史官的

---

① 孫樵：《孫可之文集》，北京圖書館出版社 2003 年版，卷三。
② 劉知幾撰，浦起龍釋：《史通通釋》，上海古籍出版社 1978 年版，第 283 頁。

標準來要求自己的意識,對他們的贊揚,也是給予所有的循吏一個鼓勵。《與高錫望書》説:"嘗序廬江何易於,首末千言,責文則喪質,近質則太禿,刮垢磨痕,卒不到史。"① 儲欣讀此文後贊不絶口:"史才!史才!"②《書何易於》被《新唐書》録入,也説明此文水平。可見,這是孫樵的自謙之辭,但也可以看出孫樵對歷史著作的嚴格要求,體現出一個史官的自覺意識。

《書褒城驛屋壁》《書田將軍邊事》則是體現了史學家以史爲鑒,有益治道的精神。文章借"號天下第一"的褒城驛的破敗過程引出了吏治的大弊端。過往客人"棹舟則必折篙破舷碎鷁而後止,漁釣則必枯泉汩泥盡魚而後止,至有飼馬於軒,宿隼於堂"。爲什麽没有人進行管理呢?孫樵用老甿的話説出自己想説的話:"舉今州縣皆驛也","今朝廷命官,既已輕任刺史、縣令,而又促數於更易,且刺史、縣令,遠者三歲一更,近者一二歲再更。故州縣之政,苟有不利於民,可以出意革去其甚者,在刺史曰'明日我即去,何用如此',在縣令亦曰'明日我即去,何用如此',當愁醉釀,當饑飽鮮,囊帛櫝金,笑與秩終。嗚呼!州縣真驛耶!矧更代之隙,黠吏因緣,恣爲姦欺以賣州縣者乎?如此而欲望生民不困,財力不竭,户口不破,墾田不寡,難哉!"③ 在孫樵看來,褒城驛就是晚唐社會的一個縮影。《書田將軍邊事》則借田在賓將軍的口説出唐王朝西南邊境政策的失誤以及官員的腐敗:士兵戰斗力低下,"每歲發卒以戍南者,皆成都頑民,……雖知鉦鼓之數,不習山川之險。……緩步坦途,日次一舍,固已呀然汗矣,而况歷重阻,即嚴程,束甲而趨,扶戟而鬥耶";官員貪污腐化,"爲將者刻薄以自入,饋運者縱吏而鼠竊,縣官當給帛則以苦而易良,當賑粟則以砂而參粒;每歲當給帛,主將輒先市輕帛以易其重帛,然後散諸邊卒;當給糧,丁吏必先盗其米,然後以砂補其數以給邊",這樣怎麽能不打敗仗呢!接着孫樵直接給中央政府提出了自己的建議:"詔嚴道、沈黎、越嶲三城太守,俾度其要害,桉(一作'按')其壁壘,得自募卒以守之。且兵籍於郡則易爲役,卒出於邊則習其險,而又各於其部,繕相美地,分卒爲屯,春夏則耕桑蓺以資其衣食,秋冬則嚴壁以俟寇虜",這個意見也被《新唐書》采用,體現出孫樵見識

---

① 孫樵:《孫可之文集》,北京圖書館出版社 2003 年版,卷三。
② 孫樵:《可之先生全集録》,《四庫全書存目叢書》,齊魯書社 1997 年版,第 404—800 頁。
③ 孫樵:《孫可之文集》,北京圖書館出版社 2003 年版,卷二。

的高明。

二 尚功力，正刑名的採撰標準及其在散文中的體現

《孫氏西齋錄》中談到撰寫這一歷史著作的原則時說："尚功力，正刑名，登崇善良，蕩戮凶回。""功力"就是功勞、功業；"刑名"就是刑律，"尚功力，正刑名"就是用功勞去衡量一個人的德行，用刑律去衡量一個人的罪責，"善善惡惡"。"登崇善良，蕩戮凶回"就是舉用推尊有才能有德行之人，清除誅殺凶狠邪惡之人。所以，孫樵說"高祖殺太子建成"，原因是唐高祖"黜功徇愛"，沒有立有大功的太宗爲太子。所以，孫樵說"崔察賊殺中書令裴"，原因是崔察的一句話"若無異圖，何故請太后歸政"引發了武則天的殺心，從而導致了梗直大臣裴炎的被殺。所以，孫樵批評司馬遷、班固，"至如司馬遷序周緱，班孟堅傳蔡義，尚何用耶？"

周緱，汪師韓以爲當爲周仁。《史記》卷一百零三《周文傳》："郎中令周文者，名仁，其先故任城人也，以醫見。景帝爲太子時，拜爲舍人，積功稍遷。孝文帝時，至大中大夫。景帝初即位，拜仁爲郎中令。仁爲人陰重不泄，常衣敝補衣溺袴，期爲不絜清。以是得幸，景帝入卧内，於後宮秘戲，仁常在旁。至景帝崩，仁尚爲郎中令，終無所言。上時問人，仁曰：'上自察之。'然亦無所毀。以此景帝再自幸其家，家徙陽陵。上所賜甚多，然常讓，不敢受也。諸侯群臣賂遺，終無所受。武帝立，以爲先帝臣，重之。仁乃病免，以二千石禄歸老，子孫咸至大官矣。"[1]《漢書》卷六十六《蔡義傳》："蔡義，河内溫人也，以明經給事大將軍莫府。家貧，常步行，資禮不逮衆門下，好事者相合爲義買犢車，令乘之。……久之，詔求能爲《韓詩》者，徵義待詔，久不進見。義上疏曰：'臣山東草萊之人，行能亡所比，容貌不及衆，然而不棄人倫者，竊以聞道於先師，自托於經術也。願賜清閒之燕，得盡精思於前。'上召見義，說《詩》，甚說之，擢爲光禄大夫給事中，進授昭帝。數歲，拜爲少府，遷御史大夫，代楊敞爲丞相，封陽平侯。又以定策安宗廟益封，加賜黄金二百斤。義爲丞相時年八十餘，短小無須眉，貌似老嫗，行步俛僂，常兩吏扶夾乃能行。時大將軍光秉政，議者或言光置宰相不選賢，苟用可顓制者。光聞之，謂侍中左右及官屬曰：'以爲人主師當爲宰相，何謂云云，此語不可

---

[1] 司馬遷：《史記》，中華書局1982年版，第2771—2772頁。

使天下聞也。'義爲相四歲，薨。謚曰節侯，無子，國除。"① 周仁在漢景帝時爲郎中令，除了不受賄賂和賞賜外，没有表現出任何可以褒獎的功勞，對當時的政策以及用人没有表示過任何意見，但也没有任何惡行值得批判。蔡義，在東漢中央集權日益失去權威時，做丞相，却没有任何辦法改變現實，只是聽從外戚，以至於有"不賢"和"可顓制者"的名聲，但他又確實没有做過大姦大惡之事。二人是"尸位浪職"的典型，按照現代人的認識，這樣的人身居高位，甚至是掌握國家行政大權的宰相，"不作爲"本身就説明社會的用人制度出了問題，是值得深思的。司馬遷和班固也正是考慮到這一點，才把他們記録下來，以示社會批判。在這方面，孫樵没有司馬遷和班固思考得深刻。但是，孫樵所生活的時代，是"不作爲"就要亡國的時代，所以他特别歌頌大善、批判大惡，希望能用這個武器挽救社會，他的社會批判意識，和司馬遷、班固相比，毫不遜色。

孫樵之"尚功力，正刑名"，最根本的着眼點就是百姓。孫樵歌頌諸葛亮，是因爲"武侯死五百載，迄今梁漢之民歌道遺烈，廟而祭者如在。其愛於民如此而久也！"歌頌魏徵，是因爲魏徵"噫諫舌切，上磨帝缺"。孫樵之所以爲何易於、李胤之立傳，是因爲何易於能夠真正爲百姓考慮，挽舟、毁詔，大義凛然；李胤之則恢復了召堰，使襄陽"八州之民，咸忘其饑"。《迎春奏》也把政令修明與否直接與百姓生活聯繫起來，他説："是陛下政令出乎修明，則寒暑運行；政令出乎淫昏，則災祥屢臻，其可忽乎？""陛下與人爲冬，得舉皆不見日，凍薄人骨，間間戚戚，燈青火白，門無蹄轍迹，顧陛下左右皆春，天下病悴者衆也，陛下肘腋皆熱，中國病凍者衆也。"

三 微文示譏與直書志願的史筆傳統及其在散文中的體現

瞿林東先生説過："唐代史家對於信史的追求，有一種始終不渝的執着精神。"② 唐代著名史學家劉知幾在《史通》中專列兩章："直書第三十四""曲筆第二十五"，熱情贊頌了我國信史傳統："蓋烈士徇名，壯夫重氣，寧爲蘭摧玉折，不作瓦礫長存，若南、董之仗氣直書，不避强御；韋、崔之肆情奮筆，無所阿容。雖周身之防有所不足，而遺芳餘烈，人到

---

① 班固撰，顔師古注：《漢書》，中華書局 1962 年版，第 2898—2899 頁。
② 瞿林東：《唐代史家對信史的追求》，《史學集刊》2006 年第 4 期。

於今稱之。"① 但秉筆直書，能像 "董狐之書法不隱，趙盾之爲法受屈，彼我無忤，行之不疑，然後能成良直，擅名今古" 的實不多見，更多的則是象齊太史、司馬遷、韋昭、崔浩，"或身膏斧鉞，取笑當時；或書塡坑窖，無聞後代"。所以，韓愈《答劉秀才論史書》談到做史官的危險性："夫爲史者，不有人禍，則有天刑。"② 孫樵堅持了信史原則。他在《與高錫望書》中說："爲史官者，明不顧刑辟，幽不愧鬼神，若梗避於其間，其書可燒也。"這是堅持信史原則。他把"直書"的方式分爲兩種。在《孫氏西齋錄》中說："有所鯁避則微文示譏，無所顧栗則直書志慝。"李洲良《春秋筆法的内涵外延與本質特徵》認爲"春秋筆法"的基本内涵是"微而顯""志而晦""婉而成章""盡而不汙""懲惡而勸善"。其社會功利價值表現爲"懲惡勸善"的思想原則與法度，其審美價值表現爲"微而顯""志而晦""婉而成章""盡而不汙"的修辭原則與方法。前者爲目的爲功用，後者爲手段爲方法。就修辭原則而言，又可分爲兩類：一爲直書其事，"盡而不汙"者是也；一爲微婉隱晦；"微而顯""志而晦""婉而成章"者是也。微婉隱晦又可分爲兩類：出於避諱者，"婉而成章"是也；非出於避諱者，"微而顯""志而晦"是也。③ 所謂"直書志慝"，就是"盡而不汙"；所謂"微文示譏"，就是"婉而成章""微而顯""志而晦"。對此，孫樵舉例進行說明，"高祖殺太子建成""李勣立皇后武氏""起王后已廢之魂上配天皇""條天后擅政之年下係中宗""崔察賊殺中書令裴炎""張守珪以安禄山叛"都是"直書志慝"。"稱天下殺""稱天子殺""臣或不書卒""君或不書葬"就是"微文示譏"。

孫樵對真實性的追求也成爲他的散文的特色之一。《興元新路記》，前人一般只注意到孫樵對柳宗元山水遊記的模仿上，所以批評孫樵的創造力不夠。如劉芳瓊說："《興元新路記》……使遊記變成了方志，只是純寫景狀物，缺乏柳文中景中有情，一腔幽憤含孕其中，一山一水一草一石都寄託着自己不幸的身世遭遇，雖然摸到韓柳古文創作的章法路數，卻缺乏他們那種獨特的才能。"④ 王志昆雖然認識到此文的目的不在山水，而在於揭露官僚政治的弊端，但仍然借用儲欣的話："瑣瑣記程，點綴入勝，柳柳州山水園亭之妙，往往奪胎。"認爲此文"多客觀描繪，明顯的

---

① 劉知幾撰，浦起龍釋：《史通通釋》，上海古籍出版社 1978 年版，第 193—194 頁。
② 屈守元、常思春：《韓愈全集校注》，四川大學出版社 1996 年版，第 1921 頁。
③ 李洲良：《春秋筆法的内涵外延與本質特徵》，《文學評論》2006 年第 1 期。
④ 劉芳瓊：《評晚唐孫樵的散文》，《南京師範大學學報》1991 年第 1 期。

寓意較少，與柳文不同。"① 劉芳瓊没有認識到此文的創作目的，王志昆雖然認識到了文章的寫作目的，但没有深究文章描寫山水和創作目的之間的關係。其實，《興元新路記》不僅要破除"竊竊之議"，還滎陽公以真實面目，還要揭露吏治之腐敗。所以，只有把興元新路的實際情况寫清楚，才能達到目的。所以本文處處寫實，不僅寫出新路的好處，而且寫出新路的修建不當之處，還要寫出爲什麽會有這樣的修建不當之處。最後得出結論："議者多以謂此路不及褒斜，此言不公耳。樵嘗淑中褒斜，一經文川，至於山川險易道途迹，悉得條記，嘗用披校，蓋亦折衷耳。苟使賈昭盡心於滎陽公如樵所條注，誠逾於褒斜路。"這樣，朝廷之"竊竊之議"、道路之"唧唧之嘆"皆不攻自破。但孫樵的主要目的還在於揭露吏治腐敗，所以把這個結論放入注文中，使他不能成爲文章主要論點，還可以間接成爲文章的論據，避免陷入個人恩怨的糾結之中，實在是文章的大妙。

宋人朱翌贊孫樵《書何易於》《書褒城驛屋壁》《書田將軍邊事》《復佛寺奏》"嚴謹有史法，有補治道"。其實，這幾篇文章的"史法"，也在於用近乎客觀的叙述來追求真實性的體現。《復佛寺奏》諫宣宗皇帝不要佞佛，孫樵給宣宗皇帝算了一筆賬，天下户口多少，多少户可以養一個戰士，多少户可以養一個僧侣，"開元户口最爲殷繁，不能逾九百萬，即今有問於户部，其能如開元乎？借如陛下以五百萬給天下之兵，今又欲以一百七十萬給於群髠，是六百七十萬無羨賦矣。即令户口不下於開元，其餘止二百萬，而國家萬故畢出其間，陛下孰與其足耶？"天下的人民已經不堪重負，所以，提出建議"臣願陛下已復之髠止而勿復加，已營之寺止而勿復修"，合理而且合情，所以宣宗皇帝就不能不依從了。《梓潼移江記》就是客觀地叙述了移江的過程和結果。工程結束，當年"水果大至"，就已經起了作用，"雖踰防稽陸，不能病民"。但是，這樣一個爲國爲民的工程，它的主持者滎陽公竟然被"有司劾其不先白"，而"詔奪俸錢一月之半"。就是這些能够産生强烈對比的客觀叙述中，社會上層統治者的可憎面目顯露出來了。

四　字字典要的語言標準及其在散文創作中的體現

《與高錫望書》説："古史有直事俚言者，有文飾者，乃特紀前人一時語以立實録，非爲俚言奇健，能爲史筆精魄，故其立言叙事及出没得

---

① 王志昆：《孫樵作品的思想内容和藝術特色初探》，《廣西大學學報》1988 年第 1 期。

失,皆字字典要,何嘗以俚言汩其間哉?今世俚言文章,謂得史法,因牽韓吏部曰如此如此。樵不知韓吏部以此欺後學耶?韓吏部亦未知史法邪?"孫樵認爲,"字字典要"才是修史語言應該達到的標準。劉國盈《孫樵和古文運動》說:"所謂'字字典要',也就是字字都要符合聖人之道。古文的目的,就是要宣揚聖人之道。俚言粗俗,自然不宜宣揚聖道。因而,爲了'奇',也斷不能摘俚語。"① 戴從喜說:"典要即典雅簡約,追求言盡而意無窮,達到'其說要害,在樵宜一二百言者,足下能數十字輒盡情狀,及意窮事際,反若有千百言在筆下'的藝術效果。"② 說明了爲什麼要使用典雅的語言,什麼是典要,要達到一種什麼樣的效果。但這裏有一個問題,"典要"和"奇健"是什麼關係。"俚言"能不能"奇健"?《與友人論文書》說:"今天下以文進取者,歲叢試於有司不下八百輩,人人矜執,自大所得。故其習於易者,則斥澀艱辭;攻於難者,則鄙平淡之言。至有破句讀以爲工,摘俚語以爲奇。"顯然,在孫樵看來,俚語不是"奇健",古史中有俚語,只不過是"特紀前人一時語以立實錄"。那麼,"奇健"和"典要"是什麼關係呢?孫樵沒有說明,但"典要"的目標絕非"言盡而意無窮",儲欣《可之先生全集錄序》說"可之之文幽懷孤憤,章章激烈,或以爲是好訕者之所爲,或又曰,是得無歡愉之詞難工,而一談愁苦以炫異取名耶"③,所謂"激烈",所謂"好訕者之所爲",所謂"炫異取名",沒有任何一條指向含蓄。這和劉知幾的理論既有相通的地方,又有不同的地方。《史通·敘事》說:"夫國史之美者,以敘事爲工;而敘事之工者,以簡要爲主。"又說明"簡要"就是"文約而事豐"。④ 白壽彝說"美""工""簡要""反映出他對史文的美學追求"。相對而言,孫樵主張簡潔,但對史文的要求多了"奇健"的一面。

可以說,孫樵的史學語言理論和散文創作語言理論密切相關,前人看到了孫樵散文語言理論的"奇",而沒有注意到其史學語言理論的"典要"。

孫樵的語言理論是指向"奇"的,這是學術界公認的。但孫樵給"奇"設置了許多限制。劉國盈對此有詳細論述。他反對以"巧"爲奇,

---

① 劉國盈:《孫樵和古文運動》,《北京師範學院學報》1983年第3期。
② 戴從喜:《孫樵古文理論概述》,《淮陰師範學院學報》2000年第4期。
③ 孫樵:《可之先生全集錄》,《四庫全書存目叢書》,齊魯書社1997年版,第404—789頁。
④ 劉知幾撰,浦起龍釋:《史通通釋》,上海古籍出版社1978年版,第168頁。

反對失真。孫樵的所謂"奇",也就是意新和辭富。"奇"也必須有一定的限度。所謂"貴文則喪質,近質則太禿",辭富不能過"當","趨怪走奇,中病歸正",意新也不能離"正"。恰如其分,無過無不及,才是真正的"奇"。戴從喜也強調孫樵能夠正確處理奇與常、難與易之間的關係。但他們的論述,總不能明確地說出"奇"的有限性到底在哪裏。孫樵所説的"奇",就是"推之大易,參之玄象,其旨甚微,其辭甚奇","焕然如日月之經天也,炳然如虎豹之異犬羊也","道人之所不道,到人之所不到","物之精華天地所秘惜,故蒙金以砂,錮玉以璞,珊瑚之叢必茂重溟,夜光之珠必頷驪龍"。這樣的論述淵源於皇甫湜,皇甫湜《答李生第一書》説:"夫意新則異於常,異於常則怪矣。詞高則出於衆,出於衆則奇矣。虎豹之文不得不炳於犬羊,鸞鳳之音不得不鏘於烏鵲,金玉之光不得不炫於瓦石,非有意先之也,乃自然也。必崔嵬然後爲岳,必滔天然後爲海,明堂之棟必撓雲霓,驪龍之珠必固深泉。"① 皇甫湜在第二、第三書中又反覆説明"奇"和"正"的關係,強調他所追求的目標是"奇"而不失"自然"。而孫樵追求的是"奇"而不失"典要"。

孫樵推崇司馬遷、揚雄,這和劉知幾對司馬遷多有批評不同,但孫樵又吸收了劉知幾史學理論的多方面内容。孫樵講究"史法",自言"承史法於師",所謂"承史法於師",其實是學習韓愈。韓愈《答劉秀才論史書》集中表述了他對修史的清醒認識:(一)方法是按照《春秋》的"褒貶大法""據事迹實録,則善惡自見";(二)直書的危險性,"孔子聖人,作《春秋》,辱於魯、衛、陳、宋、齊、楚,卒不遇而死。齊太史氏兄弟幾盡。左丘明紀春秋時事,以失明。司馬遷作《史記》,刑誅。班固瘐死。陳壽起又廢,卒亦無所至。王隱謗退死家。習鑿齒無一足。崔浩、範曄赤(一作'亦族')誅。魏收夭絶。宋孝王誅死。足下所稱吳兢,亦不聞身貴而令其後有聞也。夫爲史者,不有人禍,則有天刑。"②(三)史館制度造成個人思想的泯滅,"傳聞不同,善惡隨人所見,甚者附黨,憎愛不同,巧造語言,鑿空構立,善惡事迹,於今何所承受取信"。這三個方面都在孫樵的史學理論中得到了體現。但孫樵没有進入政治權力鬥争中心,不像韓愈一樣充滿了畏禍心理,而且孫樵直接提出了自己史著的語言理論,並把這作爲散文語言的標準。所以,孫樵的史學理論遠承《春秋》、司馬遷,近承劉知幾、韓愈,又體現出自己的特色。

---

① 董誥:《全唐文》,中華書局1983年版,第7020頁。
② 屈守元、常思春:《韓愈全集校注》,四川大學出版社1996年版,第1920—1921頁。

呂武志說:"清代陳宏緒謂孫樵論史,實'已揭出子長神髓'……可謂深有得乎史學者也。故清張英稱其'論斷唐事,詞義嚴峻,文亦峭潔,有風霜凌厲之色',李慈銘亦謂:'唐代韓昌黎外,若杜牧、孫樵,始可與言史矣。'"① 杜牧在《冬至日寄小侄阿宜詩》中説"史書閲興亡",在《與人論諫書》說自己"每見君臣治亂之間,興亡諫諍之道",《上安州崔相公啓》認爲自己所獻文"措於《史記》、兩漢之間,……與二子並無愧容",在《上知己文章啓》談到自己創作《燕將録》的緣由是"元和聖德,凡人盡當歌咏紀叙之",創作《罪言》的緣由是"往年吊伐之道未甚得所",創作《原十六衛》的緣由是"自艱難來始,卒伍傭役輩,多據兵爲天子諸侯",創作《與劉司徒書》的緣由是"諸侯或恃功不識古道,以至於反側叛亂"。② 杜牧也是有意識地用史學爲指導來創作一些詩文,但杜牧並没有系統地論述自己的史學思想。所以,我們可以説,孫樵是晚唐最爲系統化的史學理論家之一。

"中晚唐的科舉取士尤爲注重經,特别史",而且"中晚唐統治者多重視經史之學,好學嗜古"。③ 而在孫樵所生活的時代,儒學之復興已是無望,借史家之褒貶針砭社會恐怕是牢騷之外最好的方法。所以孫樵的史學思想成爲了他創作的指導思想,使得孫樵散文帶有明顯的史官意識、歷史評判意識、真實性原則、奇健而不失典要的語言特色。郭預衡先生説:"孫樵爲文……特别講究史筆。……他寫文章是把史家的筆法看作最高的境界。"④ 所以,我們認爲史官意識和史學思想是孫樵散文的精神實質。

實際上,和韓愈、杜牧只是在部分篇目中實踐自己的史學思想不同,孫樵非常忠實地實踐了自己的史學理念,尤其是現存《孫可之文集》,是經過孫樵自己的删擇的,這樣帶來的最大問題可能就是文章的單一化。就文章結構而言,孫樵多采用問答體結構方式,缺少豐富多彩的結構方式。如現存孫樵散文三十五篇,有十二篇采用了問答體的結構方式,占全部文章的三分之一强。

其次,孫樵强調"意深"和語言的"奇健""典要",並没有給想象和情感一個明確的定位。雖然他在《序陳生舉進士》文中也說過:"夫物不得以時而發,其發必熾……於其人也亦然。"但這並非孫樵理論之中心

---

① 呂武志:《唐末五代散文研究》,臺北學生書局 1989 年版,第 91 頁。
② 杜牧:《樊川文集》,上海古籍出版社 1978 年版,第 9、239、241 頁。
③ 韋春喜:《宋前咏史詩史》,山東大學圖書館 2005 年,第 206 頁。
④ 郭預衡:《中國散文史》,上海古籍出版社 1993 年版,第 315 頁。

所在，較之韓愈的"不平則鳴"、杜牧的"以意爲主，氣爲輔，以辭彩章句爲之兵衛"理論，明顯要褊狹一些。

總之，孫樵散文創作所追求的就是史法，這是孫樵散文的最大特色和優點，但也是孫樵散文不足之所在。

第二節　孫樵的文學思想與中晚唐"怪奇"散文理論

作爲散文理論範疇，"奇"在散文理論史上地位非常特殊，中晚唐時一度成爲核心範疇，但很快又淡出主流視野，成爲宋人抨擊的對象。本節從語言與思維的關係來談談"奇"這一散文理論範疇的理論内涵及其意義。

一　中唐怪奇理論與文以明道

韓愈的"文以明道"，"明"的是儒家的仁義之道，倡導的是"足乎己無待於外"的内在道德理性。韓愈在發明仁義之道時，提出的語言觀是："愈之志在古道，又甚好其言辭"，[①] "愈之爲古文，豈獨取其句讀不類於今者邪？思古人而不得見，學古道則欲兼通其辭。通其辭者，本志乎古道者也"，[②] "所能言者皆古之道"。[③] 提倡的是"句讀不類於今"的古書的"言辭"，即使是《答劉正夫書》中雖然提出"師其意不師其辭"，但仍然強調"無難易，惟其是耳"。[④] 也就是說，韓愈在提出文以明道的時候，從來就沒有同時提出"奇奇怪怪"的語言觀。而韓愈提出"奇"這一理論範疇，往往和"自嬉"聯繫在一起。《送窮文》説："其次曰文窮，不專一能，怪怪奇奇，不可時施，只以自嬉。""不可時施"的"自嬉"之文才是"怪怪奇奇"，和可以施於時的宗經之文是不同的。在韓愈的詩歌批評中也是如此，他在《醉贈張秘書》一詩中談到自己和張籍等朋友的"戰詩"，"險語破鬼膽"，《寄盧仝》説盧仝"往年弄筆嘲同異，怪辭驚眾謗不已"，都是在以文會友的特定場合下做出的評價。韓愈的以文爲戲，見梁德林先生《韓愈"以文爲戲"論》[⑤]、周明先生《論"以文

[①]　屈守元、常思春：《韓愈全集校注》，四川大學出版社1996年版，第1529頁。
[②]　同上書，第1500頁。
[③]　同上書，第1462頁。
[④]　同上書，第2050頁。
[⑤]　梁德林：《韓愈"以文爲戲"論》，《廣西師範學院學報》2004年第11期。

爲戲"》①、蔣寅先生翻譯日本學者川合康三的著作《遊戲的文學——以韓愈的"戲"爲中心》②，韓愈的以詩爲戲，見拙作《韓愈"以詩爲戲"論》③。其實，楊曉藹 1994 年發表於《西北師範大學學報》第二期的《論韓愈詩文創作中"宗經"與"自嬉"的矛盾》已經詳細論述了韓愈的這一矛盾現象。所以，"奇""怪""險"都體現了文人在"自嬉"狀態下創作的語言特點。

同時，韓愈所說的"仁義之道"並不是思維的全部內容。中西語言學史上對語言和思維關係有統一論和工具論，在我國比較通行的看法是統一論。持統一論的現代語言學家洪堡特說："語言是構成思想的器官"，"智力活動與語言是一個不可分割的整體"，"語言參與了精神的内部活動和外部溝通"，"思維是一種精神活動"。④ 實際上，現代語言學的思維概念參與了人類的全部精神活動。所以韓愈倡導的"仁義之道"只能是人類思維參與活動的一部分。

所以，"奇"的語言特色和"仁義之道"的思維内容在内涵和外延範圍上並不是完全重合的，而是既有交叉又有歧異的。所以，韓愈之後，皇甫湜、孫樵就把本來用於"自嬉"的"怪怪奇奇"的語言的使用範圍擴大到了"文以明道"的理論體系中。

皇甫湜《答李生第二書》："夫謂之奇，則非正矣，然亦無傷於正也。謂之奇，即非常矣。非常者，謂不如常；謂不如常，乃出常也。無傷於正而出於常，雖尚之亦可也。此統論奇之體耳。……夫文者非他，言之華者也，其用在通理而已，固不務奇，然亦無傷於奇也，使文奇而理正，是尤難也。……以非常之文，通至正之理，是所以不朽也。"⑤ 皇甫湜在與李生的論難中，提出"文者非他，言之華者也，其用在通理而已，固不務奇，然亦無傷於奇也，使文奇而理正，是尤難也"，"以非常之文，通至正之理"的看法，把"奇"這一理論範疇擴大到了"至正之理"的表述上，"至正之理"也就是韓愈所說的"仁義之道"。孫樵則屢次強調作文要"道人之所不道，到人之所不到，趨怪走奇，中病歸正，以之明道則

---

① 周明：《論"以文爲戲"》，《首都師範大學學報》1997 年第 5 期。
② ［日］川合康三：《遊戲的文學——以韓愈的"戲"爲中心》，蔣寅譯，《河南教育學院學報》2004 年第 3 期。
③ 丁恩全：《韓愈"以詩爲戲"論》，《信陽師範學院學報》2007 年第 3 期。
④ ［德］洪堡特：《論人類語言結構的差異及其對人類精神發展的影響》，姚小平譯，商務印書館 1997 年版，第 266、267、270 頁。
⑤ 董誥：《全唐文》，中華書局 1983 年版，第 7021 頁。

顯而微，以之揚名則久而傳"，首先強調"奇"的具體表現是"道人之所不道，到人之所不到，趨怪走奇，中病歸正"，接著又說明創作這樣的文章的目的是"明道""揚名"。然而，孫樵和皇甫湜相比，更加強調創作的準備。《罵僮志》："燈前月下，寒朝暑夜，磨壟反覆，期入聖域。""學之不修，骨肉如仇；學之苟修，四海何雠。"《寓居對》："抉文倒魄，讀書爛舌……徂春背暑，洗剔精魂，澄拓襟慮，曉窗夜燭，上下雕斫。"同時也更加強調"明道"，《罵僮志》說："擺落尖新，期到古人，上規時政，下達民病，句句淡澀，讀不可入，徒乖於衆，孰適於用。"強調自己的文章是從現實政治和民生疾苦出發，從而上達"古人""聖人"之道。說自己的文章"徒乖於衆，孰適於用"，只是一種憤慨的表達。

概括來說，韓愈提出"奇"這一理論範疇，強調的是它的"自嬉"的娛樂功能，到了皇甫湜，尤其是孫樵，它的政治社會功能被突出出來。當然，並不是舍棄娛樂功能。

二 怪奇理論對"文"的重視與開發

文道關係是唐宋時期散文理論的核心議題，也是中國古代文學理論的重要議題，韓愈及其門人在這個問題上的看法是不同的。韓愈強調的是文道一元，追求超越文道的藝術境界，韓門弟子則更強調"文"對"道"的作用。李翺在《答皇甫湜書》一文中探討了人們對西漢事跡比對東漢三國事跡更爲熟悉的原因，他認爲這是因爲人們更願意去讀司馬遷的《史記》、班固的《漢書》，而不是去讀範曄的《後漢書》、陳壽的《三國志》，而更願意去讀司馬遷的《史記》、班固的《漢書》，是因爲司馬遷、班固的文章寫得好："讀之疏數，在詞之高下，理之必然也"。雖然李翺也在另一篇文章《答朱載言書》中說"文、理、義三者兼併，乃能獨立於一時，而不泯於後代"，但他對"文"的強調更甚，"義雖深，理雖當，詞不工者不成文，宜不能傳也"。

皇甫湜、孫樵就是在這種背景下去強調"奇"這個理論範疇的。皇甫湜一方面說"文則遠，無文即不遠"①，一方面又說："來書所謂今之工文或先於奇怪者，顧其文工與否耳。夫意新則異於常，異於常則怪矣；詞高則出於衆，出於衆則奇矣。"② 皇甫湜肯定了"文"的重要作用，又更進了一步，說明怎樣才能做到"文工""詞高"，他突出了"奇"，認爲

---

① 董誥：《全唐文》，中華書局 1983 年版，第 7021 頁。

② 同上書，第 7020 頁。

做到了文"奇",也就做到了文"工"。孫樵一再説"得爲文真訣於來無擇,來無擇得之於皇甫持正,皇甫持正得之於韓吏部退之"(《與王霖秀才書》),强調作文的方法。他繼承了皇甫湜的"怪奇"文論主張,要"立言必奇,摭意必深"(《與賈希逸書》),"儲思必深,摛詞必高,道人之所不道,到人之所不到,趨怪走奇",推崇"玉川子《月蝕詩》、楊司城《華山賦》、韓吏部《進學解》、馮常侍《清河壁記》,莫不拔地倚天,句句欲活,讀之如赤手捕長蛇,不施鞿騎生馬,急不得暇,莫不捉搦"的藝術境界。

韓門弟子對"文"的功能的突出,尤其是對"奇"的理論探討,是學術界批評頗多的。如羅根澤《中國文學批評史》説:"古文運動的意義之一,是嫌棄六朝文的綺縟繁密,有傷自然,由是提倡簡易自然的古文。今皇甫湜竟以怪奇爲自然。""逐漸改變古文,以致否定古文。"孫樵"更是極端主怪主奇"。[1] 實際上,從現代語言哲學來説,皇甫湜、孫樵提倡語言功能的開發,是無可厚非的。洪堡特在論述語言和思維的關係時,屢次强調"語言從精神出發,並反作用於精神",[2] "在觀念活動中,語言所起的不衹是某種形而上的、限定着概念實體的作用,而是也影響着概念的形成,并且將自身的特徵鑄入了概念。盡管概念具有種種客觀的差異,語言却始終以自身獨有的特性對概念發生影響,將一種與觀念相維係的、均衡和諧的形態賦予了全部概念。同時,在内在或外在的言語中,語言也起着組織思想的作用,並由此決定着觀念的聯結方式,而這種聯結方式又在所有的方面對人産生着反作用。"[3] 而文學語言更是重視語言功能的特殊性的開發,所以洪堡特説:"在科學和文學的運用領域裏抛棄一種死語言。"[4] 這些説法和李翱、皇甫湜、孫樵對"文""奇"的强調又是多麽相似。

三 孫樵對怪奇理論的發展

從韓愈到李翱,再到皇甫湜、孫樵,文學語言的發展從"不循常,自樹立"到"工",再到"奇",顯示了古文運動對當時通行的駢文的批

---

[1] 羅根澤:《中國文學批評史》,上海書店出版社 2003 年版,第 457、458—459、459 頁。

[2] [德] 洪堡特:《論人類語言結構的差異及其對人類精神發展的影響》,姚小平譯,商務印書館 1997 年版,第 266 頁。

[3] 同上書,第 235 頁。

[4] 同上書,第 238 頁。

判，同時也顯示出古文運動自身的發展。然而，"奇"的語言特色和"仁義之道"的思維內容在內涵和外延範圍上並不是完全重合的，而是既有交叉又有歧異的，表現思維內容的語言並不能用"奇"去涵蓋全部特色。所以孫樵接受了皇甫湜的理論。皇甫湜説："夫意新則異於常，異於常則怪矣。詞高則出於眾，出於眾則奇矣。虎豹之文不得不炳於犬羊，鸞鳳之音不得不鏘於烏鵲，金玉之光不得不炫於瓦石，非有意先之也，乃自然也。必崔嵬然後爲岳，必滔天然後爲海，明堂之棟必撓雲霓，驪龍之珠必固深泉。"① 孫樵也説："鸞鳳之音必傾聽，雷霆之聲必駭心，龍章虎皮是何等物，日月五星是何等象，儲思必深，摛辭必高，道人之所不道，到人之所不到，趨怪走奇。"（《與王霖秀才書》）"古今所謂文者，辭必高然後爲奇，意必深然後爲工，焕然如日月之經天也，炳然如虎豹之異犬羊也。"（《與友人論文書》）但，孫樵並沒有全盤接受皇甫湜的理論，他和皇甫湜的第一個不同是變"意新"爲"意深"。《與賈希逸書》説："物之精華，天地所秘惜，故蒙金以砂，錮玉以璞，珊瑚之叢必茂重溟，夜光之珠必頷驪龍，抉而不已，擷而不知止，不窮則禍，天地讎也。文章亦然。"孫樵的着眼點雖然在"窮"字上，但也反映出意"深"的要求。"深"和"新"是有很大區別的，"深"的度如果把握不好，就會流於晦澀，"新"的度如果把握不好，就會流於淺俗、尖新。孫樵與皇甫湜的第二個不同是對語言效果的要求不同。孫樵説："道人之所不道，到人之所不到，趨怪走奇，中病歸正，以之明道則顯而微，以之揚名則久而傳。""顯而微"是孫樵對古文語言效果的要求，所謂"中病歸正"，"歸正"就是回歸到"顯而微"的藝術效果上來。《左傳》："君子曰：春秋之稱，微而顯，志而晦，婉而成章，盡而不污，非聖人誰能修之。""微而顯"，杜預注："辭微而義顯。""志而晦"，杜預注曰："志，記也。晦，亦微也。謂約言以記事，事叙而文微。""婉而成章"，杜預注："婉，曲也，謂曲屈其辭，有所辟諱以示大順而成篇章。""盡而不污"，杜預注："謂直言其事，盡其事實，無所污曲，懲惡而勸善。"② "顯"，《説文》："頭明飾也。"段玉裁注："頭明飾者，冕弁充耳之類是也，引申爲凡明之稱。"③ "微"，《説文》："隱行也。《春秋傳》曰：'白公其徒微之。'"段玉裁注："《左傳·哀公十六年》文，杜曰：'微，匿也。'與《釋詁》

---

① 董誥：《全唐文》，中華書局1983年版，第7020頁。
② 阮元：《十三經注疏·春秋左傳正義》，中華書局1980年版，第1913頁。
③ 段玉裁：《説文解字注》（第二版），上海古籍出版社1998年版，第422頁。

'匿,微也'互訓,皆言'隱'不言'行'。"①"隱"即"深",和"顯"組成了一對辯證的矛盾。這就糾正了"意深"帶來的弊病,也使得皇甫湜提倡"怪奇"所產生的刻意求新甚至不可卒讀的弊端得到了改變。而且"微而顯"作爲春秋筆法和"志而晦""婉而成章""盡而不污"聯繫在一起。皇甫湜提倡的文學語言功能的開發,實際上漸漸地忽視了"明道"的一面,"微而顯""志而晦""婉而成章""盡而不污"也使"文"重新回到懲惡勸善的現實政治層面。

四 中晚唐怪奇理論的獨特性

中晚唐韓愈及其弟子對"奇"這一理論範疇的探討,在中國古代文藝理論史上是獨特的。從歷史淵源來看,奠基中國哲學、文藝思想的儒道兩家對"奇"的看法都是否定的。儒家著作如《論語·述而》:"子不語怪、力、亂、神。"②《荀子·榮辱篇第四》:"君子道其常,而小人道其怪。"③ 老莊哲學中,"道"是崇高的,"道"和"巧""智"是背道而馳的。所以在文藝理論領域中對"奇"的追求,往往有很多保留,比如《文心雕龍》的基本思想就是"執正馭奇""奇正轉變",對"奇"既有肯定又有否定,如果"奇"不能和"正"相配合,劉勰就持否定態度。所以,在詩文領域中,"奇"這一理論範疇基本上是停滯不前的。但在被稱爲"小道"的小説、戲曲中,"奇"這一理論範疇却是穩步前進。楊桂青《奇:中國古代叙事文學的根本審美特徵》把"奇"在小説理論中的發展分成以下幾個階段:先秦兩漢:奇論的散在狀態;魏晋南北朝:奇論的初步形成;唐宋:奇論的發展;明代:奇論的漸趨完美;清代:奇論的繼續發展。④ 所以,在正統的散文理論中,對"奇"的發揚闡釋就尤爲有其獨特意義。

第二章 孫樵對晚唐重大政治事件的反映

孫樵古文内容的研究,有王志昆《孫樵作品的思想内容和藝術特色

---

① 段玉裁:《説文解字注》(第二版),上海古籍出版社1998年版,第76頁。
② 劉寶楠撰,高流水點校:《論語正義》,中華書局1990年版,第272頁。
③ 荀子:《四部叢刊》本。
④ 楊桂青:《奇:中國古代叙事文學的根本審美特徵》,《南京大學學報》2003年第4期。

初探》和劉芳瓊《評晚唐孫樵的散文》兩篇文章和一些文學史、散文史著作。王文和劉文雖然肯定了孫樵的批判精神，但都認爲孫樵對重大政治事件反映不足。王文認爲"孫樵的作品對晚唐社會的反映尚不充分，其對社會病因的探索尚不深入"。① 劉文認爲"孫樵所處的時代，正是李唐王朝行將崩潰的時代，宦官專權、朋黨之爭、藩鎮割據、民族糾紛，特別是農民起義的熊熊戰火，已經紛紛燃起。由於時代和階級的局限，這些重大的政治事件和社會生活題材，在孫樵文集中都未得到很好的反映"。② 一些文學史，如吳庚舜、董乃斌《唐代文學史》，也認爲孫樵"忽視或回避了諸如宦官專權、朋黨紛爭、民族糾紛、農民起義等更重大的問題"。③ 綜觀孫樵古文，冷靜地評價當時的重大政治事件，熱切希望唐王朝的復興，恰恰是其最主要的內容特點。

第一節　批評唐宣宗"務反會昌之政"

孫樵的散文有 17 篇寫於唐宣宗在位期間。唐宣宗是晚唐聲譽頗隆的一位皇帝，《舊唐書·宣宗紀》這樣評價唐宣宗："自寶曆以來，中人擅政，事多假借，京師豪右，大擾窮民。洎大中臨馭，一之日權豪斂迹，二之日奸臣畏法，三之日閽寺詟氣，由是刑政不濫，賢能效用，百揆四岳，穆若清風，十餘年間，頌聲載路。"④《資治通鑑》這樣評價唐宣宗："性明察沈斷，用法無私，從諫如流，重惜官賞，恭謹節儉，惠愛民物，故大中之政，迄於唐亡，人思咏之，謂之小太宗。"⑤ 然而，唐宣宗自少深受不禮貌待遇，唐武宗對這位叔叔也"尤不爲禮"。所以即位之後，不顧是非，"務反會昌之政"，⑥ 貶逐李德裕，恢復唐武宗已毀之佛寺，等等一系列政治措施，都是意氣用事，於治道無補。唐宣宗又對唐憲宗之死心存疑忌，《東觀奏記》載："憲宗皇帝晏駕之夕，上雖幼，頗記其事，追恨光陵商臣之酷。即位後，誅除惡黨無漏網者。時郭太后無恙，以上英察孝果，且懷慚懼。時居興慶宮，一日，與二侍兒同昇勤政樓，依衡而望，便欲殞於樓下，欲成上過。左右急持之，即聞於上，上大怒。其夕，太后暴

---

① 王志昆：《孫樵作品的思想內容和藝術特色初探》，《廣西大學學報》1988 年第 1 期。
② 劉芳瓊：《評晚唐孫樵的散文》，《南京師範大學學報》1991 年第 1 期。
③ 吳庚舜、董乃斌：《唐代文學史》，人民文學出版社 1995 年版，第 177 頁。
④ 劉昫：《舊唐書》，中華書局 1975 年版，第 645 頁。
⑤ 司馬光：《資治通鑑》，中華書局 1956 年版，第 8076 頁。
⑥ 同上書，第 8050 頁。

崩，上志也。"① "母儀天下五朝"的郭太后尚且因"暗昧之事"而加以誅殺，還有什麼公理可言。所以，凡元和舊臣，一一起用，以致臣屬也利用這一弱點而謀昇官之私利。《東觀奏記》載："上感元和舊事，但聞是憲宗朝卿相子孫，必加擢用。杜勝任刑部員外，閣內次對，上詢其祖父。勝以先父黃裳，永貞之際，首排姦邪，請憲宗監國。上德之，面授給事中。"②

孫樵對唐宣宗務反會昌之政的做法持反對態度。孫樵在《武皇遺劍錄》一文中高度評價了唐武宗的成就。擊敗回紇，"靖胡塵於塞垣，復帝子於虜庭"；平定劉稹的叛亂，"克大憝於山東，梟渠魁於國門"；對於佛教，"驅群髡而發之，毀其居而田之"，③雖出於愛好道教之私，但也是有利於百姓之事。《舊唐書·武宗紀》這樣評價唐武宗："開成中，王室寖衰，政由閹寺，……昭肅以孤立維城，副茲當璧，而能雄謀勇斷，振已去之威權，運策勵精，拔非常之俊杰，……足以蹈章武出師之跡，繼元和戡亂之功。"④ 兩相對比，孫樵對唐武宗的評價是歷歷可信的。孫樵此文寫於會昌六年十一月，唐宣宗剛剛即位七個月，所以稱唐宣宗爲嗣皇帝，孫樵希望唐宣宗能夠繼承唐武宗的志向，"與天下終始"。但唐宣宗即位的第二個月，即貶逐李德裕，孫樵此文稱頌會昌之政，同時也是歌頌李德裕，是和唐宣宗皇帝唱反調的。汪師韓曾批評此文"俗筆"，但是在這樣一個特殊的政治時期，能夠正確評價唐武宗的成就，並規勸唐宣宗改變自己的做法，是非常危險的。《資治通鑒》記載："初，李德裕執政，有薦丁柔立清直可任諫官者，德裕不能用。上（宣宗）即位，柔立爲右補闕，德裕貶潮州，柔立上疏訟其冤。丙寅，坐阿附貶南陽尉。"⑤ 所以孫樵采取一種特殊的寫法，既表達自己的看法，又不傷害自己的政治前途，完全是可以理解的。

唐武宗反佛，唐宣宗就要佞佛。《舊唐書·宣宗紀》載，會昌六年五月，左右街功德使奏："準今月五日赦書節文，上都兩街舊留四寺外，更添置八所。""敕旨依奏。"⑥《資治通鑒》也記載大中元年閏三月敕文：

---

① 裴庭裕：《東觀奏記》，中華書局1994年版，第85—86頁。
② 裴庭裕：《東觀奏記》，中華書局1994年版，第91頁。
③ 孫樵：《孫可之文集》，上海古籍出版社1994年版，卷五。
④ 劉昫：《舊唐書》，中華書局1975年版，第610—611頁。
⑤ 司馬光：《資治通鑒》，中華書局1956年版，第8051頁。
⑥ 劉昫：《舊唐書》，中華書局1975年版，第615頁。

"應會昌五年所廢寺,有僧能營葺者,聽自居之,有司毋得禁止。"① 京師畢竟可以控制,全國就難以控制了。孫樵描述當時的情況:"三年之間,斤斧之聲不絕。"司馬光也說:"僧尼之弊皆復其舊。"② 孫樵先是寫信給諫官李行方,希望李行方能夠履行自己的職責,"換君心之非"。李行方沒有盡到諫官的責任,孫樵本着"明群髡大蠹之由,生民重困之源""致民之蕃富"的精神,親自把早已寫成的諫書遞到了唐中央。《資治通鑒》簡述了孫樵的觀點:"大中五年六月,進士孫樵上言:'百姓男耕女織,不自溫飽,而群僧安坐華屋,美衣精饌,率以十戶不能養一僧。武宗憤其然,髡十七萬僧,是天下一百七十萬戶始得蘇息也。陛下即位以來,修復廢寺,天下斧斤之聲至今不絕,度僧幾復其舊矣。陛下縱不能如武宗除積弊,奈何興之於已廢乎!日者陛下欲修國東門,諫官上言,遽爲罷役。今所復之寺,豈若東門之急乎?所役之功,豈若東門之勞乎?願早降明詔,僧未復者勿復,寺未修者勿修,庶幾百姓猶得以息肩也。'"③ 儲欣評:"利害切深,即賈太傅、晁家令、趙營平無以尚之,可之雕蟲耶?"④ 所謂"利害切深",是指孫樵文章直指時弊而言。但孫樵反佛的更可貴之處在於,在復雜的社會政治背景下堅持了自己的看法,所謂"武皇帝即不能除群髡,陛下尚宜勉思而去之",也在提醒唐宣宗要堅持唐武宗正確的做法。

第二節 對唐王朝西南邊防的憂慮和建議

《新唐書·突厥傳上》說:"凡突厥、吐蕃、回鶻以盛衰先後爲次;東夷、西域又次之,迹用兵之輕重也;終之以南蠻,記唐所繇亡云。"⑤ 所以,從某種程度上講,南詔是晚唐的最大外患,又因爲孫樵寓居於四川,對南詔的入侵是身受。所以,孫樵在《書田將軍邊事》一文中詳細叙述了南詔逐漸強大的過程,以及唐王朝的防守策略。本來,因爲安史之亂,南詔兵力在中唐時相對於唐已經很強盛,"當廣德、建中之間,西戎兩飲馬於岷江,其眾如蟻,前鋒魁健,皆擐五屬之甲,持倍尋之戟,徐呼按步,且戰且進,蜀兵遇鬥,如值橫堵,羅戈如林,發矢如虻,

---

① 司馬光:《資治通鑒》,中華書局1956年版,第8029頁。
② 司馬光:《資治通鑒》,中華書局1956年版,第8050頁。
③ 同上書,第8017頁。
④ 孫樵:《可之先生全集錄》,《四庫全書存目叢書》,齊魯書社1997年版,第811頁。
⑤ 歐陽修、宋祁:《新唐書》,中華書局1975年版,第6027—6028頁。

皆折刃吞鏃，不能斃一戎，而况陷其陣乎！然其戎兵踐吾地日深而疫死日衆，即自度不能留，亦輒引去。""西戎"就是吐蕃。"兩飲馬於岷江"，指代宗廣德元年，吐蕃陷松州、維州、雲山、龍城。還有大曆十四年，德宗即位。十月，吐蕃合南蠻之眾號二十萬，三道寇茂、扶、文、黎、雅等州，連陷郡邑。只是不能適應新的水土、氣候，所以不能深入。德宗貞元年間，韋皋任檢校戶部尚書，兼成都尹、御史大夫、劍南西川節度使，聯合南詔，共抗吐蕃，南詔"群蠻子弟叢於錦城，使習書算，業就輒去，復以他繼"，五十年後，已經熟悉了"巴蜀土風山川要害"。唐文宗大和三年，南詔攻陷成都，"自成都以南，越嶲以北，八百里之間，民畜爲空"，南詔成爲西南邊防大患。再加上唐王朝戍兵"皆成都頑民，飽稻飫豕，十九如瓠，雖知鉦鼓之數，不習山川之險，吾嘗伺其來，朔風正嚴，緩步坦途，日次一舍，固已呀然汗矣，而况歷重阻，即嚴程，束甲而趨，扶戟而鬥耶？加以爲將者刻薄以自入，饋運者縱吏而鼠竊，縣官當給帛則以苦而易良，當賑粟則以砂而參粒，如此則邊卒將怨望之不暇，又安能殊死而力戰乎？"外不能禦侮，內不能自強，唐王朝實際上已經陷入了一個非常危險的境地。最後孫樵提出了自己的建議："詔嚴道、沈黎、越嶲三城太守，俾度其要害，桉（一作'按'）其壁壘，得自募卒以守之，且兵籍於郡則易爲役，卒出於邊則習其險，而又各於其部繕相美地，分卒爲屯，春夏則耕桑蠶以資其衣食，秋冬則嚴壁以俟寇虜，連帥即能督之，歲遣廉白吏視其卒之有無，劾其守之不法者以聞，如此則縣官無饋運之費，姦吏無因緣之盜，兵足食給。"孫樵的認識是非常深刻的。《新唐書·突厥傳上》載"備禦之策可施行者"，就把孫樵的建議和杜佑、杜牧的建議並列出來。杜佑說："吐蕃綿力薄材，食鮮藝拙，不及中國遠甚。誠能復兩渠之饒，誘農夫趣耕，擇險要，繕城壘，屯田蓄力，河、隴可復，豈唯自守而已。"[①] 杜牧說："天下無事時，大臣偷處榮逸，戰士離落，兵甲鈍弊，車馬刓弱，天下雜然盜發，則疾驅以戰，是謂宿敗之師。此不蒐練之過，其敗一也。百人荷戈，仰食縣官，則挾千夫之名，大將小裨操其餘贏，以虜壯爲幸，執兵者常少，糜食者常多，築壘未干，公囊已虛。此不責實之過，其敗二也。戰小勝則張皇其功，奔走獻狀以邀賞，或一日再賜，一月累封，凱還未歌，書品已崇，爵命極矣，田宫廣矣，金繒溢矣，子孫官矣，肯外死勤於我哉？此賞厚之過，其敗三也。多喪兵士，顛翻大都，則跳身而來，刺邦而去，回視刀鋸、菜色甚安，一歲未更，已立於壇

---

① 歐陽修、宋祁：《新唐書》，中華書局1975年版，第6026頁。

埒之上。此輕罰之過,其敗四也。大將將兵,柄不得專,一曰爲偃月,一曰爲魚麗,三軍萬夫,環旋翔佯,恍駭之間,虜騎乘之。此不專任之過,其敗五也。"① 杜佑、杜牧所叙唐用兵之弊與解決之方法,實在有太多相似之處。而杜佑、杜牧泛論唐王朝的用兵策略,孫樵則專論南詔,尤其顯得可貴。《新唐書·南蠻傳中》説:"懿宗任相不明,藩鎮屢畔,南詔内侮,屯戍思亂,龐勛乘之,倡戈橫行。雖凶渠殲夷,兵連不解,唐遂以亡。《易》曰:'喪牛於易。'有國者知戒西北之虞,而不知患生於無備。漢亡於董卓,而兵兆於冀州;唐亡於黄巢,而禍基於桂林。《易》之意深矣!"② 孫樵對南詔的防務策略反映出對國家的深深憂慮,和宋代歷史學家的看法驚人一致!

第三節　黄巢起義後仍希望唐王朝能重整山河

孫樵對政治的熱切期望直到唐僖宗被趕到四川時還保持着,體現在《蕭相國真贊》一文中。蕭相國是誰,汪師韓曾經做出過推測:"按宣宗大中十一年,兵部侍郎判度支蕭鄴同中書門下平章事,十三年罷。懿宗咸通五年,兵部侍郎蕭寘同中書門下平章事,六年薨。僖宗即位,尚書左僕射蕭倣爲中書侍郎同中書門下平章事,乾符元年爲司空。中和元年,兵部侍郎蕭遘爲工部侍郎同中書門下平章事,四年爲司空,光啓元年爲司馬。是時蕭相國凡四,此文未知何指。"③ 李光富認爲蕭相國是蕭遘。《舊唐書·蕭遘傳》:"黄巢犯闕,僖宗出幸,以供饋不給,須近臣掌計,改兵部侍郎、判度支。中和元年三月,自褒中幸成都,次綿州,以本官同平章事,加中書侍郎,累兼吏部尚書、監修國史。"孫樵在文中寫道:"再安宗祐,蕩掃氛孼,黄道回日,翠華歸闕。"從時代上講,蕭鄴、蕭寘、蕭倣因爲做宰相時都沒有碰上皇帝倉皇逃竄的重大政治事件,所以不存在"再安宗祐,蕩掃氛孼"的豐功偉績。所以,最有可能的是蕭遘。實際上,孫樵在編訂自己文集的時候,蕭遘並沒有完成這個偉業。然而,孫樵對蕭遘充滿了期望,希望他能夠做到"再安宗祐,蕩掃氛孼"。《舊唐書·蕭遘傳》載:"光啓初,王綱不振。是時天下諸侯,半出群盗,强弱相噬,怙衆邀寵,國法莫能制。有李凝古者,從支詳爲徐州從事,詳爲衙

---

① 歐陽修、宋祁:《新唐書》,中華書局1975年版,第6026—6027頁。
② 同上書,第6295頁。
③ 汪師韓:《孫文志疑》,光緒丙戌秋八月錢塘汪氏刊刻於湖南長沙,現藏於復旦大學圖書館。

將時溥所逐，而賓佐陷於徐。及溥爲節度使，因食中毒，而惡凝古者譖之，云爲支詳報仇行酖，溥收凝古殺之。凝古父損，時爲右常侍，溥上章披訴，言損與凝古同謀。内官田令孜受溥厚賂，曲奏請收損下獄。中丞盧渥附令孜，鍛煉其獄。侍御史王華嫉惡，堅執奏证損無罪。……邁非時進狀，請開延英，奏曰：'李凝古行酖之謀，其事曖昧，已遭屠害，今不復論。李損父子相別三四年，音問斷絶，安得誣罔同謀？時溥恃勳壞法，凌蔑朝廷，而抗表請按侍臣，悖戾何甚？厚誣良善，人皆痛心。若李損羅織而誅，行當便及臣等。'帝爲之改容，損得免，止於停任。時田令孜專總禁軍，公卿僚庶，無不候其顔色，唯邁以道自處，未嘗屈降。"① 從上述兩件事來看，蕭邁確實代表着正確的政治方向。所以，孫樵對蕭邁寄予了厚望。然而，蕭邁並不能改變唐王朝的政治走向。所以，到了中和四年，孫樵徹底泯滅了自己的政治希望，轉而大量删削自己的文章，編訂文集，轉而寄望於自己的文集"藏諸篋笥，以貽子孫"了。

第四節　反映社會凋敝，反對宦官專權、藩鎮跋扈

　　孫樵仕途坎坷，直至第十一次参加進士考試才及第。十餘年間，來往於四川和長安之間，另有一次"荊襄之行"，孫樵把自己的所見所聞都忠實地記錄下來。儲欣説："夫豈得已哉，蓋賢者也。當是時，憲武之緒岌岌矣，國步將斬，田野將空，足迹所到，擊一弊政墜緒則驚，接一餓羸無告則戚，天高日以局，地厚日以蹐，於是作爲文章，走奇趨怪，以舒腹之鬱結，而豈得已哉？是故《麥秀》《黍離》，其言不得不痛；《涉江》《哀郢》，其言不得不怨。生乎懿僖，每念不忘開元之盛，其言不得不激，不得不愁。古今一體，遭世使然。而按其詞意淵源所自出，信昌黎先生嫡傳也。"② 晚唐社會，唐中央的控制力大爲减弱，藩鎮的離心力更强，宦官的私慾更加不顧一切，社會矛盾漸趨不可調和，唐宣宗在位的十三年幾乎是唐王朝最後的平靜。然而，社會的凋敝程度却在漸漸加深，孫樵的筆就記錄了這種從上到下的不可逆轉的凋敝。

　　孫樵第一次到京師是在唐文宗開成五年（840），便覺察到唐王朝政治的種種弊端。"何疏貢之缺條兮，忽有司之吾斥，曾不得而上通兮，居

---

① 劉昫：《舊唐書》，中華書局1975年版，第4646頁。
② 孫樵：《可之先生全集録》，《四庫全書存目叢書》，齊魯書社1997年版，第404冊第789頁。

悒悒而不適，闕庭藹其多士兮，皆云夫賢索，不自分其能否兮，瞰朱門之投迹，蔑一人之我先，若捧水而投石。"《出蜀賦》中的這段話是孫樵受到第一次打擊時寫下的（可能不是進士考試，而是孫樵尋求京兆府推薦而沒有成功），內心中產生一種樸素的不滿，"缺條"是對地方政府貢士的政策性缺失的批判，"蔑一人之我先，若捧水而投石"是對"闕庭藹其多士兮，皆云夫賢索"的政治謊言的揭露。孫樵見到大明宮，寫下了《大明宮賦》。在賦中，孫樵描述了唐王朝所面臨的現實情況："籍民其雕（凋），有野而蒿，籍甲其虛，有壘而墟，西垣何縮，疋馬不牧，北垣何蹙，孤壘不粒。"農業生產陷入困境，百姓數量因爲戰爭而大量減少，耕地大量荒蕪；對戰爭的準備嚴重不足，兵士的裝備嚴重落後，戰爭堡壘嚴重荒廢；對外防務沉重，疆域大幅度縮減，"西垣何縮"，"北垣何蹙"。《書褒城驛屋壁》也寫到了這種情況："今者天下無金革之聲而戶口日益破，壃場無侵削之虞而墾田日益寡，生民日益困，財力日益竭。"孫樵的荊襄之行，經過潼關這個唐王朝首都的屏障，寫下了《潼關甲銘》，叙述武備的廢弛："有玄甲數十扎焉，委於前楹，澀塵飄風，綴斷革刓。"孫樵不禁感嘆："此國之闑也，是小欲遏寇偷，大欲扼諸侯。今者關禁弛而不幾，守甲存而不完，將何抑天下心而割天子憂耶！"

但是，唐中央政府不思進取，沒有從根本上改變這種局面的行動。孫樵覺得，褒城驛就是整個唐政府的縮影，"今朝廷命官既已輕任刺史縣令，而又促數於更易，且刺史縣令遠者三歲一更，近者一二歲再更。故州縣之政，苟有不利於民可以出意革去其甚者。在刺史曰：'明日我即去，何用如此！'在縣令亦曰：'明日我即去，何用如此！'當愁醉釃，當饑飽鮮，囊帛櫝金，笑與秩終。嗚呼，州縣真驛耶！矧更代之隙，黠吏因緣，恣爲姦欺以賣州縣者乎？如此而欲望生民不困，財力不竭，戶口不破，墾田不寡，難哉！"官員的考核也流於形式，《書何易於》中談到"給事中校考"得"上下考"的："某人能督賦，先期而畢；某人能督役，省度支費；某人當道，能得往來達官爲好言；某人能擒若干盜，反若干盜。"像何易於這樣的真正脊梁却只能得"中上"。即使偶然有一個官員大膽改革，不論他的改革成功與否，他個人的結局都是不可預料的。《興元新路記》中的鄭涯"以褒斜舊路修阻，上請開文川古道以易之。觀其上勞及將，下勞及卒，其勤至矣！其始立心，誠無異於古人將濟民於艱難也。然朝廷有竊竊之議，道路有唧唧之嘆，豈滎陽公始望耶？況謀肇乎賈昭，事倡乎李俅，役卒督工者，不增品秩於天子，則加班列於滎陽公，滎陽公無毫利以自與，而怨咎獨歸"。滎陽公鄭涯時任山南西道節度使，"濟民於艱難"的結果是議論紛紛。而《梓潼移江記》中的滎陽公鄭復就沒有那麽幸運了。時任劍南東川節度使的鄭復"思所以洗民患",而"別爲新江",使"水道與城相遠",成功後,"其年七月,水果大至,雖踰防稽陸,不能病民"。滎陽公鄭復"上聞"的結果是罰"俸錢一月之半",僅僅是因爲"不先白"。

站在唐王朝的角度上,吏治是一切問題的集中體現。無論是宦官專權,還是藩鎮割據、朋黨之爭,其直接表現形式都是對用人的影響。孫樵文章中反映的就是這種影響。《資治通鑒》對此曾大發感慨,"史言唐末賞罰失當,且言主昏政亂,能吏不惟不得展其才,亦不免於罪。"① 而演變到最後,就出現了以下局面。乾符六年,劉巨容、曹全晸大敗黃巢於荆門,"乘勝逐北,比至江陵,俘斬其什七八。巢與尚讓收餘眾,渡江東走,或勸巨容窮追,賊可盡也。巨容曰:'國家喜負人,有急則撫存將士,不愛官賞,事寧則棄之,或更得罪,不若留賊以爲富貴之資。'眾乃止。……由是賊勢復振,攻鄂州,陷其外郭,轉掠饒、信、池、宣、歙、杭十五州,眾至二十萬。"② 由此可見,唐王朝的覆滅也就是理所當然的了。

孫樵對於中晚唐藩鎮軍人之跋扈也有反映。《興元新路記》説"鄜多美田,不爲中貴人所並,則籍東西軍,居民百一係縣"。"美田"不屬於宦官,就屬於藩鎮,真正向唐王朝政府繳納賦稅的居民只不過百分之一罷了。孫樵寫給李胤之的《寓汴觀察判官書》,首先指出汴州軍人的跋扈:"大梁居東,諸侯兵最爲雄,軍候乘權肆豪,奴視州縣官,州縣官即栗縮自下,美言立聞觀察使,往往得上下考。即欲認官爲治,必爲軍候所傾折,大者至奪觀察使,小者至爲軍人所係辱。州縣官挌手失職,不敢與抗,由是軍候得侵繩平民,鞫決授辭,往往獄至數百,不以時省。以故平民益畏軍候,至不知有觀察使,矧州縣官耶!國家設州縣官以治平民,豈以屬之軍乎?今京兆二十四縣半爲東西軍所奪,然亦不過籍占編民,翼蔽墾田,其辭獄曲直,尚歸京兆。今汴軍所侵州縣者,反愈東西軍。"藩鎮可以"奴視州縣官",因爲他們可以決定地方官的政治前途:"州縣官即栗縮自下,美言立聞觀察使,往往得上下考。"所以汴州軍人甚至可以"鞫決授辭"。相對而言,其他藩鎮的"籍占編民,翼蔽墾田"反倒是程度稍輕了。甚至"京兆二十四縣半爲東西軍所奪",從中也可以看出唐王

---

① 司馬光:《資治通鑒》,中華書局1956年版,第8192頁。

② 同上書,第8129頁。

朝的整體現狀，只不過汴州更甚而已。接著，孫樵要求李胤之能夠促使盧鈞在汴州改變軍人干政的現狀。"執事宜亟以前之所陳，辨之盧公，稍稍奪左右軍候權，且使繫獄者不得治於軍門，凡當隸州縣者悉索歸之，使軍自軍，州縣自州縣，無相奪。"《資治通鑒》說："唐自中世以來姑息藩鎮，至其末也，姑息亂軍，遂陵夷以至於亡。"① 所以，站在唐王朝的維護者的立場上，孫樵提出的也只是雖然切中肯綮但又天真難以實施的建議罷了。

所以，像一些學者認爲"他（孫樵）未能認識到佛教問題、吏治問題已不是唐末政治中最要害的問題，而忽視或迴避了諸如宦官專權、藩鎮跋扈、朋黨紛爭、民族糾紛、農民起義等更重大的問題"，② 我們是不能同意的。

我們認爲孫樵不僅間接地反映了宦官專權、朋黨紛爭的問題，而且還間接反映了農民起義問題。孫樵的好朋友高錫望就死於農民起義，孫樵痛惜高錫望"殞賊手"，《蕭相國真贊》中期望蕭相國蕭遘能夠"蕩掃氛孼"，說明了孫樵對農民起義的反對態度。

劉真倫《韓愈集宋元傳本研究》"道論"中論及韓愈的道統："韓愈的道統思想主要包括三方面的內容：以治國平天下爲目的的心性哲學；以維護大一統爲目的的政治哲學；以弘揚自我、張揚個性、追求自由、追求獨創爲特徵的藝術主張。"③ 孫樵對重大政治事件的反映所體現的恰恰就是"以維護大一統爲目的的政治哲學"，和韓愈所提倡的古文運動的精神是一致的。

第三章　孫樵古文的創作心理與審美特色

孫樵的古文創作，前輩學者以爲"奇"是主要特色。但陳柱《中國散文史》認爲"介乎難易之間爲孫樵"，④ "樵之文以《梓潼移江記》、《興元新路記》爲最奇。然《石遺室論文》云：'二記間有詰屈處，然視樊宗師則平易甚，視皇甫持正差易也。大略可之之文，若賦、銘、碑、對

---

① 司馬光：《資治通鑒》，中華書局1956年版，第8182頁。
② 吳庚舜、董乃斌：《唐代文學史》，人民文學出版社1995年版，第477頁。
③ 劉真倫：《韓愈集宋元傳本研究》，中國社會科學出版社2004年版，第5頁。
④ 陳柱：《中國散文史》，東方出版社1996年版，第224頁。

各體，多用僻字；餘作記事、論事者，往往似杜牧之；尚有數篇傳作可觀者。'"① 當代著名學者郭預衡《中國散文史》也説："孫樵論文雖有高奇之目，但從《書何易於》這樣的文章看來，其中並無刻意求奇之處。類似《書何易於》的文章，還有《書褒城驛屋壁》。"② 所以，雖然有個別學者認爲"樵文最下"外，③ 大多數學者對蘇軾和《四庫全書》的評論持反對態度。吳庚舜、董乃斌《唐代文學史》説："指出孫樵之失在於'有意爲奇'，是頗有道理的；認爲樵文不如皇甫湜，則欠公允。"④ 其實，上面所引言論涉及了兩個方面內容：一是孫樵古文創作成就與皇甫湜、樊宗師古文創作成就的高下；二是孫樵古文審美問題。這裏我們從孫樵的創作心理着手來討論孫樵古文審美問題。

一 孫樵古文創作心理

孫樵生活的時代，正是唐王朝由衰落到滅亡的階段，他經歷了皇權的急劇更替和皇權權威的不斷弱化。唐文宗於827年至840年在位，唐武宗於841年至846年在位，唐宣宗於847年至858年在位，唐懿宗於859年至873年在位，唐僖宗於874年至888年在位，唐昭宗於889年至904年在位，唐哀帝於904年即位，兩年後唐王朝滅亡，"宦官幾乎在每一次皇位的過渡中都起着很大作用"，⑤ 導致皇權權威進一步弱化。在這樣一個每況愈下的時代，孫樵表現出了極爲自覺的擔當意識。其中的一點突出表現就是對孟子思想的繼承。

《孟子》一書經歷了由"子"到"經"的轉變過程，束景南、王曉華《四書昇格運動與宋代四書學的興起》⑥、尉利工《〈孟子〉由子學到經學的變遷》⑦ 都有詳細論述。束文把《孟子》超"子"入"經"的過程分爲四個階段：第一個階段是兩漢時期，由"子"昇"傳"；第二個階段是唐末由"傳"昇"經"的濫觴；第三個階段是宋初尊孟思潮與《孟子》地位的上昇；第四個階段是《孟子》經典文本的確立。束文認爲，在第二個階段發展過程中，韓愈作爲古文運動領袖大力推崇孟子，對

---

① 陳柱：《中國散文史》，東方出版社1996年版，第225頁。
② 郭預衡：《中國散文史》（中冊），上海古籍出版社1993年版，第317頁。
③ 聶石樵：《唐代文學史》，北京師範大學出版社2002年版，第541頁。
④ 吳庚舜、董乃斌：《唐代文學史》，人民文學出版社1995年版，第478頁。
⑤ 崔瑞德：《劍橋中國隋唐史》，中國社會科學出版社1990年版，第641頁。
⑥ 束景南、王曉華：《四書昇格運動與宋代四書學的興起》，《歷史研究》2007年第5期。
⑦ 尉利工：《〈孟子〉由子學到經學的變遷》，《安徽師範大學學報》2006年第4期。

《孟子》的昇格具有重要意義。"韓愈的'道統'說，首次把孟子的名字昇到孔子之後，始以'孔孟'之稱代替'周孔'或'孔顏'，孟子真正上升到漢代趙岐所說的'亞聖'的地位。韓愈提出的'聖人之道'既然是指'孔孟之道'，而《論語》和《孟子》就是載'孔孟之道'的，那麼韓愈實際上已把《孟子》看成是一部儒家的經書。"[①] "韓愈本《論語》、《孟子》建立了儒家的仁義道德論"[②]，"構建了心性論"。[③] 李峻岫《試論韓愈的道統說及其孟學思想》一文也高度評價了韓愈在孟學史上的地位："而從孟子學的整個發展史本身來看，韓愈也是一個承前啟後的'關捩點之人物'。……清人崔述有云：'非孟子則孔子之道不詳，非韓子則孟子之書不著。'"[④]

孫樵作為韓愈再傳弟子，在韓愈大力推崇孟子思想並基本確立孟子地位後，進一步把孟子思想應用到社會政治生活中，他提出了"換君心之非"。孫樵在《與李諫議行方書》一文中就提出："樵嘗為日蝕書，以為國家設諫官，期換君心之非，不以一咈其言而怠於諫，即繼以死，非其職耶？"據《新唐書·王質傳》載，李行方，郡望隴西，曾被宣歙觀察使王質闢為僚屬，並被贊為"一時選"。[⑤] 孫樵希望作為諫官的李行方能夠諫止唐宣宗重建佛寺，因而寫了這封信，提出了"換君心之非"的觀念來激勵李行方。《日蝕書》，今不傳，孫樵自言在《日蝕書》中已提出這個觀點，可見"換君心之非"是孫樵早就堅持的觀念。"換君心之非"的思想直接來源於《孟子·離婁章句上》，原作"格君心之非"："孟子曰：人不足與適也，政不足間也，惟大人為能格君心之非。君仁莫不仁，君義莫不義，一正君而國定矣。"[⑥] 這也是韓愈建立道統的重要意義之一。正是基於對君權的限制，孫樵在《孫氏西齋錄》中從不避諱皇帝的錯誤，他批評唐"高祖殺太子建成"，因為唐高祖"黜功徇愛"，是諷刺唐高祖"失教"。并且說："稱天下殺者何？罪暴天下，示眾與殺也。稱天子殺者何？死非其罪，示眾不與殺也。臣或不書卒者何？不以直終，去卒以示貶也。君或不書葬者何？不以正終，去葬以示譏也。"散去了皇帝神聖的光

---

① 束景南、王曉華：《四書昇格運動與宋代四書學的興起》，《歷史研究》2007年第5期。
② 同上。
③ 同上。
④ 李峻岫：《試論韓愈的道統說及其孟學思想》，《孔子研究》2004年第4期。
⑤ 歐陽修、宋祁：《新唐書》，中華書局1975年版，第5053頁。
⑥ 朱熹：《孟子注疏》，上海古籍出版社1987年版，第57頁。

芒，承認皇帝的錯誤，並想出種種辦法來限制皇帝的私慾，正是儒家思想的光輝之處。

孫樵直承孟子，重新提出"換君心之非"這一觀念，有着十分重要的現實意義。唐文宗時候的甘露之變，誅除宦官的計劃失敗，除了有參與者各懷私心，不能團結一致的原因外，最重要的是宦官在關鍵時刻控制了皇帝。而宦官除了用軍事力量控制皇帝廢立大權外，還試圖使皇帝在感情上傾向自己。《資治通鑒》載武宗時，宦官仇士良致仕："其黨送歸私第，士良教以固權寵之術曰：'天子不可令閑，常宜以奢靡娱其耳目，使日新月盛，無暇更及他事，然後吾輩可以得志。慎勿使之讀書，親近儒生，彼見前代興亡，心知憂懼，則吾輩疏斥矣。'"①"上（僖宗）之爲普王也，小馬坊使田令孜有寵，及即位，使知樞密，遂擢爲中尉。上時年十四，專事遊戲，政事一委令孜，呼爲'阿父'。"② 所以，孫樵提出"換君心之非"，實在是左右政局的既現實又天真的想法。孟子的這一思想在宋代成爲一個重要觀念。朱熹《五經語類》探討"格"的含義："問：'格其非心之格訓正，是如格式之格，以律人之不正者否？'曰：'如今人之言合格，是將此一物格其不正者，如格其非心，是説得深者；格君心之非，是説得淺者。'子善因問：'溫公以格物爲扞格之格，不知格字有訓扞義否？'曰：'亦有之，如格門之格是也。'"③ 把"格"的意義分層逐次解釋，"格君心之非"只不過是其中一個層次。朱熹《孟子集注》引二程的看法："天下之治亂係乎人君之仁與不仁耳。心之非即害於政，不待乎發之於外也。昔者孟子三見齊王而不言事，門人疑之。孟子曰：我先攻其邪心，心既正而後天下之事可從而理也。夫政事之失，用人之非，智者能更之，直者能諫之，然非存焉，則事事而更之，後復有其事，將不勝其更矣。人人而去之，後復用其人，將不勝其去矣。是以輔相之職，必在乎格君心之非，然後無所不正。而欲格君心之非者，非有大人之德，則亦莫之能也。"④ 不僅深究孟子"格君心之非"的原因，而且深入到"大人之德"的探究上。則宋儒談論"格君心之非"，已經上昇到義理層面，而不像孫樵僅僅出於現實直覺。

---

① 司馬光：《資治通鑒》，中華書局1956年版，第7985頁。
② 同上書，第8176頁。
③ 朱熹著，朱杰人、嚴佐之、劉永翔主編：《朱子全書·朱子語類》，上海古籍出版社、安徽教育出版社2002年版，第2728頁。
④ 朱熹：《孟子集注》，上海古籍出版社1987年版，第57—58頁。

正因爲孫樵的這種想法是天真的，所以往往受到現實的打擊，這種擔當意識就轉化爲偏激，化爲憤慨、嘲諷，更有無奈之下的黯然神傷。能夠體現憤慨心理的文章有《寓居對》《乞巧對》《罵僮志》《逐痁鬼文》，幾篇文章均作於科舉多次失利之後，所以其中充滿了對社會不公平、不公正的不滿。孫樵的嘲諷，既有《大明宮賦》辛辣的嘲諷，又有《興元新路記》《梓潼移江記》《書褒城驛屋壁》這樣冷峻的帶有期盼色彩的嘲諷。但是，值得我們注意的是，孫樵的憤慨、嘲諷，始終貫穿着對"開元盛世"的渴盼，這是和晚唐小品文創作熱潮中的皮日休等人不同的地方。

最終，隨着唐王朝的無可奈何花落去，孫樵的擔當、憤慨、嘲諷、黯然神傷也轉化爲平靜。《孫可之文集》中寫作時間上最後一篇就是《自序》，其中就只有平靜的叙述，隱含的諷刺就像水中微瀾一樣無力。

二 孫樵古文的審美特色

孫樵在評價自己最好的朋友高錫望的文章時說："才力雄獨，意語橫闊。"以前，我們對"橫闊"兩字注意甚少，對這兩字在孫樵美學追求方面的意義也是很少推求。我認爲，"橫闊"是孫樵推崇的創作風格。

"橫"，《說文》："闌木也。"段玉裁注："闌，門遮也，引申爲凡遮之稱。""闌"就是栅欄，既可以引申爲"遮蓋，充滿"，又可以引申爲"不循正道"。如《周禮·秋官·野廬氏》："禁野之橫行徑踰者。"賈公彦疏："言橫行者，不要東西爲橫、南北爲縱，但是不依道涂，妄由田中，皆是橫也。"由"不循正道"引申爲"縱橫馳騁"，如高適《燕歌行》"男兒本自重橫行"。用在文論中，往往指行文出人意料且用語妥當，表現力强。如《彦周詩話》："韓退之云：'橫空盤硬語，妥貼力排奡。'蓋能殺縛事實與意義合，最難能之，知其難則可與論詩矣。"就是指用語出人意料，又能意義妥帖，表現力强。孫昌武《唐代古文運動通論》談到韓愈散文時引用了張邦基《墨莊漫錄》中的一段話："孟子之言道，如項羽之用兵，直行曲施，逆見錯出，皆當大敗，而舉世莫能當者，何其橫也。左丘明之於辭令，亦甚橫。自漢後十年，唯韓退之之於文，李太白之於詩，亦皆橫者。"認爲"橫"正表現了韓愈行文"冲破陳規，勇於創新"的特點。實際上張邦基後面還說了一些重要的話："夫其橫，乃其自得而離俗絶畦徑間者，故衆人不得不疑，則人之行道文章，政恐人不疑耳。"總結了"橫"的美學意義。

"闊"，《說文》："疏也。"從空間意義上引申爲"寬廣"。《詩人玉屑》言："規模既大，波瀾自闊。""闊"即"廣大"之意。韓愈《山南鄭相公樊員外酬答爲詩以示愈依賦十四韻以獻》云："辭慳義卓閎。"也是此意，錢仲聯注："辭約而義富。"錢仲聯所說的"富"包含了"卓"和"閎"兩個方面。總之，橫閎包含了意義的豐富，選詞恰當而又出人意料等審美趨向。

在孫樵文中，"橫閎"的具體體現就是"攄意必深"和"摘辭必高"兩個方面。

（一）攄意必深——論孫樵散文立意結構的"離俗絕畦徑"

孫樵所說的"意"，不是指和"形式"相區分的另一面，而是指"辭"的對應物，所以"意"不僅包括立意，而且包括行文結構。孫樵散文的立意、結構都能做到出人意表、發人深思。

孫樵古文文體的創新，首先體現在對"記"體文的創新上，《書褒城驛屋壁》和《興元新路記》是代表。

《文章辨體序說》："《金石例》云：'記者，叙事之文也。'西山曰：'記以善叙事爲主。《禹貢》、《顧命》，乃記之祖。後人作記，未免雜以議論。'後山亦曰：'退之作記，記其事耳；今之記，乃論也。'竊嘗考之：記之名，《戴記》《學記》等篇；記之文，《文選》弗載。後之作者，固以韓退之《畫記》、柳子厚游山諸記爲體之正。然觀韓之《燕喜亭記》，亦微載議論於中。至柳之記《新堂》、《鐵爐步》，則議論之辭多矣。迨至歐蘇而後，始專有以議論爲記者，宜乎後山諸老以是爲言也。大抵記者，蓋所以備不忘，如記營建，當記日月之久近、工費之多少、主佐之姓名，叙事之後，略做議論以結之，此爲正體。至範文正公之記嚴祠、歐陽文忠公之記書畫錦堂、蘇東坡之記山房藏書、張文潛之記進學齋、晦翁之作《婺源書閣記》，雖專尚議論，然其言足以垂世而立教，弗害其爲體之變也。"① 這段話論述了"記"體文的發端、特點，以及"記"體文在唐宋之間的發展演變。雖然"記"體文的發端尚有進一步探討的必要外，吳納對於"記"體文的特點及其演變的論述還是極爲精當的。"記"體文以叙事爲主，到宋代一變而以議論爲主。《興元新路記》雖然叙述了主持修路的官員、修路的過程、路途的詳細情況，但因爲孫樵的主要目的是爲榮陽公鄭涯鳴不平，要破除"道路"的"唧唧之嘆"和"朝廷"的"竊竊之議"。所以，不僅文末有大段議論，而且在叙述路況過程中亦雜出議論。文章雖然以叙事爲主，詳細地記錄了興元新路每一段的情況，但不時發表自己的看法，點明新路的優缺點，而且明白地説明新路不足的原因在

---

① 吴納：《文章辨體序説》，人民文學出版社 1998 年版，第 41—42 頁。

於"都將賈昭爭功","苟使賈昭盡心於滎陽公",則新路勝於褒斜舊道。這種寫法,既不是"記"體文的正體,也與宋代純以議論爲主的變體不同,而是處於正體向變體演變過程中的重要一環。

而《書褒城驛屋壁》則一反常規,不叙述褒城驛的興建過程,而是寫對話,借驛吏之口説出褒城驛的破敗過程,賓客没有"顧惜心","棹舟則必折篙破舷碎鷁而後止,漁釣則必枯泉汩泥而後止,至有飼馬於軒,宿隼於堂",所以漸趨蕪殘。接着用老吏的話深化主題:"今朝廷既已輕任刺史、縣令,而又促數於更易,……故州縣之政,苟有不利於民可以出意革去者,在刺史曰:'明日我即去,何用如此?'在縣令亦曰:'明日我即去,何用如此?'……矧更代之隙,黠吏因緣恣爲姦欺以賣州縣乎?"指出國家也正因此而日趨破敗,對話之間,寓以深憂。這種寫法既不同於"記"體文的正體,也不同於變體,可謂别調。

文體的創新,還體現在《祭梓潼神君文》對祭文的變革上。按《文章辨體序説》的看法,祭文的演變如下:"古者祀享,史有册祝,載其所祀之意,考之經可見。若《文選》所載謝惠蓮之《祭古冢》、王僧達之《祭顔延年》,則亦不過叙其所祭及悼惜之情而已。迨後韓、柳、歐、蘇,與夫宋世道學諸君子,或因水旱而禱於神,或因喪葬而祭親舊,真情實意,溢出言辭之表,誠學者所當取法者也。大抵禱神以悔過遷善爲主,祭故舊以道達情意爲尚。若夫諛辭巧語,虚文蔓説,固弗足以動神,而亦君子所厭聽也。"① 則六朝祭文之正規寫法,是"叙其所祭"和"悼惜之情",到唐宋而改變爲"或因水旱而禱於神,或因喪葬而祭親舊",對象改變爲神或親舊,"禱神以悔過遷善爲主,祭故舊以道達情意爲尚",所表之情也由"悼惜"而變爲"悔過遷善""道達情意"。梓潼神君即張惡子。汪師韓注:"宋孫光憲著《北夢瑣言》,梓潼縣張惡子神,乃五丁拔蛇之所也,或云嶲州張生所養之蛇,因而立祠,時人謂爲張惡子,其神甚靈。宋祝穆撰《方輿勝覽》,張惡子廟即梓潼廟,梓潼縣北八里七曲山。按《圖志》,神姓張,諱亞子,其先越嶲人也,因報母仇,遂陷縣邑,徙居是山。……又按英顯王廟在劍州,即梓潼,神張亞子仕晉戰没,人爲立廟,唐元宗西狩,追命左丞。僖宗入蜀,封濟順王。"此文因是祭神,按常規寫法,應是"悔過遷善"。此文雖然是"悔過遷善":"樵實頑民,不知鬼神,凡過祠宇,不笑即唾,今於張君信有靈云。"但孫樵却寫了兩件十分怪誕的事情,會昌五年和大中四年,梓潼神君兩次顯靈,幫助孫樵渡

---

① 吳納:《文章辨體序説》,人民文學出版社1998年版,第54頁。

過難關，讀之如志怪小說，所以汪師韓評之爲："此記事爲祭文，然近小說家語。"實爲祭文中之趣聞。

另對賦體的創新，體現在《大明宮賦》和《露臺遺基賦》。曹明綱《賦學概論》説："文賦是賦體在長期發展過程中，於唐宋時期才形成的一種新類型。它在吸取以往辭賦、駢賦和律賦創作經驗和形體特點的基礎上，更融入了當時古文創作講求實效、靈活多變的特色從而在形體方面形成了韻散配合、駢散兼施、用韻寬泛和結構靈活的新格局。它的篇幅長短皆宜，句式駢散多變，創作不拘一格，題材無往不適，用途寬廣無礙，是以前任何一種形式的賦體所不能同時具備的。"①《大明宮賦》和《露臺遺基賦》的諷喻作用、結構靈活、多用議論都體現了文賦的特點。《大明宮賦》借大明宮神大發議論："籍民其雕（應作'凋'），有野而蒿；籍甲其虛，有壘而墟；西垣何縮，疋馬不牧；北垣何蹙，孤壘不粒。"自己却正話反説："今者日白風清，忠簡盈庭，閫南俟霈，閫北俟霽，矧帝城闉闍，何賴窮邊！帑廩如封，何賴疲農！禁甲飽獰，尚何用天下兵！"最後又用神的話推翻自己的正話反説，肯定神自己説的話："孫樵，誰欺乎？欺古乎？欺今乎？"形式之靈活、議論之深刻、諷刺之突出都與文賦一致。《露臺遺基賦》也是如此。文章主題就是中間大段議論："惟昔漢文，爲天下君，守以恭默，民無怨懟，天下大同，……朕以涼德，君子萬國，唯日兢兢，如蹈春冰，高祖惠宗，肇啓我邦，作此宮室，庶幾無逸。逮夫朕躬，孰敢加隆？矧糜府財以經此臺。周爲靈台，成乎子來，文王以昇，以考休征，兹臺以平，周德惟馨。章華雖高，楚民亦勞，靈王宜驕，諸侯不朝，民既携二，王遂以死。豈朕不懲，斯役實興，鳩材嘯工，以害三農，斯豈文王靈台之旨哉？"雖然都采用了問答體，都主要使用了四字句，但兩篇賦的感情表達却又不同。《大明宮賦》是憤慨，《露臺遺基賦》是無奈。

孫樵古文的"摭意必深"還體現在構思往往出人意表，代表作有《書何易於》《武皇遺劍録》《蕭相國真贊》。

《書何易於》是史傳，選取典型事件是寫作的關鍵。孫樵選取了兩個典型事件，一是挽舟，一是毀詔，都體現了一個正直官吏挺身爲民、不計得失的精神。然而，此文的精彩却不僅僅在於典型事件的選取，更在於考績的評述。像何易於這樣的官員，是真正的以民爲本的官員，於"督賦"則"止請常期，不欲緊繩百姓，使賤出粟帛"，於"督役"則"度支費不

---

① 曹明綱：《賦學概論》，上海古籍出版社1998年版，第216頁。

足，遂出俸錢，冀優貧民"，於"饋給往來權勢"則"傳符外一無所與"，所轄境內無盜。水平如此之高的官員，竟然在國家考核的時候"考止中上"。作者沒有直接告訴我們原因，而是告訴我們唐王朝的考核制度是什麼樣的："某人能督賦，先期而畢；某人能督役，省度支費；某人當道，能得往來達官爲好言；某人能擒若干盜，反若干盜。縣令得上下考者如此。"不究其實而好其名，怎能不使人"不對，笑去"呢！儲欣可謂深知孫樵："文字按其首可知其尾者，如走黃埃，千里一目。及游名山大川，高廣邃深，既探其奇，既把其秀，前途若窮，忽又無際，斯爲鉅觀。此篇書何易於治益昌，美哉觀止，豈知復有考績一條，大發胸中塊壘不平之氣，可測耶？亦惟儲思必深，所以不可測耶？"①

《梓潼移江記》是一篇記體文，遵循記體文以叙事爲主的正體寫法，詳細叙述主持者，開新江的過程、歷時久近，新江的規模、功效，及至千辛萬苦，修成新江，安享成果之時："其年七月，水果大至，雖踰防稽陸，不能病民"，却出現了戲劇性的結果："有司劾其不先白，詔奪俸錢一月之半。"對岌岌可危的晚唐王朝，從這裏我們完全可以找出她覆滅的根本原因了。

在孫樵全部文章中，顯得最爲異樣的是《讀開元雜報》和《自序》，這兩篇文章不是"章章激烈"之文，行文之間顯得淡定之極，然而在淡定之中寓含了更深的感慨。我們先來談《自序》。《自序》說："廣明元年，狂寇犯闕，駕避岐隴，詔赴行在，遷職方郎中。朝廷以省方蜀國，文物攸興，品藻朝倫，旌其才行，詔曰行在三絶，……以彰有唐中興之德。樵遂閱所著文及碑、書、檄、傳、記、銘、志，得二百餘篇，叢其可觀者，編成十卷，藏諸篋笥，以貽子孫。是歲中和四年也。"廣明是唐僖宗年號，只有公元880年一年，中和也是唐僖宗年號，中和四年是公元884年。"狂寇"指黃巢。孫猷《經緯集序》說孫樵："三十年偃蹇郎署，其前不附令狐，後不諂令孜，可知猶以揚馬三絶之譽，鋪揚擊球狀元恩寵以爲異數，此即《簡兮》'公言錫爵'之意，猶可涕笑也夫。"令狐指令狐綯，令孜指田令孜。令狐綯在宣宗時期長期秉政，自言"十年秉政，最承恩遇"，②《資治通鑒》言"司空、門下侍郎、同平章事令狐綯執政歲

---

① 孫樵：《可之先生全集録》，《四庫全書存目叢書》，齊魯書社1997年版，第404冊第800頁。
② 司馬光：《資治通鑒》，中華書局1956年版，第8073頁。

久，忌勝己者，中外側目，其子滈頗招權受賄。"①《舊唐書·田令孜傳》："乾符中，盜起關東。諸軍誅盜，以令孜爲觀軍容、制置左右神策、護駕十軍等使。京師不守，從僖宗幸蜀。鑾輿返正，令孜頗有匡佐之功，時令孜威權振天下。"②《簡兮》是《詩經》中的一首詩，毛傳："《簡兮》，刺不用賢也。衛之賢者，仕於伶官，皆可以承事王者也。"③ 在這樣一種風雨飄搖的危難境地中，不知道奮發自勵，不知道任用賢者，孫樵也只能退而編集了。《讀開元雜報》從邸報叙起，生出無窮波瀾，着眼點就在於一句話："恨生不爲太平男子。"有人說李煜的詞有一種釋迦牟尼和基督耶穌的慈悲精神，王國維說喜愛一切以血寫成的文字，孫樵此文集半生感慨，可謂以血寫成，孫樵又寫出了戰亂年代人們的共同想法，可謂有釋迦牟尼和基督耶穌的慈悲精神。

（二）搞辭必高——孫樵散文語言的"離俗絶畦徑"

孫樵推崇的境界是"道人之所不道，到人之所不到"的語言運用境界，他在描寫、修辭手法的運用、用語等方面均有獨到的成就。

孫樵善寫景物。他在《龍多山錄》中寫道："迴環下矚，萬類在目，垤山帶川，青縈碧聯，莽蒼際天，杳杳不分，月上於東，日薄於泉，魄朗輪昏，出入目前；其或宿霧朝雲，糊空縛山，漠漠漫漫，莫知其端。陽曜始昇，徹天昏紅，輪高而赤，光流散射，濃透薄釋，錦裂綺拆，千狀萬態，倐然收霽。"寫龍多山傍晚和清晨景色，選取了俯視、遠觀的視角，因而也給予了龍多山一個全景式的描寫，補足前文工筆式的局部描寫。黃昏時，"魄朗輪昏，出入目前"，因爲站得高，所以能够同時觀察到月亮升起漸趨清朗和太陽落下漸趨昏黑的奇異景致，這種奇異景致在"垤山帶川，青縈碧聯，莽蒼際天，杳杳不分"的壯闊中透露着清麗的背景襯托下，顯得尤其引人入勝。清晨時，作者選取太陽緩慢升起的幾個片段，從"宿霧朝雲""漠漠漫漫"的混沌天地，到太陽將要昇起時的"徹天昏紅"，再到完全昇起時"濃透薄釋，錦裂綺拆"。太陽升起的過程本來再平凡不過，可是在龍多山中，太陽驅散濃霧的過程却引發了一種生機勃勃、壯志凌雲的情懷，就像杜甫所說的"蕩胸生層雲"，所以孫樵最後感嘆地說："穎陽之徒污此岩扃"。而且這段寫景使用了擬人、比喻等修辭手法，"垤山帶川"，把遠山比作蟻屋，把遠水比作腰帶，貼切形象。"糊

---

① 司馬光：《資治通鑒》，中華書局 1956 年版，第 8077 頁。
② 劉昫：《舊唐書》，中華書局 1975 年版，第 4771 頁。
③ 王先謙著，吴格點校：《詩三家義集疏》，中華書局 1987 年版。

空縛山","糊""縛"二字用得極妙，不僅寫出霧之濃，而且賦予霧一種強制性的力量，給人以極大的壓迫感。"錦裂綺拆"，把陽光照耀下的霧比作"錦""綺"已給人耳目一新之感，而把霧漸被陽光驅散的過程比作"錦裂""綺拆"，更是出人意料，不得不讓人佩服孫樵如椽之筆的力量。韓愈所說"筆力可獨扛"，也就是這樣了。孫樵寫景之作，還有如《出蜀賦》："劃崇巒而急來，水涵空而混碧。"寫群山之中的大江像刀一樣切開了群山，急不可耐地奔涌而來，遠遠望去，水勢浩大，而水質又清潔，好像和藍天已經融合在一起了。與李白的"黃河之水天上來"寫法雖然不同，却有異曲同工之妙。李白用夸張的修辭手法，孫樵用擬人和白描的修辭手法。"劃"和"急"賦予了江以人性，"劃"又極爲貼切地形容出"急"，"混"又把水天一色的美景寫了出來。

孫樵不僅善於寫景，對於自己生活中的遭遇，也能極爲傳神地刻畫出來。《罵僮志》中寫舉子情狀："他舉進士者，有門吏諸生爲之前焉，有親戚知舊爲之地焉，走健僕，囊大軸，肥馬四馳，門門求知，所至之家，入去如歸，閽者迎屈，引主人出，取卷開讀，喜嘆入骨。……今主遠來關東，居長安中，進無所歸，居無所依，忿割口食，以就卷軸，冒暑觸雪，携出籍謁，所至之門，當關迎嗔，俛眉與語，授卷而去，望一字到主人目，且不可得。"寫貴族子弟，"走健僕，囊大軸，肥馬四馳"，用"走"既寫出僕人對主人的奴顏，又反襯出主人的氣焰囂張。用"囊"寫出貴族子弟的不可一世，魯迅先生筆下的孔乙己，在有錢的時候"排出九文大錢"，没錢的時候就只能"摸出四文大錢"，貴族子弟用"囊"這個動作，窮舉子只能用"携"這個動作。據傅璇琮《唐代科舉與文學》一書的考證，唐代舉子行卷的大小也能從一個側面反映出舉子的功課，貴族子弟的大軸也反映出他們迎合世俗的心態。而"所至之家，入去如歸，閽者迎屈，引主人出，取卷開讀，喜嘆入骨"，閽者的熱情，主人的裝腔作勢，都是入木三分。而貧家子弟只能是"進無所歸，居無所依"，只能是"忿割口食，以就卷軸"，"忿"字頗能顯示出他們的矛盾心態，一方面冀望於科舉以改變命運，不能不拿出錢來行卷，另一方面窮困潦倒，只能減少飯錢來行卷，還不知道這樣做的用處有多大，所以猶豫再三，最後下定決心減少飯錢來行卷。"當關迎嗔，俛眉與語"，閽者的不屑一顧與貧家子弟的低三下四相映成趣。"俛眉"，一方面寫出貧家子弟的屈辱，另一方面也寫出他們的無可奈何。最妙的是孫樵把貴族子弟與貧家子弟的行動和遭遇放在一起來寫，對比異常鮮明。《寓居對》中寫自己的飢寒交迫："長日猛赤，餓腸火迫，滿眼花黑，晡西方食。暮雪嚴冽，入夜斷骨，穴衾敗褐，到曉方活。"對"餓"和"冷"的描寫，如果沒有真切的體驗，斷然寫不了如此深切。和被韓愈稱爲"橫空盤硬語，妥帖力排奡"的孟郊、"身大不及膽"的賈島相比，也毫不遜色。《乞巧對》中說："予方高枕，偃然就寢，腹搖鼻息，夢到鄉國，槐花撲庭，鳴蜩噪晴。""偃然就寢，腹搖鼻息"，一幅安然沉睡圖，而夢中情景則是"槐花撲庭，鳴蜩噪晴"，使人忘却一切煩惱的美景。孫樵的高明之處，一在於夢中情景正合"偃然"的狀態，表裏如一；二在於"槐花撲庭，鳴蜩噪晴"是尋常之景，却在作者舒暢心情的襯托下顯出詩情畫意，可謂平淡中見真淳，可以和陶淵明"榆柳蔭後檐，桃李羅堂前"相媲美。

　　孫樵善於使用比喻、擬人的手法，除上面已經提到的之外，還有《出蜀賦》描寫石門："六陰崖而戶開，屹巍巍以皚皚，外攢怪石之參差分，勢業峨而上排，狀若鬱雲之始騰，又似乎潮波之却頹。"把石門的山崖比作"門戶"以顯示其險峻，又用對山崖的具象描述增進其可感性。用"上排"形容山崖的氣勢，"排"用的是擬人的手法，《史記·樊噲列傳》："先黥布反時，高祖嘗病甚，惡見人，卧禁中，詔戶者無得入群臣，群臣絳、灌等莫敢入。十餘日，噲乃排闥直入，大臣隨之。"①"排"乃極有氣勢的一個動作，后王安石"兩山排闥送青來"也用這個字，使用擬人化的手法，賦予山向人親近的品格。孫樵此字，也用了這種修辭手法，用以顯示石門山崖的氣勢。然後又連用兩個比喻"若鬱雲之始騰，又似乎潮波之却頹"，來補足"排"這個動作。"鬱桂椒與木蘭兮，芬淑鬱而駭風。"寫香草的香氣濃郁，使風都受到了驚嚇，實在是非常奇特的想象。

　　然而，孫樵最善於使用的却是對比、排比、對偶。汪師韓認爲孫樵散文有很多僞作，筆者後文將專門駁之，但汪師韓却無意中揭示出孫樵散文喜用排比的習慣。汪師韓《孫文志疑序》："排比鋪叙，特行文之一途，若'一用其劍'、'再用其劍'、'三用其劍'、'四用其劍'（《遺劍錄》），'與人爲春'、'與人爲秋'、'與人爲夏'、'與人爲冬'（《迎春奏》），'彼巧在言'、'彼巧在文'、'彼巧在官'、'彼巧在工'（《乞巧對》），'當如此諫'、'當如此忠'、'當如此廉'、'當如此信'，'是爲諂鬼'、'是爲矯鬼'、'是爲巧鬼'、'是爲錢鬼'（《逐痁鬼文》），'凡爲世人'、'凡爲讀書'、'凡爲文章'、'凡爲造謁'、'凡爲結交'（《罵僮志》），其謀篇之體制一也。"汪師韓提到的《武皇遺劍錄》《迎春奏》《乞巧對》

---

① 司馬遷著，韓兆琦箋注：《史記箋注》，江西人民出版社2004年版，第4930頁。

《逐痁鬼文》，全文都是由排比構成的，氣勢十足。而且，每個排比句中又使用對偶，如《乞巧對》中叙"彼巧在言"，"革白成黑，蠹直殘德，譽跖爲聖，譖回爲賊，離間君親，賣亂家國"，"革白成黑，蠹直殘德"，"譽跖爲聖，譖回爲賊"，"離間君親，賣亂家國"都是對偶；叙"彼巧在文"，"摘奇搴新，轄字束句，稽程合度，磨韻調聲，決濁流清，雕枝鏤英"，"摘奇搴新，轄字束句"，"稽程合度，磨韻調聲"，"決濁流清，雕枝鏤英"也是形成對偶；叙"彼巧在官"，"竊譽假善，齰舌鉗口，媚竈賂權，忍恥受侮"，前兩句和後兩句形成對偶；叙"彼巧在工"，"窮侈殫麗，越禮踰制，繡紋錦幅，雲綃霧縠"，也形成對偶。在散行中加入對偶，使得全文既有騰躍之美，又有整飭之麗。文章最後又拿自己的"偃然高臥，腹搖鼻息"和"彼巧"者"曉鼓一發，車馳馬奔"進行對比，在對比中顯示出自己的堅定操守，與前面的排比段直斥"彼巧"者形成呼應，表明自己"吾寶吾拙"的發自內心。《逐痁鬼文》中對"諂鬼"的描寫："吾聞有陳萬年者，射利乘機，遹顔作怡，愉愉便便，阿意奉歡，死而有靈，是爲諂鬼，此鬼依人，使人蒙福，人見輒喜，擺去不得。""矯鬼"："公孫弘者，克己沽名，飾情釣聲，内苞禍心，外示舒弘，死而有知，是爲矯鬼，此鬼憑人，使人有聞，上信於君，下喜於民。""巧鬼"："復有司馬安者，攘義盜仁，縛舌交唇，柔聲婉顔，狐媚當權，死而有靈，是爲巧鬼，此鬼依人，辭枯即榮，長劍華纓，高步天庭。""錢鬼"："復有和長輿者，巨萬藏家，貫腐鏹磨，鱗差螭縮，陣陣腥澀，死而有知，是爲錢鬼，此鬼憑人，使人氣豪，意適交歡，買曲成直。"對偶或工整或不工整，都刻意形成一種跳躍中有整飭的美。《迎春奏》爲了説明皇帝之政治用心才是對農民的真正影響，先用一個排比段，"春之日，陛下廩以時出，帛以時恤，則蘖芽弩拔，勾萌畢達矣"，"夏之日，陛下農事無所奪，山麓無所伐，則草木壯茁，國無夭札矣"，"秋之日，陛下獄無曲次，畋無圍殺，則霜露不失節，萬物固結矣"，"冬之日，陛下地氣不掘泄，室屋不徹發，則豐隆不敢係越，百蟄塞穴矣"，排比中有對偶，證明皇帝如果政令清明，則天時順。接著又用對比："聖人之時，日南無驕陽，啓蟄無繁霜，門北無伏陰，火西無滯霖。淫昏之世，反膏而波，反冰而花，雹傷螟齧，旱赤雨血。"對比中有對偶。最後又用一個排比段："陛下與人爲春，得革慘作和，起枿生華，喜滿其家，沃穆歡咳，如暖景時開，樹色煙光，覺蔥蘢芳蒼；陛下與人爲秋，得愁刮人魄，風日冷白，栗栗蕭索，覺庭槐枯落；陛下與人爲夏，得變絺成襦，噓爐作爐，駒驅轍結，雜沓喧齂，門如三伏熱；陛下與人爲冬，得舉皆不見日，凍薄人骨,間間戚戚,燈青火白,門無蹄轍迹。"排比中有對偶,再次説明"天乘陛下明昏而爲燠寒"的道理,文采爛然而又説理充分,説服力和可讀性都很强。汪師韓提到的幾篇文章之外,《孫氏西齋録》也是對比、對偶、排比交錯使用。對偶如"起高祖之初,洎武皇之終,首廟號以表元,首日月以表事,尚功力,正刑名,登崇善良,蕩斁凶回,有所鯁避則微文示譏,無所顧栗則直書志慝",相對於駢文相差無幾。排比如"所謂高祖殺太子建成者何,黜功循愛,譏失教也;李勣立皇后武氏者何,忘諫贊慝,懲廢命也;起王后已廢之魂上配天皇者何,登嫌黜塚,不可謂順,予懼後世疑於禘祼也;條天後擅政之年下係中宗者何,紫色閏位,不可謂正,予懼後世牽以稱臨也;崔察賊殺中書令裴者何,詭諛梯亂,肇殺機也;張守珪以安禄山叛者何,貸刑怫教,稔禍階也",連用六個設問,組成一個排比段。除去這幾篇全篇使用對偶、排比的文章外,孫樵還在部分段落中使用對比、對偶。如《大明宮賦》中寫神的自夸:"吾見若正聲在懸,諍舌在軒,輟靴延諫,刿襟沃善,賞必正名,怒必正刑,當獄撤腥,當稼吞螟,吾則入瀆革濁,入圃肉角,旬澤莫溥,鬥谷視土。姦聲在堂,諛舌在旁,窒聰怫諷,正斥邪寵,嘉賞失節,怒罰失殺,奪農而搖,厚征而雕,吾則反燿而彗,反澤而沴,蕩坤而坼,裂干而石。"正反兩面對比來寫,中間又加入四字對偶句。文章最後又設置了孫樵對大明宮神的反駁:"宰獲其哲,得是赫烈,老魅迹結,爾曾何伐?宰獲其慝,得是昏蝕,魅怪横惑,爾曾何力?"這裏不再一一列舉。

　　陳騤《文則》説:"夫文有病辭,有疑辭。病辭者,讀其辭則病,究其意則安。……疑辭者,讀其辭則疑,究其意則斷。"陳騤舉例説明了什麽是"病辭",《禮記·曲禮》"猩猩能言,不離禽獸"中"禽字於猩猩爲病",《易經·繫辭》"潤之以風雨"中"潤字於風爲病",實際上"凡可禽者,皆謂之禽,《大宗伯》以禽作六摯,而羔在其中矣","凡物氣和則潤,先言潤,則風之和可知矣"。①陳騤所言"病辭",實際上就是指詞義的搭配問題,看起來似乎搭配有問題,仔細推敲後發現詞義是妥帖適當的,形成一種陌生化效果。

　　孫樵文中此類現象頗多。《大明宮賦》中"薊梟妖狂,突集五堂,縱啄怒吞,大駕警奔。""啄",《説文》:"鳥食也。"段玉裁注:"鳥味鋭,

---

① 陳騤:《文則》,人民文學出版社1960年版,第11頁。

食物似啄。"① "吞",《説文》:"咽也。"② 其意義和作爲主語的被稱爲"蓟鼻"的朱泚是不搭配的,但用在這裏又起到了突出朱泚像鳥隨意啄食、像人大肆吞咽一樣殺人的殘暴的作用。"吾見若正聲在懸,諍舌在軒,輟齰延諫,刳襟沃善。""懸",《説文》作"縣","係也"。段玉裁注:"引申之則爲所係之稱。"③ "懸"本來是係有形之物的,在這裏却和無形的聲音相搭配。"沃",《説文》:"溉灌也。"段玉裁注:"自上澆下曰沃,……水沃則土肥,故云沃土。水沃則有光澤,故毛傳云'沃沃,壯佼也',又云'沃,柔也'。"④ 則"沃"是灌溉田地的意思,在這裏和"善"相搭配。"懸"和"聲"、"沃"和"善"的搭配又恰切地反映出勵精圖治的精神及行爲。"言未及闕,樵迎斬其舌。""民心大栗,群舌如斬。""斬",《説文》:"戳也,……斬法車裂也。"段玉裁注:"戳者,斷也。旨部暫,戳也。《周禮·掌戮》注曰:斬以鈇鉞。若今腰斬也。殺以刀刃,若今棄市也。本謂斬人,引申爲凡絶之偁。……古用車裂,後人乃法車裂之意而用鈇鉞。"⑤ "斬"用在有形之物上,在這裏却用在了無形的"話語"上。《出蜀賦》中"譎石詭崖汨其城屬兮,屹紆鬱於雲昏。""譎",《説文》:"權詐也,益梁曰謬,欺天下曰譎。"⑥ "詭",《説文》:"責也。"《康熙字典》:"《玉篇》:'欺也,謾也。'……又《玉篇》:'怪也。'"⑦ 則"譎"和"石"、"詭"和"崖"是不能搭配的,但搭配在一起,又特别能够顯示出山勢的險惡。《與李諫議行方書》中"林甫舞智以固權,張詐以聾上,於是膠群僚之口,縛諫官之舌。""膠",《説文》:"昵也。"段玉裁注:"《弓人》説膠曰:凡昵之類不能方。注:故書昵或作樴。杜子春云:樴獨爲不義不昵之昵,或爲䵑。䵑,黏也。玄謂樴,脂膏腝敗之腝,腝亦黏也。"⑧ "縛",《説文》:"縛,束也。"⑨ 則"膠"爲"黏","縛"爲捆綁。所以,"膠"和"口"、"縛"和"舌"搭配,從文學色彩上説,就造成了一種奇崛的文風。《與高錫望書》中"刻足下才

---

① 段玉裁:《説文解字注》(第二版),上海古籍出版社1998年版,第62頁。
② 同上書,第54頁。
③ 同上書,第423頁。
④ 同上書,第555頁。
⑤ 同上書,第730頁。
⑥ 同上書,第99頁。
⑦ 同上書,第1291頁。
⑧ 同上書,第177頁。
⑨ 同上書,第647頁。

力雄獨,意語橫閣。""橫",《説文》:"闌木也。"段玉裁注:"闌,門遮也,引申爲凡遮之稱,凡以木闌之皆謂之橫也。"① 又《康熙字典》:"不順理也。《孟子》:'待我以橫逆。' 《前漢·吳王傳》:'吳王日益橫。'"② "閣",《説文》:"疏也。"段玉裁注:"雲部曰:疏,通也。閣之本義如是,不若今義訓爲廣也。"③ "橫"和"閣"搭配,本來已經顯得很怪異,但"橫""閣"和"意""語"搭配,用來形容文章表意和語言之間的矛盾關係,又是可以説得通了。"又史家條序人物,宜存警訓,不當徒以官大寵濃講文張字。""濃",《説文》:"露多也。"段玉裁注:"《小雅·蓼蕭》傳曰:'濃濃,厚貌。'"④《孫文志疑》評曰:"俗。"其實,恰恰反映出孫樵用字的奇崛。"講",《説文》:"和解也。"段玉裁注:"和當作咊,不合者調和之、紛糾者解釋之是曰講。"⑤ "講文"是説將不合於事實的用文字來調和。"張",《説文》:"施弓弦也。"段玉裁注:"攺,各本作施,今正。攺,敷也。張弛,本謂弓施弦解弦,引申爲凡作輟之稱。《禮記》曰:張而不弛,文武弗能也;弛而不張,文武弗爲也。一張一弛,文武之道也。"⑥ "張字"是鋪排文字的意思。"講"和"文"、"張"和"字"的搭配既出人意料又特別貼切。《與賈希逸書》中"以此賈於時,釣榮邀富,猶欲疾其驅而方而輪。""釣",《説文》:"鉤魚也。"段玉裁注:"鉤者,曲金也,以曲金取魚謂之釣。"⑦ "釣"用於精神追求,顯得十分新奇。《與王霖秀才書》中"莫不拔地倚天,句句欲活,讀之如赤手捕長蛇,不施鞿騎生馬,急不得暇,莫不捉搦。"捉搦:唐人常用,清人吳玉搢《別雅》:"攫搦、捉搦,捉拏也。《舊唐書·高宗紀》:永隆二年詔雍州長史李義玄云:'商賈富人,厚葬越禮,嚴加攫搦。'又《代宗紀》廣德二年,'禁鈿作珠翠等,委所司切加捉搦'。又《李德裕傳》奏云:'昨點兩浙福建百姓渡江者日三五十人,臣於山渡已加捉搦。'《唐書·韓琬傳》'不務省事而務捉搦'。《北齊書》厙狄干令人捕搦,搦即拏字,今俗作拿者是也。搦本音諾,高其聲讀之即成拏音,

---

① 段玉裁:《説文解字注》(第二版),上海古籍出版社1998年版,第268頁。
② 張玉書:《康熙字典》,上海書店出版社1985年版,第609頁。
③ 段玉裁:《説文解字注》(第二版),上海古籍出版社1998年版,第591頁。
④ 同上書,第559頁。
⑤ 同上書,第95頁。
⑥ 同上書,第640頁。
⑦ 同上書,第713頁。

故古人用搦，而俗人用拿，其義一也。"① 《白孔六帖》："夫捉搦者，瀍也。"② "捉搦"本是法律用語，在這裏用作普通語言。《梓潼移江記》中"滎陽公始至，則思所以洗民患。""洗"，《説文》："灑足也。"段玉裁注："灑，俗本作灑，誤，今依宋本正。内則曰：面垢，燂潘請靧。足垢，燂湯請洗。此灑面曰靧，灑足曰洗之証也。"③ "洗"與"民患"搭配，新奇而怪異。"公開新江，將抉民憂。""抉"，《説文》："挑也。"段玉裁注："抉者，有所入以出之也。"④ "抉"是挑開、撥開的意思，與"民憂"搭配，成爲"解決"之意。《孫氏西齋錄》中"貸刑佛教，稔禍階也。""稔"，《説文》："穀孰也，……春秋傳曰：不五稔是。""不五稔是"應作"鮮不五稔"。⑤ 稔，本意是莊稼成熟，在此引申爲"禍階"，即禍患醖釀成熟。"所以構邪合正，俾歸大義。""構"，《集韻》："牽也。""擩也。""牽"，《説文》："引而前也。"段玉裁注："牽、引叠韻。引伸之，挽牛之具曰牽，牛人牽徬是也。牲，腥曰餼，生曰牽。又凡聯貫之詞曰牽。"⑥《迎春奏》中"陛下與人爲冬，得舉皆不見日，凍薄人骨，間間戚戚，燈青火白，門無蹄轍迹。"用"青"和"燈"、"白"和"火"搭配，形容的是人們心理上寒冷的感覺。《序陳生舉進士》中"潁川陳君，學積乎勤，藝高乎專，喪家途歉，志用不適。""歉"，《説文》："歉，食不滿也。"段玉裁注："歉，疑當作嗛，謂口銜食不滿也，引申爲凡未滿之稱。《穀梁傳》曰：'一穀不昇謂之歉。'古多假嗛爲歉。"⑦ "途歉"相連，有些不倫不類，所以汪師韓《孫文志疑》評"喪家途歉"説："拙劣。"但深入考慮，却又可以説得通。《寓居對》中"志枯氣索，悒悒不樂。""枯"，《説文》："槀也。"《説文》"槀，木枯也。"⑧ "索"，《説文》："草有莖葉可作繩索。"段玉裁注："又水部曰：溮，水索也。索訓盡。"⑨ "枯""索"也是形容有形之物，與"志""氣"這樣精神方面的因素搭配，又顯得新奇而又貼切。《乞巧對》中"彼巧在文，摘奇搴新，

---

① 紀昀：《四庫全書》，上海古籍出版社1987年版，第222—654頁。
② 同上書，第891—735頁。
③ 段玉裁：《説文解字注》（第二版），上海古籍出版社1998年版，第564頁。
④ 同上書，第601頁。
⑤ 同上書，第326頁。
⑥ 同上書，第52頁。
⑦ 同上書，第413頁。
⑧ 同上書，第251頁。
⑨ 同上書，第273頁。

轄字束句。""摘",《說文》:"拓果樹實也。"段玉裁注:"拓者,拾也。拾者,掇也。掇者,拾取也。果樹實者,有果之樹之實也。拓之謂之摘,引申之凡他取亦曰摘。"①"搴",《集韻》:"《方言》'取也',……一曰縮也,拔也。"②"摘""搴"均與實物搭配,這裏卻與非實物搭配,是勉強組合的意思。"彼巧在官,竊譽假善,齰舌鉗口。""鉗",《說文》:"以鐵有所劫束也。"段玉裁注:"劫,以力脅止也。束者,縛也。"③"鉗"與"口"的組合也不是常規。《潼關甲銘》中"今者關禁弛而不幾,守甲存而不完,將何抑天下心而割天子憂耶?""割",《說文》:"剥也。"段玉裁注:"割謂殘破之。"④"割"與"憂"搭配,尤爲奇特。汪師韓《孫文志疑》評曰:"佻而俗。"也說明這種搭配的怪異,並不能爲一般文人所接受。"借如潼之甲可以燭日,潼之旗可以絳天。""燭",《說文》:"庭燎,大燭也。"段玉裁注:"燎當作寮。大,各本訛作火,今正。若《韻會》'庭燎燭也'尤善。《小雅》毛傳曰:'庭燎,大燭也。'《燕禮》:'宵則庶子執燭於阼階上,司宮執燭於西階上,甸人執大燭於庭,閽人爲大燭於門外。'《周禮·司烜氏》:'凡邦之大事,共墳燭,庭燎。'鄭云:'墳,大也。'……古庭燎,依慕容所爲,以葦爲中心,以布纏之,飴蜜灌之,若今蠟燭。玉裁謂:古諸蓋以薪蒸爲之,麻蒸亦其一端。麻蒸其易然者。必雲古無麻燭,蓋非。許以囗次燭灺之閑,蓋得之矣。"⑤《唐故倉部郎中康公墓志銘》中"群胥輩徒搦管捉紙。""捉",《說文》:"搤也。""搤",《說文》:"捉也。"段玉裁注:"《婁敬傳》曰:'搤其亢。'《揚雄傳》:'搤熊羆,拕豪猪,撠其咽,炕其氣。'皆謂捉持之。"⑥"捉"和"搤"都是具有攻擊性的詞彙,在這裏變成了無所事事的含義,也說明搭配的出乎意料。《罵僮志》中"則必淡面鈍口,戇揖痴步,昧於知機,買嫌於時。"淡,《說文》:"薄味也。"段玉裁注:"釀之反也。酉部曰:釀,厚酒也。"⑦"鈍",《說文》:"錭也。""錭",《說文》:"鈍也。"段玉裁注:"今俗謂挫抑人爲錭鈍。"⑧二者的搭配也是新人之耳目。

---

① 段玉裁:《說文解字注》(第二版),上海古籍出版社 1998 年版,第 602 頁。
② 丁度:《宋刻集韻》,中華書局 1989 年版,第 15 頁。
③ 段玉裁:《說文解字注》(第二版),上海古籍出版社 1998 年版,第 707 頁。
④ 同上書,第 180 頁。
⑤ 同上書,第 483 頁。
⑥ 同上書,第 599 頁。
⑦ 同上書,第 562 頁。
⑧ 同上書,第 714 頁。

附錄三　孫樵古文創作研究　　257

　　孫樵古文語詞的陌生化還體現在典故的使用上。孫樵使用典故，喜歡暗引，多深思或博學始能理解，因此在流傳過程中常常出現訛誤。《出蜀賦》："不穀吾不耻，穀亦吾不辭，彼主張爲公者，豈終吾遺哉？""主張"，只有宋蜀刻本作"主張"，他本都作"上張"。徐復《後讀書雜志》説："《莊子·天運》：'天其運乎？地其處乎？日月其争於所乎？孰主張是？孰綱維是？'爲此文所本。"① 爲我們解決了這個問題。

　　《與友人論文書》："至於發論，尚往往爲時俗所拘，豈所謂以黄金注者昏耶？""黄金注者昏"出自《莊子·達生》："以瓦注者巧，以鉤注者憚，以黄金注者昏。其巧一也，而有所矜則重外也，凡外重者内拙。"郭象注："所要愈重則其心愈矜矣。"② 孫樵此典着重在後半句："有所矜則重外也，凡外重者内拙。"明確告訴友人太重"時俗"，使得不能發揮自己的才能。

　　《龍多山録》："樵起辛而遊，洎甲而休，登降信宿，聞見習熟。"辛，宋本作"來"，他本作末；"甲"，宋本作"申"，他本作"車"，顧廣圻校宋本，改"申"爲"甲"，並説明用了《尚書》"辛壬癸甲"的典故。《尚書·虞書·益稷第五》："予創若時，娶於塗山，辛壬癸甲。"孔安國傳："懲丹朱之惡，辛日娶妻，至於甲日復往治水，不以私害公。"③ 宋林之奇《尚書全解》："娶於塗山國之女也，辛日娶妻，甲日復往治水，蓋其娶妻甫及四日，遂往從治水之勞，以拯生民之急也。"④ "起辛而游，洎甲而休"，就是從辛日游山，到甲日休息，也就是第四天休息。"信宿"就是兩夜。《詩·豳風·九罭》："公歸不復，於女信宿。"毛傳："再宿曰信；宿，猶處也。"⑤ "登降信宿"，就是"登信宿"，"降信宿"，上下山各用兩天，正合"辛壬癸甲"四天之數，所以"聞見習熟"。

　　《序西南夷》："則庚朔之隅，不懷之倫，其向流歸吾化哉！""庚朔"，宋本作"庚朔"，讀有用書齋本作"庚朔"，《全唐文》作"度索"。徐復認爲是用了《文選·東京賦》的典故，應作"度朔"，"度索"也通用。《東京賦》："度朔作梗，守以鬱壘。"薛綜注："東海中度朔山有二神，一曰神荼，一曰鬱壘，領衆鬼之惡害者，執以葦索，而用食虎。"朱

---

① 徐復：《後讀書雜志》，上海古籍出版社1996年版，第239—240頁。
② 郭慶藩：《莊子集釋》，中華書局1961年版，第642—643頁。
③ 阮元：《十三經注疏·尚書正義》，中華書局1980年版，第143頁。
④ 紀昀：《四庫全書》，上海古籍出版社1987年版，第55—120頁。
⑤ 阮元：《十三經注疏·毛詩正義》，中華書局1980年版，第399頁。

珩《文選集釋》:"度朔作度索者,……朔蓋索之同音而誤。"①

《唐故倉部郎中康公墓志銘》:"今先遠有期,其孤征志於子,子其無讓。""先遠",宋本作"先遠",他本作"兆還",顧廣圻校宋本沒有校正出來,直到徐復才考定爲"先遠"。徐復認爲孫樵用了《禮記·曲禮》的典故:"凡卜筮日,旬之外曰遠某日,旬之内曰近某日,喪事先遠日,吉事先近日。"文云先遠有期,已定在旬之外。②

《刻武侯碑陰》:"獨謂武侯治於燕奭,彼屠齊城合諸侯在下矣。""治於",顧廣圻校正德本跋云:"此用《左傳》'管夷吾治於高傒也'。"《左傳·莊公九年》:"管仲請囚,鮑叔受之,及堂阜而稅之。歸而以告曰:管夷吾治於高傒,使相可也。"杜預注:"高傒,齊卿高敬仲也,言管夷吾治理政事之才多於敬仲。"③

《祭高諫議文》:"敬姜晝哭,嵇紹幸存。""敬姜晝哭",《禮記注疏》卷九:"穆伯之喪,敬姜晝哭;文伯之喪,晝夜哭。孔子曰:知禮矣。文伯之喪,敬姜據其床而不哭,曰:'昔者吾有斯子也,吾以將爲賢人也,吾未嘗以就公室。今及其死也,朋友諸臣未有出涕者,而内人皆行哭失聲。斯子也必多曠於禮矣夫。"注:"喪夫不夜哭,嫌思情性也。"④ 穆伯是魯大夫季悼子之子公甫靖,敬姜是穆伯的妻子,文伯歜的母親。孫樵使用這個典故,是爲了勸解高錫望的妻子保重身體,同時也是夸贊高錫望的妻子懂得禮節。

通過以上種種策略,孫樵古文實現了自己"道人之所不道,到人之所不到"的藝術境界。但是,也有過度使用導致的生澀出現。孫樵使用生僻字,像《出蜀賦》"中窊窞以寧豁,敵曠朗而洞達"中的"窊窞""寧",蘿薜羃歷於巖穴兮,雲木森其青葱"中的"羃"等,但使用生僻字並不是孫樵用字的主要特色。

所以,我們說孫樵的散文雖然可稱之爲"峭",但還不是"澀",更沒有達到生僻的程度。

---

① 徐復:《後讀書雜志》,上海古籍出版社1996年版,第246頁。
② 同上書,第248頁。
③ 阮元:《十三經注疏·春秋左傳正義》,中華書局1980年版,第1766頁。
④ 阮元:《十三經注疏·禮記注疏》,中華書局1980年版,第1034頁。

附録四　可之巨筏論

對孫樵古文成就的評價，主要是把孫樵和皇甫湜比較。以蘇軾爲代表的一派認爲，孫樵遜於皇甫湜，蘇軾《謝歐陽内翰書》說："蓋唐之古文，自韓愈始。其後學韓而不至者爲皇甫湜，學皇甫湜而不至者爲孫樵。自樵以降，無足觀矣。"① 其説《四庫全書總目提要》採之，影響益大。明清掀起的翻案潮流，以王應麟、王世禎爲代表。王應麟《困學紀聞》引朱新仲之説："樵乃過湜，如《書何易於》、《褒城驛壁》、《田將軍邊事》、《復佛寺奏》，皆嚴謹得史法，有補治道。"② 王世禎《居易録》説："予於唐文最喜杜牧牧之、孫樵可之，以爲在（李）翱、（皇甫）湜之右。"③ 近現代學者對孫樵的評價，基本上延續了這個爭論，説明我們距真正理解孫樵尚有不短距離。而其中的一個關鍵問題就在於如何看待孫樵學習韓愈這一問題上。我覺得明代王鏊的看法，可以爲我們提供一種新的思路。

（一）可之巨筏論的提出

王鏊（1449—1524），字濟之，晚號震澤先生，蘇州吳縣人。明正德間官至少傅、戶部尚書、武英殿大學士。後歸居蘇州，致力於地方文獻著述。卒贈太傅，謚文恪。有《震澤集》《震澤長語》傳世。其《書孫可之集後》説：

予既刻可之集，授學者，人或曰："君以昌黎公爲作者之聖，欲學者法之，顧令讀可之集，何也？"曰："昌黎，海也，不可以徒涉，涉必用巨筏焉，則可之是也。《書》曰：'若升高，必自下；若陟遐，必自邇。'"④

---

① 蘇軾著，孔凡禮點校：《蘇軾文集》，中華書局1986年版，第1423—1424頁。
② 何義門、閻潛丘、全謝山箋：《困學紀聞三箋》，嘉慶九年三月開雕，卷十四。
③ 紀昀：《四庫全書》，上海古籍出版社1987年版，第869冊第542頁。
④ 王鏊：《震澤集》，《四庫全書》第1256冊，第510頁。

这是王鏊明確提出的"可之巨筏論",王諤跋正德本《孫可之文集》也引用了這段話。王鏊認爲韓愈代表着古文創作的最高成就,"爲作者之聖",他在《震澤長語》中也説:"六經之外,昌黎公其不可及乎!後世有作,其無以加矣。"① 所以創作古文應該學習韓愈。如果學習韓愈,就要從學習孫樵開始。因爲韓愈就像博大精深的海洋,孫樵就像渡海的巨筏。作爲明代復古派先聲,王鏊特别强調"法",《孫可之文集序》云:

凡爲文必有法。揚子云,斲木爲棋,梡革爲鞠,亦皆有法焉,況文乎哉?近世文章家要以昌黎公爲聖,其法所從授,蓋未有知其所始者,意其自得之於經,而得之鄒孟氏尤深,同時自柳州外鮮克知者。昌黎授之皇甫持正,持正授之來無擇,無擇授之可之。故可之每自詫得吏部爲文真訣,可之卒,其法中絶,其後歐蘇崛起百年之後,各以所長振動一世,其天才卓絶,顧於是有若未暇數數然者,而亦多吻合焉。其時臨川荆公得之獨深,考其儲思注詞,無一弗合,顧視韓差狹耳。而後之爲文者,隨其成心,無所師承,予竊病之。少讀《唐文粹》,得持正、可之文,則往返三復,惜不得其全觀之,後獲内閣秘本,手録以歸,自謂古人立言之旨,始有絲發之見,且欲痛鏟舊習,澡濯新思,而齒發向衰,才思凋落,欲進復却,不能追古作者以足平生之志。讀二子書,未嘗不撫卷太息,喜其逢而惜其晚也,遂梓刻以傳,庶昌黎公不傳之秘,或有因是而得者。②

"凡爲文必有法","學患不得其法",説明了王鏊對"法"的重視。在王鏊看來,韓文有"法",韓愈"爲文之法"得之於經,當時柳宗元得之,韓愈傳之於皇甫湜,皇甫湜傳之於來無擇,來無擇傳之於孫樵。所以學習韓愈"爲文之法"就必須從孫樵開始。這就進一步清晰明確地解釋了"可之巨筏"論。

(二) 可之巨筏論中的"師韓"

實際上,孫樵在《與友人論文書》《與王霖秀才書》中明確表明自己的爲文之道:"得爲文之道於來公無擇,來公無擇得之於皇甫持正,皇甫持正得之於韓先生退之。"并且,孫樵特别以之爲豪、引以爲秘。《與王霖秀才書》末尾説自己"未始與人言及文章,且懼得罪於時",因爲王霖"自疑尚多",才告訴了王霖。

孫樵學習韓愈,首先就在於刻苦磨礪自己。韓愈讀書是非常刻苦的,皇甫湜《韓文公墓志》説韓愈"平居雖寢食未嘗去書,怠以爲枕,餐以

---

① 王鏊:《震澤長語》,寶顔堂秘笈本,民國十一年三月文明書局印行。
② 王鏊:《孫可之文集序》,正德刻本,北京圖書館藏。

饴口"，韓愈在《進學解》中説的最具有代表性：

……口不絶吟於六藝之文，手不停披於百家之編；記事者必提其要，纂言者必鉤其玄；貪多務得，細大不捐，焚膏油以繼晷，恒兀兀以窮年……含英咀華，沉浸濃郁，上規姚姒，渾渾無涯，周誥殷盤，詰屈聱牙；《春秋》謹嚴，《左氏》浮夸，《易》奇而法，《詩》正而葩，下逮莊騷，太史所録，子雲相如，同工異曲①……

在這段話裏，韓愈介紹了他是怎樣讀書的。劉國盈先生總結爲六個方面：一是"讀書的範圍很廣博"；二是"提要""鉤玄"，"目視手寫，把書中的'要'和'玄'都記録下來，作到爛熟於心"；三是"貪多務得"，讀書固然要廣博，"但更重要的是'得'，也就是都化爲己有"；四是"細大不捐"，讀書要"認真和細心，對大問題不放過，對小問題也不馬虎"；五是"讀書要勤奮刻苦"；六是"持之以恒，不淺嘗輒止，更不半途而廢"。② 孫樵也屢次談到自己讀書的情況。《乞巧對》説："優遊經史。"《出蜀賦》："邀仁義與之爲友兮，追五經而爲師；徜徉文章之林圃兮，與百氏而驅馳。"可見讀書範圍是很廣的。

《駡僮志》："燈前月下，寒朝暑夜，磨礱反覆，期入聖域。""學之不修，骨肉如仇；學之苟修，四海何讎。"

《寓居對》："抉文倒魄，讀書爛舌……徂春背暑，洗刷精魂，澄拓襟慮，曉窗夜燭，上下雕斫。"

可見孫樵讀書之勤奮、刻苦、持之以恒。

但王鏊强調的却是另外兩個方面，上引《孫可之文集序》中，王鏊着重談到了韓愈文章與經的關係，認爲韓愈文章之"法"是從儒家經典中得來。韓愈强調文以明道，孫樵則恰恰繼承了"文以明道"這一古文傳統，"邀仁義與之爲友兮，追五經而爲師"，這是堅持儒道；"上規時政，下達民病"，這是儒家用世精神；"儲思必深，摘辭必高"，"以之明道"，這是文道並重。

王鏊强調的另外一點體現在《皇甫持正集序》中：

昔孫可之自稱爲文得昌黎心法，而其傳實出皇甫持正。今觀持正、可之集，皆自鑄偉詞，槎牙突兀，或不能句，其快語若天心月脅，鯨鏗春麗，至是歸工，抉經執聖，皆前人所不能道，後人所不能至也，亦奇甚矣。昌黎嘗言："惟古於詞必已出。"又論文貴自樹立，不蹈襲前人，不

---

① 屈守元、常思春：《韓愈全集校注》，四川大學出版社1996年版，第1909—1910頁。
② 劉國盈：《韓愈的讀書觀》，《周口師範高等專科學校學報》1999年第6期。

取悦今世，此固持正之所從授歟？他日乃謂李翱、張籍從余學文，頗有得。從吾游者，李翱、張籍其尤也，而不及持正，何歟？余謂昌黎爲文，變化不可端倪。持正得其奇，翱與籍得其正，而翱又得其態。合三子一之，庶幾其具體乎？則持正、可之之文，亦豈可少哉？①

"惟古於詞必已出"，"不蹈襲前人"，出自韓愈《南陽樊紹述墓志銘》，"自樹立""不因循"，出自韓愈《答劉正夫書》，都是强調文辭的創新。王鏊推崇的就是這種"自鑄偉詞"的文風，即使"或不能句"，也在所不惜。他認爲皇甫持正、孫樵達到了"前人所不能道，後人所不能至"的境界，正是對韓愈創新精神的繼承。這一點，孫樵《與王霖秀才書》中的一段話頗具代表性：

鸞鳳之音必傾聽，雷霆之聲必駭心，龍章虎皮是何等物，日月五星是何等象，儲思必深，摘辭必高，道人之所不道，到人之所不到，趨怪走奇，中病歸正，……前輩作者正復如是，譬玉川子《月蝕詩》、楊司城《華山賦》、韓吏部《進學解》、馮常侍《清河壁記》，莫不拔地倚天，句句欲活，讀之如赤手捕長蛇，不施鞿騎生馬，急不得暇，莫不捉搦。

這段話前半段淵源於皇甫湜，皇甫湜《答李生第一書》說："夫意新則異於常，異於常則怪矣。詞高則出於衆，出於衆則奇矣。虎豹之文不得不炳於犬羊，鸞鳳之音不得不鏘於烏鵲，金玉之光不得不炫於瓦石，非有意先之也，乃自然也。必崔嵬然後爲岳，必滔天然後爲海，明堂之棟必撓雲霓，驪龍之珠必固深泉。"② 皇甫湜、孫樵把韓愈"詞必已出"的理論具體化了，皇甫湜具體化爲"意新""詞高"，孫樵具體化爲"意深""詞高"，區別只在於"意"的"新"或"深"，"新"則趨怪，"深"則趨晦，這是二人的重大區分。

（三）可之巨筏論中的"不必似韓"

王鏊論述學習韓愈，還有兩段話需要注意。

《容春堂文集序》：文之制大率有二：典重而嚴，敷腴而暢。文如韓柳，可謂嚴矣，其末也流而爲晦，甚則艱蹇鉤棘聱牙而難入。文至歐蘇，可謂暢矣，其末也流而爲弱，甚則熟爛萎薾冗長而不足觀。蓋非四子者過，學之者過也。學之患不得其法，得其法，則開闔操縱，惟意所之，嚴而不晦也，暢而不浮也。文而至是，是可以入作者之室矣。……戶部侍郎無錫邵公之文，鰲山蓋嘗師焉。……公蓋師韓而不暇及乎其它者也，其古

---

① 王鏊：《震澤集》，《四庫全書》第 1256 册，第 281—282 頁。
② 董誥：《全唐文》，中華書局 1983 年版，第 7020 頁。

歌詩，蓋有晉魏之風焉，而亦有不似者何？師其意不師其詞，此固韓公語也。師韓而不必似韓，此善學韓者也。①

《震澤長語》卷下：六經之外，昌黎公其不可及矣。後世有作。其無以加矣。……蓋昌黎爲文主於奇，馬遷之變怪，相如之閎放，揚雄之刻深，皆善出奇，董賈向之平正，非其好也。……爲文必師古，使人讀之不知所師，善師古者也。韓師孟，今讀韓文，不見其爲孟也；歐學韓，不覺其爲韓也。……故爲文莫先養氣，莫要窮理。韓子《進學解》準東方朔《客難》作也，柳子《晉問》準枚乘《七發》作也，然未嘗似之，若班固《賓戲》、曹子建《七啓》，吾無取焉耳。②

"爲文必師古，使人讀之不知所師，善師古者也。"這是王鏊作爲明代復古派先驅理論上高出於後來諸人之處。無論是"文必秦漢"，或是師從唐宋，都没有體現出自己面目，這恐怕是明代復古派最大的不足。王鏊認爲，韓愈的高明，在於師從孟子而不似孟子；歐陽修的高明，在於師從韓愈而不似韓愈。《容春堂文集》，明邵寶撰。寶字國賢，自號二泉，無錫人，成化庚辰進士，授許州知州，入爲户部郎，歷官南京禮部尚書。卒贈太子太保，謚文莊。事迹具《明史·儒林傳》。王鏊認爲邵寶的成功也在於學習韓愈的精神。從這一論點出發，必然得出"師韓而不必似韓，此善學韓者也"的結論，這正是韓愈"師其意不師其辭"的精髓所在。在王鏊看來，皇甫湜、孫樵得韓愈之"奇"，也正是"師其意不師其辭"精神的體現。

這和錢基博先生的看法有相通之處。錢基博先生《韓愈志》論皇甫湜、孫樵之學韓：

（孫樵）清言奧旨，出以熔鑄，筆峭而韻流，不以削薄爲嫌。……皇甫以文句澀艱爲奇，孫氏以氣勢緊健爲奇；皇甫之學韓，不能古健而爲艱澀，孫氏之學韓，不能雄肆而爲峻峭；皇甫不免滯累，孫氏往往通變。③

總而言之，孫樵之學韓，沒有停留在字句的模仿上，而是"師其意不師其辭"，從而自具面目、自成一家的。這也是王鏊提出"可之巨筏論"的更深層次意義。下面就以韓愈《論佛骨表》和孫樵《復佛寺奏》爲例來簡要說明這點。

兩篇文章都是針砭時政，現實意義重大。韓文寫於唐憲宗元和十四

---

① 王鏊：《震澤集》，《四庫全書》第 1256 冊。
② 王鏊：《震澤長語》，寶顏堂秘笈本，民國十一年，文明書局印行。
③ 錢基博：《韓愈志》，商務印書館 1958 年版，第 133 頁。

年，憲宗命"中使押宮人持香花迎佛骨，留禁中，三日乃送諸寺。王公士庶，奔走施捨，唯恐在後，百姓有廢業破產，燒頂灼臂，而求供養者。愈上疏極陳其弊"。孫文寫於大中三年，上奏於大中五年。唐宣宗即位，務反會昌（唐武宗年號）之政，大興廢寺，孫樵上疏論之。但二文在寫作上却有極大不同。

韓文"氣魄大"，孫文"嚴謹"。

清陸世儀《思辨錄輯要》說："韓文公氣魄大，其《佛骨表》、《鱷魚文》，至今讀之，凜然有生氣。"① "氣魄大"用來作為韓愈此文的注脚非常貼切，"氣魄大"包含以下幾個方面：一是"不避犯顏之罪，何其壯也"，② 這是清周召《雙橋隨筆》裏說的話。何焯《義門讀書記》中評《論佛骨表》的一段話可以進一步解釋周召的話："惑之大者則用借鑒，失之小者則用直陳，極得因事納誨立言之體。憲宗奉佛求壽，故前半只從年壽上立論。"③ 《唐宋八大家文鈔》亦有類似論述："韓公以天子迎佛，特以祈壽護國為心，故其議論只以福田上立說，無一字論佛宗旨。"④ 韓愈直指憲宗皇帝"求壽"的私心，毫不留情地予以駁斥，正是韓愈"壯"舉；二是"其詞切直"，"至云凡有殃咎，宜加臣身，上天監臨，臣不怨悔"；三是如潮之氣勢。文章首先排比黃帝、少昊、顓頊、帝嚳、帝堯、帝舜、禹、湯、太茂、武丁、周文王、武王、穆王，在位時間長，壽命長，"非因事佛而致然者也"，接著又從反面排比漢明帝、宋、齊、梁、陳諸皇帝因信佛而致"亂亡"，正反排比、對比，更增氣勢，所以唐高祖"則議除之"，陛下也曾經"不許度人為僧尼道士"。然後筆鋒一轉，"今者下令群僧迎佛骨於鳳翔"，不是"崇佛"以"祈福祥也"，只是把佛骨當成"戲玩之具"，反為憲宗開脫，但這樣做的後果是嚴重的，天下百姓會認為"天子大聖，猶一心敬信，百姓何人，豈合更惜身命"，最終導致"傷風敗俗，傳笑四方"，應該"投諸水火"，"絕後代之惑"。整篇文章壯氣淋漓，縱橫捭闔，所以李光地說"自肺腑流出"，蔡世遠評為"驚心動魄"。

孫樵《復佛寺奏》思理深密，故稱"嚴謹"。開篇即明確立論："殘蠹於理者，群髡最大。"接着擺事實，對比群髡和百姓的生活，說明"中

---

① 陸世儀：《思辨錄輯要》，《四庫全書》，第 724 冊第 276 頁。
② 周召：《雙橋筆記》，《四庫全書》，第 724 冊第 454 頁。
③ 何焯著，崔高維點校：《義門讀書記》，中華書局 1987 年版，第 594 頁。
④ 高海夫：《唐宋八大家文鈔集評·昌黎文鈔》，三秦出版社 1998 年版，第 25 頁。

戶不十，不足以活一髡"。所以，武宗毀佛，使"一百七十萬家之心咸知生地"。然後叙述宣宗復已廢之寺的舉措，作爲批判之標靶，明確提出第二個論點："武皇帝即不能除群髡，陛下尚宜勉思而去之，況興於已廢乎。"接着用開元之財力對比現今之財力，用安史之亂後唐王朝最感棘手的經濟問題來説服宣宗皇帝接受自己的觀點。然後反轉一層，恭維唐宣宗善於納諫。最後提出解決辦法："陛下則不能復廢之，臣願陛下已復之髡止而勿復加，已營之寺止而勿復修。"條分縷析，情理俱合，使唐宣宗不得不聽從。孫樵文善於使用對比、推理的方法闡述自己的觀點，剛直有力，而又有理、有節，是爲峻峭。

所以，孫樵雖然學習韓愈，但"師韓而不似韓"，規模比韓愈差狹，却也能自具面目。

（四）可之巨筏論的深遠影響

王鏊提出的"可之巨筏論"，把學習孫樵作爲學習韓愈的途徑，影響很大，"毛晉汲古閣刻《三唐人集》本。清邵淵耀爲汲古閣刻該書（《孫可之文集》）的遞修本作跋，也把孫樵的文章視作學韓愈的門徑，'俾學韓者得所津逮'。"[①] 明清以來，《孫可之文集》的傳播，主要依靠的就是王鏊正德刻本和毛晉汲古閣刻本。所以，我們完全可以想象"可之巨筏論"的廣泛影響。

王鏊是明代復古派的先驅人物，他提出的"可之巨筏論"是有其特有的時代背景的。王鏊所生活的時代正是明王朝通過科舉完全控制意識形態的時代，八股文成爲主流，對文學的傷害是巨大的，所謂"科舉之學興而詞章之學廢"，學習古文辭以矯正當時的弊端就成爲有識之士提倡並身體力行的行動。但王鏊與其後的復古學者不同的是，他的學習韓愈，是在繼承的基礎上要求創新的，因此他的理論的合理性要更强一些。

[①] 孫樵：《孫可之文集》，上海古籍出版社 1979 年版。

附録五　孫樵僞作説駁正——兼及《孫文志疑》的成績

（一）孫樵僞作説駁正

汪師韓，字抒懷，號韓門，浙江錢塘人。生於清聖祖康熙四十六年，卒年不詳。雍正十一年（1733）進士，改翰林院庶吉士。其《孫文志疑》是孫樵研究史上一部極具特色、個性鮮明的著作，既具有明顯的優點，又有明顯的不足。

《孫文志疑》有一個重要結論，"疑其文惟載在《唐文粹》者（《復佛寺奏》《讀開元雜報》《書褒城驛》《刻武侯碑陰》《文貞公笏銘》《與李諫議行方書》《與賈秀才書》《孫氏西齋録》《書田將軍邊事》《書何易於》）十篇爲真（《文苑英華》載三篇），外此胥僞撰也。""其僞撰乃出宋人，是以《方輿勝覽》引《龍多山録》，方回《瀛奎律髓》載李樸《乞巧詩》用'齜舌'字，而要未取信也。"其後有"屠繼序謂大半明人摹仿之文"（見平步青《經緯集序》）。汪師韓的根據，大致有二：一是傳本與唐宋典籍所載卷帙不合，"《經緯集》，《舊唐書·經籍志》所不載，自《新唐書·藝文志》載孫樵《經緯集》三卷（注云：字可之，大中進士第），馬氏《經籍考》因之，陳氏曰其文自爲序，凡三十五篇，蓋其删擇之餘也。《宋史·經籍志》則去經緯之名，但曰孫樵三卷，今本分十卷，云可之自編，卷帙已不符合"。二是"乃今觀《文粹》所不録者，句或纖佻，字或割綴，體裁不雅，運掉不力，與《文粹》所録顯出二手，摹擬之迹，灼然可尋"。對此，《四庫全書提要》有過駁斥："汪師韓集有《孫文志疑序》一篇，因謂樵文惟《唐文粹》所載……十篇爲真，餘一十五篇皆後人僞撰，然卷帙分合，古書多有，未可以是定真僞。且師韓別無確據，但以其句字格局斷之，尤不足以爲定論也。"但《四庫全書提要》也沒有提出確鑿的證據駁倒汪師韓。筆者認爲，汪師韓限於時代，其認識有以下缺陷：

首先是無版本依據。

附錄五　孫樵僞作説駁正——兼及《孫文志疑》的成績　267

汪師韓所見版本，只有王鏊正德本、吳棐本、閔齊伋本、十大家本的鈔本，自己也承認"訛謬甚多"，於宋刻《孫可之文集》更是聞所未聞。現存宋蜀刻本《孫可之文集》，刻於南宋，有劉體仁藏本和海源閣藏本，現俱收藏於北京圖書館，其篇目卷數與今傳《孫可之文集》相同。可見宋代本來就有三卷本和十卷本兩種《孫可之文集》，至於卷次、卷數有别，《四庫全書提要》的説法是有道理的，"卷帙分合，古書多有，未可以是定真僞"。而且，汪師韓特别提到的《龍多山録》，在北宋元祐七年即有刻石。從版本上看，宋人所見與今人所見大體一致，汪師韓"宋人僞撰"的説法不攻自破。

其次，孫樵行迹在汪師韓所言二十五篇僞作中隱隱可見。

汪師韓所言二十五篇僞作中，又可考見孫樵行迹。如《復召堰籍》《寓汴觀察判官書》，李光富、傅璇琮、陳文新係《寓汴觀察判官書》於大中元年，李光富、傅璇琮係《復召堰籍》於大中三年，陳文新係《復召堰籍》於大中元年，實際上，兩篇文章都寫於大中三年（筆者已另撰文考證），大致情況是李胤之數次爲盧鈞屬官，都做出了巨大貢獻，尤其是在襄陽輔佐盧鈞修復召堰，"真民十世利"。孫樵從盧庠處了解到李胤之的事迹，"惜李從事之迹不爲人知，作《復召堰籍》"。又聽説李胤之作了汴宋觀察使、汴州刺史盧鈞的屬官判官，希望李胤之發揮自己作用，整治社會政治弊端。如果兩篇文章都是僞撰，邏輯未免太嚴密了。

再次，汪師韓時見疏於考證之處。

《露臺遺基賦》："按新唐書會昌元年有事於南郊，五年，作望仙臺於南郊。此云郊天，明年作望仙臺。與史未合。"其實，《舊唐書·禮儀志》載："武德初，定令：……孟春辛日，祈穀，祀感帝於南郊，元帝配，牲用蒼犢二。"① 所以，每年都要郊天。汪師韓所説的矛盾其實並不存在。

《興元新路記》："按宣宗大中三年十一月，東川節度使鄭涯、鳳翔節度使李玭奏修文川路，自靈泉至白雲置十一驛，下詔褒美，經年，爲雨所壞，又令封敖修斜谷舊路。鄭涯爵滎陽縣開國男，《舊書》有《新書》無。"而李之勤在《唐代的文川道》一文中考證："關於倡議並負責興修文川驛道的人，一作山南西道節度使鄭渥，一作東川節度使鄭涯，二者皆不正確。據吳廷燮《唐代方鎮年表》及其考證，當是山南西道節度使鄭涯。涯、渥二字係因形狀相近致誤。而且，在大中三年至大中五年，劍南東川道本有節度使周墀在任，鄭涯也從没有擔任過劍南東川節度使。"

---

① 劉昫：《舊唐書》，中華書局1975年版，第820頁。

《梓潼移江記》："按文宗開成四年七月，西蜀水害稼。開成元年十二月，以兵部侍郎楊汝士充劍南東川節度使。四年九月，以京兆尹鄭復代楊汝士爲東川節度。按滎陽公者，鄭涯也，涯爲東川節度在大中時，豈涯此時爲梓州郪縣官耶？"《唐方鎮年表》：開成元年，馮宿任劍南東川節度使，開成元年十二月到開成四年九月楊汝士任劍南東川節度使，鄭復從開成四年九月到會昌元年六月任劍南東川節度使，《唐刺史攷全編》也認爲此滎陽公是鄭復，則此滎陽公是鄭復。

最後，囿於成見，難以正確評價孫樵古文的藝術成就。

汪師韓評《興元新路記》："只如一本出門帳簿，拙直急遽，那復有閒情逸趣耶？視柳柳州諸記何如？"其實，《興元新路記》是一篇很有針對性、時效性的議政雜文，深思明道，含蘊深遠，在"記"體文的發展中獨具特色。

1. 針對性、時效性

判斷這篇文章寫作時間的根據，是以下三則材料：

《舊唐書·宣宗紀》：大中三年"十一月，東川節度使（應作山南西道節度使）鄭涯、鳳翔節度使李玭奏修文川谷路，自靈泉至白雲置十一驛，下詔褒美。"①

北宋王溥《唐會要》卷八六《道路》："大中三年十一月，山南西道節度使鄭渥（應作鄭涯）、鳳翔節度使李玭等奏：當道先準敕，新開文川谷路，從靈泉驛至白雲驛共一十所。每驛側近置私客館一所。其應緣什物、糧料、遞乘，並作大專知官，及橋道等開修制置畢。其斜谷路創置驛五所：平州驛一所，連雲驛一所，松嶺驛一所，靈溪驛一所，鳳泉驛一所，並已畢功訖。敕旨：蜀漢道古今敧危，自羊腸九曲之盤，入鳥道三巴之外，雖限戎隔夷，誠爲要害，而勞人御馬，常困險難。鄭渥首創厥功，李玭繼成巨績。校兩路之遠近，減十驛之途程。人不告勞，功已大就。偃師開路，只爲通津；桂陽列亭，止於添驛。此則通千里之險峻，便三川之往來。實爲良能，克當寄任。宜依所奏，仍付史館。"②

"四年六月，中書門下奏：山南西道新開路，訪聞頗不便人。近有山水摧損橋閣，使命停擁，館驛蕭條。縱遣重修，必倍費力。臣等今日延英面奏，宣旨却令修斜谷舊路及館驛者。臣等商量，望詔封敕及鳳翔節度使觀察使，令速點檢，計料修置，或緣館驛未畢，使命未可經通，其商旅及

---

① 劉昫：《舊唐書》，中華書局 1975 年版，第 625 頁。
② 王溥：《唐會要》，中華書局 1955 年版，第 1574—1575 頁。

私行者，任取穩便往來，不得更有約勒。敕旨，依奏。"①

　　前輩學者據文川道開闢時間判定《興元新路記》創作於唐宣宗大中三年（849），很明顯是不對的。因爲文川道於大中三年十一月修成，第二年六月廢棄。文章末尾談到了"朝廷有竊竊之議，道路有唧唧之嘆"的，而唐中央在道路始通之時曾"下詔褒美"，這時候是不會有"竊竊之議"和"唧唧之嘆"的，只有當新開的文川道"爲雨所壞"時才會有"竊竊之議"和"唧唧之嘆"。所以，這篇文章只能寫於文川道"爲雨所壞"後。所以此文應寫於大中四年春汛來到，新路被大水破壞之後。而大中四年六月之後，朝廷關於文川道的爭論已經以文川道的廢棄而結束，自然也不會有"竊竊之議"和"唧唧之嘆"了。所以這篇文章最後完成的時間，應該是文川道"爲雨所壞"後，唐王朝正在討論此事時，而不是在文川道廢棄之後。陶喻之認爲，"《興元新路記》具體撰寫時間，似在大中四年春夏之交返秦前夕或稍後次褒城驛時。""最終完成約在大中四年春夏之交可之在蜀獲悉文川道被廢時，或稍後（夏秋之間）冒暑還秦抵褒城驛時有感於不得蹈捷徑而發。也就是說，《興元新路記》可能分兩個階段完稿，前一階段係可之入蜀時逐日記程計述的文字，亦即《興元新路記》的前半部分；而後一階段係其出蜀期間聞知文川道被廢棄後寫的隨感，即由前一段文字引發的感懷。"② 這篇文章是否是分兩次寫成，恐怕無法判斷。以孫樵往來於川陝的頻繁，他是可以僅憑記憶寫出新路驛程的。孫樵文中的叙述："樵嘗淑中褒斜，一經文川，至於山川險易道途迤，悉得條記，嘗用披校。"則孫樵在寫作此文之前，確實做過扎實的準備工作。此文布置十分精密，是在經過精心準備之後，有了"竊竊之議"和"唧唧之嘆"的激發而寫成的。他針對興元新路事件，及時地調查評論此事，是希望借此影響朝政的。

　　2. 深思明道，含蘊深遠

　　孫樵《興元新路記》引起非議的問題就在於對興元新路的客觀描述。實際上，文章對興元新路的客觀描述占了全文的四分之三還要多，而這種客觀叙述，在孫樵而言，却是寓含深意的。

　　第一，客觀叙述興元新路的情況，是作者立論基礎。

　　《興元新路記》共分兩大部分。第一部分，從開始到"平行三十里，至褒城縣，與斜谷舊路合矣"，爲第一部分，這一部分如實描繪了文川道

---

① 王溥：《唐會要》，中華書局1955年版，第1575頁。
② 陶喻之：《唐孫樵履棧考》，《文博》1994年第2期。

的道路情況以及沿途風景。後面是第二部分，主要是借滎陽公修路的褒貶揭露唐王朝吏治之黑暗。

劉芳瓊説，此文第一部分，孫樵分成了四十多段，逐一描寫，不知道這種分法的依據是什麽。其實，本文第一部分可以按驛站的自然分布分爲十四節。

從開始到"夾道居民，皆籍東西軍"，爲第一節。從扶風經念濟坂，渡渭，經郿縣，到達臨溪驛。重點寫到了郿縣和臨溪驛的情況。"郿多美田，不爲中貴人所並，則借東西軍，居民百一係縣。""驛扼谷口，夾道居民，皆籍東西軍。"

從"出臨溪驛"到"逆旅三戶，馬始食茅"，是第二節。這一段重點寫道路，從臨溪驛經黃蜂嶺、漻漻嶺，到達大路，由大路經無定河直達松嶺驛。到達大路前，又有兩條支路，一條是從臨溪"直絶澗並山，復絶澗，蛇行磧上十里，合於大路"；一條是下黃蜂嶺後，"並間出漻漻嶺下，行亂石中五六里"，與前一條支路合。這段路非常辛苦，要一直走到松嶺驛，才能休息，"逆旅三戶，馬始食茅"。

從"自松嶺平行"到"又高低行五里行連雲驛"，是第三節。重點寫路況，經八里坂，"甚峻"，"下坂行十里"，"平如九衢"。

從"自連雲西平行二十里"到"至平川驛"，是第四節。着重寫沿路情景。五里嶺是"路極盤折"，"泥深滅踝"，"路旁樹如桂塵纓，纚纚而長，從風紛然"。"又平行十里，則山谷四拓，原隰平曠，水淺草細，可耕稼，有居民，似樊川間景氣"。

從"自平川西"到"凡行六七里至白雲驛"，是第五節。寫路況，"並澗高下行十里復度嶺，上下嶺凡五里，復平，不能一里，復高低，有閣路，行七八里，扼路爲關。""行十里，皆閣路。""路如九衢，夾道植樹，步步一株，凡行六七里，至白雲驛。"

從"自白雲驛"到"皆閣道，卒高下，多碎石"，爲第六節。

從"自芝田至仙岑"到"谷中號爲夷地，居民尤多"，爲第七節。寫路況，"自芝田至仙岑，雖閣路，皆平行"，"又行十五里至二十四孔閣"，"又行十五里至青松驛"。所以，此段重點放在沿途景致的描寫上。"谷中有桑柘民，多叢居，雞犬相聞，水益清，山益奇，氣候甚和。自仙岑南行十三里，路左有崖，壁然而高，出其下，殷其有聲，如風怒薄水"，"路旁人烟相望，澗旁地益平曠，往往墾田至一二百畝，桑柘愈多。至青松，即平田五六百畝，谷中號爲夷地，居民尤多"。

從"自青松西行"到"居民甚少，行旅無庇"，爲第八節。寫路況，小雪嶺"極峻折","高低行十里至山輝驛,居民甚少,行旅無庇"。

從"自山輝西"到"高下行十里至回雪驛",爲第九節。寫路況,長松嶺"極峻,羊腸而上十里及嶺上,復羊腸而下十五里及嶺下,又高下行十里至回雪驛"。

從"自回雪驛南行"到"至盤雲驛",爲第十節。寫平樂坂"極盤折",黃崖"極峻折"。

從"西行復並澗行"到"至雙溪驛",爲第十一節。

從"自雙溪南行"到"至文川驛",爲第十二節。寫天苞嶺,上嶺"十五里,極峻折",下嶺三十里,"尤峻折"。

從"自文川南行三十五里至靈泉驛",爲第十三節。

從"自靈泉平行十五里"到"至襃城縣,與斜谷舊路合矣",爲第十四節。

孫樵根據具體情況的不同,驛道平坦易行,則寫周遭人文狀況;驛道險峻難行,則落筆在驛道如何難行。這樣,讀了這篇文章的人,就可以對比襃斜舊道(嚴耕望《唐代交通圖考》認爲襃斜舊道指的是唐文宗時歸融修的散關通襃城的驛路,李之勤《唐代的文川道》認爲指的是經散關、鳳州、興州而至漢中的驛路),自然得出興元新路優於襃斜舊道的結論。這樣鄭涯的功勞就顯示出來了,中央王朝不進行實地調查而作出廢棄興元新路這一決定的武斷,吏治之不公也顯現出來了。

第二,注文與正文的相互生發。

《興元新路記》的注文共有九條。和正文的客觀叙述不同,孫樵在注文中直接表達自己的意見。

前三條注都出現在第二節。第一條是對潩潩路的評價:"潩潩嶺北,並閒可爲閣道,平出潩潩嶺南,可罷潩潩路。"第二條是對臨溪支路的評價:"秋夏此路當絕。"第三條是對黃蜂嶺支路的評價:"秋夏此路亦絕。"三條注互相參看,就可以發現,潩潩路的選擇是無奈的,但潩潩路的開發並不完美。

第四條注出現在第四節,是對五里嶺路的評價:"行者多若(應作'苦')於此,可爲棧路以易之。"

第五條注出現在第五節,是對平川驛後十里嶺路的評價:"嶺東度澗,可謂(一作'詣')爲閣路,平行五十里出嶺西,亦古道。"

第六條注出現在第六節,是對石刻文字的糾正,"人多以淮爲準字,蓋視之誤"。

第七條注出現在第十節,是對回雪驛經平樂坂、福溪、黃崖到達盤雲驛這條路的評價:"自福溪有路,並自山下由大雪嶺平行五里上長松嶺,北與山輝大路合,蓋古所通,乃坦途也。裨將將開此路,都將賈昭爭切(一作'功'),且欲抑(一作'折')之,遂開古松嶺路。"這裏指出了新路的又一失策,但又把失策的原因點出,前所述新路的種種弊端出現的原因都不言自明。

第八條注出現在第十一節,是對從盤雲驛到興元這段道路的評價:"自盤雲驛西,有路並澗出白城西,又平行三十里至城,又行六十里至興元,亦古所通,尤坦途也,城固之要道出其縣,遂略開路,長開天嶺路也。"説明了新路的又一失策。

第九條注出現在第十四節,也是最重要的一條注。對興元新路進行整體評價:"議者多以謂此路不及褒斜,此言不公耳。樵嘗淑中褒斜,一經文川,至於山川險易道途邇(一作'迹'),悉得條記,嘗用披校,蓋亦折衷耳。苟使賈昭盡心於滎陽公如樵所條注,誠愈於褒斜路矣。"經過實地考察,孫樵得出結論,即使是賈昭失職,興元新路和褒斜舊道也是各有利弊,如果賈昭能夠放棄私心,"盡心於滎陽公",興元新路就會超出褒斜舊道。

除第六條注文不涉及驛路狀況外,其他注文都是對正文的補充。孫樵在正文中客觀再現了興元新路的情況,而在注文中顯示自己的主觀判斷。熟悉川陝驛路的讀者,讀完正文就可以得出興元新路優於褒斜舊路的結論,不熟悉川陝驛路的讀者也可以通過注文得出這個結論。注文還有一個重要作用,就是指出興元新路的不足,以及這些不足形成的原因。鄭涯用人的失誤,孫樵也沒有掩蓋。這樣就可以凸顯出孫樵對興元新路的公正評價。

汪師韓評《出蜀賦》:"鋪叙而寄興者淺。"實際上,《出蜀賦》的寫法和《興元新路記》略有近似,主體部分似主實客,次要部分似客實主。孫樵把主體部分放在蜀道的描述上有兩個意圖,一是漢賦的傳統寫法就是如此,"勸百而諷一";二是蜀道的艱難也正透露出舉子們不遠千里、不辭勞苦來到京師,受到的却是極不公正的政治對待,其心理落差可想而知。

汪師韓評《武皇遺劍録》:"命意布局俱俗,文安得佳。"評《蕭相國真贊》:"此亦俗筆,蓋樵(同'模')笏銘而爲之者。"我在前面的論述中也已經談過,此不贅述。即使是《康公墓銘》,汪師韓也評爲:"此篇用筆簡潔,而逐段順叙,無結構頓挫精神團聚之處,視《書何易於》已遠不及矣,安見得爲文之道於韓文公也。"也是值得推敲的。孫樵此文雖然如汪師韓所說"逐段順叙",但不是"無結構頓挫精神團聚之處",孫樵筆下的康僚,精神團聚之處就在一個"直"字。無論是爲進士試官時的"峭獨不顧,雖權勢莫能撓其與選者",還是"授大理司直"時的"或有所讞,宰相莫能回其筆",還是爲裴休、李訥幕僚,還是爲海州刺史時的"廉而不刻,明而不抉",都以"直"爲中心,而在對康僚的遭遇叙述中又時刻飽含熱情,不乏社會批判的鋒芒。

汪師韓評《逐痁鬼文》:"此與《寓居對》、《乞巧對》一人之筆,波瀾意度無別也。"評《乞巧對》:"此脱胎柳河東乞巧文,而奇崛相去遠矣。柳文詞奇而氣宕,此文正所謂大類於俳者。"評《駡僮志》:"此與《逐痁鬼文》意度無二。"當代學者也有不同看法,郭預衡《中國散文史》(中):"《寓居對》、《乞巧對》、《駡僮志》等,雖有模擬《解嘲》、《逐貧賦》和《進學解》的痕迹,但在當時的歷史條件下,實有新的現實感受。""孫樵本是守道之士,但在世風極其惡劣的時代,……去善爲惡,棄正歸邪,這是十分憤慨的。""從揭露現實的深度和廣度看,則《逐痁鬼文》具有更强烈的刺世嫉邪的特點。"①

(二)《孫文志疑》的成績

《孫可之文集》的箋釋評析,孫耀祖、孫猷刻於明代崇禎十二年的《經緯集箋評》是目前已經發現的最早一部,創始之功不可淹没,但其箋評多虚而不實。目前發現的第二部是儲欣《唐宋十大家全集録·可之先生全集》,就目前所知而言,儲欣第一次對孫文中部分篇目所涉及的人名、地名、歷史事件進行了注釋,並對孫文的創作藝術進行了探討,認爲孫樵"繼李文公後登諸大家,由是有唐一代之文,始於韓,終於孫,如虞周大合樂,金聲而玉振之",對孫樵古文的定位是非常恰當的,開啓了孫樵研究的新局面。目前所知的第三部就是汪師韓的《孫文志疑》。汪師韓自稱《孫可之文集》"自王文恪公鈔自内府,始大行於世,余自少見而好之,反復熟讀"。所以,對孫樵古文,汪師韓用功是很深的。

首先,汪師韓對孫樵古文進行了初步的校勘。

汪師韓説:"孫文刻本,僅見天啓吴祖堂氏、烏程閔氏、近年宜興儲氏三本。余所見者多是鈔本,訛謬甚多,欲求王文恪吴下舊本、林茂之閩本,並不可得,今於文字可兩存者即分注於各字之下。"則汪師韓所見有吴酐本、閔齊伋本、十大家本,加上自少所讀正德本,有四個本子,這是孫樵研究史上較早集中這麽多版本的校勘。

---

① 郭預衡:《中國散文史》(中册),上海古籍出版社1993年版,第319頁。

其次，汪師韓於《孫可之文集》中所涉及的人名、地名、歷史事件等一一作出注釋，成就超出了儲欣。

儲欣已經對孫樵部分文章中所涉及的人名、地名、歷史事件等作出了注釋。《出蜀賦》中對"籌筆"（驛名，諸葛武侯屯田積穀處）、"雞幘"（嶺名）、"大散"（關名）、"承明"（漢武帝賜嚴助詔曰：君厭承明之廬）、"冀闕"（商君冀闕，營如魯衛）的注釋，《與王霖秀才書》中對"《華山賦》"（楊敬之作）、"馮常侍"（馮宿）、"玉川子"（盧仝）的注釋，《書田將軍邊事》中對"臨邛"（今邛州）、"沉黎"（今黎州）、"越嶲"（今爲衛，亦名嚴州）、"南康公"（韋皋也）的注釋，《書褒城驛屋壁》中對"褒城"（唐褒州，亦名興元，今爲漢中府）的注釋，《梓潼移江記》中對"梓潼"（唐爲梓州，今梓潼縣）、"涪"（水名）、"鄭"（縣名）的注釋，《逐痁鬼文》中對"陳萬年"（善事人，以丙吉薦，爲御史大夫）、"和長興"（晉和嶠富敵國，杜預謂爲有錢癖）、"司馬安"（見《史記·汲黯傳》，黯姑姊子也。安文深巧宦，官至九卿）的注釋，儲欣稱爲"備考"，準確恰當，簡潔明了。汪師韓又前進一步，把儲欣沒有注出的也一一注出。下面就以《與李諫議行方書》《唐故倉部郎中康公墓誌銘》《寓汴觀察判官書》《與賈希逸書》爲例來進行闡述。

《與李諫議行方書》：開元之政："《舊唐書·元宗本紀》史臣曰：廟堂之上，無非經濟之才；表著之中，皆得論思之士。而又旁求宏碩，講道藝文。昌言嘉謨，日聞於獻納；長轡遠馭，志在於昇平。貞觀之風。一朝復振。""自天寶以還，小人道長，……獻可替否，靡聞姚、宋之言；妒賢害功，但有甫、忠之奏。豪猾因茲而睥睨，明哲於是乎卷懷，故祿山之徒，得行其僞。厲階之作，匪降自天，謀之不臧，前功並棄。"

李林甫：《舊李林甫傳》："林甫面柔而有狡計，能伺候人主意，故輒歷清列，爲時委任。而中官妃家，皆厚結託，伺上動靜，皆預知之。故出言進奏，動必稱旨。而猜忌陰中人，不見於詞色，朝廷受主恩顧，不由其門，則構成其罪，與之善者，雖厮養下士，盡至榮寵。""上在位多載，倦於萬機，恒以大臣接對拘檢，難狥私慾，自得林甫，一以委成。故杜絕逆耳之言，恣行宴樂，衽席無別，不以爲非，由林甫之贊成也。""八載，咸寧太府趙奉章告林甫罪狀二十余條。告未上，林甫知之，諷御史臺逮捕，以爲妖言重狀決死。"《顔真卿傳》上代宗疏有云，天寶之後，李林甫威權日盛，群臣不先諮宰相輒奏事者，仍托以他故中傷。

祿山之逆：《舊安祿山傳》："三載，代裴寬爲範陽節度，河北採訪平盧軍等使如故。採訪使張利貞常受其賂。數載之後，黜陟使席建侯又言其公直無私。裴寬受代及李林甫順旨，並言其美。數公皆信臣，元宗意益堅不搖矣。"

《寓汴觀察判官書》：兵最爲雄：《新書》貞元三年詔射生神策六軍將士，府縣以事辦治，先奏乃移軍，勿輒逮通。京兆尹鄭叔則建言："京劇輕滑所聚，慝作不常，俟奏報，將失罪人，請非昏田皆以時捕。"乃可之。自肅宗以後，北軍增置威武長興等軍，名類頗多，而廢置不一，惟羽林、龍武、神策、神威最盛，總曰左右十軍矣。其後京畿之西，多以神策軍鎮之，皆有屯營。軍司之人，散居甸內，皆恃勢凌暴，民間苦之。自德宗幸梁還，以神策兵有勞，皆號"興元元從奉天定功臣"恕死罪。中書、御史府、兵部乃不能歲比其籍，京兆又不敢總舉名實。三輔人假比於軍，一牒至十數。長安姦人多寓占兩軍，身不宿衛，以錢代行，謂之納課戶。益肆爲暴，吏稍禁之，輒先得罪，故當時京兆縣令皆爲之顏屈。十年，京兆尹楊於陵請置挾名敕，五丁許二丁居軍，餘差以條限。由是豪強少畏。

籍占編民：大中五年十月，京兆尹韋博奏京畿富戶爲諸軍影占，苟免府縣色役，或有追訴，軍府紛然，請準會昌三年十二月敕，諸軍使不得強奪百姓入軍。從之。

判官：《舊書·職官志》節度使判官二人。《新書》節度使判官一人，兼觀察使，又有判官一人、觀察使判官一人。

《與賈希逸書》：雄之自序以爲經莫大於《易》，故作《太元》，傳莫大於《論語》，故作《法言》。結撰《大唐中興頌》摩崖、《浯溪頌》，有云湘江東西中直浯磎石崖天齊。陳拾遺：《舊書本傳》，初爲《感遇詩》三十首，京兆司功王適見而驚曰："此子必爲天下文宗矣。"由是知名。高宗崩，靈駕將還長安。子昂詣闕上書。盛陳東都形勝，可以安置山陵。關中旱儉。靈駕西行不便。則天召見，奇其對，拜麟臺正字。則天將事雅州，討生羌，子昂上書，再轉右拾遺。王勃《宣尼廟碑》：載《文苑英華》。玉川子：《新列傳》，盧仝自號玉川子，嘗爲《月蝕詩》以譏切元和逆黨，愈稱其工。王江寧：王昌齡，江寧人，《舊書》作京兆。

《唐故倉部郎中墓志銘》：河東公：裴休，大中初，累官戶部侍郎充諸道鹽鐵轉運使。《舊書》大中五年，裴休充諸道鹽鐵轉運等使。

李公：李訥，《舊書》官至華州刺史。《新書》凡三爲華州刺史。其爲鹽鐵轉運使無考。

劉公：無考。按咸通七年，夏侯孜爲西川節度使，十年，盧耽知節度事，劉公無考。

竇公：竇滂後爲定邊軍節度使，咸通十年拒南蠻於清溪關。

馮審：馮宿從弟審，位終秘書監，審，婺州東陽人。此又一馮審也。

另外，如《孫氏西齋錄》《大明宮賦》中對歷史事件的注釋，這些都是儲欣没有做出注釋的地方，而且汪師韓很注意注出材料的出處，注釋也較爲詳盡。對於儲欣已經作出的注釋，汪師韓也能前進一步。比如《蕭相國真贊》中蕭相國的注釋，儲欣注爲："唐蕭瑀連八葉爲宰相，此所贊不知何人。瑀以勁直稱，或爲瑀而作。"儲欣的猜測很明顯是錯誤的，蕭瑀是太宗時宰相，不可能有"再安宗祐"的偉業。汪師韓注釋："按宣宗大中十一年，兵部侍郎判度支蕭鄴同中書門下平章事，十三年罷。懿宗咸通五年，兵部侍郎蕭寘同中書門下平章事，六年薨。僖宗即位，尚書左僕射蕭仿爲中書侍郎同中書門下平章事，乾符元年爲司空。中和元年，兵部侍郎蕭遘爲工部侍郎同中書門下平章事，四年爲司空，光啓元年爲司馬。是時蕭相國凡四，此文未知何指。"雖然未做出判斷，但列出晚唐四位蕭姓宰相，使研究前進一步，後來學者又進一步判斷蕭相國當爲蕭遘。而儲欣注釋的錯誤，汪師韓也作了改正。《武皇遺劍錄》中的"並醜"，儲欣解釋爲"澤潞劉從諫子稹"，是錯誤的，因爲文中"潞寇"指劉稹。汪師韓則注爲"楊弁"，改正了儲欣的錯誤。

再次，汪師韓對孫樵古文創作藝術有深刻的見解。

《復佛寺奏》：儲欣評："利害切深，即賈太傅、晁家令、趙營平無以尚之，可之雕蟲耶？"汪師韓評："按史稱懿宗奉佛太過，常於禁中飯僧，親爲贊唄，以栴檀爲二高座，賜安國寺僧轍，逢八飯萬僧，當時上疏切諫者，獨一李蔚，帝不聽，但以虚禮褒答，其稱引狄仁傑、姚崇、辛替否，以本朝名臣啓奏之言謹奉佛初終之要，所稱切當之言有四，雖極譏病時弊，然皆援古爲説，未如此文之了辨警策也。憲宗時，獨一韓文公，懿宗時，獨一李茂休，以高錫望之賢，曾不聞以此書入奏，使人嘆諫諍之難，豈不惜哉？文公辨在佛，故言其無福；可之辨在髡，故明其有害。立説不同，而理則無二，並宇宙不朽之文。"儲欣側重在現實政治，贊揚孫樵比得上漢代著名政論家賈誼、晁錯、趙充國。而汪師韓側重在比較，一是唐代闢佛之奏議著名者有三篇，顯示出其勇氣可嘉；二是比較其内容、藝術，顯示其獨特性。這樣，孫樵文章的價值也就立即顯現了。

《讀開元雜報》：儲欣評："哀以思者其言怨。"汪師韓評："首叙述開元報中事，末叙述長安條報，而中以近事與開元事兩比相形，而寄慨無限。"汪師韓揭示出孫樵的行文筆法，要比儲欣的短評深入許多。與此類似的是《文貞公笏銘》，汪師韓評："作笏銘押三笏字，似巉絶而風神乃益跌宕。然在先生固意到筆隨，非以此爲奇也。"汪師韓也是着重寫出孫樵文章藝術上的高明之處，而儲欣評："冲斗貫日之詞。"就顯得單薄了許多。

《書何易於》：儲欣評："史才史才！文字按其首可測其尾者，如走黃埃，千里一目，及游名山大川，高廣邃深，既探其奇，既挹其秀矣，前途若窮，忽又無際，斯爲巨觀。此篇書何易於治益昌，美哉觀止矣！豈知復有考績一條，大發胸中坎壈不平之氣，可測耶？亦惟儲思必深，所以不可測邪！"汪師韓評："按文内稱'裴公嘗從觀其政，道從不過三人，其合易於廉如是'。道從者，裴公之道從也，故曰其合易於廉如是。此正其叙事妙處。《唐書》改曰'廉約蓋資性云'，似指爲易於之導侍矣，不已謬乎？前書征茶事，文曰'觀察使聞其狀，以易於挺身爲民，卒不加劾'，立言最爲得體。《唐書》改曰'素賢之，不劾也'，'素'字既屬臆度之詞，而觀察之意亦不見矣。'治益昌三年，獄無繫民'，蓋治至三年而後臻此也。今改云'獄三年無囚'，則是易於始至，已囹圄空虛矣，不幾所遇者化耶？"《寧夏大學學報》1982 年第二期刊登江之滸、魏挽淑《文貴簡約——談〈新唐書·何易於傳〉》一文，認爲："孫文中'縣距刺史治所四十里，城嘉陵江南'，《新唐書》只用'縣距州四十里'取代了。'刺史治所'自然在'州'。'城嘉陵江南'是寫益昌城，與全文關聯不大，删去了。崔樸這樣的官兒，泛舟江上，'歌酒'之類，自不待言。《新唐書》删去這類字眼，無礙原意。'易於身引舟'比'易於即腰笏引舟上下'簡潔。既然引舟，纖道上下不平可想而知。'百姓耕且蠶'與'百姓不耕即蠶'，不光是少一字，前者意思更切合實際。春耕大忙季節，且耕且蠶，男耕女蠶，這與'不耕即蠶'比起來，更爲精當。既然'耕且蠶'，要不違農時，自然是'隙不可奪'。所以'隙不可奪'省得好。'易於爲屬令，當其無事，可以充役'和'惟令不事，可任其勞'，兩相比照，後者更爲妥貼。下級對上級可不必述説身份。'惟'字用得妙，從一個側面反映出人民鬧春耕的繁忙。崔樸聽了何易於的話後，孫文是'刺史與賓客跳出舟，偕騎還去'。而《新唐書》則改爲'樸愧，與賓客疾驅去。'一個'愧'字，加上'疾驅'，使崔樸無地自容，狼狽離去之情躍然紙上。'鹽鐵官權取茶利'把孫文'益昌民多即山樹茶，利私自入，會鹽鐵官奏重權管'的意思概括了。'所在不得爲百姓匿'改爲'所在毋敢隱'給人以把彎路裁直的感覺。'閣詔'與'鏟去'比起來，'閣詔'似乎更合乎情理。何易於看詔書時説的話中，《新唐書》在'益昌'後加了個'人'字，省略了孫文中的'百姓'、'其'後面又删去'明府'、'流裔'、'蔓'、'縱火'，使文筆更加洗煉。'觀察使素賢之，不劾也.'其中的'素賢之'正說明何易於一貫'挺身爲民',且早已聞名遐邇,比'觀察使聞其狀,以易於挺身爲民,卒不加劾'更有深度。要而不煩,意在其中。孫文從'邑民死喪'到結尾,還有四百字左右,《新唐書》僅用一百零六個字改寫了。把孫文中的作者與益昌民的對話中的一部分和作者的議論都'割愛'了,圍遶何的爲官'清廉',寫了何的以自己的俸祿助民喪葬、以俸代輸、向老年人詢問從政得失、不濫用刑罰等開明政績,也寫到何不趨炎附勢,摧眉折腰,對於過路的有權有勢的大官,一丁點兒餽贈也沒有!這樣一改寫,《新唐書·何易於傳》就顯得更加'簡約'了。……歐陽修提倡平實樸素的文風在這裏也得到很好的體現,值得我們學習和借鑒。"① 而1991年《運城高專學報》第一期也刊登了王志華的一篇駁論文《也談"文貴簡約"》,認爲"《新唐書》作者對孫文的'濃縮'和提煉(共縮減了380多字)主要不在於前一部分,即記述何易於行狀事迹的部分(這一部分僅縮減了90多個字),而是在於全部略去了孫文的後一部分(這一部分共290)字,即作者記述自己與益昌民對話的部分和作者直接發議論的部分。而這一點也正是值得我們認真注意和考慮的主要之點。遺憾的是江、魏二同志對這一關鍵的地方却給忽略了。"②"而《書何易於》一文的撰寫,……主要是先從正面表彰地方官何易於的剛直廉約、愛民如傷,然後再借題發揮來抨擊貪官污吏和'當世在上位者皆知求才爲切'的虛偽以及官吏考績制度的窳敗。由此可見,孫樵撰寫《書何易於》一文的目的,一是記述何易於的行狀事迹,表彰他的剛正清廉;二是借題發揮,批評朝廷校考銓選官吏的制度及其流弊。因而孫樵爲文完全是針對現實、有感而發,根本不必要受什麼史傳文字框框的限制。""尤其是孫文後半篇對話和議論部分,對全篇來說,是萬萬不可'割愛'的,若割了這一部分的愛,那就失去了全文的現實針對性和批判戰鬥精神,就大大減弱了此文的價值和光彩。""就以江、魏二同志所津津樂道的《新唐書·何易於傳》而論,敝見以爲,同孫文比較,有些地方'濃縮、提煉'得並不怎麼高明和理想。例如,江、魏二同志認爲,《新唐書》把孫文'易於即腰笏引舟上下'刪改爲'易於身引舟',是爲'簡潔',其實是大謬不然。笏者,本爲古時大臣朝覲時手持之物,以爲指畫和記事之用,自然也就成爲官吏身份的一種標幟。何易於

---

① 江之滸、魏挽淑:《文貴簡約——談〈新唐書·何易於傳〉》,《寧夏大學學報》1982年第2期。

② 王志華:《也談"文貴簡約"》,《運城高專學報》1991年第1期。

附錄五　孫樵僞作說駁正——兼及《孫文志疑》的成績　279

之所以要'腰笏引舟',其用心是良苦的,是有意要向州刺史崔樸表示自己朝廷命官的身份,藉以向作威作福的崔樸進行奚落勸諷,從而煞一煞他的威風,驅使這個瘟神快速出境。果然,在崔樸'驚問其故'之後,即慌忙'與賓容跳出舟,偕騎還去'。可見,這區區'腰笏'二字,不但寫出了何易於的智慧膽識,而且刻畫了其人的神采風貌,可謂形象生動、言簡意賅,因而是萬萬不可省的。若强要省去這兩個字,從字面上看果真是'簡潔'了,但全面地從修辭表達效果方面來考察,却是大爲遜色了。其他如孫文'多從賓客歌酒'句中之'歌酒'二字。'百姓不耕即蠶,隙不可奪'句中之'隙不可奪'四字,似乎都不宜省,因爲一則渲染了州刺史崔樸的荒淫鋪張,擅作威福,一則表現了何易於恤念農事、爲民請命的堅執態度。這些對全文主旨的表達來說,都是關鍵所在。"① 這兩篇文章實際上就是儲欣和汪師韓的評價具體展開,從而印証了汪師韓對孫樵古文創作藝術的深刻認識。

---

① 　王志華:《也談"文貴簡約"》,《運城高專學報》1991 年第 1 期。

參考文獻

班固撰，顏師古注：《漢書》，中華書局1962年版。

《別雅》，《四庫全書》本。

曹明綱：《賦學概論》，上海古籍出版社1998年版。

岑仲勉：《讀〈全唐文〉札記，唐人行第錄》（外三種），中華書局2004年版。

岑仲勉：《郎官石柱題名考》（外三種），中華書局2004年版。

岑仲勉：《隋唐史》，中華書局1982年版。

晁公武：《昭德先生郡齋讀書志》，商務印書館1947年版。

陳明光：《唐代財政史新編》，中國財政經濟出版社1991年版。

陳明光：《唐代財政史》，中國財政經濟出版社1991年版。

陳文新：《隋唐五代文學編年史》，《中國文學編年史》，湖南人民出版社2006年版。

陳振孫著，徐小蠻、顧美華校：《直齋書錄解題》，上海古籍出版社1987年版。

陳柱：《中國散文史》，東方出版社1996年版。

《大清一統志》，《四部叢刊》本。

戴從喜：《孫樵古文理論概述》，《淮陰師範學院學報》2000年第4期。

丁度：《宋刻集韻》，中華書局1989年版。

丁恩全：《韓愈"以詩為戲"論》，《信陽師範學院學報》2007年第3期。

董誥：《全唐文》，中華書局1983年版。

杜牧：《樊川文集》，上海古籍出版社1978年版。

段玉裁：《說文解字注》（第二版），上海古籍出版社1998年版。

傅璇琮：《唐代科舉與文學》，陝西人民出版社2003年版。

傅璇琮：《唐五代文學編年史》，遼海出版社1998年版。

高步瀛：《唐宋文舉要》，上海古籍出版社1982年版。

高海夫：《唐宋八大家文鈔集評·昌黎文鈔》，三秦出版社1998年版。

郭慶藩：《莊子集釋》，中華書局1961年版。

郭預衡：《中國散文史》，上海古籍出版社1993年版。

何焯著，崔高維點校：《義門讀書記》，中華書局1987年版。

何義門、閻潛丘、全謝山箋：《困學紀聞三箋》，嘉慶九年三月開雕。

[德] 洪堡特：《論人類語言結構的差異及其對人類精神發展的影响》，姚小平譯，商務印書館1997年版。

胡戟：《二十世紀唐研究》，中國社會科學出版社2002年版。

黃滔：《黃御史集》，《四部叢刊》景涵芬樓明萬曆刻本。

紀昀：《四庫全書》，上海古籍出版社1987年版。

江之滸、魏挽淑：《文貴簡約——談〈新唐書·何易於傳〉》，《寧夏大學學報》1982年第2期。

[日] 川合康三著：《游戲的文學——以韓愈的"戲"為中心》，蔣寅譯，《河南教育學院學報》2004年第3期。

瞿林東：《唐代史家對信史的追求》，《史學集刊》2006年第4期。

李昉：《文苑英華》，中華書局1966年版。

李光地：《榕村語錄》，《榕村全書》本。

李光富：《孫樵生平及孫文系年》，《四川大學學報》1997年第2期。

李峻岫：《試論韓愈的道統說及其孟學思想》，《孔子研究》2004年第4期。

李洲良：《春秋筆法的內涵外延與本質特征》，《文學評論》2006年第1期。

梁德林：《韓愈"以文為戲"論》，《广西師範學院學報》2004年第11期。

林紓：《歐孫合集》，商务印书馆1924年版。

劉寶楠撰，高流水點校：《論與正義》，中華書局1990年版。

劉芳瓊：《評晚唐孫樵的散文》，《南京大學學報》1991年第1期。

劉國盈：《韓愈的讀書觀》，《周口師範高等專科學校學報》1999年第6期。

劉國盈：《孫樵和古文運動》，《北京師範學院學報》1983年第3期。

劉咸炘：《推十書》，上海科學技術文獻出版社2009年版。

劉昫：《舊唐書》，中華書局1975年版。

劉知幾撰，浦起龍釋：《史通通釋》，上海古籍出版社 1978 年版。
呂武志：《唐末五代散文研究》，台北學生書局 1989 年版。
羅根澤：《中國文學批評史》，上海書店出版社 2003 年版。
聶石樵：《唐代文學史》，北京師範大學出版社 2002 年版。
歐陽修、宋祁：《新唐書》，中華書局 1975 年版。
裴庭裕：《東觀奏記》，中華書局 1994 年版。
錢基博：《韓愈文讀》，華中師範大學出版社 2012 年版。
錢基博：《韓愈志》，商務印書館 1958 年版。
錢穆：《國史大綱》，商務印書館 1996 年版。
陸世儀：《思辨錄輯要》，《四庫全書》本。
周召：《雙橋隨筆》，《四庫全書》本。
屈守元、常思春：《韓愈全集校注》，四川大學出版社 1996 年版。
阮元：《十三經注疏》，中華書局 1980 年版。
束景南、王曉華：《四書升格運動與宋代四書學的興起》，《歷史研究》2007 年第 5 期。
司馬光：《資治通鑒》，中華書局 1956 年版。
司馬遷：《史記》，中華書局 1982 年版。
司馬遷著，韓兆琦箋注：《史記箋注》，江西人民出版社 2004 年版。
《四川通志》，《四部叢刊》本。
蘇軾著，孔凡禮點校：《蘇軾文集》，中華書局 1986 年版。
孫昌武：《唐代古文運動通論》，百花文藝出版社 1984 年版。
孫樵：《可之先生全集錄》，《四庫全書存目叢書》，齊魯書社 1997 年版。
孫樵：《孫可之文集》，北京圖書館出版社 2003 年版。
孫樵：《孫可之文集》，毛晉汲古閣刻。
孫樵：《孫可之文集》，上海古籍出版社 1979 年版。
孫耀祖、孫猷：《經緯集箋評》，崇禎刻本，上海圖書館藏。
陶喻之：《唐孫樵履棧考》，《文博》1994 年第 2 期。
萬曼：《唐集叙錄》，中華書局 1980 年版。
汪師韓：《孫文志疑》，錢塘汪氏刻本，光緒十二年（1886），上海圖書館藏。
王鏊：《震澤長語》，寶顏堂秘笈本，文明書局 1922 年版。
王鏊：《震澤集》，《四庫全書》本。
王葆心：《古文辭通義》，武漢大學出版社 2008 年版。

王定保：《唐摭言》，上海古籍出版社1978年版。
王溥：《唐會要》，中華書局1955年版。
王士禎：《古夫於亭雜录》，《嘯園叢書》本。
王先謙著，吳格點校：《詩三家義集疏》，中華書局1987年版。
王正德：《餘師録》，《墨海金壺》集部。
王志華：《也談"文貴簡約"》，《運城高專學報》1991年第1期。
王志昆：《孫樵集版本源流考》，《重慶師範學院學報》1988年第1期。
王志昆：《孫樵未任中書舍人》，《重慶師範學院學報》1991年第1期。
韋春喜：《宋前咏史詩史》，博士學位論文，山東大學圖書館，2005年。
尉利工：《〈孟子〉由子學到經學的變迁》，《安徽師範大學學報》2006年第4期。
吳庚舜、董乃斌：《唐代文學史》，人民文學出版社1995年版。
吳訥：《文章辨體序說》，人民文學出版社1998年版。
吳廷燮：《唐方鎮年表》，中華書局1980年版。
徐復：《后讀書雜志》，上海古籍出版社1996年版。
徐松撰，趙守儼點校：《登科記考》，中華書局1984年版。
荀子：《荀子》，《四部叢刊》本。
嚴耕望：《唐代交通圖考》，上海古籍出版社2007年版。
杨桂青：《奇：中國古代叙事文學的根本審美特征》，《南京大學學報》2003年第4期。
楊波：《〈孫可之文集〉版本小考》，《河南教育學院學報》2003年第4期。
楊曉藹：《論韓愈詩文創作中"宗經"與"自嬉"的矛盾》，《西北師範大學學報》1994年第2期。
姚鉉：《唐文粹》，《四部叢刊》初編，商務印書館縮印。
郁賢皓：《唐刺史攷全編》，安徽大學出版社2000年版。
張玉書：《康熙字典》，上海書店出版社1985年版。
趙德馨：《中國經濟通史》，湖南人民出版社2002年版。
周明：《論"以文為戲"》，《首都師範大學學報》1997年第5期。
周紹良、趙超：《唐代墓志彙編續集》，上海古籍出版社2001年版。
朱熹：《孟子集注》，上海古籍出版社1987年版。
朱熹著，朱傑人、嚴佐之主編：《朱子全書·朱子語類》，上海古籍出版社、安徽教育出版社2002年版。